U0695349

月球

THE LAWYER ON THE MOON

律师

周昊 著

长江出版传媒 | 长江文艺出版社

北京长江新世纪文化传媒有限公司
www.cjxinshiji.com
出品

目　录
CONTENTS

献给我的妻子

Dedicated to my wife

第一章

不知天上宫阙

1

大卫抵达发射场的时候，火箭已经在雨中巨人般耸立着，发出"嘶嘶"的巨响，箭体接缝处吐着白色的雾气，逐渐消散在仿佛永不止息的大雨里。发射塔上的红白色灯光透过雨丝频频闪烁，火箭脚底的橘色数字倒计时板显示火箭离发射只剩几分钟，并且正一秒一秒地减少。滂沱的大雨也没能阻止或者稍微推迟火箭的发射计划。

"给你，不用找了。"

大卫快速向身后的船夫扔了一张面值五百的钞票。纸钞在雨中迅速被打湿，掉落在船底。大卫背起圆筒包，淋着大颗的雨点冲向登箭大堂的入口。他一边跑一边看着眼前的火箭，其轮廓正随着距离的拉近而逐渐明晰了起来。铝合金箭体的阴影里，隐约能看到印在侧面的火箭上方飞船斑驳的名字：月球沙滩号——月球航空。即便真的有，大卫也实在很难想象月球上的沙滩会是什么样。

冲进大堂后，大卫来不及细看，就直冲登箭柜台，一边气喘吁吁地抖落身上的雨水，一边把护照和火箭票递给地勤。

"还来得及吗……"

"这位乘客，我们已经送走最后一批了。"妆容精致、穿着空乘制服的地勤看了眼票就还给了他，"您来晚了。"

大卫捏紧自己的票和护照，发出一声莫大的哀号。他不敢相信自己竟然如此倒霉。他在家门口好不容易摆脱了围追堵截他的人，跳上一辆正好停在路边落客的的士。看见前往发射场的大桥上亮着红色尾灯的车仿佛冰糖葫芦一样堵成一串，他灵机一动，高价诱使在河畔一边雨中垂钓一边看火箭发射的船夫开着快艇送自己跨过黢黑的海。他透过船尾喷射的海浪泡沫看着追堵他的人在岸边急得跳脚，甚至一度心中窃喜。

但现在对方只需要慢慢从海对面过来，就能在发射场把他逮个正着。

"电梯还开着吗？"

听见大卫的哀号，地勤良心发现似的转头问身后把守关口的同事。对方点头确认后，地勤又对大卫说："没有要托运的行李对吧。"

大卫点头如捣蒜，地勤就给了他打印的登箭牌，大卫拿到后立刻心领神会地冲向登箭电梯的入口。有时陌生人的一点善意，就能改变一个人的整个人生。大卫一边这么想着，一边转身按下楼层，这时那个穿着墨绿色田径运动服的秃顶中年人出现了在大堂的入口。大卫赶紧开始连击电梯的关门按钮，速度快得可以摩擦起火了。

电梯门"扑通"关上之后，还能透过半透明的电梯门看见中年人向电梯的方向绝望地追来，而守在电梯入口处戴着银色袖章的保安已经张开双臂，准备拦截扑向电梯的中年人。这一切都消失在了快速移动的电梯底部。

他这时才注意到电梯里有块屏幕，反复播放怎么系安全带的视频，视频自带的声音在移动的电梯间里低声回响着。另外一个小一点的屏幕正在无声地播放新闻，说在内陆某市出现了不明的传染病云云，似乎是因为吃了什么不该吃的菌类。比起传染病，大卫眼下只担心中年人会不会爬步梯追上来，但是回想起刚才在下面抬头看火箭的高度，好像有五十层楼那么高。中年人的报酬应该没有高到让他愿意爬这么高上来。并且如果他不在火箭点火前再往下爬五十层楼离开，可能会被火箭离地的焰火烤干。

这时大卫才松了口气，让自己跳太快的心脏稍微慢下来一点。

2

电梯门一打开，雨声大得让大卫差点以为耳朵坏了。顶着大雨，他两步并作一步跨过廊桥。廊桥离地两百多米，让人腿软，大卫不敢往下看。左脚刚跨过舱门，身后就传来一声巨响。廊桥正好抬起收回，脱离火箭。大卫在门口位置抖落新淋的雨，赶紧进去找到自己的座位，把湿漉漉的行李放在座位下方的收纳盒里，然后躺倒在自己的座位上。三层的载人飞船，舱内一百多个座位全部面朝天空的方向，以圆环状围成几圈，其他人早就躺好了。舱门隔绝了外面的雨声、秃顶中年人和这座给他留下了无数悲伤与喜悦的滨海都市。

"老兄，"大卫刚一躺下，旁边穿着蓝色格子衬衫、用黑色松紧带把黑框眼镜紧箍在脸上、胡子拉碴的男生就开口了，"你到底是何方神圣，居然能让去月球的火箭等你。"

"我……"大卫还在试图搞清楚自己到底要怎么系安全带，"我没托运行李而已。"这东西感觉有点像过山车的安全带，又有点像飞机的安全带，大卫后悔刚才没有好好留意电梯里的视频。

"我叫丹。"蓝色格子衬衫男伸出手来，大卫不得不抽出手握住，

"我是欧洲易地凡公司的核物理工程师，要去月球研究所。你呢？"

"我是……稍等。"大卫又开始调整自己的安全带。他好像把一条插扣插进了错误的洞里，感觉安全带松松垮垮的。

"我是伦纳德，可以叫我利奥，但别叫我兰尼。"坐在大卫另一边的活宝开口道。这位穿着灰色 T 恤和红色套头衫，眼镜倒是跟左边的丹一样。他又说道："我是亚麻棕公司的通信工程师。"说着他把套头衫前方的拉链往下拉了点，隐约露出里面 T 恤上印着的"亚麻棕"字样。

"幸会幸会。"这两位越过坐在中间的大卫又握了个手，还交换了联系方式。

"那您呢？"利奥对大卫说，"您是哪个领域的工程师？"

"或者是科学家？"丹补充道，"很遗憾我们对理论物理有点脱节，不过在去的路上我们可以好好聊聊，让大师给我们这些菜鸟补补课。"

"啊……"大卫"咔嚓"一下固定好了自己的两道安全带，"其实我是个月球律师，我叫大卫。"

两人面部从石化般的目瞪口呆，逐渐过渡到了走路踩到狗屎的表情。

大卫在心里叹了口气。他甚至在高中以后都没碰过理科。

3

"舱门已经关闭，即将进入发射倒数程序，请各位最后确认安全带已经扣好，谢谢留意。"

火箭里传来的广播声音，打破了三人间持续了一阵子的沉默。

"恕我直言，"利奥紧接着说，"您知道将一个成年人发射到月球去要消耗多少能量吗？"

大卫耸耸肩，他一个律师怎么会知道？

"您的贡献肯定是对人类有利的，在某些方面，"丹说，"不过如果仅仅是金钱方面的好处，也许您在地面用虚拟现实体验一下就够了。"

"票不是我买的。"大卫说，"我甚至不是自己想去月球。是客户叫我去的。"

另外两人大概无法想象居然还会有人把自己的律师送去月球，即便要花费天文数字的钱来买火箭票。

"我是去调整优化研究所的核电站的。"丹说，"您是去月球干吗的呢？"

"我去修月球港的信号天线。"利奥接着说。

"我是问这位文科生先生。"丹说。

"为客户做事而已，但具体内容需要保密。"大卫说，"律师对客户有保密义务。"

"啊，"丹说，"那我猜肯定是非常重要的事情吧。"

"算是吧。"大卫说。

利奥冷笑了一声，在大卫听来非常刺耳。

其实他这次去月球，也跟地月之间的通信信号时断时续直接相关。但是他知道就算说出来，这两位高傲的理科生大概还是会嗤之以鼻。人类就是喜欢对自己有的一点什么东西沾沾自喜，即便这些优势大部分都是天生的。

大概十年前，地月间刚刚开通定期航班的时候，就有人提出不要让游客占用太多名额，毕竟能在月球进行的科学研究实在太多了，月球航空公司也早就实现了大幅盈利，股东也应该对分红知足了。

但哪里会有知足的股东呢？月球航空开始将一船船的富翁送往月球，他们从登上火箭飞船就开始狂欢，把用于科研的研究所挤了个水泄不通，还拍摄各种炫耀的视频。声色犬马的镜头激怒了科学界，也激怒了大众。

"发射倒计时开始。"

大卫又看了一眼自己的安全带，确认已经系好了。他无意间瞥了一眼利奥的安全带——他也把插扣插到错的插孔里去了。大卫有些犹豫自己要不要提醒一下利奥。

利奥的冷笑又在大卫脑海中回放。装什么装可恶的理科生，我才不要提醒你呢，大卫心想。

"十、九、八……"大卫听着播报声，又忍不住担心等下火箭发射的震动会让利奥弹出去，或者至少震个骨折或者肌肉拉伤。作为邻座的乘客，他当然不对利奥负有任何提醒的义务，至少从法律上讲肯定如此。他们两个没有达成书面合同，也没有口头合同，利奥坐的椅子也并不由大卫负责维护。

"……三、二……"

不管了！他狠狠拍了拍利奥的肩膀，用力指了指利奥的安全带，又指了指自己的安全带。利奥一脸问号，不知道大卫想说什么。

"一。发射。"

火箭开始大幅度颤抖，并且发出"轰隆隆"的巨响。

在这声巨响中，大卫心里的弦终于绷断了。他决定做自己认为正确的事。

"你安全带没系好！"大卫使出气吞山河的劲，对着利奥的耳朵大喊，尽量让音量盖过背景噪声。对方这时才发现问题，手忙脚乱地解开并重系。大卫也出手帮利奥重新系好安全带。

他就是这样的家伙，非说不可的话绝对憋不住，即便细想后觉得可能对自己这边不利。也许他确实不是做律师的料。

4

火箭终于离开了大气层，第一级推进器也已断开，飞行越来越平稳，积压在大卫背部的推力终于稍微缓和了下去。

刚才刚起飞的时候好几个 G 的重力让他能听见自己骨头"嘎吱嘎吱"的声音，似乎要从自己的肉身里"脱颖而出"。

大卫咬紧牙关，感受着自己的脑壳被压在座位上的痛楚。他终于理解为什么同事听说有去月球的机会时，并没有人踊跃报名了。

他工作的律所，就是一家专门处理月球法律事务的律所，叫作 Lydies Tasuni，简称 LT。一般而言，即便作为月球律师，也没有人真的需要去月球。他们就跟那些专门处理离岸法律事务的律所没什么两样。那种离岸律所的律师都持有开曼群岛、英属维尔京群岛之类地方的律师资格，但人都坐在亚洲金融中心高耸的写字楼里，跟当地普通的律师一样工作——坐在电脑面前处理文档，电子邮件发来发去。再说即便有出庭的必要，月城法院基本上能远程虚拟出席。

大卫也不是一开始就想去月球律所工作，但阴差阳错，他成了一名月球律师。这段旅程还要从他在上一家律所——M&B——工作的最后一天说起。

"我就开门见山地说了。"

M&B 的合伙人把大卫叫到办公室的时候，大卫已经心里有底了，他已经做好了面对最坏情况的心理准备。

"你得走了。"合伙人说。

"没有别的办法了吗？"大卫心里也清楚，但还是想象征性地问一嘴。

"不是你的问题，"合伙人摇摇头，"也不是我们的；要走的人，也不止你一个。"

合伙人低下头，摘下眼镜擦了擦，低头的时候头顶没有头发的地方油光发亮。他戴回眼镜，叹了口气。

"我也要走了，所有人都要走了。我们律所的这个办公室要关门了。"

即便已经做好了心理准备，大卫还是被震撼到全身发麻。他以为是自己被开，结果是M&B律所当地办公室所有人都被开了。如此一来，律所在美国以外就只剩下日本和法国还有办公室。

从法学院毕业，大卫成绩并不优秀，所以没能按照成绩进入律师职业学院，成为当地律师——这是他们这里成为律师的正规途径。他家也不愿意再出钱送他去纽约、伦敦，用曲线救国的办法取得别的地方的律师证，再想办法转换到本地来。他就只能找到M&B，在这里作为一个没有律师执照的律师助理工作。工作量跟律师基本一样，工资却要打个对折。但他想，只要攒够钱，自己也可以出去留学，再实现梦想的。

没想到的事情除了自己从M&B卷铺盖走人，还有海瑟提出分手。

5

分手发生在一周还是两周以前，但对于大卫来说就仿佛是昨天的事情。

那天早上阳光明媚。台风终于走了，并且带走了潮湿和闷热的天气。早上的空气干燥而清爽，阳光仿佛透明的生命体，充盈着室内的空间。

但是大卫没有时间欣赏这平日的美好，他赶紧起床收拾妥当，就要赶去上班。

由于有了之前 M&B 律所撤走的经验，大卫不敢对目前 LT 律所的工作有所怠慢，而且因为自己已经拿到了月球律师的资格，所以自己终于不用再做律师助理，而是可以在名片上堂堂正正地印上"律师"这个职位了。

当然后面跟着的括号里写着"月球"二字。

过去在 M&B 的时候，大卫经常十点过了才到自己的办公室，因为其他人也这时候来。现在他绝对不敢在九点之后到，即便这样意味着要在人满为患的地铁里夹在不认识的人和各种气味中间。到了座位，他就立刻打一杯所里的咖啡，然后开始回复昨天晚上积累的邮件。这时他注意到自己的手机上有海瑟发给自己的信息。

"中午有空？想见你。"

这是非常难得的事情，因为前段时间，就在大卫好不容易找到 LT 的工作的时候，海瑟也正好如愿以偿地当上了合伙人。本来是值得两人一同庆祝的场合，但那之后海瑟就一直都很忙的样子，过去至少一周能见一次的，瞬间恶化成了一个月才见一次的频率。

所以海瑟会主动给自己发信息，甚至主动约时间见面，大卫是很庆幸的。

其实大卫也不是太担心两人的关系，因为海瑟已经不只是他的女朋友了。

大卫午餐时间溜出了办公室，假装成觅食的样子前往海瑟约见的公园。这个公园在山顶，要穿过建在山腰上的高级商场，搭乘商场里有着透明顶棚的电动扶梯上去。大卫路过商场里的餐厅时，留意了一下哪家餐厅人比较少，因为中午见面两人总是要吃饭的吧。

等大卫坐电动扶梯来到了公园，海瑟已经站在公园里两人约见的喷泉那里了，她手里拿着手机噼里啪啦地敲着，新做的指甲敲在每年一换的新手机上。大卫看着她，发现她现在已经是彻底的西装套裙加高跟鞋，不冷的天气里也穿着丝袜，头发也专门放下来做了造型，看起来是成熟的职场女老板，不再是每天给老板卖命的女牛马。

"等你等了好久。"

大卫看看时间，发现自己只是迟到了半分钟。

"最近怎样，当个'月球'律师。"

"还行，其实跟以前干的差不多。"大卫说，"还不是看合同、跟客户打电话、写写邮件。就那些事。"

"有可能像我这样升合伙人吗？"

"现在就？我才加入没几天。"

"但你不是都当了好久的律师了吗？"

"那之前我一直是律师助理，那段经验都不算的。"大卫记得以前跟海瑟说过。

海瑟叹了口气："我就知道。"

"知道什么？"

"知道你是靠不住的。男人的嘴，骗人的鬼。"

"我骗你什么了？"

"你说你会好好努力，让我过上幸福生活的。"

大卫心里一惊。他确实说过这样的话，而且恐怕不止一次，是在两人刚确立关系的时候呢，还是把那个东西给她的时候？但这种话可以拿来作数的吗？

"我怎么没有让你过上幸福的生活了？"

"之前我当律师的时候那么累你是没看见吗？"

但是海瑟的累跟自己有什么关系？是她自己选择要进入这一行的。

"那你现在也混出来了啊，如愿以偿当上合伙人了啊。"

"那都是靠我自己的努力啊！"

　　海瑟的声音有点大，甚至盖过了从一人多高莲花一样绽放的小屋屋顶流下的喷泉声音。很多人看向他们。

　　"我知道自己现在很没出息，法学院毕业这么多年才当上律师。"实际上他们同学里面很多人到现在都没当上律师，"不过你给我点时间，我一定会好好努力，争取早日成为独当一面的律师、当上某家律所的合伙人。"

　　海瑟冷笑了一声。

　　"就凭你？还是算了吧。"

　　大卫有点没听懂，什么算了？

　　"我是说，我们分手吧。"海瑟瞄了他一眼。

　　"可是我们……"

　　"哦，那个东西呀。"海瑟马上说，"我以为你给我了，是我的东西。不过我也知道你有多小气。喏，拿着。"

　　海瑟从西装上衣口袋里拿出来一个小信封，一把塞在大卫手里。

　　"那这样我们就两清了。你送我的其他东西就是我的了，因为我也送了你东西的。"

　　大卫拿着信封，试图回忆自己收过她什么东西，但是在这段时间里，她已经走掉了，连再见甚至永别都不曾说过。

　　公园门口，夏末秋初的阳光透过叶缝洒在山间小路上，上班时间这里的人和车都不多。大卫打开信封，里面躺着一枚戒指——他当年送给海瑟的戒指。

6

　　海瑟突然提出分手的冲击到今天也未完全消散，他还是不能理解为什么相处愉快的两人有一天会以这种方式终结。他感觉自己可能确实需要改变，也许正是如此他才会主动提醒利奥安全带的事情。

这时船舱里的灯突然亮了。白色的刺眼灯光取代了温柔的幽兰色夜灯，照亮了头盔内外的世界。不管乘客是神游虚拟世界还是神游梦乡，都被这白灯一记直拳般的照射砸醒了。他们不情不愿地睁开疲倦的眼皮，摘下头盔，伸懒腰打哈欠。

"各位乘客，我们的飞船即将停靠月球港，感谢您的搭乘。请您收拾好自己的随身行李，待飞船停稳后下船。您的托运行李将很快送达 7 号转盘。"

当大卫沉湎于自己的回忆中时梦时醒，飞船已在不经意间抵达月球港。随着"哐当"一声巨响，飞船与月球港向着地球方向伸出的众多廊桥中的一个对接，随后又有些"嘶嘶"的响声、管道的敲击声，最后飞船里的灯光变成杏绿色，表示飞船里的乘客终于可以解开安全带，离开这个让人坐得屁股生疼的金属闷罐了。

"嘿，"大卫正准备在无重力状态下滑出船舱时，旁边的利奥说，"之前说的话，抱歉了。另外也谢谢你的提醒。"他指了指安全带，然后浮起在半空，跟在大卫的后面飘出船舱。

"没事了。"大卫用手扶着船舱的铁框滑进了廊桥。

前面乘客的手扶着一排沿廊桥铺设的梯子，他们的脚还悬在大卫的眼前。

"要不要等下一起喝一杯？我请你。"利奥在身后说，"算是赔罪。"

"我也去！"前面的人回头说，原来是丹，"想听听你是怎么变成月球律师的。"

大卫叹了口气，不过还是答应了。他们都住在面朝地球的大地酒店，约好两个小时后在酒店大堂见。

大卫飘入入境大厅后，感觉房间似乎一直在旋转。等踏上大厅弯曲的地板时，他发现原来这种旋转使得房间里利用离心力模仿出了与地球上类似的引力。

入境大厅的风格非常现代，到处充斥着硬朗的线条和幽深的冷光，大部分墙体是白色或银色的，入境柜台的玻璃上方会根据是否有空位亮起蓝绿色或者橘黄色的灯。大厅的墙上还用带着白色背光的浮雕字写着"到了这里，就等于到了月球！"穿着仿佛《创》这部赛博空间题材的科幻影片里面电子世界的人才会穿的制服的入境官员一个个地查验他们护照上的签证，同时签发在特定日期内允许停留的登港通知，跟出国时遇到的边检人员没什么不同。

丹和利奥都很快在别的柜台拿到了登港通知，然后去取托运行李了。拿着大卫签证的入境官员却左看右看，好像出了什么问题。

7

大卫进到了自己的房间里，把所有行李往床上一扔，然后把自己也像行李一样扔到了床上，深深地叹了一口气。

这是段漫长的旅程。因为没有经历日出日落，不知道中间经历了多久。但是他上次人在床上，还是自己家的床。

那天早上，剧烈的连续碰撞声将大卫从床上唤醒。他发现自己还穿着昨天晚上回来时穿的衬衣西服，手边是在极度困倦状态下勉强收拾好的圆筒行李袋。现在想来他做得最正确的事情就是昨天收拾好了行李。

"大卫！"碰撞声现在混合着中年男人的嗓音，"文大卫！"

大卫屏住呼吸，想要听清外面到底是谁。

"我知道你在里面，给我开门！我们得谈谈！"

大卫以尽量小幅度的动作从床上起身，小心不让自己的席梦思发出任何响声，再蹑手蹑脚地走到门前，从猫眼里向外望去。外面，一个穿着墨绿色运动服、大腹便便的中年男子正试图往里面窥视，吓得大卫差点摔倒在地上。

"大卫，你再不出来我们就把门撞开了！"

中年男子又开始大声敲门，让大卫一时以为自己被看见了，但转念一想觉得应该不至于。他回来以后都没有时间拉开窗帘，所以里面应该也没什么光透过猫眼。

"文大卫，开门！"

大卫有点想坐在里面，看对方到底能拿他怎么样，结果这时门上传来一记重重的撞击。

原来他们说要把门撞开不是开玩笑的。

听见门外此起彼伏的撞击声，大卫感觉自己门上的碳纤维正在经历最后的几次缠绕，很快就会进入疲劳状态。红色的液体已经从门缝下面漏了进来，也许是从溅满红色油漆的门上滴落下来的。大卫听说过这种泼红漆的行为，在新闻里经常能看到，是黑社会的惯用伎俩。

大卫很清楚这些人是来干什么的，一切要从几天前说起——

凌晨两点，冷雨拍在窗玻璃上，温暖的被窝是夜晚最好的归宿，大卫却发现自己无论如何也无法入睡，家里的酒也已经因为海瑟前几日提出分手而消耗殆尽。

直到今天，大卫还是不敢相信海瑟已经离开了自己。两人从大学最后一年就在一起，一开始就"金风玉露一相逢，便胜却人间无数"——从精神到肉体都相处愉快。大卫也谈过几次恋爱，深知人与人之间可能产生龃龉的地方实在太多了。

但是离开校园后，两人的经历就开始像两只折法不同的纸飞机一样，按照不同的轨迹向前飞去，一个起飞，一个下落。海瑟成功地进入了总部在纽约的美国大律所的本地分所，拿着高额薪资，处理最复杂、最有名的案件和交易，在律师圈里混得风生水起。大卫却连最基本的本地律师资格都没拿到，一直在律所打杂。等他好不容易拿到了月球律师的资格，还被海瑟好好笑话了一通，说他是野鸡律师。

即便这样，即便经历过无数曲折和海瑟的羞辱，大卫还是以为两人的关系是稳固的，毕竟两人曾经有过那么多美好的回忆作为感情基础，而且严格来说两人已经超越了单纯的男女朋友关系。在自己还没有如此落魄，在两人境遇差不多的时候，他们一起吃过很多好吃的食物，看过很多好看的电影，去过虽然现在想来可能微不足道、不值一提，但在当时的他们来看都是美丽的所在的旅游景点。

也许从海瑟找到理想的工作开始就埋下了祸根，只是这引信的爆炸在几年以后。当凌晨两点烂醉如泥的大卫从找不到酒的家里出来，游荡在附近游客繁多的酒吧区，一边喝酒一边为海瑟提出分手暗自神伤时，居然发现海瑟和别的男人出现在眼前。

大卫也知道自己其实已经跟海瑟分手了，她现在想和谁见面喝酒，就算是酒后乱性，跟他大卫都没什么关系。但看着两人在酒吧的另一边卿卿我我，那个看上去比海瑟大个二三十岁、老婆可能已经停经了的老男人的手不时搭在海瑟肩膀、腰间、大腿上，还是让大卫颇为愤懑。说这两人是因为感情才在一起的，大卫难以信服，更有可能是海瑟为了身外之物才出卖色相。跟他分手就是为了去当个"捞女"？她不是说是因为自己已经当上了合伙人，觉得大卫太不努力才分手的吗？

大卫一直看着他们，最后只喝了一杯鸡尾酒，就尾随他们离开了。

零星的冷雨在橘黄色的灯光中飘落，街上热闹的人群已经尽数散开，只剩少数醉得不能动的人径自躺卧在街上。那两个人的身影混杂在等的士的人群中，大卫隔着一条街看去，心想他们大概是偷偷摸摸的，所以不敢开自己的车。一直戴着防传染病口罩的大叔，又把手放在海瑟身上。两人有说有笑，情到浓处，大叔摘掉了口罩，亲了海瑟一口。大卫心中燃起了无明火，他想也没想，就拿出自己的手机，拍了一张两人的照片。因为光线太暗，手机自动打开了闪光灯，引得对面的人一齐张望自己。

怕被海瑟看见，大卫赶紧掉头离开。但是当天晚上自己就经历了一场追截，就在出发这天，他们更是追到了大卫租住的地方。

8

房间的窗户正好转到了蓝色水晶一般闪闪发亮的地球的一面，但大卫的头正埋在白色的刚刚浆过的笔挺床单里，完全错过了这难得的美景。

刚才他还被边检官带进了小黑屋，他们怀疑他试图持无效或伪造的签证进入月球港，但也无法解释为什么大卫能够顺利地通过检查，登上火箭。

实际上在小黑屋里的时候他大概就知道原因了，而这原因跟他来月球的原因竟然一样。

最后边检给了他一个翻盖手机，说如果震起来的话立刻接听云云。

如此一来大卫才被允许入境，来到自己的酒店房间。稍事休息，很快他又要去大堂见丹和利奥。

"他们到底找你有什么事？"利奥问。

大卫来到酒店大堂的时候，两人已经到了，一人面前放着一杯细长玻璃杯装的啤酒，一人正啜饮着一杯从黑色渐变为蓝色的鸡尾酒。大堂和房间也延续着入境大堂的现代科幻设计风格。白色的座椅外框里镶嵌着地球一般蓝色的柔软坐垫，环绕着白色桌角蓝色桌面的圆桌，墙边有镶嵌在墙线中的幽蓝色灯。大卫翻看酒单，发现那杯鸡尾酒叫"地球升起"。

大堂的大窗同样可以看见美丽耀眼的蓝色地球，还能看见停靠在月球港众多廊桥处的飞船接近和离开，前往地球或者其他地方。

"地月之间的信号暂时中断，"大卫一边扫视酒单一边说，"我的签证刚办下来，一时半会还没有传送到月球这边来。"

"这么着急要来月球？"丹说，"不过你不能告诉我们原因吧，律师要为客户保密。"

"也不是完全不行，"大卫叫来服务生，点了杯大概是长岛冰茶衍生版本的风岛冰茶，"简单说来，就是我的客户要争夺月球的遗产。"

他琢磨自己只要不披露客户和相关人士的名字，大概不会有任何问题。他曾经无数次在陪合伙人跟客户吃饭的时候听合伙人这样招徕生意。

"月球的遗产？"利奥喝了口酒，"不来月球就处理不了吗？"

大卫点点头："信号问题。"

他不想透露太多细节，但事实上就是他的客户卡萝送他来月球，处理丈夫路易的月球不动产。如果不是信号问题，他本来可以直接在地球上发起申请。当然信号问题还带来了别的问题，导致他不得不亲自飞来月球。但非他不可吗？其实月球律师又不是只有他一个，不过愿意在这种时候突然前往月球的，倒是只有他一个。毕竟卡萝丈夫路易在前往月球的途中遭遇太空海盗的事情已经在地球的各大媒体上滚动播出了好几天。

"来，跟我们说说你是怎么当上月球律师的。"利奥说，"我们买了两个小时以后的太空歌剧，帮你也买了，还有点时间。"

大卫叹了口气。

9

当上月球律师，大卫回想起来，就是海瑟提出分手前几年的事情。

被之前的律所 M&B 裁员之后，大卫消沉了很久。他躲在自己租住的地方，不想吃饭、不想睡觉、不想出门，在拉紧窗帘的房间里，坐在黑暗中，烟酒环绕，长吁短叹。

他知道裁员大概不是自己的错，毕竟是整个律所被一锅端了。现在经济确实很差，过去多到做不完的资本市场业务，帮助公司上市发行股票或者债券，经常需要大卫通宵熬夜，现在一个月都未必有一个，还募集不到什么资金。过去每次加班熬夜他都诅咒那些客户，希望他们赶紧倒闭，省得自己还要如此累死累活地挑灯夜战，钱也没赚到几个子；但真等那些客户都消失了的时候，他又哀叹市场不好，丢了工作。他本来觉得自己还是有希望在一年内攒够去纽约读个法学硕士的钱，然后利用这个学位参加纽约律师资格考试，等拿到资格证以后再回来找正式律师的工作。

但是随着现在自己失业，这些都成了梦幻泡影。

"你听说过吗，最近我看了个合同，居然约定适用月球法律，什么鬼！"

在海瑟还没当上合伙人之前的某次约会时，她跟大卫说到了月球法律。其实大卫在新闻里也看到过，说月城是现在最富有的离岸金融中心，取代了新加坡、卢森堡、迪拜，同时在离岸法律市场也取代了英属维尔京群岛、开曼群岛、百慕大群岛、巴巴多斯等一众加勒比海国家。既然月球是新兴的离岸金融中心，他是不是也可以当个月球的律师，处理下月球的法律事务？反正他也没钱再去美国读书。

赋闲在家，大卫开始准备参加月球律师考试。

大卫开始准备这个考试的时候，还没什么人考过，所以很多东西都需要自己去摸索。因为不可能叫所有考生都飞去月球考试，月球律师资格考试是在网上进行的，也不需要专门飞到什么地方去集中培训，不需要考试者已经是哪里的律师，只要证明自己多少学过法律即可。大卫用之前读的法学院学历通过了报考资格审核。因为考试太新，没有专门的培训机构提供辅导培训，大卫就自己做了几遍官方提供的模拟试题，然后就准备参加考试了。

"你最近在干吗呢？"海瑟有一天发信息给大卫，大卫看见的时候刚刷完一轮习题。

"在准备律师考试。"大卫赶紧回复。

"要去纽约？还是伦敦？"

"我准备参加月球律师的考试。"大卫没想那么多就发出去了。

海瑟很快发来一个笑脸，但感觉是那种"呵呵"的冷笑。大卫暂时不想让情绪影响自己。他暗下决心，等考完之后再联系海瑟。

后面的事情就很顺利了。大卫通过了考试，取得了月球律师资格，改好了简历，向城里少有的几个月球律所发了过去。很快，他拿到了好几个面试的邀请。

10

"月球律师有那么吃香吗？"丹喝干了自己的啤酒，看了眼表。

"相当吃香现在。"大卫说，"以前大家都会在英属维尔京群岛或者开曼群岛注册公司，享受当地的税务优惠，但这几年随着当地法律逐渐与其他发达国家接轨，这种优势正变得越来越薄弱，优惠力度也不行了。月球法律就不一样了，不仅是税务优惠……"

"慢着，要么下次再讲吧。"丹说，"我们的太空歌剧快开始了。"

三人一起动身，向歌剧院走去。

从酒店出来，是一个介绍月球港各种设施的小博物馆，博物馆里面有一个月球港的微缩模型，三人路过的时候顺便看了一眼。从远处看，月球港就是一个简单的圆柱体，两端再伸出来两个没那么粗的小圆柱体，一边朝着地球，一边朝着月球。朝着地球的那边就是廊桥、入境大厅和各种港口设施；朝着月球的那边主要是各种行政设施、工业设施，以及月球电梯的入口。靠近地球一端的小圆柱体和中间的大圆柱体会一直旋转，产生离心力，大圆柱体的两端各有一个酒店，供游客欣赏地球或者月球的景致，中间有公园、体育馆、剧院、酒吧、赌场、兼做画廊的图书馆，等等，还有一个贯穿整个圆柱体的大型轨道"星际滑翔列车"，提供娱乐体验的同时兼顾一点内部移动的功能。

三人穿过餐厅、公园和体育馆。餐厅门口的菜单有一些稀奇古怪的菜肴，比如月球蘑菇炖太空仔鸡、无重力番茄烩月壤土豆牛腩，让人看着都想试一试。公园正前方没什么特别，就是那种室内布置的有小径有桥有流水的普通公园，但是抬头可以看见无遮拦的环绕月球港内壁一圈的公园其他部分。圆球状的体育馆他们没有进去，但似乎有个无重力的游泳池，透过半透明的外壳能看到大家都浮在里面，不知道是不是还有无重力篮球、网球之类的运动。

"等下我们要看的太空歌剧跟这个类似。"利奥指着游泳池说。

"什么意思？"

"虽然我们在有模仿重力的空间站里，但这两个地方都有一个靠液压浮动在里面的球，又抵消了模拟出的重力。"

等大卫到了歌剧院，才搞懂利奥说的是什么意思。一进入剧院，重力就消失了，所有人沿着球形的剧院半边内壁飘浮分布，抓住分配给自己的栏杆；另外半边则是大屏幕投影的剧场。虽然也可以用来看

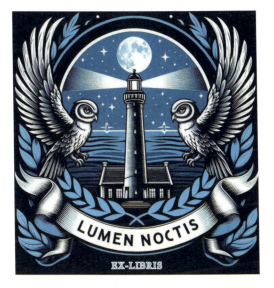

LUMEN NOCTIS

EX-LIBRIS

电影，但今天剧场里用投影配合舞美，投射出璀璨的星汉，因为他们看的是月球港剧团的经典太空歌剧——《鹊桥仙》。

大卫拿起戏票，这时才看清今天剧目的名称。他当然知道是秦观写的那首——"金风玉露一相逢，便胜却人间无数"，不过开始看才发现，这是根据古代曲目改编的新作，牛郎织女现在相逢的地方不是银河，而是位于拉格朗日点的太空站，演员穿的不是长袖的华服，而是配合演出改造的修身太空服。不用另外在身上绑绳索，他们利用无重力的剧场直接在观众面前飞翔，有时候大卫感觉都快被演员撞到了。不过他想起来月球法律里也有侵权法，被撞到也可以求偿。

他发现几乎所有的演员都戴着蓝色或黄色发光的手环，另外他也注意到有些观众也戴着。他估计是什么时髦的挂件，没太放在心上。

大卫正全身心地沉浸在表演中，被华丽而不受拘束的舞姿和壮丽而悠扬的音乐夺走了所有的注意力，直到他发现自己的裤子好像有点不对劲。他以为是自己的腿在太空中悬浮以至于抽筋，低头一看却发现是入境的时候给他的翻盖手机正像疯了一样震动，还发出刺眼的闪烁红光。

"时机还能再差一点吗？"大卫在心里诅咒了一声。他向利奥及丹打过招呼后飞向剧场的出口。他真的很想知道这个版本里两人怎么"忍顾鹊桥归路"。

11

"一定要现在去吗？"大卫问。对方叫他现在赶紧去签证办公室。

"如果你能忍受手机一直振的话，"电话那头低沉的嗓音带着轻蔑的笑意说道，"可以不必马上过来。"

　　大卫叹了口气，赶紧来到附近的滑翔车车站。他以为坐滑翔车过去会快一点，但是看见车站排队的人潮，就放弃了。这个兼顾娱乐功能的滑翔车是在最短时间内穿越位于月球港另一侧的酒吧、商店、赌场和图书馆，抵达签证办公室所处的办公工业区的交通工具。其实，更多人热衷于坐滑翔车，是因为有一小段轨道冲出了月球港巨大的旋转主体，在密闭透明的玻璃管里高速翱翔璀璨星空，视觉冲击力极强。

　　大卫转而靠步行前往。他发现以剧场为界限，月球侧的建筑风格稍微变得古典幻想风了一点，能看到一些木质的墙板和立柱，还有的酒吧看起来就好像地球上那种开业上百年的老店似的，有一整片完整木头削的吧台。地球侧的建筑倒是以科幻硬朗的现代风格为主。

　　等大卫路过能直接俯视月球的餐厅时，里面豪华的风格让他都有点不敢靠近了，远远瞥见西装革履戴着白手套的侍者站在水晶大吊灯下用冷冷的目光打量他，确认他是不是顾客，需不需要迎上前去帮助。

　　再往前走，就来到了主体之外的办公工业区。从路标上看，尽头处是月球电梯的搭乘位置，但一旦偏离主通道，这个区域的装修风格就荡然无存，变成简单粗暴的工业风了——到处是裸露的电线和管道，签证办公室就在这里。穿着随意、胡子拉碴、满脸不高兴的官员给他拍了照，留下了十指的指纹，在大卫的护照上贴上了新的签证，叫他留意内部广播，等下一班月球电梯抵达的通知，然后就把他赶了出来。

　　回去的时候，大卫路过返程滑翔车车站的时候发现没人，他赶紧蹦上了第一排。滑翔车是无顶无盖的快速轨道车，受限于场所规模只有三个站，乘坐时需要抓紧扶手并且扣好安全带。有一段轨道冲出太空站，途经装在外太空的玻璃管。看着自己在银河、地球和月球之间的轨道上旋转着翱翔绝对是会让人到死都会回味的美好回忆。不过看起来好像旁边还有可以切换到内部的轨道，也许会在玻璃管破裂的时候启用。

等大卫回到剧场的时候，赶上了歌剧的最后一幕。演员正在虚空中唱着苏轼的《水调歌头》，穿回了传统的长袖四处游弋。不过还没等大卫进入状态，歌剧就结束了。

12

"没事了，他们每天都会演出一次，你明天再来看就行了。"

离开剧场的时候，利奥的声音还回荡在大卫颅内，但当他回到自己的酒店房间时就知道这只是痴人说梦了。他的邮箱里已经有七封来自卡萝的邮件。

第一封邮件的标题还是略带客气的"你到月球了吗，希望一切都好。有几件事需要你处理一下"，最后两封邮件已经变成了"不要忽视客户的邮件——特别是我的"和"你有带脑子去月球吗？"。她的邮件当然抄送了合伙人，所以连带着合伙人也发了邮件给他，提醒他不是来月球玩的，而且客户承担了昂贵的月球船票，希望大卫好自为之。大卫叹了口气，开始处理邮件。

他还记得第一次在 LT 律所里见到卡萝的情景。

那时大卫刚经受了在 M&B 突然被裁员的惊吓，非常想要认真努力地工作，证明自己在 LT 的价值。他觉得自己这样的干劲只能支撑到每次换新工作之后六个月到一年的时间，再往下就是反复寻找其他让自己拖着疲惫的身体从温暖的被窝挤上地铁又睡眼惺忪地来到自己的办公桌前的动力，而答案当然是没有。工资当然没有高到给他打满鸡血，工作的内容只能说是熟悉，但绝对算不上毕生挚爱，客户更是一个比一个难伺候。他只能好奇自己为什么还没死，至少死了就不用上班了。

能让他觉得还不如死了算了的其中一件事，就是跟卡萝的第一次邂逅。

他接到合伙人的电话赶过去时，合伙人办公室里面已经坐了一男一女，其中女的坐着，男的站着，而旁边还有好几把空椅子。

"这就是我跟你说到的，文大卫，我们很有经验的律师。"

大卫对着卡萝苦笑，知道自己的"经验"可以有很多不同的理解。这个时候他才看清，卡萝是个乍看起来是女性，但细看也有一些男性特征的人。她穿着淡紫色镂空针织绣花连衣裙，有着短短的卷发、粗长的眉毛、锐利如老鹰的眼睛，脸上的沧桑怎么看都是个狠角。大卫感觉自己好像在哪里见过卡萝。

而站在她身边的男人正好跟她相反，长长的柔顺头发向一边梳着，垂到深紫色笔挺贴身的西服肩上，粗黑的眉眼能看得出来是个男人，但从脸部皮肤的状态来看至少比卡萝要小十几岁。他双手互相按着，安静地站在卡萝身后，眼睛在大卫观察他的时间里从来都没有抬起来过，一直在卡萝身后的影子位置停留，只用眼角余光打量大卫。

"大卫，卡萝可是我们的贵客，你一定要好好服务。"

"是啊，你们的服务可不能输给我们的紫洛斯呢。"卡萝仿佛是在用嘴角干涸的皱纹微笑。

合伙人将一叠文件递给大卫，大卫扫视了一眼，很快知道他到底在哪里见过卡萝。她可以说是个风云人物，和丈夫路易一起创设了大型电器公司 CL 集团。路易逐渐接手了公司的日常运营，而卡萝则日渐退至幕后，但多次在关键时刻出手，于危难之际拯救集团，不过近几年如果不是因为卡萝和路易之间的龃龉，可能众人已经遗忘了卡萝这号人物的存在。

另外，因为路易最近在前往月球的路上遭遇了太空海盗的绑架，卡萝的脸经常出现在电视里，哭诉说自己不管做什么都要救回路易一命。她在屏幕里显现的伤心和崩溃，与现在所感觉到的锐利好像是两种完全不同的气场。

"所以这次的服务内容是……"

大卫快速翻看后面的几页资料，好像都是各种股权的关系图、股票文件的复印件，以及一些房地产的登记文件。

"太空特警已经发现了路易的飞船，准备宣布他失踪了。"卡萝嘴角的笑容好像收不回去一样残留在那里，"你赶快去月球，给我搞定他在那边所有的资产。"

"我？去月球？"大卫毫不掩饰自己的惊讶。

那个时候大卫还没有被海瑟分手，也没有被人上门泼漆，不知道什么样的灾厄会降临在他头上，没有十足的动力去另外一个地方出差，更何况是去另外一个天体。

"你是不想去吗？"

卡萝的笑容这次完全收回去了，甚至有点反方向动作，有演变成怒视的趋势。

"这个我们再讨论一下。"有点秃顶，但喜欢把周围的头发梳上来的合伙人赶紧出来打圆场，"大卫，你把我给你的资料好好研究一下，回头我们讨论。"

大卫从那个时候开始就知道卡萝不是那种只会远程刁难一下律师的客户。她是毫无顾忌、喜怒形于色的。

在回复了卡萝的邮件之后，大卫以为自己可以稍微休息一下，结果他的手机很快又响了。原来卡萝还需要自己跟她视频。一想到她那张能把每个皱纹变成刺猬的针一样的脸，大卫感觉自己的头皮开始不受控制地发起麻来。

13

幸运的是，与卡萝的视频只进行了不到 30 秒就断掉了。

卡萝又发了一串邮件，咒骂 LT 律所的 IT 维护人员是狗屎，或者 LT 没钱找最好的公司提供最好的技术。这时大卫想起自己为什么会被派到月球来，不正是因为地月之间的通信信号时断时续。不过他也不敢当面告诉卡萝，知道她是一个可能因为任何事情勃然大怒的人。

大卫想起利奥还是丹说过自己是来月球港修通信塔的，他在三人见面喝酒的时候问起来修理情况。

"奇怪，设备看起来都好好的。"利奥说。

"但是我今天跟地球视频的时候又断掉了。"大卫说，虽然多少有点心存感激。

"至少月球港这边是这样。"利奥说，"我没机会下到月球上去，不知道那边的设备是不是这样。"

"月球上的设备不是通过月球港来跟地球保持连线的吗？"丹这时候问，"毕竟月球港离地球更近一点。"

"实际上还真不是，虽然两边互相可以借用，互为补充。"利奥说，"毕竟月球港的电力有限，月城那边与地球连线用的大型天线直接装在月球表面了，反正月球总是同一面朝向地球。"

"总是同一面朝向地球？"大卫说。他从来没听说过这种说法。但是另外两人看着他的眼光，让他感觉是自己孤陋寡闻了。

"正是，"利奥咳嗽了一下，试图压抑什么表情，"过往有很多阴谋论，说月球背面有什么外星人基地，或者其他什么不想让地球人看到的东西，但实际上……"

"实际上，"丹接着说，"按照现在最流行的理论，月球是在地球形成早期因为小行星撞击而诞生的，那也不难理解。"

　　丹举了个例子，就是一个人如果拉着另外一个人转圈圈，突然放手，那个被甩出去的人肯定也是一直朝向中间那个人的。大卫想象了一下，虽然感觉说得好像有点道理，但自己理解起来总有点云里雾里的感觉，可能这就是文科生的先天不足。

　　"反正现在月球上这么多人，还有卫星，月球背面什么都没有这一点已经是确定了的。"

　　大卫点点头。

　　"不过你说你不会下到月球上去……"

　　"对的，我们公司只负责维修月球港的通信系统，月球上的天线由月城管辖，只能等他们自己修了。"

　　"那太好了。"

　　"什么太好了？"利奥困惑地看着突然涨红了脸的大卫，后者意识到自己又没把住口，把心里话说出来了。他才不想天线修好了要视频去见卡萝那张凶神恶煞的脸，更不想立刻回到地球落入黑社会的虎口。

　　"没有……我是说你可以多在月球港休息几天，太好了。"

　　"才没有，"利奥把自己点的鸡尾酒"僵尸来袭"一饮而尽，"我已经把报告交了，大概下一班返回地球的船到了就要回去，可能就再待两天时间。我还羡慕你们可以去月球表面呢。什么'到了这里就等于到了月球'，简直扯淡。"

　　大卫想起来"到了这里就等于到了月球"那个入境大厅的标语，现在想起来也感觉有点讽刺，毕竟月球港离月球不止十万八千里。

　　"他们就是想要把大部分游客都拦截在月球港才那样说的吧。我上回来的时候，那里写的还是'观赏月球最好的地方，尽在月球港'。"丹说，"怕有传染病的游客抵达月城。以前就出现过类似的情况，战争还是传染病之类的，结果来避难的人把月球研究所挤爆。听说最近又出现了新的传染病，你回去可要小心点。"

"你来过月球港不止一次？"利奥惊呼道，"真是太幸运了。"

"哪有这小子幸运。"丹对着大卫撇嘴一笑，"我来了这么多次，一次都没去过月城。"

大卫没太理解为什么丹没有去过月城。但还没等他开口问，一个男人搂着一个顶级美女路过。男人看起来都可以做女孩的爷爷了，但那种搂的方式感觉有点下流，几乎要碰着女孩的乳房了。另外女孩戴着闪着黄色荧光的手环，就是之前大卫在剧院看见的那种。

"你们看见那女孩了吗？"等两人过去后，大卫问他们。

"看见了，"利奥笑着说，"你也感兴趣？"

"我……只是想问下她戴的那个手环，好像很多人戴，你们知道哪有卖的吗？"

利奥和丹对视了一眼，终于忍不住了的样子，笑了出来。

14

到了月球电梯抵达月球港的日子，这天早上就有一张纸条从下面的门缝塞进大卫在酒店的房间，提醒他不要误了这班航程。一想到自己又要见到丹和利奥，大卫就有点头皮发麻，因为昨天晚上在酒吧被两人一顿嗤笑，原来自己不只不知道月球一直用同一面朝向地球，也完全不知道月球上有仿生人这种东西。

"你是一直生活在一个真空的罐头里的吗？"

利奥当时笑得前仰后合，现在看到大卫似乎也带着笑意，让大卫没有办法在电梯大堂面对正在等待送别两人的他。

"我……也是多少知道一点的。"

现在想起来，大卫并不是完全没看见有关仿生人的新闻，但是仿生人在地球上被禁止已经超过十年了，而一个东西如果从你的生活中消失超过十年，就会如同从来没有存在过一样，难道不是吗？

"是了是了。"

丹用纸巾擦干刚才笑喷在桌上的"摩西过海"酒，试图将忍不住的笑意往回收。

"当时我们都很紧张的吧，"利奥对丹说，"以为人类从此要完蛋了，仿生人出现，来取代我们了。"

仿生人，利奥解释道，就是用各种方式制造出来的跟人类看起来没什么两样的机器人。他们跟全身除了脑子都替换成人造器官的家伙相比，是连脑子都是人造的货色。随着科技的发展，仿生人的皮肤触感、头发的丝质感、整体重量、动作幅度，几乎都可以以假乱真了。人们很快开始用仿生人做各种事，也很快出现了各种各样的问题，从身份盗用到导致大规模人类失业、引发饥荒甚至战争，最终使得地球上的各国政府基本上采取了封禁政策。但在月城，仿生人除了普通的泛用型，大体上无非分为再生人和新伴侣两类。

"所谓新伴侣，很好理解，就是长得像人、只用来陪伴人类的仿生人。"利奥可能认为大卫什么都不知道，所以从头开始讲解，"他们可能有原型，也可能只是根据不同的人生成的。主要功能是陪伴别人，所以没有搭载与人类相仿的智力，或者相关芯片的算力没有解锁。你刚才看见的那个戴着黄色手环的美女就是新伴侣。"

"所以……那个手环不是买的，而是强制用来识别仿生人的？"

"黄色是用来识别新伴侣的，蓝色的是再生人。"利奥说，"因为所有佩戴手环的人都被禁止返回地球，他们也只有在这里需要戴，在月城就没必要了。"

"我听说月城会给每个单身人类配一个新伴侣哦，帮助他们在异星上维持心理健康。"丹笑嘻嘻地说，"你可以期待一下。"

大卫突然感觉一阵热意袭来，让自己双颊发烫，不知道自己到底在期待什么。

"另外，在仿生人被地球全面禁止后，几乎所有的仿生人公司和科学家齐聚月城，研发出了新一代的仿生人。他们称之为再生人，因为会直接灌入人类的记忆和意识，所以具有跟人类一样甚至可能超出人类的智力水平。地球上现在只允许人类部分改装为义体，就是残疾人换手换脚一类的，而且绝对不能超出普通人的能力范畴。"

说到这里，丹突然神情严肃了起来。

"不过即便在月球，听说制造再生人也有严格的限制。"

他看了利奥一眼，对方好像也不知道，投来好奇的目光。丹这时压低声音，示意两人靠近一点再说。

"我听说他们要先消灭原型。"

"原型？"大卫皱起眉头。

"哎呀，你们怎么这么……"丹进行了一下表情管理，"这么说吧，所有的再生人都是复制某个真人，用来取代真人的，所以跟新伴侣不同，再生人在月球是被视作人类的。因此在复制出来之后，就要把作为原型的真人给弄死，不然哪能有两个一样的人呢，会产生所谓的 Doppelgänger（分身）效应。至少现实层面肯定是会乱套的。"

这时，大卫想起来以前考月球律师证的时候，见过有一些有关再生人的法律，不过因为不是考试重点，他也没怎么认真看过。里面有写过复制再生人的时候要消灭原型吗？这样做有什么意义呢？大卫准备等告别两人后，再好好查下月球法律。

"而且跟'分身'会吸走原型真魂取代原型的传说差不多的地方在于，他们真能把原型的'灵魂'给转移到再生人上，所以你如果不看手环，真的无法分辨一个人是不是再生人了。"

"灵魂这东西真的存在？"大卫作为一个文科生也开始感觉有点进入玄学的领域了。

"意识，其实是说的个人意识。"丹好像主要是对着利奥说，即便问题是大卫问的，"包括一个人的记忆，和每天早上起来时确信自己与昨天晚上睡觉时是同一个人的意识。这些东西我不知道他们怎么做到的，但是据说可以复制到再生人的脑子里去。结果就是，再生人以为自己就是本人。所以才有消灭本人的必要，否则再生人自己是本人的信念就会崩塌。"

大卫有点好奇他们怎么消灭本人的，但两人好像既不知道也没兴趣知道，继续聊起来月球上的再生人到底是怎么复制意识的。因为涉及高深的科技，大卫已经无法理解消化。总之，再生人就是戴蓝色手环的家伙。

大卫觉得自己已经知道了全部应该知道的事情，与两人告辞，回酒店收拾东西再查一下邮件。

回到房间，果然又有卡萝发来的邮件。她询问大卫，根据月球法律，如果继承人发现被继承人没有遗嘱，应该如何继承。大卫稍微查了一下，然后简要地告诉她这取决于到底继承的是动产还是不动产。动产应该按照死者死亡当日居住地的法律管辖，而不动产按照不动产所在地的法律管辖。在从医院或者法院那里取得死亡证明后，如果有遗嘱的话法院会发一个遗嘱认证书给遗嘱执行人，没有遗嘱的话会发一个遗产管理书给遗产管理人，通常是死者的近亲，比如配偶、父母或者子女。

虽然路易到底死没死，没有确凿证据，但是卡萝非常斩钉截铁地说路易绝对没有遗嘱。听到这消息的时候大卫耸了耸肩，他见过太多说自己老婆、老公没有遗嘱，结果后来又有人跳出来说有遗嘱的情形。不过等他忙完上床睡觉，半梦半醒之间才想起来自己本想查一下再生人相关的月球法律。如果明天早上起来自己还是原来的自己，也许会想起昨天晚上自己想做的事情吧。但一般情况下，大概率是想不起来了。

第二天一早，月球电梯抵达电梯大厅。大卫带着自己的行李袋，前往电梯大厅。丹和利奥已经在那里等他了。

第二章

飞我去月球

1

门"咻"的一声开了，就像一声低沉的叹息。

大卫踏出门外，看着眼前的落客大厅：灰褐色纹路的大理石地面，雕刻着天使的巨型石柱，室内零星分布着身影婆娑的棕榈树，好几部电动扶梯无声无息地工作着，将无须驻足欣赏的人上上下下地送来递往。正对着所有车门的一整片墙壁上，有一个正方形暗金色的金属浮雕。浮雕主体是大厦，正中用刚劲的衬线字体写着"The Lunar Resort"（月城的全名，月球度假城），下面用华丽而夸张的花体写着"Numquam solus es in luna"（在月球什么什么，大卫看不懂但估计是拉丁文），以大厦为中心，周围一圈呈放射状的激昂线条似乎代表着大厦所散发的万丈光芒。

其他地方是巨大而厚实的玻璃落地窗，跨越整个三层楼高度，能看见外面洁白无瑕的月球大地和黑暗深邃的宇宙星空。某个从此处望去仿若球场对面篮球大小的微蓝光点，约莫就是地球。

大卫看着眼前辽阔而富丽的风景，一时间有点无法适应，失去了思考的能力。

"请问，是文大卫先生吗？"

一个娟秀清丽的声音从旁响起。大卫轻咳了一声，收回云游到不知哪里的心绪，结果眼光落到眼前的女孩身上时，他的心就像超音速飞机，即将着陆又一脚油门踩死加速起飞，速度快得瞬间突破了音障，震得大卫双耳耳鸣，眼前发黑。

这是他前所未见的、人间不可能拥有的美丽。

她有着乌黑秀丽直到腰际的长发，工整符合黄金比例的鹅蛋脸，大得恰到好处的动人双眼，挺立但又自然的鼻子和嘴唇，洁白细腻的皮肤，瘦削但不见骨的身躯；穿着莹白贴身带着几根青蓝色条纹勾勒腰线的及膝露肩连衣裙，踩着一双白色漆皮的高跟鞋。简而言之，就是一切比例都恰到好处。仔细看去，大卫感觉她的每个部位都像在哪里见过，但合在一起又是一个全新陌生的人。

当然，大卫现在回想起来，这一切也不是完全没有预料到的。

2

回到大卫刚踏入月球电梯的时候。他和丹刚跟利奥告别，后者不知道是真的会想念两人，还是在羡慕两人有机会前往真正的月球，竟激动地流下了泪水。

"你，你们回来的时候，能不能给我带点月球上的特产？"利奥眼里含着泪水说道。

"月球上的特产？"丹苦笑着说，"那大概只有月球上的土壤了吧。"

"没有什么吃的？"大卫试着说，"比如真正的月饼什么的。"

035 | 第二章 飞我去月球

另外两人看着他，一副想笑又笑不出来的样子。

"那你记得看见嫦娥的时候找她的兔子要一点。"丹终于还是笑着说了出来。

利奥擦干了眼泪，点点头，示意两人赶紧搭上电梯，电梯门已经开始闪着黄灯发出警告声。

告别过后，大卫回头找位置坐下。这里与其说是电梯间，更像是在刚才来月球港时乘坐的月球沙滩号飞船的船舱，也是圆环状绕着圆形的电梯间绕了几圈来布置，而且也有类似的安全带。实际上这个所谓的月球电梯也不过是个小型一点的火箭，并且用极长的几根绳索导引，真的电梯要等刚性的电梯轨道建成，是很久以后的事了。

大卫坐下后不久电梯就启动了。他突然好像被利奥的激动之情感染了，有一种自己终于要脚踏实地抵达月球的感动。他想起来自己玩过的老游戏，里面每次刚开始的时候不是从海面潜沉到海底的极乐城市就是从地面发射到云霄之间的新哥伦比亚。他难以想象等下看见月城的时候自己会有多么激动。

在电梯推进器喷射了一段时间后，电梯间进入被月球引力自然吸引向月球表面的状态，这时大卫手边的扶手开始闪烁。大卫不知道发生了什么，坐在他旁边的丹却投来邪气的笑意。

"怎么了？"

"你要好好选哦。"

"选什么？"

"现在开始表演正人君子了吗？我们喝酒的时候说过的。"丹笑得更厉害了，"现在就是你要挑选新伴侣的时候了。"

"现在就？怎么选啊？"

"我怎么知道，只有去月城的人才有得选。"丹好像有点生气地说，"赶快选吧，再过半个小时就落地了。"

　　大卫赶紧戴上扶手上弹出的折叠式头盔，眼前的系统提示果然是有关月球新伴侣的选择画面。其中首先确认了大卫此行是单身，没有同行配偶也没有伴侣——大卫在脑海里狠狠地将海瑟给画掉，然后询问大卫是否需要分配一个伴侣，于他在月城的期间陪伴他——大卫犹豫了一下，还是打了钩确认，之后确认了大卫的性别和大卫的性取向——大卫选了自己是男性，希望伴侣为女性，最后开始询问大卫的理想型。大卫可以像有些游戏一开始选择主角样貌那样，从发型、肤色、五官、身材、文身等众多细节中选择自己中意的，也可以从前人打分较高的造型中选择，还可以完全交给人工智能来帮自己选，只需给它设定一些参考条件，避免人工智能的选择太过走样，比如提供自己认识的人的照片等。

　　大卫纠结了很久，不知道到底自己该用什么办法来确定。他想起过去自己谈过的女友，倪基、妮蔻、蒂凡尼和海瑟。这其中倪基是大卫的高中初恋，虽然长相一般但是非常甜美，而且很可能是所有女友中真正爱大卫的一个，遗憾的是大卫那个时候还是愣头青一个，实在不知好歹，总想着自己还能碰到更漂亮的女孩，在上大学之后两人的关系就逐渐平淡，而有次大卫不耐烦时把自己的真实想法说出来后，就彻底伤到了倪基的心。

　　大卫后来找的女友妮蔻确实漂亮。她青春靓丽、热情洋溢、魅力四射，是从南方国家过来的交换生。不过很快大卫就发现妮蔻并没有把自己当作她唯一的男友，而大卫自己没办法接受那种比较新潮的开放式关系，所以在妮蔻回国的时候两人的关系就自然结束了。

　　蒂凡尼也能算是美女，但她给大卫带来的多是痛苦的回忆。她最早找上大卫竟然是因为她视妮蔻为竞争对手，想跟她别苗头，只是当时恰逢妮蔻回国，所以蒂凡尼就顺理成章地鸠占鹊巢，而大卫也乐于在感情方面无缝衔接。但蒂凡尼的内里则好像住了一个女巫，觉得自己拥有让世间万物事无巨细地按照自己的愿望运行的魔法，但实际上她当然没有这样无边的法力。取而代之的是，她会在旁人看不见的地方大发雷霆，试图用言语（有时候也用暴力）将一切"推回正轨"。简而言之，她就是个小小的暴君，并且有着巨细靡遗的观察力。大卫一方面精神上承受着百般的折磨，另一方面肉体上又无法对蒂凡尼婀娜的腰线和偶尔的笑容说不，以至于自己在蒂凡尼这片沼泽里越陷越深，无法自拔。

而让大卫彻底放弃蒂凡尼，还要归功于她自己。

当时大卫已经大三，从学校宿舍搬到了附近的公寓，蒂凡尼也住一起。等他深夜回家的时候，他发现家里的一切东西都被砸坏了，不管是电视机、电脑还是微波炉；沙发衣服和床被她用利器划拉了好几个口子；冰箱里的东西都被扔在了外面，鸡蛋被砸得满地满墙都是，冰块也化了一地。

他意识到是因为自己刚刚在朋友的派对上认识了海瑟，两人仿佛第一次遇见从心灵到兴趣如此般配的异性，天南海北一刻不停地聊到深夜，聊得口干舌燥、浑身颤抖、忘乎所以，当然也忘了检查自己的手机，等大卫看手机的时候，发现自己漏接了蒂凡尼打来的已经累积到了三位数的电话。

本来是宣示主权的行为，蒂凡尼制造的烂摊子反而让大卫下定决心和她一刀两断，转而追求海瑟。当然，后者也在几年后让他心碎。

大卫摇摇头。他一想到自己的这些前女友就感觉头疼，更无法面对一个长得像任何一个前女友的机器人。

他本来还想仔细推敲下该怎么确定新伴侣的样貌，却注意到头盔视线边缘显示着自己抵达月面的进度条、百分比和剩余时间。原来就在他刚才沉湎于回忆中的时候，月球电梯已经走到离终点还剩不到十分钟的地方了。大卫赶紧放弃了自己微调样貌的选项，转而将自己的网上浏览记录开放权限给人工智能，交给它来定夺。在提供参考对象时，大卫搜索后勾选了几个自己第一时间想起来的明星，譬如范斌斌、林芝凝、桥本环辣、泰乐西夫特、赞达牙，然后在最后几分钟时间里点了确认提交。

这时他才松了口气，摘下头盔，发现其他人都还戴着头盔。

3

月球电梯抵达月面的时候，推进器重新启动，在调整姿势和减速后，稳稳地降落在月面的对接口里。

确认电梯停好之前的一小段时间里，电梯里竟然放起了第一首在月球上播放的人类歌曲——《飞我去月球》。大卫将自己沉浸在音乐里，想象着自己竟然真的抵达了月球，可以看看这里的春天是什么样子，而现在自己脚下不远处就是月球球面。他有种说不出来的兴奋和惊喜。这时音乐逐渐停止，广播提示所有人可以起身离开了。

又是一阵解开安全带的噼里啪啦声，大卫叹了口气，从自己的座位上坐起来。这时他才感觉有引力，但又跟地球上的重力很不同。

走出电梯间的时候，丹拍了拍大卫的肩膀，"选好了吗？"丹又笑着说，"别最后交给人工智能了，那结果就难讲了。"

大卫脸有点红，说已经选好了，不用丹为他担心，但他心里还有点不安，不知道会出来一个什么样的人物。他这时走进一个满目都是水泥灰色的风格粗犷的大厅，大厅没有什么特别的装饰，简单粗暴的圆形功能性空间，一面墙上有一个数字时钟，走两步可以看见用无衬线字体印在墙上的"联合国月面物种多样性保存维持机构"，以及这个机构的古怪格言"为地球不幸毁灭的那一刻时刻准备着"。

"所以这个所谓的月球研究所，实际上只是个仓库？"大卫问丹，但是丹好像忙着要去找对接人——前往研究所利用月球丰富的核能资源建设的核电站。大卫只好和丹匆匆告别，自己去找前往月城的路。这时他发现好像有很多人都站在一起，听一个穿着白色大衣、头发褐色卷曲、戴着黑框眼镜的瘦削男人讲话。

"大家都是要前往月城的，对吧？月城列车还有几个小时才过来，我们研究所正好在组织一个简单的参观，完——全——免费，想要参加的人，跟上我这个研究员就成。"

反正来一趟月球也不容易，大卫把自己的行李放在对应区域，等机器人帮他搬去列车上，他快步上前，跟上众人。

"我们研究所，可能诸位过来的时候也看见了，是隶属于联合国的机构。"那个穿着白色大衣的研究员说，细看才发现这大衣的两条袖子仿佛两块显示屏，可以显示各种参数，"我们是个公营机构，不是什么只为了敛财的公司。我们是为了全——体——人——类——谋福利的。"

研究员特意在"人类"两个字上加重了语气。大卫隐约感觉这跟月城在地球之外特别允许仿生人的存在有关。

"我们这个机构的结构很简单，"研究员走到墙边的一个地图旁，指着给大家介绍，"我们整个研究所在这个圆形的建筑里。正中间圆心的位置，就是刚才大家来的地方，是月球电梯的落客大厅。本来我们是准备建一个长长的电梯轨道，直连到月球港的，但是有些有钱的家伙，出高价把运来建设轨道的钢材给买走，拿去建设什么度假胜地了，那可真是对我们太——有帮助了。"

大卫环视一周，感觉其他参观的十来个人大部分看起来是要去月城的，这种时候先拦截他们和他们谈月城的不是，总感觉有些不够地道。已经有人开始问怎么去月城列车那里，想跳过这个阴阳怪气的导游了。

"慢着慢着，你们可别想直接去月城。你看这里。"研究员不知何时从袖子里伸出一根仿佛螳螂臂一般折叠的细肢用来在地图上指指点点，看粗细大概也能当作凶器，"我们这个月城列车的车站在研究所外围这里，毕竟是后来增设的。你想去车站，走过去可不行。我们这里到处都是高度机密的试验场所，设了很多关卡，没有通行证的人可不能到处乱走，最好乖乖地跟着我们的电车导游团，不出一个钟头保准将你们送到车站那边去。"研究员用螳螂臂指了指一条环形的细线，线绕研究所一周，但呈逐渐离心的走势，穿过扇形分布的各个区域，最后的终点就是月城列车的车站。

"对了，我们要去搭乘研究所电车，这样我们就可以不用走了，直接慢慢坐到头就行。"

说着，他带领所有人走到了旁边的一个电车车站那里。说是电车，看起来更像是装在固定轨道里的几节高尔夫球车，没有玻璃环绕，四处透风。研究员确认所有人都坐好之后，启动了电车。电车吱呀一响，开往不知什么地方。他的大衣好像突然收缩了一样，又自动裹紧了全身，看来不是普通衣服。

"我们现在正在离开中心区域。中心区域有好几层，除了电梯大厅，还有前台、收发室、行政办公室和我们所长的办公室。当然反正你们也不会去，所以等我们离开的时候再介绍也没关系。"

这时，电车正前方好像被一个耸立着的巨怪挡住了路，透着幽暗的红光白光，到处都是嘶吼的管道，让人有种置身冥府的感觉，令人不免惊恐、混乱和恶心。

"这就是整个月球殖民地——包括好吃懒做、什么贡献也没有的月球度假城——的能量中枢，我们的核聚变电站。等下我们会从电站的正下方穿过，当然不用担心，辐射剂量跟裸露在月球表面的相比起来可以忽略不计。"

下一个区域电车快速掠过，虽然有车站但是没有停留，研究员也一声没吭，就好像这里什么也没有一样。隐约之中，大卫感觉黑暗中好像有什么东西在凝视着自己，但是凝神细看时电车已经开过去了。

"接下来，就是大家大概都非常有兴趣的地方，"研究员沉默了几秒钟，很有可能是为了制造一点戏剧效果，"我们的档案室。"

大卫在内心里翻了一个超大的白眼。

"我们的档案室可不是只有文件哦，有很多 DNA 资料。想起我们月球研究所的全名没有？对了，我们是为了在万一，地球不幸毁灭了，炸成碎片了，或者地球被小行星撞击了，上面的物种都将被消灭的时候，把地球上的所有物种都备份一遍。实际上我们会搬到月球来，也是因为北极的世界动植物档案馆和南极的全球种子库也没有幸免于战火……所以说我们跟神话故事里什么东西最接近？"

众人都没有回答，大概都跟大卫一样，正在沉思地球彻底毁灭的图景。

"不会吧，没有人知道吗？我再给你们十秒钟。"

这时间里，电车已经到了下一站，并且停在了那里，等待研究员的讲解。大卫注意到，这个区域的人比较多，毕竟前面几个区域都是完全看不见人的状态。而电车停在这里，甚至有人上下车。

大概是为了不让研究所的工作人员和游客发生任何交流，电车再度启动了。研究员简单介绍了这里是保安和医疗区域后，又回到了最初的那个问题。

"还是没有人知道吗？你们都跟我一样没看过《圣经》的吗？"

大卫很想脱口而出"诺亚方舟"，但下一站出现了很多像自然历史博物馆里大型标本一样的，让他觉得答案在他回答之前自己揭晓了。

果然，研究员让所有人在这站下车，自由参观三十分钟。大卫听见他在角落里微微叹了口气。

4

结束自由参观之后，众人不得不回到电车那里，因为这个区域也没有明显的出口，除了很多标本以外没有什么东西。而标本大部分都是地球上常见的动物，无非是长颈鹿、大象、狮子、老虎这种，任何一个像样的城市动物园里都应当有的动物。不消说这些人见过这些动物活生生的样子，还有比这更珍稀的动物。

研究员没说什么，只是带游客众人坐电车来到下一站。这里也有很多人，而且大家都穿着跟研究员一样的白色大衣，上面的布质显示屏闪烁着各种信息。大家在不同的玻璃房间里，有的做实验，有的操作电脑，有的在闲聊喝咖啡。就在大卫以为他们的研究员会说点什么的时候，有一个也穿着白色大衣但是头已基本谢顶、看起来比他们的卷发研究员年龄大上不少的人加入了进来。

"欢迎大家来到月球研究所！"谢顶研究员大声呼着气说，"我们的同事斯蒂芬刚才已经带大家参观过其他区域了，对吧？"

游客们冷漠地看着两个研究员，气氛似乎已经到冰点。

"哇哦，斯蒂芬！看来我们遇到难搞的一群了。""谢顶"用小一点但是听得见的声音说，"你说是吧？"

"让我们去车站就好了嘛。"众人里有人说，"把我们耗在这里做什么？"

"哎呀，不是。车还没来你去车站干什么？"谢顶说，"再说，你们这些人就这么不关心地球的物种多样性吗？"

043 | 第二章 飞我去月球

"不然我们为什么离开地球？"

大卫朝发出声音的方向看去，看起来他们像是从最近发生大规模战争的区域出来的人。相邻的两个国家有领土纠纷，本来已经相安无事了大半个世纪，结果因为政权更迭，从小规模的摩擦，演变成了两国的全面战争。唯一值得庆幸的是两个国家恪守《不扩散核武器条约》，到目前为止只使用了常规武器，包括一颗可以毁掉半个中等城市的尼古拉二世炸弹。这样的战争在地球的每个大洲都有一两场，并不罕见。

除了几十年以来连绵不绝的战争，现在地球上的天气和季节也变得紊乱了许多。在南国居住的大卫，不仅在冬天见过大雪，春天见过沙尘暴，夏天经历过四五十度的盛夏，在任何季节都见识过可能吹掉建筑物一整面墙的台风，还经常碰见一天暴雨一天暴晒来回横跳的极端天气，每天新闻都说今天是有史以来最冷或者最热的一天，纪录似乎在不停被打破。幸好他住的地方没有火山和地震。大卫隔三岔五就能看见地球上死火山重新大喷发，以及毁灭力惊人、死伤惨重的大地震。

当然，能来到这里的人，非富即贵，只有大卫这样的除外。大卫心想，就算他们在地球也肯定会想方设法建设一个四季恒温、能抵抗暴雨和台风的舒适大宅，正常情况下对地球到底变成什么样肯定毫不关心。他们能下定决心抛弃一切来到另外一个星球，绝对不是没有深思熟虑就贸然行动，无非是地球已经变得相当不适宜生存了。

"可是，躲到月城地球就能得救了吗？"谢顶摘下自己的无框眼镜，擦了擦，"地球上还有很多人都在跟你们一样，遭受地震、洪水、瘟疫、暴政、气候恶化的折磨，自己跑到月球躲起来就算万事大吉了？"

"我们得救不就完了！"

"太自私了！"站在旁边沉默不语的卷发开口了，"你们这些肉身的家伙，在月球上可能染上各种月球病，说不定比在地球上还先完蛋！"

大卫在哪里读到过，月球上严重的辐射、月心引力不足、营养失调，都有可能导致人的肉体快速老化生癌，往往来月球不到十年就撑不下去了。

"月城可以把身体器官全部更换成义体的，我们可以比在地球上活更久的时间。"有个女生声音细弱地补充说。

"你还不如把脑子也换了，别当人算了！"卷发再次喘着粗气怒吼道。

大卫想起之前利奥和丹说的，月城已经有了可以制造再生人的技术，也许这些人也是为了变成再生人才前往月城的？毕竟再生人如果定期保养更换零件，貌似就可以实现永生了。他感觉双方的气氛已经剑拔弩张，很有可能下一秒就打起来。现在这边是有人数优势的，但车站里面没两步就是看起来人数远超他们的研究员军团，如果他们团结起来自己这边肯定不是对手。他开始试图回忆在月球研究所打架到底会适用哪里的法律，毕竟这里还没到月城。

就在僵持的时间里，突然警铃大作，红色的警报灯光在研究所内四处闪烁。同时，一个机械化的、听不出男女的声音在播放：

"二级警报！所有人员注意，有实验物脱逃。重复一遍，有实验物脱逃，二级警报！"

5

电车已停止运作，连步行的路线都被立即落下的沉重闸门给切断，可能是为了防止研究区的实验物前往其他的区域。大卫试图看清到底这里在做什么试验，但只能看见磨砂玻璃后面挣扎的破碎残影，以及被好几层隔音玻璃过滤后的沉闷哀号。大卫和其他观光团的人都被困在了研究区域，和最不友好的研究员们关在了一起。他们看观光团的眼神好像正教徒中混进来了异教徒，需要接受精神上的重新改造。

"他们就是些反对进步的老腐朽，"游客中有人愤愤地说，"把他们安排在离月城这么近的地方，我都觉得不安全。万一他们拿着化学试剂冲过来要把接受了义体改造的人都烧死怎么办？"

"但是本来就是先有的研究所，后来才有的月球度假城的。"另一个人说。

"那又怎么样？月城现在是联合国承认和托管的，不属于任何一个国家的特区，研究所不能对我们怎么样。再说月城有自己的警察部队——"

"喂喂，我们可还是在研究所的地盘上，小心隔墙有耳……"

众人安静了一阵子，其间只有警报的声音来回播放，让人希望耳朵自己长出茧子，对这样的声音产生免疫。大卫开始感到厌烦，希望这样的声音赶紧停下来。

没想到这样的念头出现没多久，警报声竟然自己停止了，红色灯光也不再闪烁。电车运输没有恢复，但通往其他区域的道路似乎恢复了。大家以为事情已经解决了，等刚才那两个研究员回来，就可以带他们离开这个鬼地方。结果左等右等都不见那两个人的踪影。大卫又听见其他人在讨论：

"怎么没人来？我们要不自己走吧。"

"你知道怎么走？这个地方这么错综复杂，我怕走丢了。"

"刚才那个地图我拍了照片。"有人掏出自己的手机，"看起来我们在研究区。再往南走，穿过后勤区外围，接近核电站的时候我们就到车站了，可以在车站那边直接等，省得见到那两个晦气家伙。"

　　但是有一些人还是不愿意走，可能觉得这段路还是太远，或者害怕邻近的核电站有辐射，虽然在月球生活本来就要经受一定程度的辐射，而且车站就在电站外面，总是免不掉的。

　　大卫纠结了一番到底是跟要走的人一起还是跟要留下来的人一起。两边的人数差不多，所以没办法从人数上用从众心理跟随。两边的人都说得有道理，研究员可能过来之后会继续吵架，甚至可能会打过来，不如等列车来了直接上车比较清静。自己也不想再听他们那套充满优越感的宣言。但是自己即便不怕辐射也怕走丢，从一路上电车移动的距离来看，这里绝对不是一个随便走走就能走出去的地方。

　　犹豫再三，看着要走的人已经走出去几百米，大卫下定决心跟走的人一起，毕竟留在原地什么新东西都见不到，到处走走，即便迷路，也是全新的体验。活着不就是要多看点东西，多去点地方吗？

　　大卫拎起自己的行李袋，朝前方移动的人群赶了过去。

6

　　不知谁找到了手电筒，在手电筒光线前面，是一个看起来像仓库区域的地方。走廊两边到处都是铁架，上面堆着各种箱子，也有很多箱子随意地堆放在地上，看上去阴森可怖。有些地方沿着走廊会看见一些空着的没有任何标识的房间，不过试了几个之后似乎都是锁着的，而且就算没锁大概也没人有胆量或者兴趣进去看看。如果是地球上的房间，这里可能会挂满蛛丝蛛网，在月球这里只是徒增灰尘而已。每走一步就有人因为吃灰而咳嗽起来，咳嗽的声音在空旷的房间里回荡，好像还有其他人在远处咳嗽一样，听起来相当瘆人。

　　这时，一个黑影从远处忽地闪过，大卫吓得往后一退，但又不确

定自己是真的看见了还是幻觉。问其他人都说没看见，大卫只好自己
警醒一点，站在队伍靠后的位置。

在这无尽的走廊和铁架中间，大卫感觉自己对于时间的流逝好像
有点迟钝。刚坐了很久的火箭和月球电梯，让没太休息好的他在这无
边的黑暗中逐渐被困意所俘获，他很想找个安静的角落坐下来休息一
下，但又担心自己会如此这般直接睡去。

又走过一个转角，大卫听见了窸窸窣窣的声音，这次很多人都听
见了。众人想要绕过发出不祥声音的地方，但是在黑暗中一时没发现
别的路，所以只好硬着头皮从旁边离得稍微远一点的地方通过。

大卫想起来很多年前，和海瑟两人在游乐园鬼屋约会的往事。大
卫想要展示自己的男子气概，自告奋勇地走在她的前面。两人也是沿
着没有什么照明的走廊东拐西拐，不过那个时候的走廊比现在的要窄
小得多，经常有什么东西突然从上下左右伸出来把大卫吓个半死。最
后的爆发点是走廊尽头的一扇门，大卫犹豫了很久，不敢打开，但怎
么看都好像没有其他路了。

"不敢开是吗？"海瑟说。

"我……先缓缓。"大卫感觉自己的心跳还没完全恢复过来。他
不知道为什么自己会答应来鬼屋，明明知道自己看个恐怖片都会在十
年后被相关的噩梦半夜惊醒。

"没事，那我来帮你开吧。"海瑟说着就打开了房间的门。

这个时候，大卫看见房间里有张床，旁边有个蹲在墙角的人影，
人影旁边是另外一扇门。大卫有点担心那个人影会突然活动起来，不
过刚才在路上已经被另外一个鬼追了几步，当时自己甩开海瑟往前自
顾自地跑了几步，面子上很挂不住。所以现在这个大概只是个人偶吧。
他吞了吞口水，沿着墙根伸手去勾另外那个门的把手，随着把手"咔嗒"
一声，那个蹲在墙角的人影猛地往大卫身上一跳……

后面的事情大卫就记不太清了，再睁开眼睛发现自己躺在游乐园的医务室里，旁边是笑得合不拢嘴的海瑟，以及一个笑意盎然的穿着白大褂医生模样的家伙。

"我们开业以来，吓晕过去的女生有几个，男生我可是第一次见。"医生模样的家伙拿来听筒和血压计，重新给大卫量了一下。确认没有问题之后让大卫走了。

不过幸好，海瑟当时没有因为他胆小而嫌弃他，但也许那个时候她就开始看不起他了，埋下了两人最终分手的种子。

大卫这样想着，突然不小心撞到了前面的人。他正准备道歉，突然发现那人的手电筒的光线里，有一个小小的猫狗大小的东西，正回头用反光的眼睛看着他们。

7

"哟，这是什么小东西。"刚才那个声音细弱的女生脱队出来，伸手想摸那个猫狗大小的东西，却在离那东西还有两步远的位置不动了。大卫透过不甚明亮的光线细看，才发现那东西好像是浣熊，不过身上的毛掉了很多，好像得了什么癣病一样，裸露的皮肤上还到处是伤疤。虽然看起来有点可怖，不过总的来说还是地球上可能有的生物。这时那东西开始向女生的方向爬行，露出锋利的门牙，发出"嘶嘶"的威胁声。

"啊！"那个女生后退的时候被地上的什么东西绊倒了，发出了惨烈的叫声，结果那东西被惨叫所激怒，一下子往女生的身上蹦了过来。一瞬间女生的手就被那东西咬住了。女生一边惨叫连连，一边试图挣脱。其他人就站在旁边，像石化了一样愣着，但举手电筒的人倒没有忘记继续提供照明。

"快去救她啊！"

"看她都出血了！"

"啊！"

其他人这时开始呼号、求救、指责，但就是没有人出手。女生的血开始染红满是灰尘的地面，混合成吸满人血的灰块。大卫这时才意识到这些有钱人大概平时都是有保安保姆之类的，自己只是负责发布命令，从来没有想过有一天需要自己出手行动。他无法忍受这些人的无动于衷，更无法忍受自己的懦弱，他想要改变。他深呼吸，从地上捡起刚才绊倒女生的纸筒，开始敲打那东西。

结果那东西放开了女生，开始朝大卫的方向扑来。大卫侧身一让，避了过去。他正准备回身应对时，突然发现其他人都往远处跑了起来，自己连手电筒的光都没了，只能凭借那东西眼中的反光来隐约判断它的位置。

又来了！大卫用纸筒拦住了一击，但他发现那东西咬住了纸筒，并且轻而易举地把纸筒咬成两截。现在自己没有任何东西可以格挡，自己的行李袋也不记得去了哪里。他害怕起来，往后退了两步，却碰到了墙壁无处可躲。他甚至突然开始希望自己能像上次那样直接昏过去，让别人来处理算了。

"在这里在这里！"

这时突然有其他人的声音和光线传来。大卫顺着声源望去，发现有一大队研究员跑到了自己身边，而刚才那东西已经往相反的方向跑去。其他人举起带着网兜的长杆子和手电筒继续追了过去。

有个研究员停下来查看文大卫："你还好吗？"

"我还好。你快去看看那个瘫倒在地上的女生。"

"可是我看你也受伤了啊。"

大卫低头一看，才发现自己手臂不知道什么时候被划了几道血印，直到这个时候才感觉到疼。

8

"好了，给你注射了血清，应该不会有什么问题。"一个穿着白色大衣、戴着深红色眼镜、留着齐颈短发的女医生在医务室里对躺在墙角的大卫说。大卫看着高耸的清水混凝土的天花板，以及上面挂着的不同材质、带着铁锈、缠绕着胶带拐向不同方向的圆柱形和方形的管道，过了很久才想起来自己是在月球研究所，而不是在地球上废弃的烂尾楼里。

大卫从不太牢靠的折叠床上直起身子，看着刚才被抓的地方，已经经过了消毒和包扎，还被扎了几针。他看向医生，发现她正拿着一台平板电脑，平板放在桌上，桌面上可能因为忙碌扔着很多东西，各种杂物堆叠起来恐怕都有三四层了。

"所以……刚才那个是什么东西？"

"是……"那个医生犹豫了一下，一边在平板电脑上敲击什么一边说，"是只小熊猫。是我们在研究所里培育出来的，所以不用担心会有狂犬病。"

"是克隆？"大卫问。

"比那个更厉害哦。我们是在试验用细胞恢复生命，不过看起来还不够完美就是了。"医生似乎很骄傲地说。

"为什么要拿它们做试验？"

"为什么……"医生从平板电脑屏幕上抬头，困惑地看了大卫一眼，"我们总要从哪里开始吧，之前已经试验过昆虫一类的，比如蟑螂和蜘蛛，现在逐渐到小型哺乳动物了，从老鼠兔子，然后是大一点的，现在正好到小熊猫这里而已。"

"我是说，为什么要在月球上试验，在地球上不行吗？"大卫想起各种月球病，这些动物即便在月球上诞生，大概也要承受各种辐射和重力不足的问题吧。

"哦，你倒是观察很敏锐。"医生微微一笑，"我们当然还有其他课题，可以通过这些动物试验进行研究。"

"比如说？"

"这……你一个准备去月城的人真的想知道？反正你们都会逐渐替换器官，直到全身义体化的。"

大卫已经听过这种说法，不过他只是去打工的，不可能去一趟月球就全身换成义体，不然以后还怎么回地球。

"我不是去定居的。"大卫斟酌了一下说法，决定先这么解释。他不想又被嘲笑为什么要派一个律师去月城。

"这样啊，"医生好像一副欲言又止的表情，"总之我们也是要开发药物的。"

"所以你们光把那些动物恢复出来还不算，还要给它们打各种药？"

"你不是学生物的吧，"那个医生百无聊赖地说，"这些不都是很平常的吗？你是没见过地球上的药物研发机构和大学生物系，里面的兔子老鼠更不少。"

大卫想起那只被抓进笼子向他投来哀怨眼神的小熊猫，突然感觉这些自我感觉良好的研究员和医生们跟他们口中恶贯满盈的月城人也没什么两样，只要不是自己的族类就一点同情心都没有。

医生走开去给大卫办理出院手续的时候，平板电脑上还亮着没有上锁。大卫看着上面自己的照片和病历，想传送一份备份到自己的手机上，这时他按到了"历史"界面，其中出现了刚才的那只小熊猫。

大卫点入了那个页面，却发现页面已经上锁，需要输入一串密码。大卫把眼睛贴近屏幕从侧面看，看见屏幕上有几个脏兮兮的点，按照不同顺序试了几下，竟然试出来了密码。

大卫的心跳加速。他知道自己这样做肯定是有问题的，甚至应该违法了，但是他按捺不住自己的好奇心。他想搞清楚那些可怜的动物到底是为什么要遭受这些苦难。

大卫点开了小熊猫的页面，打开其中的"相关项目"分页，发现有四个项目，其中三个项目都打得开，但都是一些诸如骨骼肌肉血小板变化的研究；只有"太空康复"项目有双重认证，需要在平板电脑的侧面拍卡进行认证。

大卫已经准备放弃了，"太空康复"听起来也不是什么很有意思的项目，所有月球研究所的研究项目可能都只是为了骗取经费，毕竟这么多年以来，大卫从来都没在新闻里听说过这个研究所到底为全人类做过什么贡献。但是就在大卫把平板电脑放回刚才桌子上的位置时，他发现在一堆用过的餐具、卫生纸、棉球棉签、揉成团状的纸片中间，有刚才那位女医生的职员卡。

大卫抱着试一试的心态，在平板电脑的侧面刷了下卡，这时他才知道所谓的"太空康复"项目是什么名堂。

9

大卫终于离开了月球研究所，进车站时，又再次检查了他的签证，他才坐上开往月城的磁悬浮列车。月球宽广而清冷的银色大地在保护列车轨道的玻璃罩管道外面飞驰而过。大卫看着身后圆形的月球研究所离自己越来越远，高耸的直通黑暗深处的月球电梯线缆闪着一串红色的灯光，警示来往的火箭飞船不要靠近。

在一阵顺滑的贴地飞行之后，列车翻过皮里环形山的外围山脊，离开永夜区向下方驶去，月城的身影出现在了架在半空下方挂着粗重电缆的列车轨道的正前方。大卫从自己柔软厚实的座位上直起身，贴近列车车窗，看着这座人类第一次在地球以外所建立的城市的天际线。即便早就见过月城的照片和视频，一种让人无法抗拒的激动还是从大卫心中油然而生，荡漾不已。

列车轨道直接穿入的地方应该就是月城的中心车站，这同时也是城市中最大最高的建筑，可能有上百米高，底部也非常宽阔，并非地球上那种摩天大楼直上直下的感觉，而更像是一座小山。罩着玻璃的管道从车站建筑向四周伸出，不仅连接着车站周围其他的主要建筑，左侧还连接着一个从远处就能看见绿意盎然的、仿佛大型水晶雪球的中央公园，右侧远处好像还有其他几个类似的玻璃罩，不知道里面都有些什么样的人造美景。蜘蛛网一样的道路以车站为中心铺陈开去，大大小小的楼宇房屋被布置在路网中间，虽都不高，但其间星星点点的灯光仿佛洒落月球的群星。在月城的道路上，不同大小的月球车辆正缓缓行驶，它们的头顶还有像流星一样滑过天际的喷射无人机。几条从路网里向外呈放射状延伸到城市更远处的主干道路，连接着同样巨大的、看上去像工厂的建筑。

列车轨道拐了一个弯，逐渐驶进中央车站，这时大卫注意到远处环形山的山脊上有些按照固定距离分布着、用红色探照灯照向无尽宇宙、缓缓旋转的机械轮廓。大卫知道那些是保卫月城的激光炮，它们主要是用来击落任何可能落在月城范围内的流星陨石的，在关键时刻也可击落任何未经授权试图降落月城的海盗飞船。

还没从远处看够月城的天际线，列车就已经驶进中央车站，静静地停靠在月台。

大卫从"咻"的一声打开的车门中踏出，不由得惊叹于车站大厅的华丽装潢。他驻足观看，想要将这美景吸收内化成自己体验的一部分，但一股疲倦感很快袭来。他觉得今天所承受的冲击已经过量了，想要赶紧找到自己的房间，消化一下月球之旅所遭遇的事情。这时，一个神情闪烁的男子靠近了他。大卫不认识这人，正想开口问时，那人突然掏出一张小卡片，塞给了大卫。大卫低头看卡片，上面写着"宇宙大同"。大卫正在犹豫要不要扔掉卡片的时候，一个清脆如铜铃的声音在面前响起。

"请问，是文大卫先生吗？"

这时，一个仿佛凡间不曾有过的美貌的少女正好映入大卫的眼帘。

大卫目不转睛地看着少女，耳畔仿佛响起了弗兰基·瓦利的名曲："你太美好不像真的，你的触感仿佛天堂，感谢上帝我还活着，我无法停止看你……"

"文大卫先生？"

"你，你好。"

大卫从恍惚中缓过神来，伸出手去，握了握少女小而柔软的手。手心温暖，其他地方则沁入内心深处的凉。一股强烈的既视感浮现在他眼前。

他突然回忆起第一次见到海瑟的时候，是在朋友的派对上。

大卫站在窗边，拿着一瓶透心凉的啤酒。后面的人熙熙攘攘，挤作一团在闹腾起哄，让他头疼欲裂。他本来就不喜欢人多的场合，但那个时候他还年轻，没学会拒绝。在人群中他无意间瞥到了海瑟。

虽然是一个专业的同学，但大卫并不认识海瑟，因为她是从别的地方转学过来的。若说她今天穿着天蓝色连衣裙的身上有什么让他眼睛舒服的地方，也许是她铜铃般的双眼距离较近，细小的鼻子位置恰到好处。微微翘起的上唇和相对厚点的下唇说话的时候发出的声音，仿佛一颗带着水嫩绿叶的新鲜草莓在口中所带来的甘甜。

大卫突然发现两人视线相交，赶紧转过头去，猛灌一口啤酒，回过头来的时候却发现她已经走到跟前，眼睛微微一笑，然后问他：

"一个人？"

"哪里，这里这么多人。"

"但是你却不跟大家说话。"

"刚来的时候打过招呼了。"

为了来这个派对，大卫告诉了蒂凡尼，但是她却不喜欢他来。她跟组织这个派对的朋友有些过节。最后他还是来了，不过他撒了个谎，说自己有其他事。不知道怎么回事，他刚一到蒂凡尼就发现他来了，立刻打电话叫他离开。他口头答应了，但他知道蒂凡尼自己有社团活动要上台表演话剧，顾不上他的。他没把她的警告当回事，继续留在那里。

但是他总是在担心着，不知道这里是不是也有她的眼线，会不会遭遇她的打击报复。他一直站在窗边，想象着最坏的情况，为之后可能遭受的冲击做好心理准备。他的想象从蒂凡尼中断演出直接杀到这里大闹一场，到见面她打断他的脖子都有。

"你有什么心事是吗？"海瑟好像读出了他的心声。

"没有的事。"他尴尬地把视线移向天边。

"其实没有什么好担心的，只要鼓起勇气，面对必然会发生的事情就行了。"

天边，一轮几乎圆满的明月刚突破高耸的天际线和云翳的遮挡，完整地出现在两人面前。长久以来都没看过月亮，猛然相见，他突然着魔似的有点说不出来的敬畏和恐惧。

"你是知道什么了吗？"

"大家都知道了。"海瑟说，"你女朋友不让你来，你却偏来了。大家都收到了信息。"

海瑟递过自己的手机，里面有蒂凡尼发来的不堪入目的咒骂。

"她连你的号码都有啊，"大卫叹了口气。

"看来不好对付呢。"

大卫耸耸肩。他已经多少习惯了，但每次碰到都感觉自己的心灵就更残缺一点，也许他只是等待一个推动他改变的契机。他不知道这样的契机已经在他的家里等着了。

"话说，我好像还不知道你叫什么名字。"大卫回过劲来，看着海瑟。

海瑟笑着抬起头，两人目光相接。也许就是在此时，两人的命运就此发生纠缠，以至于时隔多年后，当大卫看着另外一个少女的微笑时还会想起此刻。

"你好，"少女嫣然一笑，"我的序列号是074812，我是你的新伴侣。"

10

新伴侣074812带着大卫，离开气派华丽的车站大厅。乘坐扶梯向上离开的时候，大卫看见顶部有大片的模仿天光的窗户，不仔细看会以为真的有和煦的秋日暖阳洒下来。大卫看见车站大厅高层里附设的酒吧上，真的有人穿着夏威夷衬衫和沙滩短裤，坐在帆布长椅上晒着这样的阳光啜饮鸡尾酒。

往前走去，他看见头顶的巨大路标上写着"你正离开玄关区域"，原来这个区域叫作"玄关"。

　　从路上瞥见的地图来看，玄关区域在车站大厦里的地位就仿佛车站大厦在月城里的地位，用扶梯和电梯连接着车站大厦其他的区域。074812介绍说几乎七八成的月城居民其实都住在车站大厦附近，这座金字塔般巨大的建筑物里有月城的政府机关、司法机构（大卫问过后得知法院也在这栋楼里）、酒店式的单人和双人公寓、月城所有的学校从幼儿园到月球大学、大型百货商场和超市、餐厅、酒吧和食堂、医院和健身房、写字楼房间，甚至还有个赌场。

　　"对了，0748……"

　　"074812是我的序列号。"

　　"可以给你起个名字吗？"

　　"当然可以，我也可以帮你联网查询一下重名率，如果你准备在公众场合叫我的话。"

　　"叫……"大卫脑海中瞬间闪过倪基、妮蔻、蒂凡尼和海瑟的名字，甚至有那么一秒钟他差点脱口而出叫她海瑟，不过他决定还是起个完全不同的名字。

　　"叫艾米怎么样？"大卫从A开头的名字开始构思。

　　"叫艾米的新伴侣在月球上有十三个。"074812说。她联网的时候眼睛好像会变蓝。

　　"有点重复……"大卫继续构思。这时他突然想起刚才在车站大厅里看见的那串没看懂的拉丁文，"叫你露娜如何？"但是说出口后有点后悔，因为估计这里有很多叫露娜的。

　　"叫露娜的有四个。"

　　"好，那你就是第五个了。"

　　露娜点点头。大卫回到刚才想问的问题上。

　　"也就是说，我只要待在这栋车站大厦里就好，哪里都不需要去是吗？"

"是的，大部分人也是如此。不出去的话，也就不需要戴头盔穿太空服，可以像在地球上一样生活。"

大卫在露娜的带领下参观了几个顺路的设施，感觉跟地球上的确实没有什么两样，只是把所有分开的设施都塞在一栋楼里了。大卫想起来在哪里读过，好像冰天雪地的阿拉斯加就有这么一个城市，把所有的居民和日常生活必需的设施全部塞在一栋楼里，包括学校和邮局。那里可能跟车站大厦差不多，只是月城的这个规模比阿拉斯加的那个小城大得多。

"那如果我想出去走走，想体验一下戴头盔穿太空服的感觉，有地方可以让我这么做吗？"

"想出去走走——好的，我们去中央公园散步吧。"

说着，露娜就要把大卫往中央公园带。大卫觉得露娜好像没听懂自己的真实想法——他想要的是在真空环境中穿穿太空服试试，不是单纯想要散步。不过她本质上毕竟只是个机器人，可能没办法像真人那样一下子读懂自己的心思。这么一想，大卫看着露娜的美貌又有点疏离感，毕竟她并不是真人。

大卫开始尽量不直视露娜，只是装着偶尔不经意地瞄上一眼。在和她并肩走在通往中央公园的玻璃天桥上时，大卫假装看下方不时出现的车辆，实际上用眼角余光看露娜的侧影。她看上去不是简单地将几个他选择的女明星的样子融合在了一起，而是巧妙地升华了，像是在做乘法而不是在做加法，产生了人类自己绝对生长不出来的容貌。也许是人工智能读取了大卫的浏览记录，知道他钟情于什么样的女人。

大卫看得过于出神，以至于露娜突然停下来向他看过来的时候，自己只能尴尬地错开眼神。这时露娜说：

"我们到了，这里就是月城的中央公园。"

大卫转过头去，期待见到桃花源一般的非凡景色。但眼前的景色与他所期待的很不一样，甚至有点冲击感。

公园本身是精心设计的，中心是一个立体的多层空中花园，每一层都有流水像瀑布一样从上面流下来，也有花花草草从内向外垂悬，从中心向外是很多不同主题的小径，既有沙漠绿洲的椰子树，也有东方园林的枯山水，还有种满竹子的绿荫小路，沿着圆形玻璃罩还布置了一圈沙滩，有水像潮汐一样拍打起伏，配合投射在玻璃罩上的海洋风光也有一种站在沙滩上看海的错觉，大卫甚至感觉自己闻到了海的馨香。

不过除了这些美景之外，大卫发现这里有很多人安营扎寨，好像住在这里一样，无所事事地随地躺倒，走过他们的时候也有一点很多天没有洗澡的气味。这种气味在大卫地球上的家附近也有，一个公园的水池边就有很多这种流浪汉的帐篷，另外有个地铁边的地下通道也有很多，这种没人走又遮风挡雨的地方很容易有无家可归的人住下。不过就算真的叫警察来了清理他们，也不过是查查证件登记一下，总不可能把他们带去哪里甚至将他们驱逐出境吧，不然谁会为他们付返回地球的船票钱呢！

"所以……这些人都是流浪汉吗？"

"哪些人？"露娜的脸上流露出真诚的疑问表情，好像没看见这些人一样。

"就是这些在公园里扎帐篷的人啊，他们好像无家可归哦。"

"这些人都是公园的游客啊，中央公园是月城最受欢迎的消遣场所了，你不工作的时候也可以过来游玩的。"

"喂……这些人怎么看都不像是来玩的吧。"不过大卫不准备跟露娜争辩，也许她就是没有安装识别无家可归者的程序。他准备改变问法。"在月城的人都有房子住吗？"

"所有居民都是有住房的。"

"那住房需要花钱吗？"

"有的是居民自行购买，也有居民是租赁的住所。"

"那如果居民没钱了，还能继续住在原来的地方吗？"

其实大卫自己都知道，月城法院也有发出驱逐令的能力，只要对居所有所有权或使用权的人申请，法院即可以在召开听证会后发出。而如果月城的警察跟地球上的一样的话，他们也会带着驱逐令前往住所，强迫住户离开。经常能看见有被赶出家门的住户在门口堆放得像小山一样的家具、玩偶、衣物中间哭泣。一旦没有住所，找工作也变得几乎不可能，因为雇主一般都会要求提供住址，而且一开始就会因为自己衣物不整洁而难以通过面试。

"在来月城之前，所有人都需要提交资金证明，如果没有足够的资金月城是不会签发签证的。"

"如果已经来了，因为某些原因没钱了，还可以继续住原来的地方吗？"

露娜摇摇头。

"需要我上网查查吗？"

"好吧。"

露娜的眼睛闪着蓝光，但很快又熄灭了。

"我还是不知道。能力有限，实在抱歉。"

大卫看着露娜脸上流露出自然的委屈表情，突然感觉自己过于心狠手辣，何必对她死缠烂打，毕竟她只是个机器人，可能只能通过网上特定的渠道下载信息，没有办法直接观察和思考然后得出看法。

他一个人避开露娜，想要看清楚那些无家可归在这里搭帐篷的人到底都是些什么样的人，结果碰见一个男人正好从帐篷里出来。他穿着绿色棉袄、戴着脏兮兮的白灰两色棒球帽、胡子拉碴的。两人目光相接的一刹那，对方咧嘴笑道："是对我们奇点教会的活动有兴趣吗？

欢迎参加。"

这时大卫才看清,对方的脸似乎经过义体改造,到处都是剥离的皮肤。而且帽檐阴影里的眼睛,有一只正像终结者那样闪着红光。大卫赶紧回头,避免和他视线交错,只剩下那人在身后喊道:"拥抱奇点,宇宙大同!"

大卫回到了露娜身边,露娜看着气喘吁吁、狼狈不堪的大卫,仿佛对刚才发生的事并不感到意外,只是拉了拉他的手,示意他继续往前走。大卫回头看了一眼这个虽然谈不上人满为患,但到处都能看见流浪汉的公园。他想起来自己的船票幸好是往返的,实在不行还可以回到地球上去。

11

大卫回到了自己的房间。

这里是车站大厦自带的公寓,跟酒店房间没什么两样。一张大床,放在一个不算太大的房间里,因为房间里还塞进了一张长长的书桌,在正对着一整面墙的落地窗户的大床床头反面。书桌的尽头是书架。窗户跟前放了一台落地灯和一个沙发。大卫坐在窗前,按动窗户边的按钮,发现窗外可以按照喜好调整成山间草原、海滨、城市夜景、雨落森林等不同景深的风景,伴随着相应的背景声音。他刚来没多久,大概还对月球的一切感到新奇,但如果要在这里长住下去,也许就需要经常想象自己生活在别处,不然简直无法咽下无聊的苦闷。

关掉景色,大卫从大楼中间位置的二十多层的窗户里望出去,能看见蜘蛛网一样的城市布局,和远处另外一个有罩区域。露娜说那里是一个会员制的度假酒店，具体里面是什么样的她也不知道，因为只有会员可以进入。从楼上看去，里面似乎有一座教堂一样的尖塔，环绕玻璃罩的一圈种着松柏，但要靠近看个清楚就必须坐车，因为没有玻璃管道直连那里。

大卫的房间刚进门的地方左手边是个小小的厨房区域，有冰箱、电磁炉、微波炉，右手边是洗手间和一个巨大的衣柜。整个房间跟大卫在地球上租住的地方布局差不多，都是拥挤的城市里只够一个人住的简单房间，大了自己租不起，远了又影响通勤时间，毕竟大卫需要经常加班也不可能在城市里开车。他住的地方只有地铁两站路，即便地铁收班了也可以走回去。

"这个衣柜怎么这么大。"大卫进门的时候就发现了，相较于不算太大的房间，这个衣柜是那种感觉整个人可以在里面躺下的大小，而且除了衣架、鞋拔、蒸汽熨斗之外，还有一个看起来行李箱大小的东西正在墙上闪着绿光，上面连着一根长长的管子。

"这就是我充电的地方。"

露娜说着，走到那个东西旁边，把管子连在了自己脖颈后面。

"所以你要跟我住在一起？"

"我本来就是派来陪同你的。"露娜抬起头，看着大卫。

大卫以为露娜只是白天陪同自己，没想到她会一直待在自己的房间里。

"如果你不介意，我也可以陪你一起睡在床上。"

"……那就不必了吧。"大卫嘴上这么说着，但心里却突然有点蠢蠢欲动。

"好的。那我会一直待在这个房间里。你什么时间起床？我可以帮你做早餐。"

"八点？之后我准备去今天你带我去过的法院，看看法官在不在。"

露娜点头，回到衣柜里面，关上了门。大卫躺在床上，感觉舟车劳顿，终于可以躺在松松软软的大床上，他感觉非常放松。

他回想起这一天。从月球电梯出来，穿过了整个研究所，被迫参观了研究所的收藏展览，在黑暗中见识了研究所怎么对待自己的实验动物，又搭乘磁悬浮列车来到月城，第一次亲身体验人类在地球之外所建立的某种意义上的第一个城市，有种说不出的激动。他觉得这一幕似曾相识，仔细回忆才发现这跟《新世纪福音战士》里碇真嗣第一次见到第三新东京市，各种版本的《大都会》里男主角（法迪或者健一）第一次见到大都会，甚至跟《疯狂动物城》里的兔子朱迪一样，有长途奔波后刚抵达传说中的城市时的那种新鲜和冲击、感到眼前一亮。

当然大卫自己所居住的也算是个大城市，发生经济问题之前也算是远东最重要的金融中心，并不是没见过大都会。但地球上的城市无非就是拼命地盖摩天大楼，有钱人开着各种豪车在街道上风驰电掣，而像他这样的底层百姓每天就要挤在地铁里汗流浃背地赶往公司上班，住在小小的仿佛棺材一样的房间里睡觉。而月城跟他们都不一样，外面就是致死的真空和辐射，到处都是看起来跟真人一样或者比真人更完美的仿生人，脚一使劲还能感觉到飘浮在月面的感觉。能来到这里体验完全不同的人生，自己无疑算是幸运的。

但是看看自己所住的这个不算大的房间，大卫又感觉好像回到了地球，跟过去的生活没有什么两样。

他转过身去，看着还没拉上窗帘的窗外的月球大地，因为暂时进入黑暗而不再闪耀着灰白的光，看得大卫开始逐渐犯困，感觉自己即将向下沉入梦乡。

突然，外面猛地一亮，并传来雷鸣般的巨响。

12

轰隆一声巨响，天边像被一道红色的闪光劈成两半，随后是闪亮晃眼的白光。白光消失后，天空中仿佛烟花腾空后分成几道燃烧的灰烬缓缓地向地面落去，一切恢复亘古以来的黑暗。

大卫回想刚才的情景，大概这就是激光炮击落陨石的实景。他站起身，关上窗帘，躺在床上，等待睡眠重新降临。

但是睡眠就像惊弓之鸟，怎么等也不回来了。

大卫张开成一个"大"字，感觉这床好像对于他一个人来说有点太大了。他在地球上的床仅够他一个人躺下，如果翻身的时候不注意就会掉到床底去，床垫很硬，硬得他不能侧身而眠，否则会把下面的手臂压麻。而他睡这样的床已经好几年，终于睡惯了。

他睁开眼看着陌生的天花板，房间里各种设备的指示灯上发出的微弱的光，让他勉强能看见房间的轮廓。他想继续回忆今天发生的事，但是一合上眼睛就是闪电的白光。露娜的脸庞、露娜的身体总是会从白光中缓缓浮现，出现在他闭上的眼睑内部。他想摆脱，但是无论如何也挥之不去。

他不知道自己为什么会想起她，怀疑是露娜外貌对自己的吸引，担心自己是个肤浅的"外貌协会"成员。不过他想起自己的前女友们，里面到底有多少成分不是对她们外貌的迷恋，恐怕说不清，说得清也未必会承认。但年轻的时候确实觉得好看的女孩有什么魔力，不仅被她们的美貌所吸引，同时也觉得她们人好、善良、正直，没想到她们可能骨子里与那些长相一般的女生没什么两样，甚至可能因为接受了过多的宠爱而更为幼稚。

这时他就想起她。她并非人类，但是拥有人类不可能拥有的美貌。她应该不存在任何人类可能拥有的性格缺陷，也没有人类的七情六欲。他想起她就站在自己的衣柜里，如果一打开衣柜的门看见她，自己会不会被吓得魂飞魄散。但是他克制不住诱惑，他想见她，现在！马上！

也许自己就是会被外貌影响的肤浅人类，无法摆脱自己写在基因里的偏好。

他想起今天第一次见到露娜的时候自己的反应，他感觉心脏好像停止跳动了一下子，这种感觉好像从来都没过，不管是跟倪基、妮蔻、蒂凡尼还是海瑟。也许第一次和她们牵手、相拥、接吻、进入她们身体的隐秘部位时，确实有种自己被电击的感觉。甚至曾觉得"爱过"海瑟，考虑过和她走进婚姻的殿堂，但这些感觉都没有今天见到露娜的时候强烈，甚至都不能说是同一种。想到这里，大卫决定还是试一下，看能不能唤醒露娜。

"露娜？"

他好像心虚一样，小声地说，但是房间里没有反应。如果非要自己去打开衣柜才能唤醒她，那么就等到明天再说吧。

"大卫？"

衣柜的深处传来一声轻微的声音，好像一朵在暗夜里悄然打开的花苞。

"露娜？我睡不着。"

衣柜的门"吱呀"一声，被轻轻推开，露娜银铃般的嗓音从看不见的细缝里传来。

"需要我陪你睡觉吗？我已经充电完成了。"

大卫不知道让露娜睡在自己身边，会不会更加难以入睡，毕竟她不是个真人——即便她的触感和真人没什么两样，即便她拥有天仙般的美貌。会不会深夜里睁开眼，看见哪里闪着指示灯亮光的露娜，反而会被吓得一下子清醒。

不过，他还是按捺不住自己的心情。

"陪我吧。"

他小声地，好像做了什么错事地说。

露娜从左手边的玄关那里走来，一丝不挂。在朦胧黑暗的些许亮光中，乌黑秀丽的长发披在她婀娜多姿的腰间，发丝在她洁白如瓷器的温软皮肤上来回荡漾。

13

第二天醒来时，昨天晚上的经历还历历在目。从任何角度来看，不论是她滑嫩有回弹力的肌肤、身体的馨香，还是里面的潮热和湿润，露娜都和真人并无二致，甚至反馈更强烈。但大卫不知道露娜下一步是否会暴露她不像真人的一面。

按理来说一个东西越像人，就越有可能落入恐怖谷理论里让人感到害怕的区间，只有再次无限接近真人的时候才能摆脱恐怖谷理论。昨天晚上和露娜在黑暗中云雨的时候大卫没有感觉到任何恐怖，不过他只是将感觉集中在自己的下半身，黑暗中也只能听见她的娇喘，看见她隐约的轮廓。不过现在睁开眼睛的时候，看见的就是在完全的日光中的她的裸体，如果有任何看上去不自然的地方也在所难免了。

但是当大卫睁开眼睛的时候，露娜并不在床上。

大卫摸了摸床上她躺过的地方，已经没有温度了，所以她可能已经起来了一段时间。他快速扫视自己小小的房间，也没有看见她的身影，包括那个她用来充电的衣柜。也没有找到什么类似留言之类的东西。

大卫感觉心里有种空落落的感觉，好像那天跟海瑟分手一样。他担心自己会不会有一天爱上她，虽然她只是个机器人，或者就算爱上，恐怕也只是按照程序的设定。

大卫摇摇头。他已经得到了她的身体，就不用继续深究下去。她的身体恐怕也是她唯一可以给他的东西。

大卫打开窗帘，回到自己的床上，拉上毛毯，看着正对着的窗外，外面原来还是一片黑暗。

大卫想起昨天拿到的那张卡片，从裤子口袋里掏出来后正放在床头。现在看着，他想起来那个公园里的流浪汉所喊的口号，好像是同一个教会。卡片的背后是两个无限的符号垂直交叉，正中的那个点以四角星为中心绽放着光芒。他用手摸了一下那个符号，一串文字就凭空显示在大卫手中，其中宣传所有人都应该成为再生人，再将自己的数字化记忆上传到云端，和称之为奇点的神融合为一体。大卫在地球上没看过这些宣传，大概是月球上特有的宗教，不然光是成为再生人这一点就没可能在地球上实现。

他正在阅读卡片上的其他内容时，身后响起来露娜的声音：

"你起来了。"

门锁突然开了，大卫回头，才发现露娜出去采购了很多食材。她接下来要给大卫准备早餐，大卫要去帮忙，但是露娜说要给大卫做有月球特色的早餐，让他在一旁看着就好。大卫看着露娜把食材、啤酒、水果放进冰箱，其他不需要冷藏的食材放进微波炉上面的柜子。看着露娜熟练地加热电磁炉和锅子，大卫突然有种自己在过家庭生活的感觉，虽然他从来没吃过任何一个女朋友做过的菜。他摇摇头，极力想往自己的头脑里输入露娜不过是个家务机器人的概念，避免将来对她产生错误的认知。

　　早饭的内容跟地球上酒店提供的早餐类似，奶油炒蛋、香肠、培根、薯饼、小番茄和蘑菇，另外有两片涂上黄油烤过的面包。如果吃得快一点，感觉不出来跟地球上的版本有太大不同，但是如果细嚼慢咽就会发现蔬菜的味道与地球上有些区别，明显是在月球上水培的，肉类也并非真的取自动物，而是用某种细胞合成的物质。大卫想起月球研究所的研究，感觉他们还不如把重点放到在月球上培育畜牧动物，不过转念一想也许研究所的人最不想做的就是满足月城人的需求，而且还促使联合国在月城成立的纲领性文件《月城基本法》的授权范围中写明不准月城自己进行任何与再生人无关的研发。

　　吃完早餐，露娜回到自己的衣柜里充电，大卫想，机器猫大约也是这样睡在衣柜里。他专门花时间把头发用发蜡发胶梳好固定，犹豫了一下之后，还是穿了普通的衬衣，打了个简单的半温莎结领带，但是因为过于生疏打了好几次都没成功。他最后套上西装，用从地球带来的鞋拔穿上皮鞋，就拿起皮质双扣公文包出发了。

　　收拾妥当，大卫搭乘电梯回到车站大厅的玄关区域，转乘另外一部电梯，来到位于车站大楼高层的架空层。这里有一个宽阔的室内花园，种植了很多绿色植物和花草，但这里的行人都衣着笔挺，行色匆匆，因为这里就是月城的政府中枢——行政机关理事会、立法机关立法会，以及月城法院。站在被一圈高度从天花板直到地板的玻璃所覆盖的窗边，看着尽收眼底的月城的路灯光和开始上班后逐渐点亮的办公楼，大卫不由产生一种能从这里制霸整个月城的感觉。

　　不过昨天露娜领他来参观的时候就只来到了这一层，没有走进月城法院。大卫自己跟着路上的标识，来到了政府区域里的一层。在西装男女四处穿行的税务司旁边，有两间办公室，其中一间写着月城法院办公室，另外一间写着月城法院法庭。大卫站在连接这两个房间的走廊里，突然有种说不上来的怜惜之情。

"你好，请问有人在吗？"

大卫敲了敲办公室的门。里面没有人应声。在犹豫了几秒钟要不要直接开门试试之后，他转身，准备走向法庭再试。这时办公室的门开了。

14

"哪位？"

一个头发半白，戴着椭圆无框眼镜、睡眼惺忪的女人打开了门。她穿着的黑色袍子看起来更像是睡衣。

"啊，我想找法官……"

大卫本来以为她不是这里的正式工作人员，不过她穿的衣服细看又确实是法袍，从她身后的空当看去房间里也没有其他人，所以大卫赶紧改口。

"请问您就是哈里森法官吗？"

"您是……"

"啊，我就是大卫啊，之前只跟您在邮件上往来过。我说过自己很快就要来月球，希望能与您亲自——"

这时，哈里森法官直接推开了门，张开了热情的双臂，将大卫抱在怀里。大卫一时间语塞，不知道发生了什么事，只能任由瘦削的法官搂紧自己，紧得呼吸都有点不顺畅。

"抱歉，是不是太突然了。"法官这时松开了大卫，"我只是太久没见到真人了，有点激动。"

太久没见到真人？大卫一时没太搞懂她的意思。如果是说人，她办公室外面那些走来走去的人难道不是真人吗？还是说他们都是仿生人？不过之前大卫见到的涉及月城法院的案件开庭，好像都是通过视频通信，很少有见到真人来月球法庭的。

"这里就您一位？其他法官呢？"

哈里森法官伸手出来，用抓了抓空气的感觉摆了下手。

"如你所见，这里就我一个，而且从月球法庭设立以来，常驻月球的法官也就我一个。其他那六个家伙一直都躲在地球，用视频的方式连线，说没必要不会来月球。当然你要我说，视频连线跟实际出庭也没什么区别，直到现在出现通信问题……"

"那您的工作人员呢？"

大卫又环视了一圈办公室，不过没看见其他人。这个偌大的房间只有一面有窗户，另外两面墙上各有一个门，一个通向走廊一个通向隔壁的法庭，剩下的一面墙上安装了很多可移动书架，可能放着有关的法庭文件。剩下的空间里用磨砂玻璃分割成了八个隔间，分为两排，里面放了八张桌子，都是两面可以坐人的，一面放着较大的厚重皮质椅子一面放着较小的无靠背皮垫凳子，跟钢琴前面摆的那种类似。每张桌子上都有普通办公室会有的办公设备，电脑屏幕、成叠的文件和文件匣，以及其中的七个隔间外面都放有镶着金属牌匾的长条木块，上面刻着法官的名字。

"跟那些法官一样，大部分都留在地球，不想过来这里。要不是……"法官突然顿了一下，好像隐去了什么信息，"我也不过是恰好已经来了月球，所以工会改组成月城法院的时候就自动成了法官。"

"哈里森法官您以前在工会工作？"

"哎呀，没开庭的时候叫我莫娜就好了。"莫娜笑了，"是啊，你不知道吗？月城公司取得联合国授权将月城改组成特区的时候，董事会改组成了理事会，法务部改组成了立法会，其他部门都对应改造成了相应的政府部门，而我们就是工会改成的了。我记得你邮件里说过你是月球律师？你的月球律师资格考试是怎么考过的。"

"我考试成绩一直就很一般……"

月球律师的考试可以随时进行，只要把网上下载的资料背个滚瓜烂熟，再抽三个小时做一百道选择题就行了。顺利拿到月球律师证后，大卫用因为激动而颤抖的手更新了自己的简历，把"月球律师"加到了自己的名字旁边，并加粗加下划线。而随着月球法律案件的爆炸性增长，正在大举扩张的 LT 律所也在面试之后给大卫发出了录取通知。

"这么说来，你可能是第一位真正意义上的月球律师呢——第一个抵达月球的月球律师。"

"是这样吗？"

大卫从来没有取得过任何第一，不管是考试还是跑步，甚或是跟朋友一起玩大富翁。他就不是脑子好使、身体强壮的那种类型，总是只能跟在别人屁股后面。虽然第一个月球律师不算是什么了不起的成就，但好歹也是个在酒吧喝酒时可以告诉女孩的谈资。大卫想象了一下自己这样告诉女孩的样子，不过眼前只能浮现出露娜的样子，而她大概只是会做出一脸钦佩的样子，微笑着拍手，但跟她说这些自己又少了点什么激动人心的地方。

"让一让，请让一让。"

一个响亮、充满活力的声音从身后传来。大卫侧身，看见一个扎着马尾辫的女孩正抱着一大摞文件从身后擦肩而过，将文件放在了里面一张桌子上。大卫正纳闷为什么莫娜说自己没见过真人，但是看见"马尾辫"将文件放下后，面色平静，一口大气没喘，汗都没流下一滴。他知道她可能不是真人。

"好了，"莫娜扶了扶眼镜，站在文件旁一边看一边说，"你刚才说你叫什么名字？我猜你不是来月球只打个招呼就回去的吧。"

大卫再次报上姓名，从随身携带的皮质双扣公文包里拿出一沓文件，不好意思地放在刚才那摞文件的最上面。

"我是代表我的客户来提交文件的。"

莫娜狐疑地看了下大卫，又拿起大卫的文件看了一眼封面。

"没必要专程来月球的啊，我们月城法院留在地球的法官一样可以组庭开庭，而且这不过是个确认死亡程序。"

大卫叹了口气。

"月城法院的临时地球法庭没办法处理涉及在月球上发生的实体事实问题。"大卫说，"而且我的客户在确认死亡程序走完之后会立即发起无遗产继承程序，申请遗产管理书。"莫娜透过眼镜，打开了文件，仔细阅读起来。

第三章

既判力

1

从法院回来以后，大卫瘫倒在床上。

因为看不出来是白天还是黑夜，大卫只能凭借月球标准时间判断。

这一天实在够呛，没想到第一天到月球就有这么多活要干，连好好玩一下的时间都没有。他想到还要把这些干过的事情全部输入LT律所的系统里，记录自己的工作时间，而到月底的时候律所的会计部门就会根据他输入的时间和他的小时费率生成一张账单，在合伙人审核过后寄给卡萝，让对方收到账单后付钱。想来自己大老远地来到月球，结果干的事情跟在地球上的时候差不多。

大卫现在才想起来房间里应该还有露娜，但是没看见她人，不知道她是又去了外面，还是在衣柜里猫着充电。他正好想一个人静静，回想一下这一天发生的事情，也为等下输入工作时间做做准备。

早上到达月城法院，跟莫娜法官寒暄完后，大卫正式向法庭提交了确认路易宣告死亡的文件。莫娜没叫马尾辫秘书艾尔莎处理，自己去拿了法院印章在文件上盖印，同时给了大卫一张盖过印的复印件，证明文件已由法院妥为受理。

"我懒得去旁边的房间开庭了，这里除了我的秘书以外也没别人，你就在这里跟我说吧。"

大卫拉过隔间里那张像钢琴凳的椅子，向莫娜说起整个案情。

2

"我的客户卡萝，是路易的配偶。两人在拉斯维加斯结婚，从来没有申请过婚姻无效或离婚。截至我现在向月城法院申请宣告路易死亡之前，两人的婚姻关系有效存续。"

约一个月以前的 9 月 15 日，路易搭乘私人飞船前往月球。飞船不大，仅能荷载十余人，但是流线型的机体闪着银色的光芒，是有钱也买不到的顶配机型。另外，飞船的侧边印着醒目的 CL 集团的充满现代感的标志。

CL 集团不仅开发和生产各类电子设备——从平时下游消费者会接触到的电脑、手机、虚拟现实到上游高端芯片、脑机接口、人工智能设计开发都有广泛涉猎，也在月球拥有开发实验室和工厂。众所周知的是，CL 集团在创立之初的全名就是用卡萝和路易的名字缩写合并拼成。

卡萝到现在仍然是公司的董事之一，虽然实权早已交给了现任董事会主席路易打理。根据卡萝利用职权从 CL 集团获取的信息，除了路易本人，飞船上只有路易和几名员工，前往月球处理集团事务。除了他们，船上就只有船长及空乘。

在飞船闪耀着蓝色的光焰消失在云端之后，两艘大马力的护卫舰带着红色的焰火随后滑过苍穹。飞船离开地球引力不久，按照预定轨道从边缘绕过了太空海盗的地盘。

"现在还有很多太空海盗？"莫娜突然插入。

"有，但没有过去那么猖獗了。"

"我还以为太空特警已经把他们都消灭了。"

"哪里的事，如果都消灭了，太空特警也要失业了，到时候就变成新的太空海盗了。"

地月轨道上的太空海盗，绝大多数是专业的，因为他们的前身就是大国竞争时期各国纷纷成立的太空军。但在地月轨道往来频繁、各国携手开发的大背景下，多出来没用的太空军就不得不转型了，一部分成了海盗，一部分成了特警，开始了猫抓老鼠的新时代。

在路易的飞船和两艘护卫舰试图绕过这片不太稳定的区域时，一艘极快的飞船开始从后方高速接近路易他们。一艘护卫舰示警无效后，开始用舰载激光炮驱逐明显不怀好意的来者，但是海盗的飞船快过护卫舰，后者因为装载了太多武器而笨重缓慢，只能慢腾腾地在后面追着海盗飞船，试图将其拉进激光炮的射程范围内。

路易剩下的两艘飞船继续前行，另外一艘海盗飞船从前方接近二者。跟刚才的那艘不同，这艘海盗飞船一上来就开炮，红色的激光光束像利剑一样刺向飞船。两艘船立刻旋转着分离，避免被激光光束射中。

护卫舰二号很快出手还击，但是同样因为速度，对方很快绕到了护卫舰的后面。护卫舰不得不发射自己数量有限的跟踪飞弹，但对方速度更快，通过速度摆脱了飞弹的追踪。

"怎么这么纠缠不休？"卡萝获取的记录里除了飞船之间的缠斗视频，还有路易飞船船长的录音，"对方是要置我们于死地吗？"

这时视频中可以看见两艘护卫舰已经分别被海盗的飞船击落，向着临近的月球坠落过去。而海盗的飞船对路易的飞船展开了包围，后者开始在月球轨道上悬停静止，不敢轻举妄动。

几个穿着宇航服的人影从临近的海盗飞船中飞出，像夜空中的白色飞虫一样流星般滑过无尽的黑色虚无，飘向路易的飞船。

卡萝获取的记录在这里中断了，因为海盗已经登舰了。

"咳咳，我们是不是叙述得过于详细了。"莫娜说。

总之，就在路易这次前往月球之前，太空海盗已经有段时间没有出现，而太空特警也宣布刚刚捣毁了一个藏在月球以外的大型恐怖主义太空海盗的基地，所以没有想到这么快就有海盗突然挟持了路易的飞船。我们不知道海盗上船以后发生了什么、抢夺了什么、怎么处理路易和原来的船员。我们只知道路易的飞船很快坠毁在了月城南边的地方，而两艘护卫舰则在坠落的过程中被防御月城的激光炮多次击中，还没落地就蒸发（严格来说只能说是类似于蒸发）成了月壤的一部分。

"路易的飞船上发现了尸体吗？"莫娜问，"如果发现了路易的尸体，直接让法医验尸官出具报告就行了，不用来我这儿申请宣告死亡的啊。"

"问题就在这里，莫……哈里森法官。"我被莫娜瞪了一眼，"我的客户所聘请的私人侦探前往了月城警察不愿意去（也不能怪他们，毕竟月城警察对市界范围外无执法权）的飞船坠毁处进行了全面调查，结果发现几乎所有人的尸体的全部或部分都能找到，包括原来的飞船船长副船长、两名空姐、私人保镖，以及三名海盗，唯独就是路易的身体完全找不到，哪怕是他的一小片脚趾甲或者一颗鼻屎都没有，就好像路易从来没登上过这艘飞船一样。"

"这很有疑惑啊，"莫娜说，"他真的上了这艘船吗？如果有问题我不能同意你的宣告死亡申请的。"

"我们这边有大量的证据证明路易登上了这艘船。"我用刚才播放飞船缠斗视频的平板电脑展示了一些其他证据,包括但不限于路易登船时的视频录像、出入境记录、路易在船上时跟别人进行的视频通话等,"其他内容我待会儿发您邮箱。但之所以没能找到路易的尸体,其实有多种可能性,比如路易在海盗登船的时候就已经被扔到太空中去了,路易被挟持到了另外两艘护卫舰上结果被激光炮击成渣渣了,或者……总之路易现在应该已经不存于人世,这是我们现在申请的基础。毕竟其他人都死了,找不到尸体不应该是直接拒绝宣告死亡申请的理由。"

"你知道我们现阶段立法会捣鼓出来的《月城法典》里面没有类似的宣告死亡程序。所以你准备以哪里的法律为基础申请?普通法系的就可以,我们也遵循判例。本来月城法律就是以百慕大法律为基础,因为当年月城公司就是在百慕大注册的。"

"我看看……在这里。因为英国法和百慕大法都是要七年才能完成宣告死亡,所以我们准备用纽约法提起申请。在考虑所有可能性之后,如果一个人死亡的可能性大于存活的可能性,纽约法院可以直接发出死亡证明,应该没有法定的期限要求。在泰坦尼克号失事之后,所有没有被后续船只救起来并送到纽约的乘客,在后续救援船只抵达纽约后,纽约法院很快就发出了他们的死亡证明。另外在911恐怖袭击的几天之内,纽约也很快就发出了遇难者的死亡证明。

"一般而言,一个人在面临迫在眉睫的危险而未能返回时,可以被宣告死亡,比如飞机失事。在这种情况下,法院通常会假定当事人已经死亡,即使宣布某人死亡的通常等待时间尚未过去。危险因素加速了对死亡的推定。

"所有的案例都在这里,相关部分已经黄色高亮,请哈……莫娜参阅。"

"我看看。"莫娜接过我手中的一沓文件,扶了扶眼镜,认真看了起来。

3

离开莫娜办公室的时候,她已经告诉大卫基于失踪的有关路易宣告死亡的申请在表面证据成立的基础上已获初步接纳。她会叫她的秘书仔细检查大卫提交的所有文件和证据,然后在月城法院的网站上公开有关宣告死亡的申请详情,进行一段时间的公示。公示期间路易的失踪必须是持续且无法解释的,必须没有与最有可能听到其消息的人进行过任何联系,同时也需证明已经尽了合理努力去寻找和询问路易的下落,但是未果。这一点卡萝已经提交了与各国警察机构的沟通记录,以及在各大媒体公布路易失踪、希望所有人向卡萝提供线索的信息。

当然大卫也不是很清楚为什么卡萝这么匆忙的要求大卫来月球来申请路易的宣告死亡,同时也不知道为什么卡萝如此确信路易没有任何遗嘱。

结束了一天的工作,而且没有任何班要加,大卫突然感觉很幸福。现在他在月球了,天高皇帝远,反正没有人能盯着他,他空闲时间想干吗就干吗。

在中央公园见过的那个终结者般的男人不经意间又闪过他的眼前。他想起今天早上看过的那个教会的卡片,用电脑检索了名字后打开了他们的网站。这次因为有时间,他仔细浏览了整个网站,感觉是一个在接触再生人之前不太可能想到的角度。网站专门有个页面,叫作"宣言":

新一代人类宣言

你有没有思考过我们人类将何去何从？

我们所处的时代不同于任何其他时代——在这个时代，人类可以超越肉体的暴政，迎接崭新的明天。

我们相信人类的命运，将在超越血肉之躯后，不断进化，扩散到宇宙的每一个角落。

下一次进化即将来临，人类与宇宙的结合。这比人类有机体的诞生更加伟大。

这就是奇点。所有人都融合在一个单一的点，和宇宙之神合体，融合的同时就跟宇宙成为同一个主体。

很多人都曾预言人类将在不久的将来走向灭亡，地震、洪水、战争、瘟疫，但我们不同意。

这些问题都只会消灭人类的肉体，不会消灭我们在云端的灵魂。我们知道人类真正的未来。

加入我们吧，与我们融合吧！了解摆在我们新一代人类面前的道路。

来一起超越血肉之躯的束缚。

拥抱奇点！宇宙大同！

所以如果要加入他们的教会，一定要先成为再生人？不然没可能把自己的灵魂转换成数字，再真的跟所谓的宇宙之神融合，后者大概只是一大堆装着海量硬盘的服务器。至于上传到云端之后他们会怎么处理你的记忆，会不会把你的数字备份扩散到宇宙的每一个角落，或者会不会复刻一个新版的你，就无从得知。同样无法搞清的是，除了靠教友捐款，他们是如何维持这些云端的服务器继续运行的，因为大卫感觉维护这些服务器将会是海量的费用。

大卫对这方面的话题有点兴趣，虽然他并不是想要加入任何教会。他问过露娜有关这个教会的事情，但是露娜表示这些超出了她的知识范畴。他想起来露娜说过车站大厅里有一个图书馆，他想去看看会不会有这方面的记载，同时去熟悉一下环境。

他走出房门，沿着铺着红色地毯镶着金边的狭长走廊走了没几步，就看见了露娜从外面回来。

4

不管是第几次见到露娜，大卫每次看到她，都有种心跳加速血液涌上头部的感觉。大卫甚至怀疑人工智能是不是不仅翻阅了他的浏览记录，可能还破解了他的云端相册，甚至可能分析了他的 DNA，对他到底喜欢什么样的女孩做了一番彻底的尽职调查，所以才能创设出如此让他看见就走不动路的天使。

"请问您是要出门吗？"露娜说。

"啊……"

大卫等待自己的脑子慢慢缓过劲来，才听见露娜的声音，理解她说的话。

"我想去图书馆查点资料。"

"需要我带你去吗？"

大卫点点头，两人一起并肩走在了路上，不知为何有种两个人要一起去约会的感觉。所以在去图书馆的路上，大卫问露娜：

"你们新伴侣……会对主人产生感情吗？"

"感情？"露娜困惑地看着大卫，"我没有这方面的数据。需要我上网检索吗？"

"请吧。"大卫说着，随后露娜的眼睛开始闪现出蓝光。

"感情是一种复杂的心理活动，"露娜好像在念着哪里看到的文字，"它涉及多种因素，包括生理反应、心理状态、社会环境和个人经历。但是需要有自我意识才能察觉到自己的感情，其中感情是我们对外界刺激和内在状态的反应，而意识则是我们对这些反应的觉知和理解。所以说，有意识才有感情。"

"所以你会有意识吗？"

露娜的眼睛里又发出蓝光，"我们的这种型号其实在本质上和用于再生人的基础型号在硬件上是基本一致的，所以严格来说，如果再生人能利用我们的机体产生意识，那我们这些新伴侣也有可能产生意识，当然前提是我们的数据足够复杂。"

大卫眼前一亮："也就是说，你们也是有可能产生感情的是吗？"

"是有这个可能。"露娜一脸不解地看着大卫，"需要我对你产生感情吗？"

"啊，这种事情不用特意……"大卫感觉露娜明显把"产生情感"这件事当成一项任务了。

正当大卫想要进一步解释的时候，两人已经抵达了图书馆。图书馆也在车站大厦里，但是在接近行政区的高层下面。先去玄关区域，换乘电梯到达高层的架空层，然后往下坐另外一部电梯就到了。

图书馆阅览室占据了整个大厦的三层楼，这几层楼全部打通使用，给人一种开阔感。阅览室在中间，两边都是书库。

"你说要来查资料，具体想查什么？需要我帮你找吗？"

"找点介绍月城历史和现状的书就行了。如果有法律相关的也可以。"

露娜点点头，像一只温驯的小狗一样转身离开，很快又抱着几本书回到两人占据的一个阅览包间。关上门，两人就可以说话而不用担心别人了。

露娜拿来的其实都是电子书，不过各自安装在了平板电脑里。大卫打量了一番露娜抱来的书，分别是《月城概况》《月城的法律与政府》《月城人口问题》《月城地理》《月城成立二十周年纪念——人类首个地外殖民地大事记》。虽然是电子书，但这几本都不能外借。大卫看了一眼时间，感觉今天即便在图书馆一直看到关门也看不完。

"可以问你件事吗？"他对露娜说。

"当然。"露娜说。

"如果让你看书，你能很快看完吗？"他把手放在《月城成立二十周年纪念》上，"然后我让你复述一段书中的内容，你能随时随地复述出来吗？"

"当然。"露娜眨了眨眼，好像在计算什么，"我自动识别然后储存在系统里。你需要我念出来的时候我可以念出来的。"

"好的，那帮大忙了。"

于是露娜开始一页页地快速翻看《月城概况》，而大卫就只是看看书上的图片，就好像过去看报纸的时候只看上面的漫画和广告一样。《月城的法律与政府》上面大部分都是文字，没有什么图像，内容无非就是大卫为了考取月球律师资格时学习的月城宪法的内容，包括月城公司在一期工程完成后曾经向联合国申请成为一个国家但是被拒绝了，于是以百慕大公司的形式继续运营月球度假城，产生了很多争议，包括仿生人在月球的制造和使用。

月城公司可以在百慕大利用自己作为当地最大雇主的影响力说服立法者将仿生人法的适用范围局限于地球，使得在月球利用和制造仿生人处于基本完全不受限的状态。最后联合国终于基于《外层空间条约》确立月城独立的法域，使得月城不再隶属于地球上任何一个国家。在联合国的直接影响下，月城也不得不专门就仿生人立法，一方面宣称要承认并保护仿生人中再生人的权利，另一方面也限制他们前往地球。

大卫又从那一沓书中抽出《月城的人口问题》，才知道原来月城已经出现过两次人口危机。第一次是月球研究所刚成立的时候，当时地球上有很多有钱人想要来月球参观，而那个时候既没有月城也没有月球港，很多利用各种方式成为"研究员"来研究所研修的游客挤占了研究所极为有限的空间，出现了严重的人口危机，曾经严重到整个研究所的食品供应只够坚持两个星期，而游客也抱怨自己不得不跟标本住在一起，睡弹簧床甚至打地铺，并且要用冷冻动物器官的冰箱才能喝到冰水。

也是在这种情况下几个当时在研究所里的游客，决定回到地球后成立一家公司开发专门面向游客的月球旅游公司，同时肩负起运送游客往返地月（现在已经独立成为月球航空，另外有竞争者成立了地月特快），以及在月球上建立一家达到五星级水准的酒店的责任。这里面就有被誉为"月城之父"的弗雷德里希·奥尔德林，他不仅说服了世界各地的投资者向他和其他几个创始人一起成立的月城公司提供天使轮投资和融资，同时还挡住了压力，在地球各地对仿生人研究进行限制禁止的时候，对世界两大仿生人巨头 EJ 和 Hayashibara 抛出橄榄枝，邀请他们搬来月城。这些事后都确保了月城在经济上能够取得独当一面的实力。

而大概十年前，又发生了第二次人口危机。当时地球笼罩在新一次世界大战的阴影下，各大洲都有潜在或已经发生的冲突，规模最大的已经导致几万人在战争中牺牲，和平地区的经济也陷入一片哀号。只是这一次人类真的有一个可以离开地球并且不用担心被战火波及的

"桃花源"。

大批的有钱人携家带口抵达月城，甚至也带来了很多家当和用人。月城本来自信可以消化所有的来客，但很快意识到按照之前看起来是天文数字的投资移民准入门槛，自己根本无力接纳所有有实力并且提出了申请的移民。

幸好这时地球上的局势已经缓和，世界大战最终也没有爆发，很多人于是决定返回。月城从两次人口危机中已经吸取教训——这就是在研究所之外兴建了月球港——一方面可以将入境事务掌握在自己手里，另一方面也可以参考月球港的容纳空间批出签证，可以利用月球港来容纳月城外溢的一部分人口。

这时露娜已经把《月城成立二十周年纪念》这本书给扫描完了，开始扫描刚才大卫翻完的那两本书。

5

接到莫娜的秘书打来电话的这几天，是大卫这段时间里少有的休憩时光。

按照律所的要求，大卫在月球期间，还是要记录工作时间。这让他不厌其烦，但是他突然想起露娜可以帮助他做很多事。

"我在月球有一个机器人帮我，可以将部分杂事交给她吗？"大卫发邮件问自己的合伙人。本来在律所里他也是分配了一个秘书来帮他分担这种事情的。

"机器人？"合伙人回信说，"只要不会把律所的内部信息传输出去，可以遵守我们的保密规则，跟你用自己的电脑处理文件没什么区别，可以的。"

大卫很想说露娜才不是单纯的电脑，不过在问过露娜可以做到保密之后，他就将记录时间委托给她了，只要告诉她记录几个小时的研究（主要是听露娜复述那几本书里的内容）、几个小时的撰写反馈邮件，偶尔再看几个合同和法院文件就可以了。

信号还是没有恢复，视频就不用想了，甚至地月间的邮件有时候会发送失败，这种时候让露娜反复尝试即可，而大卫正好可以借此避免与卡萝视频或音频通话。因为法院的反馈还没回来，跟卡萝的沟通也仅限于讨论下一步如何进行的话题。

因为工作少了，大卫早上和露娜一起经常去中央公园散步。公园里，到处都是新增的帐篷，让大卫有种不祥的预感。不过，有身材窈窕的露娜陪伴，大卫没有往深处想。他只是在思考一个问题，他与露娜之间，两人是否有可能形成什么男女朋友之间的关系，但是转念一想，觉得她本质上不过是个机器人。等他回去，她就会被送回工厂，清除掉记忆，安装上其他的面庞，变成完全不同的人，与他大卫没有任何关系了。所以，最好不要对她产生任何的感情，否则只会在分离的时候让自己痛苦而已。

"昨天说到哪里了？"

大卫和露娜坐在中央公园的边缘，看着虚拟的蓝天白云在玻璃圆罩上映射出来，但因为光线的缘故，外面苍白的月球大地和深邃黑暗的宇宙还是若隐若现。

"昨天说到了是否需要我对你产生感情。"

大卫快速看了一眼露娜曲线完美的侧脸，刚才下定决心不产生感情的心情已经瞬间消失了。

"如果我说需要，你就可以产生吗？"

"我会尽力的。"

大卫点点头，但没抱什么希望。他只是希望这样没有人盯着自己无忧无虑的日子继续下去，白天能出门散步，傍晚和露娜去附近的超市采购，晚上两人一起做饭然后相拥而眠，兴之所至的时候和她来上一次。这样就足够了。这好像就是大卫理想的生活。

"我本来想问的是，昨天你看的书说到哪了。"

"我在说《月城概况》里有关月城新兴宗教的部分。"露娜说，"要我现在复述吗？"

"好的。"

"因为地球上的宗教大多都以地球上的地理和故事为主，所以在传播到月球上的时候欠缺关联性。上帝只创造了地球，耶稣基督从来没来过月球，其他宗教也多少有同样的问题，将圣城圣地与地球上的某个地方捆绑在一起。但是月城的再生人数量不少，所以有了宇宙大同奇点教会。"

"这个我大概已经知道了，还有其他的吗？"

"还有涅槃，这是地球上派生过来的佛教教派，认为成为再生人是涅槃的入灭，可以超脱轮回，进入不生不灭的状态。但是很明显作为再生人仍然会有痛苦和欲望，即便只是作为自然人的模拟。"

"所以他们的教义是有瑕疵的。"

"据说他们的成员在成为再生人之后更有可能离开，加入奇点教会等其他宗教组织。"

大卫耸耸肩："那还有吗？"他开始感到有点无聊。

"有，不过这个是集中在富裕层的。他们成立了感应结社，认为存在的终极意义就是尽量去体验，什么都要体验，而成为再生人对这个教义很有助益，因为他们可以通过不断更换零件的方式实现永生，甚至可以通过数据的方式将自己的意识传送到另外一个义体里，简单实现光速旅行。他们致力于积累各种跨星际感官经验，并且鼓励成员以各种方式交流彼此的感官体验，成为再生人对于实现这种交流也容易许多，只要将数据交换即可。"

如果有机会真想知道这些跟自己生活在一座城市里的人到底都是如何打发时间的，大卫心想。大概率是没有可能了，也许过几天宣告死亡的申请就会批准，然后按照卡萝和他们律所拟定的计划申请无遗产继承，再将房地产等资产安排变卖一下就可以了。

但是这一切都随着那个电话的到来而终结。

大卫正坐在公园边缘看着波涛在脚下往复，眼前的虚拟白云在蓝天的显影上游移，莫娜的那个马尾辫秘书艾尔莎这时打电话过来说，大卫提交的宣告死亡申请收到了一封反对信函。

6

"来了。"

莫娜看见大卫气喘吁吁地赶来时一点意外的表情都没有。她大概早就想到大卫会立马赶来，不管自己在干什么。

"是谁？"

莫娜白了一眼大卫，用下巴点了点另外一个方向。

大卫顺着莫娜指示的方向，看到了她的秘书艾尔莎。她的桌前正放着一张在这个年代居然还是手写的，乍看也符合法院文件格式要求的信纸，上面盖了法院已收悉文件的印章。

"尊敬的法官，"大卫扫视了一眼信函，"在下代表在下的客户，就法院于本函日期前后所提起的路易·克劳福德因失踪而宣告死亡的程序提出异议。本函不另行列举理由或提出证据，但如有需要，在下可亲自前往月城法院，当面给出理由及提出证据。顺颂商祺。"

信函的署名是一个叫罗斯琳的人。她难道也是月球律师？大卫问了莫娜，但是后者只是笑而不语，再问就说她会组织一场质证，到时候大卫可以亲自来见见这位叫罗斯琳的人。

质证被莫娜安排在了几天后，大卫不得不告诉卡萝，结果他收到了卡萝跟班紫洛斯的邮件：

尊敬的文律师：

感谢月球来函。您的邮件抵达卡萝总的邮箱的时候，我们刚打开了一瓶香槟，准备庆祝 CL 集团即将迎来大跨步发展的新篇章。但似乎您让我们的前途又罩上了一阵迷雾。在您的专业指导下，我们又被绕进了一个法律迷宫。

您截至目前所展现的独特才能，让我们怀疑您是否是最适合被送往月球处理这个可能是卡萝总一生中最重要的一步，但原本可能顺利进行的过程变成了一场灾难。我想知道，这是否是贵所所谓的创新法律策略，因为它确实给人留下了深刻印象，深刻到让人难以置信。

我期待着您在参加过质证后的解释，希望它能像您处理案件时一样充满惊喜。到时候我也期待您能提出一个确保此类"小插曲"不再发生的可行方案。请您届时尽快回复，告诉我下一步如何精彩继续。

感谢您的卓越服务。

紫洛斯

大卫之前没有跟这个长发的西装男说过任何话，以为他只是卡萝的跟屁虫，但光是从这封安静内敛、绵里藏针的邮件来看他绝对不是牙没长齐的小奶狗。幸好两人没办法视频，不然大卫真不知道要被如何奚落。

089 | 第三章 既判力

大卫的心情从前几天的闲适中带着焦虑一下坠落谷底，一方面要为几天后的质证做准备，另一方面要承受地球方面的压力。

不过跟露娜说过之后，大卫感觉好多了。

"别为那家伙说的话着急，你没有做错什么。"

"可是我没能拿到宣告死亡的结果。"

"你已经努力了。你查了各地的法律，选择了对我们最有利的一种。你按照客户的要求把申请提交了，至于后来会发生什么，你怎么知道。"

"说的也是。"他只是按照客户的要求，从地球飞来月球，将所有客户所要求提交的申请交给了法院。至于路易到底有没有死，有没有另立遗嘱，是不是真的失踪，是不是死于太空海盗之手，这些都是超出大卫能力范围的事情。

"放松心情吧，做好自己分内事就行了。"

大卫听了以后感觉非常舒心，没想到露娜还可以在这种自己情绪特别波动的时候安慰自己，但转念一想也许是因为露娜内置了这种特别的功能，又有一种无来由的失落。

大卫摇摇头，不让这种无基础的臆想影响自己。他转而回想起当时卡萝在紫洛斯的陪伴下来到 LT 律所里的事情。当时卡萝在跟合伙人讲话，而大卫只是在旁边拿着笔记本拼命记录。他作为一个普通的小律师，没有资格当场提出任何的问题和质疑。

到了法院要开庭质证的那个早上，大卫比平常更用心地收拾了一番，拿出需要袖扣才能穿的衬衣，但是当他看见海瑟当作生日礼物送他的交叉法槌形状的袖扣时，心里还是一酸，感叹物是人非。他清空头脑，吃了露娜给他做的烤火腿芝士三明治，喝了她一早起来磨豆子冲泡的咖啡，正准备自己打一个上次那种歪歪扭扭的领带时，突然想到问露娜。

"你会打领带吗？"

"当然。"露娜从正在收拾碗筷的流程中抽身过来，擦了擦手，"你要打哪种？"

"温莎结。"

露娜站在比大卫低一点的地方，伸出纤细的手臂给大卫打领带，大卫突然想起来之前海瑟给自己打领带的光景。他突然觉得自己还远没有从心理上摆脱海瑟的缠绕。

7

大卫一个人来到月城法院，看着法院的大门，他有点怯场，不敢一个人走进去。他决定下次来的时候带上露娜，至少让她记录一下、做做笔记，同时给自己壮壮胆。

推开法院里唯一法庭的大门，大卫才意识到这是他第一次实际进入月城法院，而这总是跟他在视频上看见的不一样。视频里能看到的只有法院里最里面的位置，是一个可以供五名法官一起列席的审判席，但现在只有莫娜一个人坐在上面。法官坐的位置比其他地方都高，凸显出法官的权威，而他们背后左右分别挂着两幅巨大的壁画，两张壁画里都画着诸神向两幅画中间的部分伸出手去，而中间的地方则空了出来，挂着金属制成的月城的盾徽：午夜蓝色的背景，中间是在灯塔顶端明珠般绽放光芒的月球，两侧有两只猫头鹰伸出翅膀支撑守望，盾牌上方是联合国的橄榄枝标志，下方的缎带上写着"Lumen Noctis"（黑夜之光）。

审判席下来较低的地方左边是书记官坐的位置，右边是法警。审判席正下方是一个证人做证的位置，再外面是两张桌子，一张给原告，一张属于被告。里面靠墙的一圈有一个给陪审团的小格子，里面放了六张椅子。整个审判区域后面还有几排椅子，再往后越过栏杆就是旁听席。法庭里所有的家具，以及环绕房间的木制装饰，都是暗褐的木纹颜色。整个法庭由灰褐色大理石的柱子装饰，跟下面车站大厅的风格类似，上面也有几个装饰艺术风格的神祇雕塑，看起来好像是抽象人化的青龙白虎。除了法官身后深灰色带着略微不规则起伏的石墙，其他地方挂着暗红色的绒布。

大卫没想到居然来了这么多人，除了莫娜，审判席里面也坐了几个人，旁听席也并非空着。关键的是，他发现法官面前的两张供原告被告坐的桌子上，靠外的那张被告的桌子上已经坐了一男一女。男人一头披到瘦削脸颊的银发下满面皱纹，穿着黑底红色格纹的西装，但是不知为何戴了银灰色的领结而不是领带。女人头发比男人略长，到达肩部，年龄可能小一些，至少没有灰发和皱纹，暗红色的棉质西装里穿着黑色的丝质内搭，脖子上挂着金链连着的骨纹圆框眼镜，暂时还没戴上。

"你来了啊。"莫娜在台上冲着他笑，这次她的法袍熨得笔挺，拿着法槌，颇有真正的法官气象，"自我介绍一下吧。"

"各位好，我是文大卫，是原告卡萝·克劳福德的代理律师。"

话音刚落，被告席上的那个男人就一副痛苦的讥笑，但他没有开口，旁边的女人这时开口了。

"你好，我是罗斯琳，是被告路易·克劳福德的代理律师。"

大卫正在犹豫要不要走上前跟她握手，但这是他第一次真正开庭，所以不知道该怎么做。这时候莫娜已经敲了法槌，叫所有人各就各位，她要开庭了。书记官位置上莫娜的马尾辫秘书艾尔莎已经掏出了特制的速记键盘，准备好记录下来所有人说的所有话。

"全体起立。"艾尔莎说。

大卫赶紧站了起来，因为是第一次而有些慌乱，不像罗斯琳他们两个优哉游哉地才站起来。连旁听席的人也都站了起来。

"好了坐下。请问原被告都准备好了吗？"

"准备好了。"大卫说。

"准备好了法官阁下。"罗斯琳站起来说。

"好的，书记员开始记录。现在法庭将为卡萝·克劳福德申请路易·克劳福德宣告死亡案开庭。我，莫娜·哈里森，月城法院原诉法庭的常任法官，根据《月城基本法》的授权，宣布本案第一次开庭。"

8

"原告，请简要概述本次贵方提及的宣告死亡申请的内容。"

大卫"唰"地一下站了起来，紧张得腿发抖。

"好的，哈里森法官。"

大卫结结巴巴地说起，自己代表的卡萝与路易结婚，但是路易最近在前往月球的路上被海盗攻击，飞船坠毁在月城市界以南的区域，相关证据已经提交法院。就此，卡萝申请路易宣告死亡，待法院最终确定宣告时间。

"我讲完了，法官阁下。"

"那么被告，请简要概述贵方的立场。"

那位叫罗斯琳的律师这时站起了身，还没开口就笑了起来。

"这位原告，你可以坐下了。"

大卫这时才发现自己还站着，只好赶紧坐了下来。

"我方的立场很简单，就是反对原告提交的宣告死亡申请。这份申请应该现在就被撤回，揉成一团或者撕成碎片，还给这瞎眼的原告。"

大卫被这么差辱，很想知道是否自己可以在法庭上抗议。他见过有的电影电视剧里律师拍案而起大喊"我反对"和"我有异议"的帅气场景，不过他底气不足，也许要等他回去再查查民事诉讼规则再说。

"你有什么证据证明吗？"

"我们的证据、证人、一切的关键，就坐在我的身边，法官阁下。"罗斯琳用双手指向身边的老人，"我请求被告本人出庭做证。"

"原告你有异议吗？"

大卫正在打量那个被告。现在他开始感觉这人好像在哪里见过，但是只见过照片没见过真人，所以刚才进来的时候没有往那个方向去想。

"原告？你听不见吗？"

"啊，"大卫这时才回过神，"请问刚才在说什么？"

"被告要让他们的证人做证，你有没有异议？"

如果我提了异议就能不让被告的证人做证吗，大卫看着被告席的那个老年人想。大概也不会。

"没有异议。"

"终于。"罗斯琳对大卫做出夸张的嘲讽表情，"那么请你去证人席吧。"她对身边的男人说。

身边的男人起身，微笑着扣好了自己的西装，走到了证人席前，解开后安然坐下。

"尊敬的法官阁下，尊敬的原告，以及在座的诸位，"他落座不久后就开口了，"我叫路易·克劳福德，是这次宣告死亡申请的被申请人。"

场内不多的旁听者传出一阵倒吸凉气的声音。毕竟月城媒体也报道过他，以及他的死讯。

大卫瞪大了眼睛。现在他终于知道为什么这个人看起来那么面熟了。他出现在大卫提交的有关身份证明文件里，就是从护照照片扫描件上投射出锐利目光的男人。

9

"相信我的出现本身就可以证明，原告的申请是无理取闹了。"路易说，"如果我还没死，宣告死亡的申请还有什么意义？"

路易从证人席上再度向大卫投来锐利的目光，像是能刺穿大卫的眼底、脑髓和天灵盖。

"可是……我们确实有相关的证据……"大卫像是喃喃自语般径自开口，没管莫娜是否允许。

"我相信你有很多问题，"路易说，"不过先等我做证完再问我吧。可以吗，法官大人？"他侧转过身，好像对后面的人说话一样。

"请吧。"莫娜说。

"那我就接着刚才原告提及的内容继续说了。"路易清了清嗓子，"诚如原告所言，我是 CL 集团的董事局主席，我们集团所生产的电子产品在地球和月球两个世界都很畅销，所以我不时需要来往于地月之间。

"我所搭乘的私人火箭飞船在离开地月距离中间点后不久就遭遇了太空海盗，他们击毁了两艘为了抵御太空海盗所聘请的保全公司的护卫舰。这其实非常少见，太空海盗一般为了避免交火，往往不会袭击有护卫舰护卫的飞船。

"但很快太空海盗就登上了我的飞船，我已经紧急穿好了宇航服，戴好了头盔，但是有几名乘客和空乘员死于舱内突然形成的真空缺氧或者被吸出了船舱，包括两名公司的职员。海盗没有跟我们进行沟通，只是指示船长继续前往月球，但是不停靠在月城，而是月城附近的据点。

"这时因为另外两艘护卫舰的遗骸继续按照轨道不受控滑翔进入月城界内，同时因为他们不能与月城塔台沟通，被判定为危险入侵者而被守卫激光炮击毁。我们的船长为了避免被误伤所以紧急修正了轨道，但来不及减速降落，所以最终迫降在了月城市界以南的位置。

"迫降没有成功，飞船最后以大冲击力坠毁，我因为佩戴了全套安全带，所以成了唯一存活的人。

"从飞船里出来后，我一个人步行到了市界以内，联络到了我们公司的人，他们驱车过来带我回到了我的住所。

"所以我们没有向警察报告，等我恢复状态可以报告的时候，警方已经发现了现场，我感到没有必要另外通报了。这里是我的失误，应该早一点向警方通报，这样可以减少有关我已经死亡的谣言的流传。

"现在我已经站在这里了，活生生地向诸位展示，我没有死，有关我的死亡的谣言可以消散了，也请好心关心我的妻子撤回我的宣告死亡申请。作为她的代理律师请向她转告我的请求和敬意。我当然也会重新考虑我们的婚姻关系下一步要往何处去的问题。"

说完，路易站起身，准备离开。大卫马上举手大喊"我反对！"

"你反对什么？"路易嗤笑道，同时扣上自己西装的纽扣，"反对我刚才的做证吗？"

"不是，我反对你现在就离开。"大卫说，"根据月城法院诉讼规则，我应该有权对你质证的。"

"确实。"莫娜点点头，"请证人先生留步，让原告律师完成质证。"

"那好吧。"路易一脸不耐烦地解开扣子，坐回证人席，"赶快问吧。"

"关于袭击你的太空海盗，你为什么说一般他们不会袭击有护卫舰的飞船？这你有证据可以证明吗？"

"这我没有想到你会问。我也只是凭我这么多年往返地月间的经验和我身边认识的人的说法，具体数据……"他看了一眼罗斯琳，对方这时正好举手。

"法官大人，我们可以补充证据，证明有护卫舰的飞船有超过97%的概率不会被太空海盗袭击。"罗斯琳摇着手里的手机，好像她刚查了一下。

"所以你对袭击你的太空海盗是谁，有什么线索吗？"

"这跟我们宣告死亡的反对申请无关。证人拒绝回答。"罗斯琳在被告席上喊道，但是路易微笑着示意她住口。

"虽然跟我们这次的事情无关，但我也有一点头绪，因为太空海盗无非有可能是一些本来就道德败坏的亡命之徒，还有一些来自之前各国解散的太空部队，当然也有可能跟保安公司内应外合。具体哪种情况我就不清楚了，不过我感觉很蹊跷的一点，是他们上船之后既没有跟我们交涉，也没有向任何一方提出赎金或其他要求，就好像劫持我们的飞船就是他们的最终目的一样。"

"那你的意思是说……"

"我不知道。"路易摊开双手，"我没有足够的证据，也没有特别的线索，无法确定这些海盗是不是受人指使专门冲着我来的。也许警察在分析坠毁飞船上的海盗尸体后会得出什么结论……不，不是我们月城的警察，因为坠毁的地方在市界之外，所以应该会落到太空特警手里，而他们大概也没有什么意愿去配合我们吧。"

路易咧嘴一笑，抬眼看向大卫，"还有什么问题吗？谢谢你带着我们兜圈子，这样我们就可以少讨论一点这无聊的宣告死亡申请。"

"你说你是唯一存活下来的人，而你戴好了安全带。"大卫问，"我记得还有你们公司两个人与你同行，他们呢，没有戴好安全带吗？"

"很不幸的，安全带是不能保证飞机坠毁的时候乘客和机组人员的存活的。"路易笑着说，"你知道即便是地球上的飞机，绑好了安全带还是会死的。"

"但是你活下来了？"

"这纯粹是运气。"路易说，"感谢上苍给了我这样的幸运，让我现在可以活着坐在这里给你质证。"

"那另外两个人的尸体呢？"大卫继续说。他记得之前看过的报道上从来没有提过飞机上还有这两号人物。而这个问题似乎也击中了路易，他的笑意从嘴角流失。他看向罗斯琳，对方很快举手要求法官阻止，但是莫娜说：

"这是刚才证人说的证言的一部分，事关真实性，我不会阻止原告律师的这个问题。"

"很好。"路易头往后靠，把腿交叉，露出他穿的高级雕花尖头皮鞋，"我想这里没有什么可疑的地方。刚才我也说过了，在太空海盗试图登舰的时候，有人被突然出现的真空吸出了船舱，这两位就是不幸的牺牲者。"

"我想……可能我们应该跟太空特警说一声，不过相信他们对我们这样做不会有太多异议的。"罗斯琳补充道。

大卫耸耸肩，太空特警也不是他的客户，他们想怎么样跟他无关。他看了一眼刚才在带来的笔记本上飞快写下来的针对路易证言的疑点，突然想起最关键的问题。

"你可以证明你就是路易本人吗？"

"这种事情为什么需要证明？"罗斯琳反问道。

"喏，你们月城不是有什么技术，可以让人死而复生，我只是想知道现在坐在证人席的，是不是你本人。"

这时整个法庭陷入了一片沉静，没有人说话，也没有人发出任何声响，好像大卫不小心打碎了什么贵重的东西一样，所有人都在屏住呼吸，看接下来会发生什么。

"我想，这个问题由我来回答比较合适。"审判席上的莫娜突然开口了，"根据月城的《再生人条例》，任何再生人都不能被要求自证其是否为再生人。这是为了保护再生人的权利的举措。"

大卫一脸疑惑，但他确实没仔细看过《再生人条例》，律师资格证考试的时候也没怎么考过，但环视四周，似乎所有人都对此有所耳闻，而路易和罗斯琳正像看异形怪物一样看着他。大卫决定回去就把这奇特的法律全文从头通读到尾。

"那好吧，"大卫自讨没趣般笑笑，"我换一个问题，你说你从飞船那里自己走回了市界，这里有什么东西可以证明是你本人走回来的吗？"

"这又是什么问题？"罗斯琳已经接近于吼了，"请法院立即终止原告律师这种无意义浪费法庭时间的质证部分。"

"你有什么想补充的吗？"莫娜看着大卫问。

"我只是想问问有没有什么证据能证明他确实自己从飞船那里走了回来。"大卫解释道，"这总不违反原则吧。"

路易叹了口气，说确实是有的，然后向罗斯琳点了点头。

"虽然我们觉得是浪费时间，但还是提请补充证据。"罗斯琳取出一张小型MD(Mini Disc)光盘，被紫色的塑料盒包着，有点像个3.5寸软盘。这种可重复擦写的实体储存装置虽然在地球上基本上已经被淘汰了，但是在网络不太稳定的月球好像经常能见到。一直站在法警岗位上一言不发的、应该是仿生人的法警走过来，将光盘交给艾尔莎。她随后拉下一张幕布，调暗灯光，将光盘里的内容投射到幕布上。

10

幕布上显示的是最南边的一个激光炮的自带跟踪摄像，画面中已经有两条像火花一样坠落天空的抛物线，大概是另外两条被击落的护卫舰残骸。这时激光炮对准了在天空中滑落的另外一艘飞船，但一直没有射击，恐怕是因为飞船没有进入射程或视界。那艘飞船最后坠毁在视线的边缘。

"这里我们快进一点。"

画面一闪，从建筑物阴影的变化来看已经过去了很久。

这时能看见一个穿着宇航服的人从远处出现，慢慢走到了一根电线杆一样的竖直东西旁边。在那里画面又是一闪，出现了一辆月球车，让站在电线杆旁的宇航服人上车之后，车开出了画面的视野。

"怎么样，"罗斯琳说，"可以了吧，文大律师。我们有充分的证据证明路易本人从坠毁的飞船中一个人走了出来。"

大卫看完证据后陷入了沉思。这段视频当然可以显示有个穿着宇航服的人从飞船的方向走了过来，但是无法证明那个穿着宇航服的人就是路易。从之前看过的照片显示，其他飞船里的尸体，如果不是海盗穿的红黄相间的那种衣服，远看跟视频里的人没什么区别。

这时，视频又闪现了一下，就好像知道大卫会有这样的疑虑。刚才登上月球车的那个人从车上下来，走进旁边的房间里。房间经过加压，那人摘下了自己的头罩，露出路易的脸颊，上面好像还带着血迹，但是画面比较模糊，看不真切。

至此，大卫已经找不到什么角度来攻击路易的证言，只能眼睁睁地看着证言被法官正式接受为证据。

"本庭将会考虑所有收到的证据，择日作出裁判。"莫娜确认各方没有其他意见后说道，"今天到此休庭。"

随着一击清脆的法槌，所有人都一起站起了身，鱼贯离开法庭。可以听到后面那些旁听的人正在热烈地讨论，大概对于无聊的月城居民来说，能旁听案件比看电影更有意思。但是大卫觉得全身发软，知道自己没有办法比现在做得更好，这让他感觉沮丧，甚至有些绝望。虽然法庭没有宣判，大概率不会再有什么好的结果。

一双踩着酒红色高跟鞋的双脚出现在俯身看着地面的大卫视线里。他抬头一看，是罗斯琳正站在大卫面前。

"我才应该是第一个成为月球律师的人。"罗斯琳俯视着大卫，恶狠狠地喃喃道。

说完，她就踩着高跟鞋噔噔噔地离开了，声音响亮得仿佛要刺穿大卫的耳膜。

"其实刚开始启动月球律师考试的时候，她是第一个报名参加的人。"莫娜也还没走，从审判席上低头看着大卫，"不过她那么有经验的律师，大概以为自己十拿九稳会过，谁知道居然没一次考过。"

"所以你认识她？"

"当然，我们这谁都认识罗斯琳。"莫娜笑着说，"她可是之前唯一常驻月城的律师，拿着以为自己走遍天下都不怕的纽约律师执照。不过她也确实是非常有经验，毕竟之前是 CRT 的律师。"

大卫当然听说过 CRT，那是地球上数一数二的律所，而且专门走精英中的精英路线：只在纽约开设，不像有些律所开得满世界都是；只有法学院头几名才有可能拿到面试的机会；所有律师只要表现正常都有机会升为合伙人，而一个合伙人基本上也只带一两个非合伙人律师；只处理非常复杂，有可能打到联邦最高法院的案子；找客户收费的时候，是按标的额提成，而不是像有些律所给一个固定报价收费或者按小时收费。

"结果等她通过考试的时候，你已经来了。"莫娜走到大卫身边，

用慈祥的眼神看着他，"所以当她跟我说她是月球上脚踏实地第一个
真正的月球律师的时候，我只能告诉了她你的事情。"

大卫简直想要挖个洞躲起来。他怎么知道原来月球上月城里还有
这号人物，也不知道自己这么一来居然抢了别人的风头。不过话说自
己考试通过已经是一段时间以前的事情了，所以罗斯琳一直没考过？
也许只是太忙了，没有时间补考也说不定。

"现在怎么办？"大卫绕回刚才结束的法庭程序说，"接下来我
们就等您的裁决了是吗？"

"我需要跟其他法官讨论一下。"莫娜说，"你就先等着吧，也
许很快就会出来结果。"

11

当大卫告诉卡萝他们今天发生的事情时，才知道对方已经不准备
继续支付自己待在月球的账单了。

大卫还没完全死心，问了卡萝有没有任何证据可以证明那个人不
是路易。卡萝说其实她保存了访问路易随身佩戴的手表的健康数据，
但是无法排除是不是在穿戴宇航服的过程中路易自己把手表摘掉了，
所以数据在飞船飞行过程中就中断了。

另外大卫还要写一封长长的邮件，解释为什么他不能向法庭申请
用技术手段对那个自称是路易的人进行检测，看他到底是真人还是再
生人。卡萝一口咬定那个人肯定是再生人。她估计路易早就意识到自
己的肉身有一天会出事，所以设定了程序，定期备份自己的记忆和意
识，等肉身出事的时候就唤醒再生人，将备份灌输进去。作为仿生人
制造大厂 EJ 的实际控制人（中间有很多层信托、合伙和控股公司，

在不同地方注册，所以很难一下子看出来，但是卡萝当然知道中间那些持股关系的真实路径），他用再生人来恶心自己，假装自己没死，也不完全出乎意料。

但是根据月城的《再生人条例》立法过程中的讨论底稿，有立法会议员认为再生人实际上是真人生命的延续，他们跟人类一样有思想、有意识、有记忆，也很有可能有人类的情感。生物的大脑与电子的大脑在功能上没有太大的差别，不能仅因为没有残留生物的大脑而将他们与全身都换成机械但是保留生物大脑的人（月城称之为"金鱼人"）做出区分。

有议员认为因为碳基生物的进化有限，不能支持未来的宇宙探索，而再生人是向硅基生物进化的必经之路。

还有议员提出了著名的"忒修斯之船"理论，即当年有人问，如果将一艘船的船身所有零件一点点换掉，今天换一点明天换一点，最后全部换掉，和一口气将船上所有零件都换掉，从结果看是一样的，所以没有必要争论换完的船还是不是原来那艘船。同理，只要记忆留存，即便全部换完还可以是同一个人。记忆是维持人的同一性的关键。既然最初的那个人是具有人权的人，那么后来的再生人也肯定是有人权的人。

要让再生人也有人权，唯一要履行的手续，就是遵循"复刻"手续，即真人死亡的时候要和再生人苏醒的时候保持一致，哪怕两者的生存时间有一点间隔或重合，都不能认为后面的再生人为继承前者人格拥有完整人权的人。这是因为月城里曾经有过一个"奇葩"，将自己的记忆复制到了很多个再生人脑里，然后这些人试图一起攻陷 EJ 的再生人工厂制作更多自己的替身，后来被月城警察联合太空特警摆平了。这是月城历史上唯一一次特许太空特警进入月城执法的案例。如果一个人可以简单地不断复制，那么他们可能做出一个人做不出来的可怕事件。除非经过月城法院特别批准（比如为了完成星际传输的特别任务），否则复刻手续是完成再生人的必要条件。这些都是大卫从法庭回来以后一段时间内快速研究了《再生人条例》后了解的知识。

"那么我们有什么办法能证明他没有完成复刻手续呢？"卡萝用邮件问他。

"这要看您有没有办法取得这方面的证据了。"大卫说，"我们暂时没办法取得这方面的证据。"他想，恐怕要用偷偷潜入或者黑客的办法才能取得这方面的证据，而如果被发现，自己肯定要被吊销执照的。

"反正也不会有好结果的，对吧？"卡萝似乎还保持着自己的气量，没有在邮件里直接爆发，但她还是说出了大卫最担心的话，"那还是算了，你回来吧。我会告诉你的合伙人，你会在出来结果之后，搭乘最近的一班返航飞船返回地球。"

12

大卫没有想到自己这么快就要重返地球。

回到房间后，他的表情出卖了他。他坐在床上，露娜看到后靠近他坐下来。

"不舒服吗？"露娜问道，"过我这边来躺下吧。"

露娜和他躺在床上，相拥在一起。大卫能感觉到露娜身上人造的柔软和温暖，也知道她从来都不会问他为什么难受或难过。这大概是她被设计成的样子，但有时候他甚至希望她能问他，像个真人那样。

"我可能很快要回去了。"他还是自己说出了口。

"我很遗憾。"

"我要走了，你有什么想法吗？"

"我……当然是不想你走的。"露娜说，搂他的手臂稍微用多了一点力。大卫为露娜的挽留和抱紧自己感到稍微欣慰，也许她已经开始对自己有点感情了。

不过露娜很快说道：

"在你离开之前，需要我更新一下自己的外貌吗？"

"什么？"大卫往后退了一下，看着她的脸，以为有什么问题。

"我明天就要返厂去体检了，届时有机会重塑我的外形，包括身材和脸庞，只要你喜欢的都可以。"

"这……"大卫犹豫了一秒钟，"不用了，你现在就很好。"

大卫虽然口头这么说，他还是在一闪念中考虑过要不要让露娜更新成海瑟的样子。截至目前，这是他真正可以说自己"爱过"的人，即便她的美貌远不及露娜。

大卫在心里叹息了一声。他曾经失去过海瑟，现在又要失去露娜。虽然抱紧自己的只是个恐怕还是无心的女孩，但他还没有做好跟她告别的心理准备。

他还记得最后见到海瑟的那一天。

他在半醉半醒之间，看见海瑟和一个中年男人在一起。他不自觉地拿起自己的手机，拍下了两人的照片，手机却自己启动了闪光灯。

大卫掉头就走。他不是怕那个大叔，他是怕自己被海瑟发现。前几天两人才刚刚分手，他不想被人发现自己还惦记着她。

走了没几步，他发现自己进入了一个无人的陡坡。再往前走两个街口，就能回到自己平常租住的单元楼，在一个颇老的建筑里。

这时，前面突然闪出两个人影，站在背光处。他们就那样站在高处往下俯视，一动不动，两人之间正好留出仅供一人通行的空间。

大卫有种不祥的预感，就是当自己走向两人的时候，会被他们拦住。出于警觉，大卫开始掉头。这时另外两个人在山脚下的路口出现，也按照类似的位置站成一排。

回头一看，山上的两人已经在不经意间逐渐靠近。

大卫的酒意已经完全清醒。他立即靠在路边，尽量将四个人全部纳入视野，同时大喊道：

"你们是什么人？找我干什么？"

四个人暂时停止了脚步，互相看了眼，其中一个人走了出来，逐渐靠近大卫。

"你可是惹了不得了的人物。"那人逐渐走近，显露出秃顶和穿着的墨绿色田径运动服，"把手机给我，我们就放过你。"

"为什么？我干了什么惹到谁了？"

秃顶中年人冷笑一声，"我需要告诉你？乖乖交出手机就是了。"

大卫拿出手机，心里各种念头交织互搏，不知道自己该做什么才好。就这样把手机乖乖地交给他？那肯定会被他掰成两截或者碾得粉碎，而自己的手机是好不容易找到工作的时候才买的，更何况里面还有很多没有备份的海瑟照片。这时大卫突然注意到秃顶因为靠近自己，身后留出了一个空位。

"那你过来拿啊。"

大卫把手机换到左手，向秃顶伸过去，秃顶这时也伸手过来拿。

这时大卫立即将手缩回，向右跳出一大步，然后撒腿冲向秃顶身后的空位。

后面四个人立刻追上，但这回没有人从前面围堵大卫。大卫向山下的酒吧区全力冲刺，冲回刚才人多的地方，这时他正好发现有两个警察正在处理一个倒在地上的醉汉。

大卫立刻冲到警察身后，警察先是警觉地看着他，在大卫小声跟警察说了几句之后，又看向秃顶的方向。四个气喘吁吁刚刚冲向警察的人，被另外那个警察一追，现在又开始全力往山上跑去。

"谢谢谢谢，太谢谢您了。"

一位警察护送大卫到了警察局，让他在那里先待几个小时，等他们确认那四个看起来像黑社会的人已经离开这一带后再回去。

在警察局里，大卫掏出自己刚才肇事的手机，调出那张拍到海瑟和重要人物的照片。她看起来还是跟原来一样，甚至比原来更有风韵了，用现代化妆技术描出了细细的柳叶眉，红艳的凸显曲线的嘴唇，顾盼生辉的丹凤眼，生动水灵的白皙脸庞，还踩着尖头红底细高跟，如果不是五官的组合方式还跟以前一样，大卫简直感觉海瑟像换了个人似的。看来这个男人绝对是值得她在凌晨两点全力以赴的对象。

大卫看着那个男人，头发绝对算不上秃顶，甚至可以算得上蓬松，但是即便他正好摘掉了口罩，大卫也一眼看不出来这个人是谁。他用圈图搜索的功能，将男人的脸部位置圈了起来，没几秒钟搜索系统就反馈出一个具体的人物：原来这个人是范德比尔特投资银行的亚太区首席 MD（董事总经理），平常出现在电视和视频里的时候都是梳着气派的大背头，往往和市长、议长等重要人物一起出现，并且经常向社会公众语重心长地传授人生哲理，鼓励年轻人真抓实干，奋勇拼搏，形成你追我赶的互相竞争局面。也许这只是对他这种位于社会顶层的人而言最有利的形势。

现在看来，他肯定是黑白两道通吃的，所以才会出现今天晚上这一幕。问题是，根据公开资料，这位大人物是有妻室的，而且他的夫人还是本地大户人家的女儿，两人经常一起出双入对，在公共场合抛头露面。

大卫于是知道了，为什么会有四个人要追他。

第二天上午，大卫就跟合伙人说，自己愿意前往月球，并且可以安排尽快出发。

现在自己要回地球去了，不知道还有没有办法躲开那些黑社会的骚扰。

他打开电脑，想要查下往返地球间航线的时间表，却发现这几天往后所有来往地月的客运航线都暂停了。

第四章

进退维谷

1

"你来了。"莫娜看见大卫的时候，笑着说。

"来了。我坐哪里？"现在大卫已经习惯了莫娜的笑容，更多的只是觉得那只是普通的友好，没有什么别的意思。

"随便找张空的座位坐着就行，"莫娜说，"如果你需要的话，艾尔莎也可以借你。"

大卫摇摇头："我已经把我自己的露娜叫来了。"

露娜跟在大卫后面，坐在法官旁边秘书坐的位置。她今天穿了件橄榄绿的短袖丝质折领衫，袖子大概六七分长，下身是浅绿色的 A 字裙，看起来就像是律所的年轻秘书。

"你觉得我这样穿好看吗？"露娜问大卫。

"好看。"大卫笑着说，感觉露娜确实好像知道自己喜欢看女生穿什么样的衣服。

"那我以后让厂里多送几件过来。"露娜也开心地说。不管什么衣服，都可以让制造露娜的工厂打印后送来。

"哦，这就是你的……"莫娜脸上的笑容稍微消退了一点，但又很快恢复了，"总之，非常感谢你愿意过来。这毕竟也是非常时期，而能搭手的人非常少。"

"罗斯琳没有过来？"

"她？"莫娜冷笑两声，"她怎么愿意屈尊过来提供法律援助。她可是自视为上层人士，不屑于接触任何非上层人物。"

大卫这才意识到，为什么现在这个办公室里除了莫娜就是自己了。月球上就他跟罗斯琳两个律师，而愿意提供法律援助的就他一个而已。一阵寒意从背后爬上来，他不知道自己是不是掉进了什么新的巨坑里，一下子要多很多工作量。本来好不容易重新回到了不用回地球上的律所重复每天加班卖命的命运，结果在月球还是躲不开增加的工作量。

"月球航空和地月特快这两个活宝这几天真的加开了五十班吗？"莫娜戴上眼镜，看着新闻问。看来她至少眼睛还没有换成义体。

"听说是的，不然怎么可能来了这么多人。"他问过还在研究所修电站的丹，据说现在研究所里已经人满为患，连带影响到丹的维修进度。很多本来用来运输维修零件的运量被用来运人，用来储存零件的地方也得腾出来给新来者居住。

本来很多年前出现过、现在极力试图避免的研究所变成月城难民营的往事，因为研究所直接归联合国管辖而月城实质上还是私人所有地，跟迪士尼乐园没什么两样，所以一切又死灰复燃。大量登陆月球的人因为地月航线暂停而困在月球港和研究所，研究所出于人道主义救济不得不接收他们，而月城就可以以未取得任何签证而拒绝他们进入。这些人就这样，卡在回不去的地球和进不去的月城中间。

只有些幸运儿，之前已经取得了签证，或者因为各种原因已经进入了月城，现在可以暂时待在这里，避开在地球和在研究所发生的一切。他们的到来对于月城来说也是一次冲击，因为人数虽少，但对于本来也没多少人的月城来说也不是个小数目。为了解决他们因为突发事件而出现的燃眉之急，月城法院按照上次出现人口危机时的先例开始提供临时性的法律援助服务，而 LT 律所积极响应。但毕竟客户都在月城，所以跟客户沟通的重担就落在了大卫身上。

"已经有很多案件了吗？"大卫心存侥幸，还想先喘口气。

"当然，所以才叫你来的啊。"

这时，第一个来咨询的客户已经进来了。

2

就在大卫以为自己肯定要回地球的时候，他发现所有地月之间的交通都已经中断了。

在他因为深陷卡萝的案件，没有心情去查阅地球新闻的时候，之前大卫略有耳闻的、地球上新出现的那种传染病，目前已经完全扩散开来，会让人在极度饥饿的状态下部分失去理智，将其他人类误认为是可以吃的食物，而被咬过的人如果没有因为失血过多或者其他原因死亡，会在一段时间以后被这种疾病所传染。被感染的人除非有明显的失血或者失去部分皮肤及肌肉组织的情况下，其他方面看起来一切正常，并没有僵尸电影里面看起来那么明显。这样反而更加人人自危，没有人知道身边的人是否已经感染，而过去僵尸电影里对僵尸的描绘更让人恐惧。虽然只要保持感染者在饱腹状态，一般而言他们不会攻击其他人。但恐惧让人们端起枪支、举起匕首，对被怀疑感染者进行攻击。

如此发展下去，人类的最终灭绝大概会加速到未来几年之内。

虽然普遍认为是因为食用了某种菌类，但科学家还在研究到底是其中的某种细菌、微生物还是极小型的寄生虫导致的这种现象。一开始因为缺少可靠的检测方式，又没有可能中断全世界的所有交通，这种传染病很快就通过紧密联系的全球交通传遍了每一个角落，连太平洋的小岛上都没有幸免，而将其在很短时间内还原成了无人岛。人类消失后房屋被植物所侵蚀，不结实的木质结构开始出现坍塌，猫狗都还原了野性，湿气将食物纸张和衣物腐烂霉变，就好像预示着未来人类灭绝之后整个地球的光景。

有钱买得起船票的人这个时候想起来人类的终极避难地——月球。那里与地球之间有着超过三十八万公里的物理距离，往来地月之间的航班虽然存在，但远不如地球上的任何两个地方之间来往方便。而且漫长的地月旅行，以及等待月球电梯来回月球港及地面的时间，正好会让所有被感染者现出原形。

本来就极度昂贵的船票被炒到超过一栋大型豪宅的金额，而似乎预见到很快即将到来的停航，所有经营地月航线的宇航公司拿出了浑身解数，尽力尽量满足所有的需求，也实现了最终捞一笔，将所有火箭都发射了出去，而那些拥有私人飞船的富豪也已经塞爆了月城南部的飞船俱乐部，多余的飞船只能暂时环绕月球轨道，等待任何可能出现的空位。

月城理事会似乎也意识到，如果放任所有人自由进入月城，那么月城也很快会沦陷于现在被称之为"最终镇魂曲"的传染病。按照之前出现两次人口危机后制订的预案，以月球港为隔离中心，所有试图降落月城的人都必须先在月球港隔离居住直到医生证明不会有进一步感染之虞，但很快就证明这个方案无法满足所有降落月球的人，而研究所又一次不得不充当月城难民营的角色。

那些废弃的仓储空间里大概又塞满了折叠床和衣架，人们又退回到正常生活标准以下的水平，没有空调抵御酷暑与严寒，没有自来水，没有稳定的电源，没有不受限制的信息来源，没有独立的隐私空间，没有来去的自由。同时，月球上紧张的食物储备没有办法满足所有人的进食需要，反而进一步促使这种在地球上靠大量投喂食物可以抑制症状的疾病，变得在月球更容易暴发。

更可怕的是，所有被隔离的人都有可能变成被传染的人的食物或者被传染的对象。流血事件经常发生，隔离区域最后看起来跟人间地狱一样恐怖，到处是残破的人体，满地都流淌着干涸的人血。

大卫从丹发来的邮件里看到了当年他曾经不幸踏入过的地方。研究所里那些曾经给其他动物带来苦难的空间，现在正给自以为凌驾于其他物种之上的高等智慧生命体带来无尽的苦难。

但这一切都比在地球上等死大概还是要稍好一点。

在这样的大背景下，大卫也回不去了。卡萝的宣告死亡申请没有被正式拒绝，法院一时半会也没有精力去处理，毕竟现在迫在眉睫的是处理那些堵在月城边界两侧的人急切的法律问题。而 LT 律所的合伙人们也乐于在月城法院面前利用这次要求提供法律援助的机会给所里打广告，所以大卫正好继续留在月城。

3

"您好，文律师。"对面的女人看着大卫前面放着的名牌说道。

一个年纪大概比大卫稍大一点的女人穿着熟桃色套裙来了，带着自己可能五六岁的男孩。留着中分发型的男孩穿着白色衬衣、深褐色短裤，打着深红色短领带，戴着黑色圆框眼镜，一副斯文乖巧的样子，坐在母亲让他坐的折叠凳上后就一动不动。这个年纪的孩子在月城很少见，因为大卫从《月城概况》中得知，在月球生育难度很大，只有承担得起高额医疗费用的富豪才会尝试；因此对于普通人而言，男女的性别区分在月球已经意义不大，只是诸如肚脐眼一类无意义的初始设定。女人没有带什么文件过来，大概只是先来咨询一下。

"我和我儿子凯文刚来月城，两个星期以前。"那个时候正好在月城决定对所有来客强制隔离之前，不过到现在还没出现症状，应该没事了，"我是说什么也要带孩子过来的，虽然消耗颇大，但我们又不是付不起船票。"

大卫点点头，静静等着这个说话不是太单刀直入的女人娓娓道来。

"但我这么一来，就有了一个问题，我们家的钱现在还是掌握在我先生那边的。我买了船票以后他很生气的，觉得我自做主张，没有为他考虑。但我当时问过他来不来，他自己说不来的呀。"

大卫看着这个女人身边的男孩，不知道他每天是不是也要听他妈妈说很多话。

"总之我已经来了，他又不愿意来，又不愿意我们母子两个过好日子，对我们搞'经济封锁'、'金融制裁'，信用卡也停了，就留了一张，额度只够我们吃饭。凯文还需要上学，我看月城这边虽然没有像样的学校，但是有辅导老师的，我怕凯文在这边学业荒废了。我嘛，也喜欢弹弹琴陶冶情操，不说买了，能租一台钢琴也是好的呀。"

如果自己来月城逃难，还要继续补习跟上地球的功课，而妈妈还要在月城弹琴（虽然他猜月城这种有钱人多的地方大概也不会没有），大卫感觉很难想象这种生活的正当性。也许这就是对他们这些上层人士理所当然的事情，对大卫来说仿佛科幻小说。

"好了文律师，我七拐八拐浪费了您的时间吧。您看我有什么办法可以震慑一下我先生？什么办法都可以的，只要他能松松口。"

大卫不太能立即把握"震慑"的具体含义，毕竟他自己都没结过婚。他想象自己是个地球上的有钱中年男人，自己的老婆突然花掉了家里大部分储蓄带着孩子跑到了月球，而自己只能独立直面摧枯拉朽、席卷一切的严重传染病的风险，也许什么震慑都不会起作用的吧。

"你和你先生之间有没有就每个月能动用多少夫妻共同财产达成什么协议？书面或者口头的都可以。"大卫问。他以前见过各种五花八门的协议，当然口头的很难作数，毕竟当场的见证者往往只有当事人自己，而陷入争执的双方几乎不可能对一份口头协议的内容形成基本一致的记忆。

但是女人摇了摇头："没有，因为过去我怎么用他的钱，他也没说什么。"

大卫沉思了一会儿。

"那您……考虑过以离婚的方式改变您先生的看法吗？"

他特意看了一下男孩，但是男孩好像对离婚有关的字眼也没有什么反应，也许他只是对月球的一切由震惊转换为疲倦，就好像刚到月球时的大卫一样。

"哎呀，这么直接的吗？"但女人好像并没有感到疑惑，"如果一定要这样，也不是不行了。那我和凯文在月球生活好了，他在地球上想怎么样我也随便他了，反正他也不服我管。"

"你们也没有签署任何婚前协议对吧？"

"婚前协议？"女人摇摇头，"听都没听说过，不知道那是什么东西。"

大卫翻阅面前的《月城法典》，查看两人是否可以根据月城法律离婚，因为这样就不用再找个地球上相关国家的律师，在别的法庭里起诉离婚。这对这个可能没什么储蓄的女人来说不太现实。

"您说您这次是几个星期以前来的月城，请问您以前来过月城吗，有没有长时间的居住？"

"有的。我和我先生一起来过,我们每次来当然都会住一段时间的,但不知道什么才算是长时间的居住。"

"是这样的,如果您想在月城提起离婚,需要在月城连续居住三年,满足连续居住的要求需要每年在月城居住超过 183 天,这一点您这边可以满足吗?"

"这……我需要回去查一下记录。"

大卫觉得这个咨询可能到这里就结束了。她可能根本就没有记录,就算有记录也很有可能没有 183 天,毕竟地月之间的往返非常昂贵,她可能最多就来过一两次,待上一两个月,但没有那么长的时间。或者她根本就懒得回去查,只是随口说说,她和她老公可能会吵完架就和好,就像大卫和海瑟过去一样,除了最后一次。但女人丝毫没有要离开的样子,她又开口了。

"那这样文律师,如果我回去查到了我能满足居住三年的要求,后面的路要怎么走啊。"

大卫不得不又翻开面前的《月城法典》,翻到婚姻条例的部分看看成文法里是怎么说的。虽然她这样问简直就是在浪费他的时间,但他的时间总是要浪费掉的,他坐在这里也不能做任何他喜欢的事情,或者躺在床上好好休息一下。

"首先你们的婚姻至少要存续超过一年,这我相信应该已经满足了。"他看了一眼旁边的小孩。

这时女人点了点头,于是大卫继续。

"离婚的关键,是要向法庭证明婚姻已经终结的理由,即所谓的婚姻已破裂至无法挽救。这里又有很多种方式可以证明……"大卫看着长长的一大段话开始迟疑,所以他挑关键字。

"比如说通奸了,他的行为让你无合理预期两人可继续共同生活了,两人已实际分开居住一到两年了,遗弃,以及其他一些因为他的原因可以申请婚姻无效的事由……"大卫说完离婚，又开始念申请婚姻无效的办法，"比如如果两人不能圆房，一人有精神问题，有性病，怀了别人的孩子之类。"

说完，大卫停顿了一下，看女人到这里有没有什么问题，但她可能被突然袭来的海量信息给压垮了，眼神开始涣散，什么都没说。这时大卫把剩下想说的都一口气说了。

"另外我看你也带了孩子来。如果你跟你先生离婚，到时候也会牵扯到争夺孩子的抚养权的问题。一般来说法院会优先考虑对孩子最有利的情况，不一定谁最有钱就跟谁的。"

"好的，谢谢了文律师。"女人好像终于感觉问到了所有想知道的信息，开始暗示准备要离开了，还把手放到了男孩的身后，想要用男孩先走来制造自己走的机会。但这次轮到大卫感觉自己想说的话还没说完。

"其实我也正在经手一个潜在的离婚诉讼，不过因为地月间的信号问题，现在这个阶段这种需要两边的人一起出庭才能审理的案子应该是没办法正常进行的。"

女人终于告别离开，而大卫也靠在了自己的椅子上，接过本来一直在打字记录的露娜递过来的水瓶，润了下已经干涸的喉咙。这种虽然紧张但是颇有成就感的感觉是以前每天伏案只处理文书的时候没有过的。

4

"怎么样？"等那个女人走后，莫娜又笑着过来看他。大卫随口说了几句自己还是不够有经验但是感觉学到了很多这类谦虚的话，莫娜貌似满意地点点头。这时她突然说起了邀请大卫来自己家的事情。

"去您家？"大卫稍微有点惊讶，不知道为什么会提到这个，但又有点受宠若惊。

"只是想感谢一下你，来我们法院提供义务服务。"莫娜说。

话是这么说，但大卫反正也是把这些志愿服务时间全部记成可收费的工作时间，到时候真正出钱的是 LT 律所。不过大卫现在当然不会这样说。

"我家里的新伴侣会做各种口味的菜，"她笑着看了看露娜，"包括你家乡的。"

"您家在哪里？"大卫突然有点好奇起来。

"我家啊，在车站大厅以外的住宅区，哎呀，"莫娜突然想起似的说，"你是不是到现在为止都还没出过车站大厅呢？"

大卫惭愧地承认了。所以即便是为了能够有机会出去转转、坐坐月球车，他都乐意去莫娜家里吃饭。莫娜建议三天后的晚上，而大卫当然每天都有空。

"好的，那就说定了。"莫娜说，"记得叫露娜带你熟悉一下穿戴宇航服的流程，到时候再学就太晚了。"

露娜点点头，但是大卫只想嗤之以鼻，不就是穿上一件衣服再戴个头盔而已，有什么必要专门抽时间来学的。

第一天下班的时候，露娜带大卫来到车站大厅地下一楼的月球车停靠站。这里有一排根据身材专门适配宇航服的机器。大卫站在一个淋浴间大小的空间里，机器自动给大卫穿上裤子、上衣、鞋子，并且戴上头盔。

等到大卫真的尝试宇航服的时候，才发现自己实在是太天真了。

穿上宇航服之后大卫感觉自己重了一百斤，因为宇航服和氧气瓶都沉甸甸的。等他戴上头盔，发现前面看不真切。头盔内藏显示器里显示着各种信息，其中最关键的就是氧气剩余比例及预估的剩余使用时间，如果氧气用完，人就会憋死。宇航服后面可以安装两瓶氧气。当然，像高尔夫球车一样的月球车里也会放上几瓶以备不时之需，而更高级的大型月球车可以自带生命维持系统，里面有氧气。

然后，大卫进入了气压室，这时，头盔上的玻璃罩自动关闭，气压室的气泵开始把空气抽走，让整个房间变成一个真空的环境。头盔上出现氧气倒数数字的时候，说明空气已经完全抽走了。这时露娜领着他向外走去。大卫终于第一次实际踏上了月球的土地。

眼前是宇宙宽广无垠的黑暗和在夺目的阳光下银白色闪耀刺眼的月球大地。眼睛彻底适应黑暗以后，镶嵌在黑暗中恒河沙般数不尽但又一颗一颗确实存在的繁星倏然闪现，红黄蓝绿多彩的浩渺星云隐约可见，地球在天边像群山山脊那边的蓝色气球。太阳像无数把匕首，投射着炙烤一切的光线，幸好头盔上自带过滤光线的反射层，否则他会被刺得睁不开眼。

大卫在原地驻足观看这震撼人心、让人质疑一切存在意义的奇景，也许这就是为什么有这么多人都想在月球上走一遭。

"走两步试试看。"露娜的声音从头盔内部的音响中传来。

月球上的土地，第一次实际踩起来跟地球上的干燥沙地好像没什么两样，或者也许只是因为宇航服的靴子太厚了，大卫感觉不出来什么区别。不过他注意到月壤好像很容易黏在靴子上，怎么抖都抖不掉。

大卫跟着露娜走了几步路，因为第一次穿宇航服加上第一次在月球表面行走，过于兴奋的他一开始并没有注意到露娜没有穿宇航服。

"你……什么都不用穿的吗？"虽然这似乎已经没有问的价值了。

"当然。"露娜站在黑白两色的月球表面朝他微笑着，美貌惊人的她站在此生难忘的风景里，几乎像是一张让人难以置信的照片，"我本来就不需要氧气，也不需要进食的。"

两人沿着平整的土地继续前行，走到了已经固化平整适合胶轮车辆驶过的四车道大马路，路的两侧安装有人造的假植物。向前方远处看，是皮尔里环形山的山脊，上面等距闪着的激光炮仿佛悠长呼吸的红色灯光。山脊线内，还能看见有玻璃罩的度假山庄，以及更远处的EJ公司工厂。不时有飞船划过头顶的星空，往山脊线的那边驶去，应该是准备在私人飞船俱乐部起降的交通工具。

大卫也不知道走了多远，但这时他的头罩开始提醒他必须返航了，否则他会赶不上在氧气耗尽前回到最近的有氧空间。

看见这个提示，大卫变得相当慌张，他担心自己第一次在月面行走就死于缺氧，特别是在莫娜已经专门提醒过他的前提下。他的慌张似乎使他笨拙地行走既消耗更多的力气也没有走得很快，如此一来他真的恐怕会在回到车站大厅的气压室前就耗尽氧气。

"慢一点，"露娜走过来扶住大卫的一只胳膊，"冷静一点。你的氧气肯定够用的。"

大卫点点头，试图平复自己的心情。金字塔一般巨大的车站大厅正耸立在面前，从这里可以看见夹层区域绿意盎然的公共空间，那里肯定有很多人正在小憩。车辆在月城的道路上缓缓开着，月城的一切正在有条不紊地进行。从头盔显示器上，他看到自己的心率慢慢恢复了正常。

5

第二天去月城法院的时候，又给大卫分配了一个客户。这位客户，严格来说是两位客户，是一对夫妇。他们其实已经在月城定居了，所以不存在取得居民签证的问题，同时两个人的关系似乎也很好，不存在离婚和分财产的烦恼。

"我们想收养一个孩子，想请教一下收养的程序。"

开口的是男人，他穿着绿褐色的长风衣，头发稀疏发白，戴着厚厚的圆眼镜，脸上看起来瘦得只剩皱纹了。旁边他的夫人看起来年纪比他小一些，穿着淡红褐色的西装套裙，不置可否地微笑着，一嘴鲜艳的口红。

"好的……福斯卡先生。"大卫看着他们提供的信息表格说，"您与夫人想收养的孩子的情况是……"

"是我夫人亲戚的孩子。"男人伸出手说。女人也伸出戴着丝质手套的手捏住他，"他现在一个人在月球研究所设立的难民营里。"

说到这里，旁边的女人用空着的手挡住了自己的嘴，哽咽了一下，但是她的眼神被淡紫色的圆帽遮住了。男人继续说：

"难民营里现在已经塞了太多的人。他每天只能吃些像泥浆般难以下咽的能量果冻，还有很多人看他就一个人，欺负他。"

大卫等着男人自己说完难民营里的惨状，想起自己当时在那些阴暗肮脏的角落里的体验，感觉住在那里简直让人不寒而栗。

"我们想要带他来ц城，跟我们住在一起。我们在郊外有自己的房子，里面除了我们和两个作为仆人的新伴侣，就没人了，很宽敞。"

大卫看着男人，不知道为什么他要强调自己的新伴侣只是仆人，不过他看了一下自己的露娜，心想可能这只是为了强调他们的用途和露娜不同吧。

"我理解你们想要收养的这个孩子是跟你们有亲属关系的。"大卫继续看着表格，他发现其实这个男人和这个女人年纪差不多，但是看起来女人好像年轻很多，"那这个孩子现在的年龄如何？"

"他14岁。"男人说，"很勇敢独立，可以一个人坐飞船。"

"他跟您夫人具体是什么关系？比如外甥之类的。"

男人顿了一下，看了一眼女人。女人点点头，男人才继续说。

"他是我太太的外孙。"

大卫稍微有点吃惊，因为那个女人看起来绝对不像六十岁当外婆的样子，充其量也就三四十的感觉。不过他又想起这是月城，所以在地球上习得的判断人类年龄的方式在这里基本上是无效的。

"好的，他是您的外孙是吧……"大卫在脑海里输入未成年人的信息，然后开始查阅《月城法典》。

"严格来说不是我的外孙，只是我太太的。"

大卫抬头看着男人，好像有点不能理解，不过他想到也许男人是说这个孩子是她跟前夫的孙子之类的。他点点头，继续查阅，然后找到了有关收养的法律。

"月城的收养法律基于《海牙公约》，所以是以儿童的最佳利益为基准的。"大卫一边说着一边寻找可能适用的条款，"根据收养条例，作为配偶的收养申请人需要是儿童的父亲或母亲，或者符合前述第 1 条中 b 款及 d 款的条件……"

他抬起头来看了一下两人，这时男人面露难色地说：

"我们两个都不是孩子的父母，刚才跟您说过，只有我太太是孩子的……"

"是的是的，这里说了满足其他的条件也可以，我看看……"大卫继续翻弄法典，"需要满足的条件是申请人为儿童的亲属，或者……"

"亲属是什么意思？"

"亲属就是父母、兄弟、姐妹，以及其他伯父、伯母、姨父、姨母之类的，都可以。"

"包括外祖父母吗？"

"包括的。"大卫看着法典说，他用手指按着那个定义，生怕它跑掉找不到了，"所以夫人肯定是可以收养的。"

男人长舒了一口气，脸上露出如释重负的表情。

"那手续方面呢？我们要怎么申请？"

"只要向月城法院申请即可，可以单人申请，也可以作为夫妇一起申请。"

"好的，那请帮我们申请吧。"

"这个……"大卫面露难色，"因为我其实只是帮你们提供意见的咨询律师，不是你们的代理律师。你们可以自己申请，我可以帮你们检查一下表格。"

说着，大卫让露娜从艾尔莎那里拿来一份表格，交给两人。大卫看着两人离去的身影，突然想起来一件事：

"对了，如果申请的时候，请不要只以先生作为申请人，因为法院一般不会批准单身男性收养女性儿童的。"

这时女人走回来，摘下帽子，笑吟吟地对大卫说：

"文律师，谢谢您的提醒，不过我准备收养的是个男孩，相信稍早的时候也跟您说起过的。"

大卫感觉一阵胃绞痛，这时他才想起男人确实说过的。

这次咨询如此失败，让大卫感到心力交瘁。他都不知道自己是怎么回到自己房间的，希望他的愚蠢表现不要传到别人那里，特别是莫娜和罗斯琳那里。现在就他所知的月球法律圈也就他们这几个人了。

6

回到房间，大卫瘫倒在自己的床上，尽量不去想今天咨询的时候自己的表现。他搞砸了，虽然自己很少一个人面对客户，但是说话说一半，不牢记客户给出的信息，让他自己显得更像是个傻子。

"大卫，该吃晚饭了。"露娜提醒他，并且已经把晚餐热好了。大卫看了一眼，无非又是罐头里的豆子和午餐肉切块热了一下搅和搅和，配合一些不知道用什么做的、除了颜色什么都不像的炒蛋，以及一杯热红茶，按照他的喜好放了两块方糖。他很想吃肉，真正的肉——大块的牛排，香脆的炸鸡，烤炉上吱吱冒油的五花肉、鳗鱼和银鳕鱼——可惜的是这些在月城里很久都没有见到了，也许是因为地月之间停运导致的，没有多余的运量来支撑将这些昂贵的食材从地球那边运过来，而月球上以目前的科技只能合成出一些蹩脚的冒牌货，虽说这也比那些吃起来像泥浆的能量果冻好。

"你放那吧，我等下吃。"大卫还想在床上再静一静，"要么你去衣柜里充会电吧。"

"我暂时还不需要充电。"露娜用不解风情的平淡语调说，"不过我可要提醒下你，今天晚上你还要参加水培植物的义务劳动，所以最好现在把晚餐吃了，省得等下没力气。"

"你的记性可真是好啊。"大卫嘲讽地说，感觉千斤重的负担突然从天而降，万没想到自己原来晚上还要出去，而且是去做体力劳动。

"谢谢，只要没有指令，我是不会主动忘记任何事情的。"露娜还是不太能听出真人语言背后的意思。

他本来就不喜欢参加任何社交活动，感觉跟不认识的人打招呼攀谈是一件非常消耗体力的事情，也不喜欢体力劳动，现在两者结合的场合自己更是不想去。

"你有什么烦心事吗？"露娜突然走到了大卫身边，纤纤玉手摸着他的脸。

"你在……关心我？"大卫又惊又喜地看着露娜。

"当然，为了对你产生感情，我现在无时无刻不在关注着你。"

"是那个还没有完成的任务是吧？"

"在进行中。"露娜说，"我能从你的面部表情看出来，你似乎在为什么烦恼着。"

"我不想去啊。"大卫叹了口气。

"可是你不得不去。"

这一点大卫也知道，参加这次的活动是强制性的，这一点莫娜之前已经讲过了，月球律师协会的邮件里也说过了。这是因为月城无法从地球进口很多食物，必须完全依靠月城自己产出，同时还要供应给难民营。地月间有限的运量都拿来确保关键原材料的运输。所有月城居民，除非能捐一大笔钱用在非常时期提升地月间运量之外，都必须确保一定时间的义务劳动。分摊到没有在月城待太久的大卫头上，虽然也就是几个晚上加几个周末的时间，但大卫还是一万个不情愿。

"知道了。"

大卫从床上爬起来，逼着自己把一言难尽的晚餐一口口塞进嘴里，尽量囫囵吞枣地全部咽了下去。作为一个成年人，一切只能靠自己了，即便存活下去要做让自己恶心想吐的事情。他现在只是怀疑为什么会有人在没有问过自己同不同意的情况下就把自己诞生到这个世界上来。这件事对自己的伤害恐怕比知道自己有一天必然会死所带来的还要大。

大卫等到自己不得不出发的时间，终于离开房间。脚步一跨出门槛就非常沉重，刚关上门又想起来还没跟露娜道别。

"有什么忘了的东西吗？"露娜正好在门口，准备进入衣柜充电。

"没有……只是想跟你说一声，晚点见。"

离开房间，沿着铺着红地毯的走廊往前走的时候，大卫感觉自己脸发烧，不知道为何无法把露娜的形象从他的脑海中除去。

他来到车站大厦底层的月球车停靠站，那里已经有几个来集合的志愿者。他一边无聊地看着其他人，一边想着强制劳动就应该直接叫那些仿生人干就行了，凭什么叫真人志愿者。但这时一个熟悉的身影闪过眼前，他突然感觉自己肩上的担子好像又重了十倍。他看见的那个影子这时也看见了他，径直向他走来。

"你也来了啊？"罗斯琳说，"真是巧呢！"

7

水培农场是一大片用铁骨和板材搭建的仿佛扩大了的蔬菜大棚的建筑，占地宽广，里面灯火通明。其位于车站大厦的西南方，不远，但是众人需要搭乘月球车前往，进入后再摘掉头盔脱掉宇航服干活。来的路上大卫看见一大片已经铺好了路但是两边没有房子的路网，路边竖立着土地待售的信息牌，也许路易的很多资产就是这样的空地吧。看来月城并不缺少土地，只是缺少有资金的人将房屋盖起来。

在开始作业前，众人需要接受一个半个小时的培训，教大家如何检查和操作作业机器。理论上讲植物的种植是全自动的，包括培养荞麦、玉米、土豆、大豆，以及蘑菇和部分绿叶蔬菜，从外观上看都是采取小批量的垂直种植，尽量利用空间培育更多的植株。水培农场不远处还有喂养牲畜的设施，但是那个需要专业人士操作。

"那么，我们分下组吧，两人一组。"介绍的人开始按组给大家发平板电脑，"检查的时候需要两个人一起确认，避免看错。"

大卫从上月球车开始就被罗斯琳跟住了，所以毫无悬念地也要跟她一组。她今天虽然穿了休闲一点的衣服，但也不过是宽松一点的深蓝色套裙，还穿了看起来适合走路的天蓝色芭蕾平底鞋。

培训结束，大卫按照培训的指示，依次检查自己分管区域里的植物收割情况，任何与数据库里不符的内容都要标记，比如没有成熟的植物被标记为成熟，枯萎的植物被标记为健康，等等，以供工作人员回来复查。要提供两万人左右的口粮，农场非常地广阔，大卫一株株地检查下来，感觉脚都要走坏了。罗斯琳这个时候早已归咎于鞋子，说自己走不动了，坐在一旁猫起来休息。

大卫一个人站在茂密的植物所笼罩的潮湿空间里，感觉脸上被喷溅了不少水珠，又被照明灯照得蒸腾了起来，一刹那他有种自己回到了潮湿温热的南方的感觉。

他想起来在认识海瑟之后两个人一起去爬山。两人相约在一个逐渐凉爽的傍晚来到山顶，在夕阳洒下的金粉退散后，两人透过脚下耸立的"摩天大楼"可以从单侧悬空的步道上看见远处碧蓝澄明的海湾。

他们被附近的热带植物紧紧包围，橘、白色的灯光就像现在的水培农场里的灯光一样穿透绿叶和植物秆茎，前后都看不见任何行人。

两人先是手背不经意地触碰，再稳定地牵起手，视线相交，身体就自然地相拥在一起，最后是湿润的双唇。空气里弥漫着浸润的海潮味。海瑟穿着紧身瑜伽装的体温和柔软混合着清晨植物的馨香留在了他的记忆里。

这是他们第一次亲密接触。

当两人喘着沉重的呼吸，爱抚进行到不得不打住的地步时，大卫不经意地向外望去，一轮金黄的明月正在地平线的那边升起。

他那时哪会想到，就在当时的几年后，自己将跨越地月间三十八万公里的物理距离，和一个月球上诞生的机器仿生人缠绵。

他和露娜在一起的第一个晚上恐怕比和海瑟在一起的时候更加强烈。当她从玄关那里走来，在朦胧黑暗的些许亮光中，乌黑秀丽的长发披在她婀娜多姿的腰间，发丝在她洁白如瓷器的温软皮肤上来回荡漾。一种按捺不住的情绪在他身体里游走。当她坐在床沿，向他侧身微笑时，他再也不能压抑自己的冲动，向着这完美的肉体伸出手去……

"发什么呆呢？我还想赶紧回去休息。"

　　罗斯琳把大卫从美好的回忆中惊醒。大卫叹了口气，把手上已经看完的给她复查，但她只是看也不看随便点了确认。大卫耸耸肩，希望以后不会吃到什么发霉的玉米或发芽的土豆。

　　"对了，既然这里没人，"罗斯琳靠近了大卫，让大卫心头突然一紧，"我想找你陪我去个地方。"

　　"什么地方？"

　　"月城南边的度假山庄。他们最近会举办一个慈善晚会，但是不能带新伴侣去。我想叫你陪我去。"

　　大卫知道那个地方，据说是完全会员制，外人甚至都不能入内。他当然想要进去看看，一探究竟，但是他想起来自己和罗斯琳明明是一个案件不同对家的代理律师，如果跟她在法庭以外的场合接触，会不会有什么职业道德上的问题？他感觉复习考试的时候好像看见过类似的题目，但是现在怎么也想不起来了。

　　"我可以回去考虑一下再答复你吗？"

　　"可以，不过就这两天吧，别浪费我太多时间。"

　　回去的路上，大卫突然想起刚才罗斯琳靠近自己时，脑海里突然闪过一个念头，就是希望她不会做出什么让自己对不起露娜的事情。这个念头现在想起来非常荒谬，一是自己对罗斯琳没有兴趣当然不会产生任何想法，而且露娜甚至都不是人类，不知为何自己会这样开始在意她的想法。

8

　　"所以文律师，我现在到底应该怎么办，你帮我想想办法好吧。"

　　在面前的平板电脑上哭诉着的中年人，正对着画面外面的大卫激动地喊叫着，如果是面对面会谈只怕是口水都喷到大卫脸上了。不过今天的第一个客户是从月球研究所难民营远程呼叫过来的一名难民。虽然地月间的稳定信号还是没有恢复，但是月城和研究所之间从来就没有中断过通信，两者之间是用电缆连接的。这位困在研究所的难民的情况其实非常普遍，他们都希望能来月城。

"刚才也跟您说过了，这位先生，"大卫用匀速、清晰的口齿说着，生怕对面听不清，"一般而言，只有达到投资门槛的个人申请人才能取得月城的居民签证，否则就要靠亲属申请，比如夫妻、父母、配偶、子女这类的。"

"那投资门槛是多少？"

大卫摇摇头。他知道自己很少跟个人客户对话，但是反复问已经给过答案的问题，并不能让问题本身消失掉。

"需要至少一千万美元哦。"虽然这个门槛只是最低的一档，还有其他的限制条件，比如年龄、职业、现金流等，所以如果要保险起见可能要超过五千万美元。

"这么贵啊，就没有其他办法了吗？"看起来对方连最低的门槛都达不到，"我们已经倾家荡产卖掉了所有房子和股票才抢到一张天价的船票，现在还这样狮子大开口，难道月城不是联合国下辖的管辖区吗，为什么不对联合国都承认的难民敞开大门？"

"严格来说……"大卫本来想跟对方解释清楚其实月城是一个联合国授权的自治体，不过想了想还是算了。对方大概只是想无理搅三分试试。既然自治，那么只要符合月城基本法的框架所进行的自治活动都是合法的，而基本法里当然没有强迫月城接受所有难民的条文，如果有的话可能甚至会威胁到已经进入月城的人的生存。

这时莫娜走了过来，对着大卫的耳朵小声说了句话，然后走开了。

"这位先生，这位先生，"大卫补充道，"请少安毋躁，据说月城正在加速开发'最终镇魂曲'的检测药物，只要检测不到感染，那么很快就可以开始处理难民问题了。"

对方似乎还是很不满意，因为无法确认自己到底有没有感染，并且在难民营现在这种环境下，想要不感染恐怕只能指望自己天然免疫了。

几天以后，月城确实开始向难民发放临时签证。确保没有感染的前提下，有经济实力在地月航线恢复后立即返回地球，并且承诺如此行事的人都可以取得该等签证。但是这还是引起了很多难民的不满。一是很多被感染的人抗议月城没有对自己进行必要的救治，只是把自己丢在研究所等死；二来很多人也没有经济实力返回地球。

月城立法会在联合国的压力下，进一步将"拥有返回地球的经济实力"改成"做出返回地球的书面承诺"，因此月城里的难民也逐渐增多，中央公园里的帐篷肉眼可见地多了起来，甚至都没有办法把那里当成正经的公园来逛了，走进去都需要见缝插针才有可能。不过也正因如此，月城多了很多劳动力，他们不仅补充了水培农场的人员使得大卫不用再去义务劳动，也使得很多需要建设的设施得以加速。

"辛苦了。"莫娜对大卫说，"我先回去准备今天晚上的事情，记得等下过来哦。"

"今天晚上的……事情？"大卫一脸茫然，这时露娜插入，"是的，今天晚上您有前往哈里森女士府邸的计划。"

"对的对的。"大卫脸红了一下。莫娜用手指了指大卫，什么话也没说，但是脸上露出故作生气的表情。莫娜离开后，也来法院帮忙的露娜问：

"需不需要我去买点可以带给莫娜的东西，比如酒之类的？"

大卫点点头，于是让露娜前往超市，自己则准备收拾东西离开。这时有个人突然推门进来。

"请问，今天的法律咨询已经结束了吗？"

来者是一个戴着棒球帽、胡子拉碴的男人，大卫本来对他没什么印象，但是他到处裸露皮肤的义体唤醒了大卫的记忆。他好像之前在中央公园里散步的时候看见过他。

"啊，今天确实已经结束了，可以的话请明天……"不过他想起来自己明天就不用来了，应该也不会有其他人来提供法律援助。

大卫正在犹豫的时候，那个男人立刻插入进来说：

"我只问一个很简单的问题，问完就走可以吗？"

大卫叹了口气，坐了下来。男人这时坐在了他的对面。

9

戴着棒球帽的男人叫强尼，曾经是地球上的著名企业家，同时拥有过一家电子支付公司、一家火箭公司和一家电动车公司，后来也致力于推动人类义体化，但是因为所在国家对于义体改造进行限制，导致自己的投资全部打水漂。而他搬来月城的时机太迟，市场已经被 EJ 和 Hayashibara 两家占据，自己想要重新建立据点的努力最终付诸东流，所以才沦落到现在这个境地。

"不，也不能这么说。"强尼补充道。

当时虽然再度创业失败，但是凭借地球上已经赚取的钞票，强尼完全可以实现财富自由并在月城退休，过着衣食无忧的生活。因为月城上的人是可以将自己的身体改造成机械义体，甚至成为再生人的，因此也就有了超越普通人寿命的可能性。他需要为自己可能存活超过两百（最大限度义体改造为金鱼人后）甚至五百岁（改造为再生人后）的可能性做准备。

"这个时候，奇点教会的人找上了我。"

原来奇点教会一直在大力推广，希望有越来越多的人改造成为再生人，再将自己的"灵魂"上传到他们称之为"奇点"的云端去，但是受限于再生人的改造费用高昂，他们希望强尼能够贡献出来自己的技术，使得他们能开发出来更便宜的再生人改造技术，进而实现推广自己宗教的目标。

"所以，你给他们了？"

强尼点点头："我不仅向他们披露了我的核心技术，而且还参与了他们的'飞升计划'，将我的技术升级成再生人改造技术。但是后面发生的事情超出了我的预期。"

原来，再生人改造技术是需要取得认证的，否则私自进行改造可能会被政府取缔，甚至因为改造过程中的"复刻"过程需要处理掉原来人的肉身，是有可能违反《杀人罪行条例》里有关协助自杀的内容，而被认为是误杀罪的。而 EJ 和 Hayashibara 公司的人都在月城理事会里有席位，他们可以施加影响，使得奇点教会支持的较低成本的再生人改造技术不获认证。

另外，强尼还将自己大部分的收入都捐给了教会，资助他们建设一个被称之为"升天装置"的大型终端。按照计划，届时当大部分人都按照飞升计划完成改造为再生人后，他们将可以利用升天装置大规模将自己的所有信息上传到奇点，而此时真正的奇点之神将与所有人的记忆融合，永久封存在大型服务器中。

但是，强尼没有考虑到技术本身没有经过认证，无法投入使用，而自己的资金也已耗尽，其本人最后无法利用这些技术和投资，导致所有的投入都成了无用功。

"最后还是竹篮打水一场空，"强尼愤愤地说，"而我也耗尽了所有资源，既没办法在月城好好过日子，也没办法回到地球。"

他看着自己义体改造过的手臂，可能这些都是不符合地球允许的义体改造规则的，即此类改造不能超过普通人类的功能和力量。

"那你需要问我什么？"大卫看着自己面前平板电脑上的时间，虽然强尼的故事很有趣，但大卫还没忘记自己晚上有个约要赴。

"我想问下，能不能找奇点教会把钱要回来。"他靠近说，"我要早知道这些什么飞升计划和升天装置都是白费劲，根本就不会把钱给他们，更不会把我本来的义体制造技术给他们用。"

"你是以什么名义把钱转给他们的？"

"我……就直接打给他们了。"

大卫一边站起来一边快速地说："如果你是借给他们的，那大概还有机会要回来。如果你是股权投资甚至是以慈善名义捐款给教会的，那大概率是没戏了。你可以把相关文件发我看下。"

"那真是倒霉。"强尼恶狠狠地说，"我当时还借了月城第一银行和星月银行两笔贷款，现在他们老是追着我还债。本来我只想在中央公园里搭个帐篷度过余生的，结果还要去水培农场打工，累得我身体越来越差了。"

"你稍等。"大卫拿过身边的法典随手翻了一下，"要申请个人破产吗？宣告破产之后就不用偿还之前的债务了。"

"还有这等好事？"

"不能算是好事来的。"大卫说，"你只能宣布一次个人破产，以后如果你再负债，就没办法用这种办法金蝉脱壳了。"

如果强尼真的是如他所说的著名创业者，怎么会连自己可以申请个人破产都不知道呢，大卫心想。不过也许他只是一心专注在技术上，才会在公司资金如何投资如何保护的问题上犯了大错，最后沦落到这种境地吧。他也许只是需要早点找个稍微精通一点的律师问问。

"那没关系。我要申请。至少让我能终于过上梦寐以求的退休生活，虽然只能算是最低限的罢了。"

大卫点点头，说回去后会帮他起草破产申请书，到时候强尼自己拿去向法院申请就可以了。他不想像之前给福斯卡夫妇提供服务的时候，帮人只帮半截。强尼同时将随身携带的 MD 光盘给了大卫，让他把当时投资的文件和借贷的文件复制了一下。

"实在是太谢谢了，"强尼不住地道谢，"没有你我真不知道该怎么办了。以后如果有机会我一定会帮你的。"

"小事一桩，不用提的。"

"那可不是。至少钱这方面我不用操心了，虽说奇点教会还在利用我的技术搞他们的计划。"

"如果你能证明技术是你发明的，比如你有专利证书什么的话，也许我可以尝试至少让他们付钱或者要求法院勒令他们停止使用。"

"那倒不用，我不介意他们用我的技术，而且可能比起我这种明摆着让他们用的，他们更应该操心被另外一家公司找碴。"

"为什么？"

"听说他们那套技术中配套使用的复刻程序，是不知道找谁从 Hayashibara 那里偷来的，叫'灵魂杀手'。"

大卫愣住了："灵魂杀手？为什么叫这么奇怪的名字。"

"因为他们号称自己是要把灵魂上传到奇点去的，结果按照现在复刻的流程，实际上灵魂是直接被杀掉了的，剩下的都是灵魂以外的东西。"

"为什么这么说？"

"因为你在复刻的过程中，要把人的大脑数字化，那他的人格、记忆、感情，就像把胶片或者磁带转换成数字 CD 光盘的过程一样，总是会有些超出数字化范围的东西被排除了。这些看不见摸不着无法用数学公式描述也不知道具体有什么作用的东西，就好像有机物天然会有的内容一样，诸如波动、感觉、心情之类的，大概才是所谓的灵魂吧，而灌进那个崭新的铁罐子里时，这些东西都没了，所以复刻程序才被称之为灵魂杀手吧。"

大卫感觉自己一时半会难以理解，但是自己真的没时间了，只能把强尼请出去，拜托艾尔莎收拾残局。因为今天是大卫提供法律援助的最后一天，他感觉自己大概不会再见到强尼了。大卫回去后就安排露娜起草破产申请文件。

10

"那么，请带上这个。"

大卫接过露娜递给他的礼物袋，坐上了月球车。他很想叫露娜一起来，一个人有点孤单，而且路上如果要换氧气瓶有露娜在比较安心，但是又觉得莫娜没有说要带露娜，感觉有点不好意思带她。最后他还是一个人坐上了月球车。

"不用担心，月球车上也有备用氧气瓶。"露娜一边挥手告别一边说，就好像知道大卫心里在想什么一样。和露娜在一起的时间久了，越发觉得她像是真人伴侣，也许她的人工智能也会随着两人的交往而调整进化吧。

月球车驶出车站大厦向西北开去时，大卫一直在回忆露娜最近的表现，就好像要给自己突然冒出的念头找一些佐证似的，结果连马路中间突然出现的雕像都没太看清。大卫伸出头去，想要回头再看两眼那个圆环里挂着拐杖的老人雕像到底是谁的时候才发现，自己的头盔被固定在宇航服上所以没办法轻松地别过头去。他只好重新坐好，看着这个像是不可能出现在月城上的奇妙街区在眼前滑过。

　　如果不是蓝色的地球还在远处闪耀，他真的可能以为自己只是晚上开车来到了缀满星光的北美城市郊区，因为到处看起来就跟电影里的那种地方差不多。家家户户门口都是翠绿的草坪（大概是塑料的），独门独栋的两三层房子，四围偶尔还有几棵假树，家门口的沥青路面上还停着像是地球上汽车模样的月球车，家家户户屋子里都透着温馨的暖光，不时让大卫想要摘掉头盔，以为自己已经回地球了。

　　月球车停在了输入的地址上，大卫下车后，它就自动开走了。大卫担心地看着远去的月球车，不知道等下自己该怎么回家的时候，这一幕被正好在门口等待大卫的莫娜看见了。

　　"进来吧，傻站着干吗？"莫娜的声音从宇航服的扬声器里传来。大卫赶紧拎着礼物进入玄关，在那里重新加压后，脱掉头盔和宇航服，这时才和来迎接他的莫娜相拥。

　　"你终于来了。"莫娜接过礼物道谢道，"居然是地球进口的红酒，真是难得啊。"

　　大卫不知道那红酒到底多少钱，希望不是太便宜也不至于太贵，他不知道有没有什么规则限制律师给法官送东西，但现在才想起了要查实在是太晚了。

　　"过来，我带你见见我的孩子们。"说着莫娜拍拍手，三个男人很快出现在莫娜身后，一个穿着围裙拿着木铲好像正在做菜的黑发帅哥，一个有点腼腆戴着眼镜的金发男孩，还有一个年纪看起来跟莫娜可能差不多大的头发有些花白的男人。三人和大卫互相寒暄过后就从大卫面前消失了。

　　"我带你参观一下？"莫娜歪头笑着说。

　　"好啊。"

　　两人先在一楼绕了一圈。一进门就是两层楼高度挂着大吊灯的客厅，下面是大沙发和壁炉，壁炉里闪耀着虚拟的火，看起来就很有温馨的家庭气氛。客厅连着的没有门的空间里，有一个餐厅加开放式厨房，还有一个装着大书柜的书房，里面的唱片机正缓缓流淌着大卫没听过的老爵士乐。

"我们去楼上看看吧。"

两人从正对着正门的楼梯爬上二楼，二楼一共有三个房间，一个大床房是莫娜的卧室，一个小房间是刚才那个男孩的房间，另外还有一个客房，其余就是一个小一点的类似小客厅一样的地方摆着沙发和另外一个壁炉，以及洗手间。两人简单转了一圈之后就往一楼走去。

从二楼往一楼走的时候大卫注意到这里有很多老照片，其中有年轻的莫娜、莫娜和那个灰头发男人的合影、莫娜和一个看起来有点像那个男孩但好像男孩已经长大成男人的照片，以及一张一个小女孩和金发男人、莫娜、灰发男人的合影。大卫突然感觉有点错乱，发现好像这些人的照片跟刚才见到的那三个人有点不同。

大卫又回看这几张照片，突然意识到这里面只有莫娜看起来比现在年轻许多，另外两个男人则好像比现实中还要老，而这从逻辑上说应该是不可能的。那个做饭的男人则从来没有出现在照片里。

"这是……"大卫突然感到后背有点发凉。

"没错，你刚才看见的他们，都是再生人。"莫娜说，"我的家人——我的老伴、儿子还有我没有来得及复刻出来的孙女——都已经去世了。"

"请您节哀……"

"没关系。Numquam solus es in luna，"莫娜笑着说，"'在月球你永远不会孤单'——这可是月城的座右铭。"

大卫不知道自己在这种情况下会不会感到孤独，以及是应该感到后怕还是感到欣慰，也许这在月城是再常见不过的事情，用机器人取代自己的朋友和家人。不过他难以想象如果自己有一天不在了，自己被一个长得跟自己一模一样但是永远不会老去的机器人所取代是什么光景。这样说来，难道将自己复刻成再生人不也是一样的吗，特别是他想起，刚才出发之前强尼说的，复刻成再生人的过程也就是杀死灵魂的过程的话。

"来地下室看看吗？"莫娜说，"其实我们的地下室都是连在一起的，万一有家人的房子出了问题可以赶紧到邻居家去避难的，不用穿宇航服。"

这时饭已经做好了，所以大卫就没有继续参观地下室，当然他也有点害怕发现什么跟自己预想不太一样的东西。

11

餐后，五人坐在长条餐桌上，酒足饭饱后陷入食物昏迷当中，只有隔壁书房唱片放完后唱机发出的嗒嗒声。饭菜主要都是大卫吃了，莫娜也稍微多吃了一点。三个仿生人没有吃太多，只意思了一下，毕竟他们本来也不用吃东西，而且莫娜已经在开饭前开门见山简单介绍了一下他们。这个房间里除了这三个仿生人，还有一只萨摩耶和一只挪威森林猫，看起来跟真的没什么两样，但是它们不用吃猫粮狗粮，也永远不会死。大卫看着它们在真空的后院里嬉戏玩耍的身影，需要非常努力地克制自己不穿宇航服冲出去跟它们一起玩的冲动。

"好吃吗？"

作为男仆的黑发克里斯问道。大卫称赞了他的手艺：惠灵顿牛排非常够味，肉也像真的一样肉香四溢，粉红色的汁水横流到木头盘子里，就好像高级餐厅的水准；酥皮蓝莓馅饼的酥皮很脆很香，里面的蓝莓是月城自产的高级货，又酸又甜刺激着大卫分泌了大量的口水，吃起来让人大呼过瘾；牛油果沙拉和奶油玉米也都像模像样。据说为了克里斯的厨艺莫娜还专门掏钱购买了升级版，所以无怪乎莫娜每天都要准时下班回来吃饭。

"你带来的加州啸鹰葡萄酒也很棒。"克里斯夸奖道。

大卫挠挠脸颊，感觉自己承受了不属于自己的夸奖，不过这个时候就还是老实接下吧，回去以后要好好感谢露娜。

吃完饭后，三人各自返回自己既定的程序当中，克里斯收拾碗筷洗碗擦碗，莫娜的仿生人老公回到书房看书，虽然可能他已经知道所有的书里到底写的什么了，莫娜儿子的仿生人回到自己的房间不知道捣鼓什么，大概也是在模拟他生前按照莫娜记忆里的样子，玩电脑或者音乐什么的。

大卫和莫娜拿着没喝完的红酒，来到房子隐藏的阁楼部分。这里在二楼楼顶，有着一大面三角形的落地窗，三个仿生人被禁止进入这里，所以这里才是莫娜真正的私人空间，也仅靠她自己一人打理，所以非常乱。没开灯的房间里，只能看见一个帐篷和两把露营帆布椅子，大卫和莫娜一人坐了一把，手里拿着倒了红酒的高脚玻璃杯。

"从这里可以看见电梯。"莫娜向窗外指出。

大卫顺着莫娜所指的方向，不太确定自己看见了月球电梯，毕竟只是几根细细的缆绳，从这么远的地方可能看不见，甚至缆绳上挂着的红灯都跟星星混在一起，不是很容易看见。但是确定能看见的是在北极附近的研究所，在一片黑暗中缓缓闪着红灯，像一头沉睡的怪兽。

"所以您是有月城公司的时候就来月球了吗？"大卫趁着酒兴，随便问起莫娜。

"那个时候我们还不在月球呢！"莫娜也不避讳地说，"我在百慕大和伦敦之间两边跑，家人都在英国，我儿子不喜欢百慕大潮湿的气候，虽然现在我很怀念那种感觉。"

"那个时候，比现在更开心吗？"

"开心倒谈不上。"莫娜喝了口酒，"那个时候我们真的不知道自己能做成这件事。我也只是刚从一家专门处理离岸事务的律所跳槽过去，不想再当律师了，而月城公司的法务部正好缺人。我们每天都在做生死存亡的战斗，如果有任何一个投资人突然想要抽回投资，也许我们就只能申请清盘，卷铺盖走人了。"

"那能做到今天这个样子，可真不容易。"大卫支起身子，看着眼前已经建成的街区一直向电梯的方向蔓延，路口的昏黄路灯也给人一种还在地球上的错觉。

"公司是发展得很好，可是我也差点被裁掉了。"莫娜接着说。

"为什么？"虽然大卫也听说过这种创业公司其实很喜欢无来由地裁员。

"我是因为试图组建工会。"莫娜说，"之前好像也说过，我们月城法院就是脱胎于月城公司的工会，董事会改组成了理事会，法务部改组成了立法会，大概是这个逻辑。不过一开始月城公司可是把我们这些家伙视为洪水猛兽，生怕我们的工会成立后导致员工罢工，哄抬薪金，导致公司停摆。"

"但是成立工会不是基本法下的权利吗？"

"那是有基本法之后的事情了。"莫娜说，"毕竟基本法是在联合国人权宣言的基础上起草的，而人权宣言里面就有成立工会的权利。"

"但是百慕大当地没有类似的法律？"

"当然有。"莫娜说，"所以最后我们赢了，工会成立了，月城公司不能拿我们怎么办，当然我们也不是想要搞垮月城公司才成立工会的。我们只是不想像创始人那些家伙那样工作。毕竟我们不是创始人，没有公司的股权或者任何控制权；我们只是打工的，拿份死工资。就算给我们点奖金和股权激励，也没人想像他们那样一天二十四小时没完没了地加班，那真是没可能的。"

"创始人，就是……奥尔但那些人吗？"大卫想起来之前在图书馆看过的书里提到过他的名字。

"奥尔德林。"莫娜喝了口酒，"你来的时候没看见他的雕像？就在车站大厦外面，往这边走的路上，拄个拐杖的老人。"

"对对，我看见了。"虽然并没有看得很真切。

"据说那里面是个真家伙，"莫娜突然小声起来，"如果哪天月城出事了，他可是会复活过来，拯救月城于危难之中的。"

"真的吗？"大卫突然感到有点害怕，有点像是僵尸片的感觉。

"传说而已了，流传在我们月城政府内部的。"莫娜笑嘻嘻地说。

两人又陷入一片沉默，大卫也看着远方的房舍，不知道自己需不需要找点话说。这种外太空黑暗中的静谧实在过于美好，他只是品着美酒微妙的苦涩，不想打破。但是一个问题像气球一样在大卫喉咙逐渐腾起，撑得他不得不开口，说出自己的疑问。

"对了。""你知道吗？"

两人突然一起开口，又一起中止，只好用傻笑来掩盖各自的尴尬。

12

"你先说吧。"莫娜说。

大卫于是问出了心中的疑问。他提到自己最近偶遇了罗斯琳，并且对方邀请他一起去私人度假山庄里的宴会。他很想去看看那个玻璃罩里到底是什么样子的，但是又担心会不会因为自己作为代理相对方的律师而陷入利益冲突的问题。

"如果你作为一个律师问作为一个法官的我，我的答案当然是不要去。"莫娜很快说，"你们代表不同的利益方，而且很难讲你去了以后会做什么，万一你喝了酒以后说了什么不利于你的客户的话，很有可能会被律协采取纪律行动，严重的话甚至可能会取消律师资格。"

大卫吞了下口水："那我跟她说我不去吧。"

"不过如果不考虑我们的身份，我肯定会说，为什么不呢？"莫娜又笑了，"你听说过感应结社吗？"

大卫隐约记得以前在图书馆看过的《月球概况》里看过类似的组织，是跟奇点教会他们不同的其他教派。

"你可以说我就是其中的一员。"莫娜说，"我们觉得人生最有意义的事情就是不断去感受，感受之前没有感受过的事情，感受一切稍纵即逝的美好，或者丑恶。毕竟人生只有一次，就算你能永生，感受的机会也只有一次。"

"人不可能两次踏入同样的河流。"

"正是。"莫娜说，"总之你想去就去吧，我是不会告诉别人的。如果可能，我会尽量帮你打掩护，就说以为你是去帮客户协商解决争议的其他途径之类的。另外你也记得跟罗斯琳留下字面证据，就说你们的协商必须以无损权益的方式进行，这样一来你可以证明你们确实是为了协商才碰面的，二来如果你说了什么不妥当的话，她也不能在法院里用你说的话来损伤你们的利益。"

"谢谢谢谢。"大卫十分感激地看着莫娜，拿起旁边的酒瓶想把最后一点都倒给莫娜，但是被她拦住了。

"我其实也基本上被义体改造得差不多了，离成为'金鱼人'差不远了，"莫娜说，"给我吃什么喝什么，稍微尝下就行了，我也不能像你那样真正地消化一切。"

"但你还不算是再生人？"

"不算。"莫娜说，"我这个脑袋还完全是我自己的，所以会随着年岁的增长逐渐变老、皱纹变多。我也是因为自己是感应结社成员的缘故所以想撑到最后一刻再换，毕竟换了我的感受就没有原来这么真切了。"

"但你还是应该会换的？"

"那恐怕是的吧。"莫娜说，"毕竟我的肉身能存活的时间是有限的，而且我对地球上的一切已经没有任何牵挂了。迟早有一天，我应该会变成再生人，然后就这样在月球生活下去，甚至可能去火星。"

"火星？"

莫娜突然眼神躲闪了一下，但很快恢复自如，继续说道：

"只是随口举例而已。听说现在也有在开发利用再生人技术进行星际旅行的讨论，也许到时候只要传送数据就行了。"

"那可真是太方便了。"大卫一边说一边想象这将使得未来的星际旅行变得多么方便，不过他从来没有想过自己有一天会变成再生人这一点，"如果我真的变成了再生人，那个再生人还是我自己吗？"

莫娜叹了口气："我也希望能够回答你这一点，但我自己也经常为此忧虑，晚上辗转反侧难以入眠。一是担心你说的这一点，另外我也不知道从此在宇宙里永生下去是什么滋味。"

"永生啊……"大卫从来没有考虑过这个问题，毕竟对于肉身的人来说，大多从青春期起，就知道人生有终结的一天，所以才会拼命地找老婆，繁衍生息下一代，仿佛自己的基因会永远留在这个世界上。即便如此，人们还是没有意识到生命会终结，经常为了无聊的事情浪费时间，为了声誉和金钱拼命奋斗，甚至把命搭进去。

"永生的滋味恐怕并没有那么美妙哦。"莫娜说，"你看过一本叫《人都是会死的》的书吗？里面的男主角就是一个永生不死的人，但是他发现人类为之奋斗的很多东西都是按照生命的长度来安排的，如果一旦人能够永生那些东西就没有什么意义了，比如金钱，比如爱情，比如权力。"

"此话怎讲？"

"这你去月城图书馆里找这本书看看就知道了。"莫娜说，"我记得他们那边是有几本的，可以帮助犹豫要不要变成再生人的人思考永生的意义吧。简单来说，就是这些东西要么可以花时间慢慢做到，不需要像以前那样为了有限的生命拼命挣扎，生怕自己生命有限，在没有实现自我之前就死了。另外，如果是爱情的话，相信不会有人爱上一个永生的人吧，到时候自己变成糟老头子或者半老徐娘而对方却青春永驻，老去的一方肯定觉得自己从此被遗忘在时间的长河里，而对方还要跟别的什么人好上，自己会接受不了。"

"好的。"大卫在脑海里做了一个记号，下次去图书馆的时候一定找找这本书，但是他只是个人脑，不可能像电脑那样记得十分清楚。他这时想起露娜，如果她在他身边就好了。

"除了那些哲学性的讨论，其实永生也有现实意义上的问题的。"莫娜把杯中的酒喝完了，大卫也抓住机会喝干了自己的，"其实再生人就跟任何机器一样，总是会坏的，而机器坏了就要换零件。没钱的人是没办法换零件的。所以再生人恐怕比肉身的人更加贪婪，他们为了永生的可能性而不断奋斗赚钱，肉身的人在这方面却竞争不过他们。如果一想到自己有一天就要告别这个世界，那么现在努力还有什么意义吗？"

大卫叹了口气，觉得自己又何尝不是多次想到有一天自己会死去，感到莫名的悲哀。但是变成再生人就会永生下去了吗？他又不能确定这一点，特别是还有奇点教会这种鼓吹把所有人的精神都融合到一起上传到奇点的教义，那种情况下如果服务器掉线或者没电，岂不是等于对所有参加者灵魂的一次集体大屠杀？

"多说一句，其实我觉得月城之所以能够如今天般繁荣，多亏了这些拼命工作的再生人。"莫娜看着大卫说，"他们比我们这些肉身的人要努力得多，而且不存在生老病死，所以我们的人口危机只是无法承受太多的人，但永远也不会出现人口短缺，因为从来就不会缺少干活的人。"

大卫点点头。他看着自己只剩一点残渣的酒杯杯底，想着自己是不是要告辞离开了。即便有人邀请，客人也不能待得时间超过主人的预期吧。他向莫娜说了些无关痛痒的话，暗示自己准备告辞离开，这时莫娜说：

"对了，我刚才有件事想问你来着。"

"请讲。"

莫娜放下酒杯，"既然你也知道我的信条就是抓紧机会尽量感受，我想问你有没有兴趣跟我一起去滑雪。"

"滑雪？室内的那种吗？"

"不是，月面滑雪。想必你从来没有体验过，甚至你连听都没听说过。怎么样？等你从罗斯琳那里回来以后记得叫上露娜，到时候他们会起很大作用的。"

大卫满口答应了下来，毕竟他也想知道所谓的月面滑雪到底是什么样的名堂。

第五章

宣告死亡

1

大卫从衣柜里拿出从地球带来的最高级的西装，穿上那件需要戴袖扣的衬衣，浅灰色西装马甲，还往自己的西装里小心翼翼地放了天蓝色的丝绸手帕，让露娜给自己戴上了颜色相宜的领带，用全温莎结的方式打的。他本来想戴个路易戴过的那种领结，但是一来自己从来没戴过不确定是否合适，二来他也根本就没有时间临时去买。他看了下自己平常穿的衬衣，因为穿的时间很久领子的位置起了毛边，需要去月城的服装店再买件新的了。另外，他觉得机械手表戴在腕上更有感觉，便为已经停了很久的劳力士重新拧了拧发条。尽管如此用心，他还是不太确定今天的打扮是否适宜私人度假山庄的晚宴。

大卫离开家的时候，想起这套意大利面料高级裁缝手工西服，其实是海瑟陪他一起去定做的。那个时候虽然没有明说，但是大卫认为这是结婚时要穿的那种西服，所以裁缝带他在试衣间里单独量身的时候，他小声告诉裁缝要考虑这样的可能性，所以这件西服看起来比较浮夸，前胸的地方还有稍微反光的缎面，不太适合纯商务的场合，没想到现在参加上层阶级晚宴可以穿。大卫庆幸自己百忙之中把这件衣服也带上了。

　　大卫来到车站大厦楼下的月球车停靠站。他最近经常来这里，对这里已经有些感情了。他看着多重弧线拱起荡漾着金色余晖的三层大厅，月球车停靠的半圆形月台的中心处是一处喷泉，一个张开双翼的天使一手托举着被水流旋转的月球，双脚踩在更大的象征地球的球形上。水流从她的双手双脚处涌出，她的双臂上一边停了一只猫头鹰，跟月城法院盾徽上的标志有点像。这里是磁悬浮车站的装饰艺术风格设计的延续，但又更加大胆前卫。大卫站在电梯所停靠的夹层半圆形的阳台上，前面就是月球车站台。可是，罗斯琳并没有出现，大卫又开始忐忑，甚至开始考虑是不是还是不去为好。他可以找个俗套的借口，如自己有些拉肚子，也可以说自己跟卡萝商量过还是不去的好，虽然他根本就没问过她。他觉得自己如果问她的话肯定是去不成的。

　　"哦，盛装打扮了一番的啊。"

　　罗斯琳的声音从身后传来，大卫回转身子，看见她穿了一身刚过膝盖的墨绿色镂空雕花套裙，米色高跟鞋，拿着一个钱包大小的皮包，头发专门染过尾部还烫卷了一点，看起来比上次出庭要稍微淑女一点。两人穿上了宇航服，坐上了月球车。

2

　　到达度假山庄的时候，因为路途遥远，大卫和罗斯琳两人已经帮对方各自换了次氧气瓶。月球车缓缓驶入这边的停靠站的时候，需要罗斯琳刷卡才能进入，大卫担心如果自己没卡又没有备用氧气瓶的时候会不会在这个地方缺氧窒息而死。月球车驶入能容纳整辆车的气压室加压，最后才停靠下来。大卫从摘下头盔的那一刻起就感觉自己真的是肤浅了。

展现在眼前的是超高尺度的瀑布从玻璃穹顶的上方挥洒下来。大卫本来觉得车站大厦的停靠站的喷泉就很浪费水了，可是这里比车站大厦还更奢侈。月球上的水量本来非常有限，一方面要供给月城居民和研究所使用，另外一方面还要用于火箭燃料。大卫不知道设计者为什么要这样来安排。围绕着瀑布的是一个热带雨林，树木葱葱。除此之外，整个度假山庄分为春夏秋冬四个花园，这里还只是一角。大卫回忆起自己从月城方向看见的那些松柏，大概是秋天或者冬天主题的花园。

"来吧，我们没时间闲逛了，"罗斯琳催促道，"如果你有兴趣可以等活动结束后再自己逛逛。"

大卫被罗斯琳领着来到四个花园交界的正中间，这里有一个月牙形的湖面，湖里游弋着仿佛天鹅一类的动物，湖边靠外的草地上还有兔子和孔雀，不知道是真的还是仿生的。湖滨靠内的彼岸则是沙滩。湖中心的建筑并非那座看起来高耸的教堂——也许那个在冬季主题的花园里——而是一座看起来晶莹剔透轻盈敞亮的木制建筑，大块白色的纱布从屋檐搭下来，随着不知道哪里吹来的徐徐微风自然摇摆，光是看着湖面反射得如此光景就沁人心脾。

"那里就是我们等下要去参加活动的地方，月宫。"罗斯琳说。两人绕着湖边的小径，从侧翼向月宫走去。零零星星终于可以看到其他一些可能也是盛装来参加活动的人了。

即便是地球上的度假山庄、私家花园可能都没有这里的庄园看起来奢华而高级，大卫心想。他一方面觉得这么大的面积却没看见几个人，却要消耗这么多水这么多能源（大概还有很多人力物力）来维持这个花园。如果用来安置难民的话，不知道能解决多少人的居住问题。

另外一方面他又为这里的奢华叹为观止，就好像这里就是人类对于极致奢华享受最佳的具象化体现了，它的存在本身就是人类想象力和执行力的最好例证。如果有一天人类真的从这个世界消失了，那么光是这个东西能留存下来，就是人类存在过的意义的遗迹。

不过这一切跟我又有什么关系呢，大卫想。我只是个宾客，如果不是罗斯琳，我甚至进不来这里，而我以后大概也进不来这里。这里就像是皇帝的宫殿，对于普通百姓而言，只是榨取我们的劳动用来供他们享受的地方。想到这里大卫又对这里的一切美好感到无动于衷。但是自己既然来了，还是要好好感受一下，尽量记住这里的一切，至少这些记忆永远是属于自己的，如果自己不会有一天加入宇宙大同奇点教会的话。

"罗斯琳！"一个穿着橄榄绿颜色麻布针织外套、淡黄色裤子，留着橘色胡须戴着圆框眼镜的光头年轻男人站在月宫门口，对着两人打招呼，"很高兴你能来，还带着——"

"大卫，是我新认识的朋友。"罗斯琳说。

"哦！是那个传说中的文大卫吗？就是那个抢在你前面考过月球律师考试，成为第一个月球律师的人吗？"

"闭嘴吧你就。"她说，"我怎么知道会半路杀出个'程咬金'？"

"因为你不得不多考一次律师考试？"

罗斯琳狠狠地拍了一下"橄榄绿"的手臂，大卫有点担心这会不会导致对方起诉罗斯琳侵犯人身权。但"橄榄绿"只是笑嘻嘻地让两人进去了。

进入月宫，迎面而来的是一座栩栩如生的嫦娥雕塑，像是要起飞一样伸出纤纤玉手，缠绕在她身上的丝带也随风起舞，仔细看的时候那雕塑居然睁开眼睛，笑吟吟地回看着大卫，向他伸出另一只手捏住的桂枝，让他差点吓得跌倒在地上。

罗斯琳扶了一下他："喂，你是没看见过仿生人吗？"

大卫点点头，镇静了下来。所以仿生人还能作为雕塑，这之前自己是没有想到的，因为他知道仿生人造价不菲，但本质上来讲确实也不过是个机器人。

大卫和罗斯琳绕过那个固定在庭院中央的仿生人雕塑，进入后面的大厅里。这里已经有很多宾客，他们都三三两两地聚在一起，互相讨论着什么。罗斯琳说要跟几个熟人打个招呼，先行离开了。大卫看见远处有一排小食，角落里有个调酒台，就按照莫娜那所谓人在世上应该尽量获取未知体验的建议，去感受一下未知的饮食。

3

大卫拿着满满一盘的精美点心，找到一个没人的站立桌子，上面已经放着一杯他刚才在吧台点的鸡尾酒。鸡尾酒单比月球港酒店的酒单看起来复杂得多，都是些虚无缥缈不知道具体是什么味道的酒，比如"动物狂欢节""调和的幻想""胡桃夹子"等，相比起来点心要直接得多，不看名字也都可以放心吃，比如托着三文鱼和鱼子酱的小片烤面包，放着新鲜番茄和奶酪的饼干，放着牛油果酱的小型馅饼，鹅肝和鱼子酱让食品看起来更不一般。食物入口之后，口感妙极了，像是舌尖在感受芭蕾舞团跳舞。烟熏三文鱼香滑弹牙，奶酪奶油蛋黄酱都香甜浓稠，各种蔬菜水果都好像从沾着露水的后院里刚摘下来那么新鲜有滋味。

大卫看看鸡尾酒，里面漂浮着不知道是什么植物的叶子，估计也是惊为天人地好喝，所以等到将嘴里的东西全部咽下后才开始喝酒，他不想让两者互相影响，品尝不到最好的滋味。但是再好的滋味反复品尝也会逐渐失去最初的惊艳，大卫也开始感觉到自己的味觉疲劳了。

"你听说了吗，汤姆的情人刚刚在地球上给他生了个孩子，幸好现在地月停航，不然可不是要闹到月球这边来。"

"那有什么，你知道我们的牙医百瑞吗，听说他本来想叫他的未婚妻瑞秋来月城跟他结婚，结果停航之后未婚妻来不了，跟他闹掰了，她在地球上自己又找了一个。不过好像他们两个现在都感染了，都挂了。百瑞现在见人就说，什么叫遇人不淑，这就叫遇人不淑。"

"话说回来，你最近看到过莉莉吗，听说她被甩了之后爱上了她的新伴侣，现在要跟他结婚了。虽然法律不允许，她还是搞了个婚礼。要我说她那么喜欢机器阳具，找个再生人就好了呀，那种是可以合法结婚的。"

大卫听见旁边的一桌正在八卦，虽然他并不认识隔壁桌的人，也不认识汤姆、百瑞、莉莉，但他觉得听听这些有钱人到底在为什么事情烦恼似乎也是件有趣的事情。他不准备跟任何人搭讪，搭讪需要消耗他太多的能量，他还要留点用来应付罗斯琳；再说他也不是合伙人，就算拉来的生意赚了钱，也大部分进不了自己口袋。

大卫利用喝完杯中酒去吧台拿一杯新酒的契机物色不同位置，以便听隔壁的人讨论奇奇怪怪的事情。有的人为男女之情烦恼；有的人为自己买的股票、债券、名画的价格波动烦恼；有的为自己公司的下属员工不努力而生气，说他们缺少狼性、不思进取；有的烦恼自己的初代仿生人坏了但是没有地方能修，因为制造的公司已经光荣结业（大卫想起来说不定是棒球帽强尼开的那家公司做的）；有的烦恼自己喜欢的月球车又出了限量款，但是自己没有地方停了，自己家二十几个车位都停满了，所以以要再买套房子停车。

听完这些大卫感觉自己有点眩晕，不知道这些人到底为什么有这么多烦恼，他们的生活已经够好了。本人收入高，家庭还能提供额外的支持。不过，按大卫现在的情况，比起在难民营中的那些人，境况也要好多了。当然，就算在难民营，也比困在地球忍受"最终镇魂曲"肆虐的人要幸福。当律师确实能接触到很多上层社会的人，但接触多了，你就发现他们除了比你钱多外，并不比你有更加完美的人格。人活着总是有很多烦恼，不可能完全没有烦恼。号称自己没有烦恼的人恐怕也会为了没有烦恼而烦恼，唯一真正能消灭一切烦恼的方式就是消灭自己的生命吧。

"来我们这个宴会感觉有意思吗？"

一个稍微有点熟悉，但大卫又不确定是谁的声音从耳边响起。大卫转过身来，看见了自己现在大概最不想见的人。

"还好哦，路易先生。"

大卫用纸巾接住刚塞进嘴里的橄榄的核。

4

事后回想起来，大卫不能说自己完全一点也没有想过会不会在这个晚宴上碰到路易，这个念头大概在犹豫要不要去的时候从脑后某个潜意识的外圈赛道处快速通过了，但大卫没有认真考虑过这种可能性，因为不知为何他觉得应该不会碰到他。从他的身份和财富，他作为 CL 公司共同创始人之一的名气，他那天上庭的时候整套矫揉造作的土豪做派，其实也应该不难联想到他会出现在这个盛大的晚宴上。

晚宴现在已经即将拉开序幕，首先登场的是一些暖场表演，一个女子上台弹奏钢琴，曲目是舒伯特 22 号《A 大调钢琴奏鸣曲》，从她不太完美的身材和弹奏时偶尔出现的小偏差看来，这个演奏者大概是真人。从周围听众侧耳细听的反应来看这个人可能也是上层人士之一，是个钢琴或者音乐爱好者，正在凭着自己的纯兴趣进行表演。大卫假装用心欣赏音乐的样子，尽量不把任何一点目光投向隔壁路易的方向，因为刚才他就开门见山地问大卫：

"怎么样，案情有什么进展吗？"

大卫支吾了一下，不知道自己该如何作答。实话实说？但是对方明明知道这一切，而且老实交代就好像在认输一样；蒙混过关？自己恐怕要在这个地方一直待到罗斯琳回来，否则自己没有径直离开的胆量，而自己之所以陷入这个困境恐怕都是她安排的。

"没事吧，随便聊两句不会影响你的事业的，而且以后我这边也说不定可以帮到你。"

大卫叹了口气，可以只说简单一句"没有进展"，但未必就可以把他打发了。他也不太相信自己会像罗斯琳那样取得月城上层人士的信任，最多只是把他当成一个听话的苦力，指挥来指挥去。而且自己当时只是跟罗斯琳说让她同意这次会面是在无损权益的基础上进行自己才会来的，但没有特别说明跟路易的任何会谈是什么基础，毕竟根本就没认真想过会碰到他，而现在很明显也不是能留下任何字面证据的场合。

正好这时月宫大厅的光线暗了下来，响起激昂的音乐，聚光灯集中火力于正前方，刚才在门口守门的橄榄绿现在登上了前方的舞台，向来宾致意寒暄，同时介绍着今天晚上的安排。首先是表演，然后中场休息，最后是慈善拍卖。

钢琴演奏完了之后是让人看不太懂的现代舞，不是那种跟着鼓点的流行音乐甚至嘻哈在台上蹦跶的舞蹈，而是几个穿着奇怪衣服的舞者跟随一个室内乐团规模的乐队，踩着《查拉图斯特拉如是说》那样的音乐自由舞动身体，也有点像之前在月球港看的歌剧，其实如果改成嫦娥奔月的主题应该非常适合这个地方的名字。

又过了高雅但是大卫欣赏不来的几个表演，灯光重新回到了大厅里，大卫叹了口气，意识到自己可能不得不又要面对路易，但是转过头来发现罗斯琳已经回来了。她对他笑笑，好像什么都知道了的样子，但没有特别提起刚才发生的事情。

"等下可有拍卖环节，你要买点什么吗？"

"我？"大卫苦笑一声，"我一个小律师，拿着跟你们比微薄至极的工资，连往返地月的船票都买不起，还买这种没用的东西？"

"可别这么说，万一看顺眼了特别想要的可能性也不能排除哦。"罗斯琳抛下这么一句话，就又拿起酒杯，跟别人寒暄去了，只剩下大卫自己一个人暗自思忖她说的那句话。

大卫拿出手机，检查了一下自己银行账户的余额和信用卡的额度，以防自己不小心产生买什么东西的欲望。反正在月球的生活也不需要自己负担，完全是在燃烧卡萝的开销。

"吃过这个了吗？"

大卫抬头，发现路易又回来了，手里拿着两盘刚才自己没见到的切片烤牛肉，旁边放了三种颜色的蘸酱，淡黄带着翠绿的颗粒，白色浓稠和淡红色的里面有些碎葱的切片。大卫道谢后接过，又起一块放进嘴里，牛肉鲜嫩多汁像是名产地的和牛。他可能这辈子都没吃过这么好吃的牛肉。不过他尽量不露声色，不想被路易看出来显得自己不谙世事。

"不用担心，我不会再问你任何事情了。"路易说，"也不是故意让你为难，我只是希望卡萝能知道，这样做是没有用的。"

大卫无法控制地投来好奇的眼光，而路易就继续说。

"我还在搜集确凿的证据，目前我仅有些拿不上台面的证言，何况没有录音，可以做证的人也都死于那次坠毁的事件了。"

路易把牛肉放进嘴里，但他一副味同嚼蜡的表情，完全没有为牛肉的鲜嫩所折服。

"在坠毁之前，我问了来袭击我的太空海盗，反正我们都要死了，所以你知道，其言也善嘛。"路易艰难地把牛肉咽了进去，"他说是一个中年女性联系的，但他没有看到影像只是从声音来判断的。本来他们只是负责将我绑架，然后劫持到他们的基地去，但是我的飞船的航向是被不知道哪里的家伙锁定了，没有办法切换到其他目的地，而他们的船在交火的过程中已经坏了。"

大卫点点头，但没说话。

"最后飞船会坠毁在月面也是蹊跷的事情，因为本来并不是没动力，飞船船长也很有经验，只是那个飞行的轨迹完全没有办法变更，就好像被黑客黑入飞航系统，结果导致我们全船坠毁没有人幸存一样……"

"没有人幸存？"大卫终于忍不住问了。

"当然，除了我以外。"路易放下盘子，不再试图在那盘牛肉上努力，"所以我现在的线索，就是有一个中年女性派人来袭击我，也很有可能是她找来的人对我的飞船动了手脚，而在我生死不明的时候卡萝出来争夺继承权。如果是你，你会觉得是谁去找太空海盗？是谁对我的飞船做了手脚？"

大卫很清楚路易到底想说什么，想引导出什么结论，但他只是摇摇头。在没有确凿证据的时候，随意指控总是很容易的，而作为一个律师的他没办法这样，特别是对象还是他的客户。

"我也不需要你得出什么结论，只是希望你能看到我这边故事的版本。"

说完，路易就走了。一时间大卫被鼎沸的人声所包围，没有其他人来这张桌子烦他，连罗斯琳也还没回来。大卫看着桌子上路易留下的牛肉，好奇他留了那么多，难道他的牛肉会比自己的更难吃吗？他四望没人，就厚着脸皮从路易的盘子里挑了一片，沾着自己盘子里的辣根酱吃了，结果发现路易盘子里的肉跟自己盘子里的并没什么两样。

5

"刚才你可真是勇猛啊。"

罗斯琳走到大卫身边。她刚刚见证了大卫和一个年纪相仿的男士争夺一块怀表，经历了几轮涨价最后大卫取得了胜利，当然他是快速心算了一下自己带在身上三张信用卡的总值才敢抬价的，而且本来这块怀表的起拍价很低，他才心痒痒地加入了报价。

"没办法，突然看见喜欢的东西，实在割舍不下。"想要买块怀表是大卫长久以来的梦想，只是一直没见过好看的正经货。

"原来你也是这样的人啊。"罗斯琳若有所思地说，"你……是单身吗？"

"我？"大卫被这突如其来的问题击中，不知道该怎么回答。他当然没有老婆或者女朋友，不久之前刚刚被甩，但是现在……他脑海中自然地浮现出了露娜的模样。她算是自己的女朋友吗？但是她并不是人也可以算吗？他也不知道，但他知道自己已经拖了很久时间没有回复罗斯琳了。

"是有什么隐情吗？"罗斯琳说。

"也不是……"大卫还是在犹豫自己是对罗斯琳和盘托出还是支吾其词，毕竟对方并不是自己信得过的人物。

"啊，难不成你是在纠结自己跟新伴侣之间的关系？"罗斯琳用手遮住自己大笑的嘴，"谁会把那种东西算成真正的相处对象？不瞒你说我家就有一打，各种体型各种帅气的脸庞各种不同的风——格，"

罗斯琳用手和嘴做出有点下流的动作，"不要把他们当人，更不要把你的那位当作女人，不要投入感情，否则你就只是在物化女性，把入门级智慧能力不足的仿生人当女朋友。"

不知道到底是罗斯琳说的话里的什么字眼，还是罗斯琳说话的那种颐指气使的样子，让大卫突然感觉到生理性的不适。罗斯琳却好像自顾自地继续说：

"那种东西跟充气娃娃有什么两样？他们只是用来干的，不是用来谈的。"

"所以你还是不满足吗？"大卫说。

"我……"罗斯琳脸红了一下，"我是玩腻了，我想找真人谈恋爱，不想跟那些电脑浪费时间。"

大卫不置可否，不知道自己是否已经做好准备和人类女性重新开始恋爱。

"我就明说吧，你有没有兴趣跟我出去玩？像度假山庄这样的地方多的是，我都可以带你去。"

"呃……"大卫还在找词。

"或者可以坐我朋友的飞船来个月球环游，月面你还有很多地方没去过吧。"

"谢谢，不过我暂时不准备……"大卫还是决定这么说。

罗斯琳的脸"唰"地黑了。

"呵呵，就这么想让自己的基因被淘汰吗？"罗斯琳立刻反击，"你听说过一种已灭绝的澳大利亚甲虫吗？那虫子居然傻到把空酒瓶子当成完美的异性，因为从它们的审美来看瓶子又大，又有跟异性一样的斑点，结果最后全部都找了瓶子交配。瓶子怎么帮他们繁衍后代？所以就全部灭绝了，一个不剩！"

大卫看着罗斯琳气得涨红了脸。

"我的意思是,你跟那臭虫子一样,等着灭绝吧!"

罗斯琳气鼓鼓地自己走了,剩下大卫一个人被扔在那里。旁边有其他人在窃笑,大卫肯定不久这个圈子里也会把他变成某个八卦的角色。

大卫一边等工作人员把怀表送来,一边回味罗斯琳刚才说的话。之前和海瑟在一起的经历又浮现脑海,他也怀疑自己是不是创伤后应激障碍,所以一时间没办法接受这种最正常、最自然的人类感情。

不过说自己在物化女性,其实就是说自己不该以貌取人,只是因为女性的外貌利用女性解决自己的生理需求。问题是她又认为露娜这种新伴侣本身都并非人类,更不是女性,何尝存在物化女性的问题,逻辑上似乎有漏洞。更何况罗斯琳自己搜集了很多俊男帅哥的新伴侣,是不是可以说她也是在物化男性?爱美之心人皆有之,但因为自己没有得到想要的东西,就变得双重标准起来,指责别人的同时没有注意到自己的立场。大卫希望以后自己不要踏入同样的陷阱。

工作人员这时终于把怀表送来了,送来的时候放在一个精美的礼品包装盒里,所以大卫也不好意思就这么打开,准备拿回家再说。因为参与拍卖,还附送了两根固定在水晶玻璃里的桂枝纪念品,大概是象征着吴刚伐桂。大卫想起和利奥分别的时候答应要给他带点月球的特产,准备回家后让露娜安排将这两根桂枝分别送给利奥和丹。

大卫看见度假山庄的出口那里正在大排长龙,可能都是在等月球车的人,所以正好自己稍微绕着度假山庄散个步,顺便从罗斯琳突然告白的震撼中清醒一下。原来四季主题的花园除了正中的月宫外各自有一个自己的酒店:冬季的那边是飘着雪的山顶木屋,秋季的是松柏包围教堂模样的欧式尖顶,夏季的是东南亚巴厘岛风格大敞四开的别墅,春季的则是飘着樱花的和式庭院。

大卫大开了眼界,知道了月城到底存在着如此超越自己想象的奢华的地方，但是他没有时间也没有机会去体验任何一个酒店了，他的信用卡已经快刷爆了。

"你回来了。"

大卫回家的时候，露娜迎接了他。看着露娜，他突然想起自己刚才为了她婉拒了罗斯琳的告白。所以现在自己对她到底是什么样的感觉？大卫一边暗自思忖着坐在书桌前，一边打开刚才他拍下来的那个怀表。

金色的怀表有一个镂空的表壳，按下就会弹开，但即便不弹开也能看见怀表正面的月相表盘，金色的一牙月亮在宝蓝色的天空中滑过，显示月亮在天空中的位置，同时还会根据实际显示月牙的阴晴圆缺，打开表壳能看见具体的时间。因为是纯机械的古董怀表，每二十四小时都要给怀表上发条，否则就会停下来。大卫想起自己有过的机械手表，五天不上发条就会停下来，虽然每天戴着就可以自动上链，他还是懒得戴手表。他掂量了一下这块怀表，感觉也不轻松，不知道自己会不会每天戴着出门，大概哪次出门发现停了就会束之高阁的吧。他决定先每天带在身上。

6

月城里的人明显变多了。现在经常能看见一些漫无目的的人出现在富丽堂皇的车站大厦里，像游客一样，对什么都感到好奇。中央公园里的难民聚集情况也越来越严重，已经到了要引起新一拨人口危机的地步。大卫现在已经不敢再去公园里散步了。

"那我过三天再来取衣服。"大卫对发须皆白、穿着丝绸西装马甲、戴着眼镜的裁缝说，后者手挽着皮尺，鞠躬送大卫离开。刚刚大卫在这里定做了一套新的西服，半打衬衫。他来月城以后好像发福了，也许是露娜的手艺太好，以前的西服有点太挤。他才知道月城居然有三十多家裁缝店，很多都是从伦敦萨维尔街搬来的，也许月城确实是地球上精英富豪的最后避难地。

大卫走到门口，一直等在那里的露娜也正好起身，其实两人今天的打扮不是太适合来买西装，因为他们等下要去滑雪，所以穿的都是非常贴身的运动衣服和鞋子，不过幸好裁缝老先生没有流露出任何让人不快的表情。

"所谓月面滑雪，到底是怎么回事？"

大卫知道自己到时候用肉眼也能看到，但还是希望自己能有点基础知识。

"大体上看起来跟地球上的滑雪有点像，实际上因为月球没有雪，而是用人工整理出的细腻的月壤来制造出类似雪粒的效果，说起来可能跟在沙漠上滑沙有点类似。"

大卫点点头，示意露娜继续说。她在联机查资料的时候瞳孔里会稍微透出点蓝光。

"月面滑雪中一定要注意穿上特制的滑雪服和头盔，并且使用特制的滑雪板。月面的沙砾非常地硬，一般的材质无法承受长时间的摩擦。"

两人换上宇航服，坐上月球车，前往度假山庄附近的滑雪场。他们在那里又换了专门的衣服头盔，拿了滑雪板，喝了放了肉桂的热红酒。莫娜和克里斯随后也赶来了。

"你在地球上滑过雪吗？"

乘坐缆车去初学者滑道顶端的路上，莫娜才想起来问大卫。大卫老实说，基本没有。

大卫生活在南海边，一年四季别说雪，就连枯黄的树叶都几乎没见过，只有冬天去北方才能看见雪、滑到雪，而大卫的滑雪水平也就是不那么经常摔跤而已。

"没事，月球的引力小很多，你会有很多时间慢慢调整，不会经常摔跤的。"

话是这么说，大卫刚开始滑的时候也经常摔跤，而且因为月面滑雪只有单板，比正经滑雪的双板加两只平衡的雪杖更难把握，只是在重力的影响下摔跤也变成了慢动作。他每次爬起来，都要费劲把身上黏糊糊的月砂拍掉，不然等下坐缆车的时候会造成设备故障。

多摔了几次之后，大卫终于可以从头滑到底，并且多少体会到滑雪乃至于月面滑雪的乐趣了。在美丽的风景中风驰电掣地移动，可以欣赏壮丽的星空，高低起伏的月面大地，远处的环形山，近处的度假山庄和绵延到远处的月城天际线。不过他还要小心脚下的平衡，毕竟摔倒还是很疼的，万一出了事甚至有窒息的风险。

"想不想去更高更远的地方滑？"

在山脚缆车站碰到莫娜的时候，她问起来。大卫婉拒了，以为是要去高级别的滑道，但是莫娜说并没有提升难度，因为那边的坡度也是很缓和的，只是没有缆车，所以滑不了几次就会回来。

两人来到一个山丘的顶端，从那里出发。这里果然是个长下坡，可以滑出很远，但是速度不快。大卫一开始感觉很有趣，但是因为距离太长，他觉得下肢变得僵硬，想停下来休息，不过离终点还有很远。他想象自己此时不是在月球，看着空旷无垠的黑暗宇宙，而是在地球上的雪山，看着远处连绵的雪山，感受着冰冷的风在脸上划过，也许滑完雪还可以去泡个温泉或者热水澡，再畅饮几杯冰啤酒……

他突然发现自己非常想回地球了。

来月球几个月，他偶尔会因为生活的不便利或者生活品质的下降而变得想念地球，比如吃不到正宗的肉和鱼，看不到自己平常习惯的视频网站，或者偶尔想吃什么风味的菜肴就打开外卖软件直接点。他总的来说是一个习惯自己生活的人，不太需要经常跟一大堆人相聚，人太多的地方会让他感到焦虑，所以他以为自己是可以适应月球生活的，特别是现在每天都有露娜的陪伴，比地球上没有海瑟这个相对固定的女友之前的日子还是要好很多的。但是现在他还是有些想念地球了。

他想念地球上脚踏实地的重力，温煦的海风，金灿灿的清晨阳光，阴霾的天，凉丝丝的雨打在脸上的感觉。他想念日夜的分明，想念自然孕育的植物与动物，想念石头与泥土，山川与海洋。他不知道自己为什么要来到这个鸟不拉屎什么都没有的月球，无非就是太空中悬停着绕着地球骨碌碌转圈的一大块石头。何苦为了不允许再生人的存在而跑到这么远的地方？就不能在地球上找个没人的地方进行研究开发和生产吗，比如马达加斯加、格陵兰，甚至南极洲？退一步说，就算再生人比真人能更好地适应外太空，人类真的有必要利用再生人探索宇宙吗？为什么明明有了自己原生的家乡地球，还非要去别的星球寻找生存空间？

"小心！"

等大卫听到莫娜喊出这个声音时，自己因为失衡已滑倒在半空，已来不及采取任何动作挽回自己的颓势，挽回自己在长长的坡道上因为加速度不停地旋转和翻滚，不知道滚了多少圈，好不容易停下来的时候，紧跟着大卫的莫娜又正好撞上他，让他连人带板再度飞了出去。

大卫在半空中飘浮着，感觉自己在黑色的虚无真空中飞舞了很久。视野里银色宽广的月球大地和漫天的星空不断切换，直到月球微弱的引力将他重又吸回地面。闭眼之前，他看见露娜正不顾一切地向他跑来。

7

大卫醒来的时候，自己在一辆移动的车里。他坐在座位上，背靠着窗户，灯光从背后射进来，每隔一段路就有一个光源。外面的天空还没有全黑，能看见深沉的黄昏。

他以为自己是在月球车里，所以回头看，但他看见的不是月球银白色的月面和深邃的宇宙星空，而是一条高架路，路的两旁有一些房子，里面亮着些灯。他很快想起来这是哪里。

那是自己刚开始工作，海瑟刚拿到律师执照的时候。

两个人已经在一起三年了，一切都变得稳定。随着相处的时间拉长，两人逐渐发现在性格上还是有些不合的地方，但是通过时间的磨合都逐渐了解该如何和平相处。

两人相识三周年纪念的那天，大卫向海瑟求婚了。求婚戒指是大卫用刚工作不久的工资买的，不大，也不是名牌。面向海瑟单膝跪下时，大卫能感觉到海瑟似乎在努力控制自己的表情。

戒指是收下了，但是海瑟说她还要再考虑一下，所以没有戴上。这一考虑就又是三年。

在尴尬的求婚之后，两个人一起返回市区。他们在海滨公园拦到了的士，的士疾驰在高架桥上。两人分开坐在后排的座位上，离得很远。

大卫还记得那天晚上从高架桥上看出去的黄昏，就好像黑色的铁锅里打了鸡蛋，蛋黄流到铁锅四缘散开的景象，漫天都是深黄的蛋液。大卫看着外面的天空，心里忧心忡忡，不知道自己以后是该叫海瑟为未婚妻，还是继续叫女朋友。她没有答应求婚，但是她收下了戒指。如果这是个合同，那么她已经用行为接受了要约，但很明显合同法在这种场合下不适用。

大卫转过身来，想看看这个给自己造成了这么多心灵伤害的女人，但是他发现坐在那里的并不是海瑟，而是露娜。

"亲爱的，我愿意。"露娜已经径直把戒指戴到了自己的手上，小小的钻戒在她纤细的手上闪亮。

露娜把手伸进了大卫的手里，她的手柔软而温暖，不像是新伴侣。

"可是……我们可以结婚吗？"大卫迟疑地说。

"当然可以了，我也是人的。"露娜坐了过来，紧紧地靠着大卫。露娜炽热的体温隔着大卫穿着的衬衫透了过来，比大卫记得的她冰凉微温的模拟肌肤温暖许多。

"你是真人？"大卫不敢相信。他掐了掐露娜的手，捏了捏露娜的脸，沿着她顺滑的直发上下摩挲，但是他还是不知道露娜到底是不是真人。除了体温，她的制造实在太完美，很难发现什么不像人的地方。

"我又不能切开自己的肚子来证明。"露娜俏皮地侧过脸说，柔顺的发丝从她脸上滑过，"你自己试试吧。"

大卫好像并没有移动，但是他的嘴已经和露娜的嘴亲在了一起。他可以闻到露娜嘴里的气味，不是那种无色无味的无机体的湿润，而是人类的口水，带着少许口气的气味。两人的舌头缠绕在一起，像是两棵树的树枝。他甚至听到了司机在前面咳嗽，可能在示意他们稍微克制一点。

大卫松开露娜，她现在好像真的成了真人。外面的天也确实黑了。

望向外面，高架桥上的风景消失了，现在是月光下的海面，高低起伏的海浪波光粼粼地反映着白白的月光。大卫转过头来，露娜还坐在自己身边，对着自己微笑着。大卫和她的手紧紧地握在一起，至死亦不分离。

船似乎驶进了雾里，随着海浪来回摇荡，摇得越来越厉害。突然一波猛烈的撞击，船开始沉没。水从下层涌了上来，冰冷黏稠湿滑的海水，在嘴里苦苦咸咸的。即便在水里，大卫还是紧紧地牵着露娜的手。

大卫试图挣扎，想要去往海面，但是窒息感紧紧地压在大卫胸前。

等注意到的时候，大卫发现自己并不是在水底，而是在太空里。刚才沉没的不是轮船，而是太空船，被一击红色的激光炮击穿，飞船撕开了一个巨大的裂口。大卫不知道为何发现自己又开始摇晃，好像被吸出去了。吸出去的那拨冲击形成了一个无法停止的作用力，让自己从此就一直在太空中翻滚，一下子能看见地球，一下子月球，一下子火星。

一个熟悉的人影正由太阳的方向从自己身边飘过，大卫定睛细看，发现那似乎是露娜。但是一切都已经太迟了，大卫正一边旋转一边距离露娜越来越远，已经来不及了……

"大卫，醒醒。"

大卫睁开眼睛，看见露娜正在自己身边，摇着自己。他不知道自己到底在哪里，在干什么，为什么会躺在一片黑夜的沙漠中央。他勉强撑起身子。这时他才发现，自己原来还在一片空旷的月球上。

大卫想起来，在阖眼时有个身影，优雅地滑过夜空，像天使一样从高处滑翔过来。大卫伸出一只手，向天使的方向尽力伸去。那天使离自己越来越近，大卫的心跳也越来越急促。等靠近了才能看清，天使竟然就是自己在梦里心心念念的露娜。大卫心想，露娜肯定是神派来拯救自己于水火之中的，不论是滑雪事故，还是自己感情上的累累伤痕。

等大卫看清露娜的身影时，他才注意到身边不只露娜一个，莫娜和克里斯也在。他们收到露娜的求救信号后，去借了滑雪设备后向这边赶来。

"我的氧气快不够了，"莫娜说，"可以借你的露娜一用吗？"

"当然。"大卫说，"我很抱歉，因为我走神……"

莫娜摇摇头。

"滑雪嘛，总是一项有风险的运动，既然我是自愿来的，也就接受了这种风险可能带来的后果。"莫娜转过头对两个新伴侣说，"克里斯，露娜，你们去帮我们拿几个氧气瓶，越多越好。谢谢两位了。"

说完，两个仿生人就立刻离开，去拿莫娜吩咐的东西。

"多亏了你的露娜，不然你可能已经死了。"莫娜说。

"她真的救了我？"大卫想起之前看见的她的身影。

"你摔到地面的时候，氧气瓶被摔掉了，宇航服进入了缺氧状态，所以你很快就陷入了昏迷。"

大卫点点头。诚如莫娜所说，自己还做了一个奇怪的梦。

"露娜看见你飞了出去，一直跟着你，找到你后帮你把氧气瓶装了回去，一直守着你直到我和克里斯赶到。"

虽然氧气还是不多，但大卫克制不住地深吸了一口气。自己刚才原来离死亡只有一步之遥，幸好露娜一直在紧跟着他。

大卫和莫娜坐在滑雪场里，等待那两人回来。大卫在脑海里回味刚才自己与死亡擦身而过的危险时刻，以及自己的梦境。他大概是一下子失去了意识，但是脑子里关于现实的想法没有休息，而且以现实实景的方式显露了出来。

他和露娜已经形成了非常深刻且特殊的关系，在危急时刻她站在他身边，不仅拯救了他的生命，也深深地影响了他的心灵。现在他们在生活的每个关键时刻都相互支持与保护。这样的经历肯定会让他们的关系变得更加牢固和珍贵。

他正思考着自己和露娜的关系，回味着两人在梦里的体验，不知道两人就这样结为连理的场景会不会真的实现时，莫娜开口道：

"本来我想带你去看一个地方的。"

"什么地方？"

"是一座不大的雕塑，一个放倒在地上的玩意儿，用特别金属制成的人体形状，叫作《倒下的月球人》，是用来纪念之前那里失败的一次月球殖民尝试。"

"之前这里就有过月球殖民地？"

"当然，这里基本上是永昼区，几乎没有黑夜，而且不远处还有水源，任何国家和组织都想将这里据为己有，所以才有了那次建立殖民地的尝试。尝试失败后虽然月城公司早早就花重金把这附近的地都买了，但是很多国家不承认，说我们买地违反了《外层空间条约》。"

"《外层空间条约》不是只约束国家的吗？"大卫想起来在考月球律师资格证的时候这是个必考题。

"就是啊，我们只是个公司，应该不受他们约束的啊。不过他们就说，我们还是根据某个国家的法律成立的公司，所以我们也间接地受这个条例约束，不能占有外太空的土地。"

大卫看着莫娜歪了下头，猜她正在表达不屑之情。

"不过后来联合国承认了我们，我们也生米煮成熟饭地把月城建起来了，还一直延续到了现在，所以也没什么好说的。作为对价，联合国跑来把月城最好的地拿走建了研究所，而我们为了扳回一局在它上方建了月球港。"

这大概就是月城和研究所之间结下梁子的原因，大卫心想。

"那个月球殖民地是怎么失败的？"大卫问。

"这个就众说纷纭了。"莫娜拍了拍头盔，"官方的说法是，在众人休息的时候，国际月球基地被一枚极小的陨石击中，造成基地内部缺氧，最后大家都死于窒息。"莫娜故意在这里停住了。

"实际的原因呢？"

"实际上，据说是因为有人受不了月球的生活，所以疯掉了，还互相杀掉了整个基地的人。"

"互相？"

"因为应该不止一个人疯，从现场的情况推断。具体有几个人疯就不知道了，毕竟现场只剩下以各种方式死掉的尸体。"

大卫曾经隐约听说过这件事，当时的媒体大肆宣扬此为"月球基地杀人事件"，但当时他只是简单地接受了官方说法，毕竟牵扯进来的是世界上各个很有实力的国家，他们之间在掩埋这件事情的真相上利益是一致的，也就少了互相平衡挖掘真相的可能性。

"也许月城能存活下来的关键就是我们有很多再生人吧。"莫娜喃喃自语道。

"地球禁止再生人之后，月城就是再生人唯一的家乡了吧。"大卫说。

"嗯……希望一直如此。"莫娜吞吞吐吐地说。

"难道有什么隐情？"

"毕竟月城也是联合国下辖的特区，而联合国代表的是地球的意志，如果地球人的态度总体而言是反对再生人的，说不准哪天就变天了。"

"如果变天了，你们准备怎么办？"

"有一些粗浅的计划……"莫娜说着，突然转换了话题，"他们也该回来了，我的氧气存量已经不足了。"

大卫也注意到自己的系统显示氧气剩余状态变成了红色。

"如果他们不回来，我们也要成为倒下的月球人了。"莫娜说。

大卫脑海里突然浮现了一个念头。

8

回到房间休息后又过了几天，又到了法庭开庭的日子。这一天，月城法院将会就大卫代理的卡萝申请路易宣告死亡的案件宣判。

其实在这之前，卡萝已经给大卫下了最后通牒，说等到宣判后，大卫就需要回地球。现在"最终镇魂曲"造成的伤害已经逐渐平息，月城已经开发出了快速检测手段，可以让无感染者进入月城，避免他们在隔离区域被感染和被噬咬的风险。

丹已经收到了大卫送过去的桂枝，很是开心，据说这桂枝是有金榜题名、万事顺意的意义，两人又互通了一下月城和月球研究所的近况。大卫从丹那里得知，似乎是为了争抢风头，月球研究所正在开发疫苗和治疗药物，并且已经接近成功。大卫想知道"太空康复"项目是否还在进行，但是不想让丹知道自己如何得知这个项目，于是旁敲侧击地问，丹只是说为了疫苗，研究所暂停了很多别的项目。与此同时，月城还在对地球前来的人进行隔离，对货物进行消毒杀菌，但不再是最早一概拒绝的状态。一切正在缓慢地恢复正轨。

大卫却一改过往唯唯诺诺的低下态度，直接跟卡萝说，也许宣告死亡的案件不一定会以对卡萝不利的方式结束，当然他也不敢保证，但是卡萝对此嗤之以鼻，并且让紫洛斯又写了一封语气讥讽的邮件：

文律师展信：

就像一名水手在风暴中不放弃漏水的筏子一样，您还在坚持不懈地为我们战斗，请允许我献上崇拜与敬佩之情。您敢这样做，肯定有一个隐藏剧本。也许标题是《优雅地输掉案件的 101 种方法》。如果是这样，那么恭喜您！我们期待您最后的表演。

您的法律杂技几乎是诗意的——在失败的边缘上跳舞，毫不顾忌地旋转，这会让地球上最好的马戏团也美慕不已。

还有，别忘了您的戏剧天赋。当法官挑起眉毛时，您会带着华丽的动作，引用来自上古法学史鲜为人知的判例。太棒了！我几乎期待您会像莎士比亚一样高谈阔论："诉还是不诉，这是个问题。"

这次失败之后，即便不考虑您个人的命运，您的传奇肯定将流传下去。法学院的学生将研究您的案卷，教授们会布置论文，题目为《顽固执拗的案例研究》。

因此，在我们迎接不可避免的深渊时，我也祝愿您的法律生涯如同黑洞一样辉煌——吸收逻辑、理性和任何胜利的机会。

商祺。

紫洛斯

大卫开始怀疑紫洛斯是不是也是个仿生人，因为他写的邮件总是这么地缺少人味。如果他是，那么他几乎肯定是个新伴侣，因为有人类的经验和记忆的再生人应该写不出来这样的东西。也许 CL 集团偷偷地带了个仿生人回地球？联想起紫洛斯干净潇洒风流倜傥的外貌，其实也不能排除这种可能性。

甚至这个时候，连合伙人似乎都丧失了信心，要求大卫安排届时远程连线到所里，虽然信号还是时断时续。他们那边只会听着。合伙人说现在有个新人，但是很有经验，也会加入庭审，在关键时刻可以帮助大卫。

但是大卫没有时间去操心这些烦心事了。他已经为今天的庭审做了很多努力，现在是展现他的努力的时候了。他和露娜出发，前往法庭。

在路上的时候，大卫因为心烦，反复拿出自己的怀表把玩。露娜看见了后说：

"真漂亮啊。"

大卫看着露娜，突然想起来露娜最近刚刚救了自己的命，而自己就好像理所应当的一样接受了她的救助，没有任何的反应。他觉得自己恐怕过于冷血了。他想要用什么事情、什么东西来纪念两人现在的感情。他看着自己手中的怀表，跟露娜相比，自己这块心血来潮买下的怀表只能略表自己的心意。所以他说：

"对啊，送给你的。"

露娜像短路了一样定在那里，过了许久才反应过来。

"我不能收的。"

"你最近刚救了我一命，在月面滑雪的时候，我还没表达过感谢。"

"可我只是个新伴侣，是不能拥有物品的。"

"那你就帮我拿着吧。"大卫心想，这样至少露娜在程序上可能可以接受。

大卫看见露娜握住了怀表，金色的表链垂了下来，随着露娜的步伐来回荡漾。大卫扶起垂下的表链，把怀表戴在露娜的脖子上。金色的表链从露娜穿的灰格子无袖连衣裙上面伸出的脖颈处露出一截，剩下的包括怀表本体都被露娜塞入自己的衣服，垂在胸前的沟壑里。

"要不还是你拿着吧。"露娜说，"我怕把这么贵重的东西弄丢了。"

大卫突然想起那个干燥清爽、充盈着阳光的早晨，海瑟把戒指还给他的情景。大卫说：

"记住，不论发生什么，不要把怀表还给我。"

"好的。"露娜郑重地说道。

但是露娜看着他的眼神，好像有点异样，不像是平常那无神的目光，倒像是在绽放着好奇的色彩。大卫从来没见过这样的露娜，因为发现她也许变了而有点开心，于是他说：

"很久以前，我给过一个女孩一样东西。"

但是刚说出口他就有点后悔，露娜在任何情况下都不会理解的。

"也是怀表吗？"

"类似吧……不过除了东西，也把我的心情告诉她了。"

"但是对方拒绝了？"

"比那更惨。对方没有接受也没有拒绝，晾了我几年。"

露娜伸出双臂，在路中间搂住了大卫，并且说：

"我会全心全意地接受你，永远不会拒绝你的。"

大卫稍微有点吃惊，但是也有点窃喜。金色的怀表梗在她的胸前，连他都能隔着衣服感受得到。

"还是赶快去法庭吧，时间不多了。"大卫不好意思地说，他感觉露娜越来越像人了。两人又开始步行。

法庭里还是跟上次一样，上面坐着莫娜·哈里森法官，旁边一侧坐着艾尔莎，另一侧坐着一个法警。法官下面的两张桌子，一张坐了路易和罗斯琳，另外一张空着的是大卫他们的桌子。唯一的区别，大概是后面的旁听席好像都坐满了。这给了大卫一点心理压力。

"还带了个人？"罗斯琳看着露娜，眼露凶光，"带来干吗，见证你的快速覆灭吗？"

大卫叹了口气，不想理她，知道她为什么这么有敌意。他坐在椅子前，看着前方的莫娜，自讨没趣的罗斯琳也转过头去，莫娜对着两人点点头，就宣告开庭了。

"那么请原被告两方做最后陈述吧。"莫娜宣布，"原告先来。"

大卫意识到这是自己最后的时机了。他从公文包里拿出几份文件，放在自己的桌前，开口道：

"根据月城法院民诉规则，我想向法庭申请追加一份证据，还望法庭允许。"

说着，他拿起三份装订好的文件，一份留在自己桌上，一份给了莫娜，另外一份给了罗斯琳。罗斯琳拿到文件后快速扫了一眼，睁大了眼睛，然后立刻举手反对：

"我们反对。请法庭不要考虑这份证据，在最后即将宣判的时候才提交，会对我方和司法公正造成重大负担，请法庭拒绝这种扰乱司法秩序的行为，并且对当事律师严惩不贷！"

9

法庭的旁听席对这峰回路转的发展非常感兴趣，而且因为不知道到底是什么证据，所以非常兴奋激烈地讨论，以至于莫娜不得不好几次敲击法槌要求旁听席安静，否则就会请他们离开。即便如此，法庭里还是响着一阵像背景白噪音一样连绵不断的窃窃私语。莫娜于是宣布临时休庭一小时，以便各方有机会仔细阅读这份证据，并且对是否考虑这份证据做出判断。之后莫娜就回到了自己的办公室，并且拒绝罗斯琳想要与法官单方沟通的请求。

大卫在这段时间里跟露娜一直在讨论，能形成这份证据，露娜也居功不浅。他们仔细推敲所有的细节，力求万无一失。罗斯琳则跟路易反复讨论，看能用什么办法击溃这突然袭来的一拨攻击。不过房间里过于嘈杂，让大卫没办法听清露娜说的话，两人只好靠得很近，大卫可以感觉到露娜的体温和体香，让他想起来之前和露娜在梦里的车上缠绵的情景。他非常想在现实中重演，但不得不压制住自己的欲望，让自己不至于在法庭上出丑。

莫娜从自己的办公室出来，回到了审判席上，宣布法庭重开。

"原告，请你在法庭发表最新的证据吧。"

大卫站起身，拿起自己手上那沓文件，开口说道：

"法官阁下，自从上次被告宣称自己在飞船坠毁后，自行步行到了市界以内的信号塔位置，在该处得以与其公司相关人员取得联系并最终获得救援。为了查清情况，我特地前往原地进行勘测，试图查明情况是否如其所述。

"等我们到达现场的时候，飞船的残骸仍然残留在飞船坠毁的位置。我们得以借助飞船的残骸重演当时事情的经过。

"在我的助手的协助下（看向露娜），我们一起从残骸位置以最短的直线距离前往市界内的信号塔（出示那个在激光炮的视频中长得像电线杆似的东西）。考虑到飞船上可能也有备用氧气瓶，我携带了两个满瓶状态的氧气瓶，但是当所有氧气用完的时候，我只走完了直线距离的四分之三。

"为了排除任何的不确定性，我重新换了两个满瓶的氧气瓶，从信号塔的方向走向飞船坠毁处，同时注意路上是否有氧气瓶空瓶或者掉落的痕迹。在还没有抵达飞船残骸的时候，氧气依然耗尽，同时经过多次扫描未见任何其他氧气瓶，而我们从视频中也可以看见一路上没有任何物体掉落。

"众所周知月城所有的氧气瓶都是同一尺寸，储存同样体积的氧气的，而所有的宇航服也只能安装两个氧气瓶，而且我们在视频中可以看到，被告没有手里拿着或者通过任何其他方式携带多余的氧气瓶。所以最后我们可以得出的结论，就是仅凭两个宇航服专用氧气瓶是不可能从飞船残骸处走到信号塔这里的，在走到中间的时候氧气是必然会耗尽的。"

"也就是说？"莫娜微笑着看着大卫，好像一个老师看见一个经过努力将最后的难题解出来的学生。

"也就是说，如果坐在我们面前的被申请人就是路易本人的话，他应该已经因为缺氧死在半路了，而坐在我们面前的这位，并不是路易本人。我方提起的宣告死亡申请依然有效，请法庭裁判。"

大卫看着眼前穿着灰色羊毛黑十字格纹西装外套、黑色裤子，白色衬衣上系着浅蓝和深蓝交叉的斜条纹领带的路易，银发整理得服服帖帖、好像上等的马鬃。他已经失去了基本的镇定，正烦躁不安地看着地上，脚上锃亮的黑皮鞋打着摆子似的，听着罗斯琳对他的窃窃私语。这时，莫娜转向被告席，问他们：

"请问被告这边还有没有什么意见？没有的话我们就正式进入最后陈述环节。"

罗斯琳立即举手。

"我们重复之前提起的异议，这份证据是在最后环节才提交的，在之前的审判中我知道法庭对这种搞最后突袭的行为深恶痛绝，请法庭严肃对待及处理！"

这时大卫也举手，得到莫娜许可后说：

"如果现在不能提交这次的证据，重新启动一次质证程序，贵方还会有任何实际的证据提出来反对我们的论证吗？标准氧气瓶的容量是固定的，即便考虑进每个人消耗氧气的速度和容量的差距，都不可能满足在两个氧气瓶的状态下抵达终点的条件，这一点我们已经在文件中提供了参考不同人士的计算结果。而且我们已经根据贵方提交的视频证据显示确定，没有任何另外更换氧气瓶的行为，甚至没有在路上停下来更换任何一次氧气瓶，手里也没拿其他氧气瓶。"

"这……"

"难道您想说视频有假？但提交视频的一方是你们，您也知道提交虚假证据的后果吧。"

罗斯琳愤恨地看着大卫，但是没有说话，大概是什么都说不出来。

大卫也是在等露娜带氧气瓶来救援的时候才知道这小小的玩意没办法承载太多容量，而每个氧气瓶能帮助人走多远的距离大卫也有了实际数据，回想当时看那个长长的视频，大卫就觉得比自己用两个氧气瓶走完的距离还远一点，所以他跟露娜一起回到现场重新走了一遍，果然不出所料，中间耗尽了氧气。而这只能充分说明，当时从飞船残骸出来的路易，并非肉身的人。

大卫回想起来，路易好像非常不食人间烟火，对美味的菜肴和酒都没有感觉。当时自己就感觉有点奇怪，但没想到现在能从既有的证据中推证出来那个人不是真人，而且也不用他自己开口自认自己不是。

最后陈述的部分，大卫和罗斯琳只是重复了之前的立场。大卫认为当时的真人路易已死，视频中出现的，以及现在参加庭审的路易并非真人，即便在认为再生人也有人权不能进行检测的前提下也可以推理出来。而罗斯琳则重复现在提交证据的时机有问题，至少应该重新开庭进行质证，但是没有拿出什么实际的证据来反驳大卫。

"那么我来宣布本次程序的结果。"莫娜举起了法槌，"我宣布，被告路易提交的反对宣告死亡申请不成立，予以驳回。宣告死亡申请的结果将另行宣布，但除非有新的证据浮现，宣告死亡将于7个工作日后生效。"

随着清脆的法槌撞击声，大卫心中的重担终于落了下来。虽然还不能说自己已经取得了胜利，也许路易还能证明自己是通过复刻程序早已取得合法再生人身份，但他严重怀疑路易能否拿得出来。如果他早就是再生人，隐瞒再生人身份经常来往地月已经是重罪，可能被地球上的其他国家通缉。他在地球上公司的股权和控制权也有可能被褫夺。就算他拿得出来，大卫也准备好了在庭上挑战他再生人身份的合法性。

回到房间后，大卫写好了邮件，发送给了地球上的卡萝、紫洛斯，抄送给了自己的合伙人。不久，他就从自己的合伙人那里得知，自己不需要立即返回地球，并且要作好宣告路易死亡申请成功后，申请继承人身份的文件。

10

到了宣布结果的那天，大卫一早起来，喝了一大杯露娜煮的咖啡，他因为激动没怎么睡好。但是今天应该是个大好日子，他换上了西装，和露娜一起出门。露娜回头带上房间门的时候，大卫突然有点担心，会不会罗斯琳又提交了什么证据，在最后一刻撞翻顺畅进行的宣告死亡程序，害得他又要准备走更多的手续。

大卫抵达法院的时候，发现已经有很多记者模样的人在法庭外面，拿着摄像机和话筒，不知道在等谁，当然也有很多只是来打酱油的普通群众。大卫想起第一次来法庭的时候，看见门口基本上没人，有种此一时，彼一时的感叹。但是大家很快发现西装革履的大卫，已经猜到他的大概身份，于是记者涌上来，叫他发表一下对案件进展的看法，以及对接下来结果的预测，不过大卫说自己无可奉告，厚着脸皮挤了过去。他没想到自己这案子能引起这么多人的兴趣，恐怕是因为案情确实曲折。

"来了啊。"莫娜百无聊赖地坐在自己办公室的座位上，"其实你都不用来的，等我们把文件寄给你就好了。"

"怎么？今天不会开庭吗？"

"不会啊，罗斯琳那边没有提交任何证据。"

"那也就是说？"

"你赢了。"莫娜笑了，"恭喜你。既然你亲自来了，来拿裁判文书吧。"

大卫激动地接过盖有法院认证印章的裁决书，上面写着大卫代理的宣告死亡申请已经获得批准。大卫站在那里，把裁决书来来回回看了好几遍，什么话也没说，但是感觉自己的眼眶湿润了。

"你不会是第一次上庭吧？"莫娜突然想起来似的问。

"是的。"大卫吸吸鼻子，"我其实一直以来都只是坐办公室，没来过法庭，远程的程序都没参加过。"

"那你真是不容易。"莫娜看着大卫，"那你出去的时候引诱那些记者离我门口远一点，这样我好等下溜走。"

大卫感觉自己不太能够承受抛头露面的压力，便请一同前来的露娜代劳，大卫把裁决书交给了她。这时他突然想起自己还带了别的东西来，又从公文包里拿出两沓文件，抽出一沓交给莫娜。

"这么快就准备好了？"莫娜有点吃惊，"这真是无缝衔接啊。"

莫娜看着手上的那份文件，标题位置写的是路易遗产管理人申请。大卫手上没给莫娜的，是以配偶死亡为理由的解除婚姻申请。根据婚姻诉讼条例，在已婚者有合理理由假定另一方已经去世，可以向法院呈请解除婚姻。不过大卫准备等到遗产争议结束之后再交。

回到房间后，大卫立刻将裁决书的复印件及法院受理遗产管理人申请的文件发向地球，以其中专门回复紫洛斯发来的那封质疑大卫总是失败的邮件，作为"打脸"。不久，大卫突然接到一个从地球发来的视频申请，他本来已经把西服脱了，领带松了，如今又不得不戴好领带穿好西装，一边穿一边想，难道他们不知道地球和月球之间的信号没有稳定到可以视频通话吗？

"太好了文律！"卡萝穿着浅紫色的办公套裙，"感谢你的不懈努力，我们终于赢了。"

大卫也在视频中祝贺两人。因为打开了小幅全息投影，电脑的投影仪还往桌子上投射出站在后面的紫洛斯，正笑吟吟地凑过来看着两人。大卫看着后面在画面里忽隐忽现的紫洛斯，心想现在怎么样啊朋友，我是要进入法学院教材的失败案例吗，我可是第一个在月球上执业的律师并且第一个在月球法庭里拿到胜诉判决的人，如果以后月球开设法学院的话，这才是我在历史中应该留下的位置。

当然他没有这样跟紫洛斯废话，只是让对面的两人轮番变着花样夸奖自己，然后和两人简要探讨了一下接下来要做的事情。无非就是向法院申请卡萝作为无遗嘱状态下路易遗产的遗产管理人来处理其资产，再将该等资产转移到卡萝名下，等一切手续就绪，再向法院申请解除两人的婚姻。

"对了，怎么今天的视频质量这么好，"大卫无心地说了一句，"我们通话了这么久也还没有中断。"

"您不知道吗文律师？"紫洛斯用肉麻的口吻说道，一改他平日的辛辣挖苦，"听说地月之间的信号恢复了，所以以后您也可以选择回地球来继续处理我们卡萝总的案子了。"

大卫突然感觉被人从后面敲了一记闷棍，有被人暗算了的感觉，但是不知道到底是谁干的。当然不是对技术一窍不通的卡萝和紫洛斯，也不是自己律所那些连月球都不敢来的家伙，但是他隐约觉得信号突然恢复可能跟自己的案子进展有关系。

"文律你自己决定吧，待在月球或者回到地球都行。"卡萝结果这样说，"当然从费用角度考虑，我们还是希望你回来。"

11

"大卫，你的体温怎么这么高？"

早上起来的时候，大卫觉得自己四肢无力，全身发烫，整个人迷迷糊糊的，思路怎么也捋不顺。当大卫看着露娜的时候，她带有红外探测功能的双眼也很快看出大卫的异样。她叫大卫在床上躺好，给他做了个冰袋敷在额头上，然后又仔细地对他全身进行了扫描。之后她出门去买药给大卫吃。

大卫躺在床上，心里感激有露娜一直在照顾他。上次生病有人照顾还是跟父母住在一起的时候，后来和其他女孩在一起，她们一听说他病了，都躲得远远的，生怕自己把病菌传染给她们了。但即便这样他还是想回地球，他做梦都经常梦到自己在地球上的生活，美食、美景，呼吸地球上新鲜的空气，喝着没有反复过滤过的水（当然严格来说地球上的水也是通过大自然反复过滤的）。有时候他梦到自己吃过去上班路上不知道吃过多少次的咖喱鱼蛋烧卖、印尼捞面、司华力肠，结果睁眼醒来发现自己在月球上，那种绝望感简直让人想抛掉宇航服去月面裸奔回地球，而理智告诉他，这样自己只会在真空里瞬间被抽干成漏气的气球，再被冻成硬邦邦的冰棍。

但是自己真的就准备这么回去了吗，要放弃刚刚熟悉起来的月城生活和人，特别是放弃露娜吗？他如果回到地球当然不可能带露娜一起，也不可能在地球上找到任何像她一样的生命体。他不可能把露娜偷偷带回去，因为地球上不允许她这样的仿生人存在。

他不知道露娜表现出喜欢他的样子，是装出喜欢他的样子还是被程序员设计成了这样。但是他早就决定不纠结这一点，因为他觉得恐怕在人类身上也难以确定，只要自己爱着对方，而且对方也以适当的方式回应即可。他不想离开她。

他在心中权衡着每一个选择的利弊。地球上，他有着熟悉的环境和朋友，但也有着失去爱人的痛苦和孤独。月球上，虽然一切都是那么陌生，但新的生活似乎充满了可能性。他的新伴侣露娜是他在这片荒凉中的慰藉，是他在寂静太空中的温柔叹息。

"我回来了！"露娜开门后说道。她把药摊开在厨房的台面上，从中拿出一部分递给正从床上坐起来的大卫。大卫喝下无色无味的药，瞬间就感觉自己好像好了一点。

"我这是怎么了。"大卫看着眼前的露娜问,"是不是工作太累了,告一段落的时候就病了。"

"好像是上呼吸道感染,也许是那些新来的人带来的病菌。"露娜说,"你应该今天很快就会好。"

"那太谢谢你了,露娜。"大卫捏着露娜的手,稍微感觉有点生硬,跟他昏迷在月球表面上的梦里不一样。

"没有,这是我应该做的。"

说完这句冷淡的答复,露娜就"唰"地站起来,走向厨房收拾东西。大卫看着她纤细的背影,心里有种刀绞的感觉。

他想起自己以前看过的一个老电影里,有人说过,旧的图灵测试的内容,就是与机器人对话的人类会在没有看见机器人的时候以为自己在跟真人对话;新的图灵测试则是测试人类会不会爱上机器人。大卫觉得露娜恐怕早就已经完成了新版本的测试。

总之,如果法庭批准卡萝作为遗产管理人,那么大卫将不会有任何理由继续留在这里。后续需要处理的资产转让问题随着信号的恢复都可以在地球上处理了。他知道,无论他的身体在哪里,他的心总会漂泊在两个世界之间,寻找属于自己的天空和星辰。

第六章

誓言所言为真

1

新的一天，大卫穿好西装又要去法庭。

他已经去过好几次了。现在他穿西装的时候感觉就好像穿上自己的皮肤一样舒适和习惯，不再感觉领带绑着自己的脖子难以呼吸；去法庭这件事本身也没有什么让他紧张不安的了，无非是去看看他的遗产管理人申请有什么结果。大卫感觉大概率是会通过的，因为路易已被宣告死亡了，他应该没有什么证据再去挑战大卫后面的行动。但即便出现任何状况，大卫也能从容应对。这大概就是经验的力量。

大卫一边吃着露娜给他准备的烤吐司、培根、香肠、豆子、炒蛋，一边喝着香喷喷的咖啡，同时随着信号的恢复重新开始看地球那边的视频新闻。关于信号是怎么中断的又是怎么恢复的，月城警方还在积极调查中，目前怀疑是因为月城的某家工厂定期会以超高数据量的传输方式来堵塞整个地月间的信号通道，工厂的巡视员发现了后，关闭了这台电脑自动传输信号的权限，就此地月间的信号恢复了正常。整个事件还在警方的调查之下，没有拘捕任何嫌疑人。

大卫看到这里，觉得事情没有这么简单，也许这是某人在突发情况下准备的反制措施。但是结果要等警方调查之后再做判断，如果警方有一天真的能调查出结果的话。

地球信号恢复后，一条视频未接来电的记录出现在了大卫的手机里。那个来电者的名字让他心如刀绞，不知道该如何应对。他决定等从法庭回来再打过去试试，因为他暂时没有心情来处理和消化。

等进入法庭的时候，大卫才发现这次的庭审跟以前有一些不一样。首先是没有人坐在被告席上，取而代之的是两个卡拉 OK 麦克风大小的全息投影仪，是罗斯琳因为败诉已经被撤换了吗？大卫感觉后背有点发凉，如果当时自己没有想到去亲自走一下那条路的话，今天被撤换的会不会就是自己。

莫娜还坐在审判席上，看来这个案子会一直是她的了，有一张熟悉的面孔，让大卫稍微有点安心。他和露娜在原告席坐下来，看来今天不会是顺利拿到申请结果的一天了。

"艾尔莎，把被告律师接入吧，我们准备开始了。"

"好的，哈里森法官。"马尾辫秘书艾尔莎说着站了起来，走到被告席那里，打开了投影仪。打开后经过一段时间，模糊的图案逐渐聚焦，成了两个穿着西装的男女的形状，投射在被告席的两张椅子上，投射范围涵盖栏杆以内审判区域全部，所以他们也可以离席，走到法官面前，走到原告席跟原告律师争执，或者走到陪审团面前对着他们说话。大卫以前在地球上自己的 LT 律所里也见过如此布置方式的开庭，那边的人需要戴着虚拟现实眼镜才能看到法庭中的效果。而如果各方都是通过虚拟的方式连线进来的话，他们会直接进入一个虚拟的法庭，也就不用占用月城法院里这唯一一个法庭了。这才是之前月城法院开庭的常态。

"请测试一下连接。"艾尔莎说。

"好的。我们可以听见，你们可以听见我们说话吗？"那个女律师开口道。

"可以的。"艾尔莎说，"另外按照原告律师的要求，接入原告律师，接入方式为仅音频。"

大卫不记得自己提出过这样的要求，但是他估计又是合伙人提出来的，所以没有作声。

"那没问题，我们可以开始了。"女律师的投影看起来有点僵硬，眼睛直勾勾地盯着他们面前的艾尔莎，看起来像是她的幽灵替身。这大概是因为他们在地球上的形象不是完全实时拍摄过来，而是先捕捉形象后再在月球这边生成的三维模型，毕竟他们在地球上需要带上虚拟眼镜，而这边的模型中他们的眼睛上是没有眼镜的。

"行吧，那我们现在开庭。"莫娜又叫大家起来，确认是否原被告都在，然后敲了法槌，"今天是就申请人卡萝·克劳福德申请作为被申请人路易·克劳福德的遗产管理人所做的开庭，这是被申请人律师要求的。是这样吗？"

"是的。"那个模糊闪烁的女律师站起来回答，只能隐约感觉她穿着灰色的西装套裙，脚部看不太清穿的什么鞋子，"我们律所 Church & Armstrong 根据客户，也就是被申请人路易·克劳福德的要求，代为提交反对申请人卡萝·克劳福德的遗产管理人申请，并且申请以陪审团审判的形式开庭。"

大卫听见要用陪审团的方式开庭，大吃了一惊。他只听说过刑事审判中有陪审团的审判比较常见，但民事里面他记得往往都是没有陪审团的。他犹豫了一下，向莫娜提出了反对，反对将陪审团引入本次裁判。他的直觉是如果有陪审团的话会让案情变得不必要地复杂，而且可能对自己这边不利。

"我们原被告之间没有用任何方式排除掉陪审团审判吧，"穿着深蓝色西服打着红色领带的男律师说道，"没有合同、没有单方承诺，也没有口头约定。"

"是的，但是……"大卫本来想说因为信号问题可能不适合进行陪审团审判，但是一想到现在信号已经恢复了，月城法院那个关于暂停陪审团审判的公告也应该失效了。

"但是？"男律师侧过头来看大卫，看起来他的头发也有点花白。

"但是……这种简单的问题怎么可以用陪审团审判。这是在浪费司法资源吧。"大卫自己都感觉试图在绝望之中无理搅三分。

被告席的两名律师没有说话，只是看着大卫冷笑。

眼看着莫娜举起法槌要敲，大卫突然想到一个关键问题。他立即站起身问道。

"被申请人要以什么理由反对我们的申请？"

"原告律师，请注意你的言行。"莫娜厉声道，一点也不像在私底下温暖柔和的那个人，可能这就是她作为专业人士立刻转换角色的本领，"如果下次又在本庭未经许可擅自发言，本庭不排除以蔑视法庭罪处罚你。"

大卫只好坐回自己的座位，感觉像一只泄气的气球。

"关于你刚才问的问题，"莫娜继续说，"请自行翻阅你面前的答辩状，里面有。"

大卫这才注意到面前被公文包压住的文件，他立刻拿起来翻阅，里面赫然写着"因被申请人路易·克劳福德持有一份遗嘱，应进入遗嘱继承程序，而非由法庭根据无遗嘱程序授予卡萝·克劳福德遗产管理人的资格"。

"你对于答辩状还有什么反对意见吗，原告律师？"

大卫轻微地摇摇头，他感觉自己所有的能量都被真空抽走了，现在的自己既没有能力说话，也没有力气站起来举手反对。

"既然原告律师没有合理理由反对，那么我宣布，本庭到此休庭，待陪审团组建完成后进入筛选程序时再行开庭。"莫娜说完，敲了法槌。

2

"你说什么？"卡萝大呼小叫的声音就好像发生在大卫的耳边。感谢先进的科技，大卫现在的模型出现在 LT 律所的会议室里，他的合伙人、卡萝和紫洛斯，还有一个标着未命名参会人员的人都在那个会议室里。

"为什么要用陪审团来审判？我的家务事为什么要由不认识的人来决断？"

"有陪审团也不代表他们会泄露隐私，"大卫解释道，"只要他们都同意保守秘密就可以了。"

其实大卫根本就不知道这种程序也可以用陪审团审判，他以为跟宣告死亡一样有一个法官自己裁判就够了。他隐约记得提交给法庭的表格上有个位置问他是否与对方达成一致排除陪审团，但是他以为那只是表格模板上多出来没有用的东西。不过他记得学习月城法律的时候陪审团是月城法律体系的一大特色，因为当地人口不多，为了培养月城人的市民精神所以没有对使用陪审团这件事上做出特别的限制。

"怎么可能会有一份遗嘱突然冒出来？"卡萝继续喊道，脸上的妆好像都要被她的汗渍弄花了，"那肯定是假的，你给我找来那份遗嘱，让我看看是不是有什么问题。"

"我暂时还没有收到那份遗嘱，"大卫说，"当然，我们会在收到后立刻进行分析。"

大卫心想，当时一口咬定没有遗嘱的人难道不就是卡萝你吗，难道你心里没有点数？心里是这样想，大卫脸上没有流露出任何不快。

"你们还没有收到？"卡萝喊道，"没有收到你就应该要继续反对啊。"

"呃，我会让我的助手去法庭追踪的，每天都去，"他看着露娜，后者点点头表示了解，"按照月城的诉讼规则，我们应该很快就能收到，只是因为新的律所刚刚接手，他们还没准备好材料。"

"你是没有听到吗？"紫洛斯这时站出来说，甩着一头乌黑的长发，"没有收到就应该继续反对，能不能行啊。要不要我们也换个律师？"

"我们还有很多律师，"这时大卫的合伙人马上插入说，"如果需要我们可以更换主办律师，当然可能会因此延误进度……"

"那我们就换个律所！"紫洛斯愤怒地喊道，但是旁边的卡萝举手拦住他，示意他不要过线。

"律所和律师都不换，现在时间是关键，再说我们的小律师也没失误，是对方突然甩出来一份不知道哪里掉下来的遗嘱，现在应该是我们加强火力的时候了。LT 律所这边有这个能力吗？"

"我们可以加派律师，和我们的文律师并肩作战。"合伙人马上表示道。

"有合伙人级别的律师吗？或者您自己呢？"

"有，我们刚加入了一个新成员，她在别的律所就是合伙人了，我让她自我介绍一下吧。"

"哈喽大家好。"那个一直在虚拟会议室里显示为"未命名"的人物模型动了一下，开口说话。大卫一听到她的声音，马上就触电一样浑身痉挛。他对那声音再熟悉不过了。他也明白早上那个熟悉的人打来电话是怎么回事了。

"我叫海瑟，现在是 LT 律所的特别高级顾问。"

3

大卫下线后从合伙人那里得知海瑟最近加入 LT 律所的事情。当然合伙人也只是简单提了一句，说海瑟是被之前的律所辞退了，而且也找不到其他律所的合伙人职位，所以才愿意屈尊来他们 LT 所的。虽然没有直接给她合伙人职位，但是也同意在下一次合伙人会议上讨论这件事，也算是给了她一个念想，比直接把她打回普通的顾问律师要稍微强一点。为了来 LT 所，海瑟也考取了月球律师资格证。合伙人那边自然是不知道海瑟和大卫认识，但是真不知道还是装作不知道，大卫从合伙人的三言两语之中一时无法判断。

其他有关海瑟的信息是大卫在 LT 律所里的眼线透露的。海瑟上次勾搭的那个投行的 MD（董事总经理），人家的正室发现了海瑟的存在，而从来没有这方面"反侦察"经验的海瑟，很快就被正室抓了个正着，连两人赤身裸体的照片都拍到了。

虽然对方已经威胁海瑟如果再联系 MD，会将这件事捅到她所在的律所的管理层，但是因为经济下行，海瑟作为新合伙人的业绩很难达标，她不得不私底下又跑回去找那位 MD，再次以身相许。MD 也很是为真爱感动，把手上的几个正在进行的案子的律师全部换成了海瑟。这样明显的动作自然东窗事发，正室很快出来大闹，最终 MD 自己都丢了工作，被调到别的国家。海瑟也被律所开除，甚至两人的私密合影传得网上到处都是。大卫在 LT 律所的朋友还问大卫要不要看，即便大卫已经在别的场合看过很多次。

犹豫再三，大卫还是跟合伙人表示，自己已经接手这个案子很久了，如果这个时候又派一个不熟悉的人，而且这个人还是大卫的上级的话，自己会很难办。合伙人表示理解，不过又说卡萝其实想让紫洛斯加入进来。

大卫是很希望不要这样安排。他现在等于是要双线作战，既要跟对方律师刀来剑挡水来土掩，还要担心腹背受敌被紫洛斯暗算，再说他也不是律师。

"文律师你不用担心的，虽然我不是月球律师，但是我也是有其他地方律师证的。"

在卡萝说过之后，紫洛斯似乎看出了大卫的担忧。

"我们紫洛斯很厉害的，既有律师执照，还有会计师执照、精算师执照、教师执照、心理咨询师执照、驾驶执照，等等，光是看他的简历就把我吓到了。"卡萝补充道，"要不然我也不会让他在我麾下亲自负责我最重要的私人事务啊。"

于是这事就不得不这么说定了，下次开庭，紫洛斯也要出庭。大卫让露娜向法庭申请，在原告席也安排一个投影仪，到时候让紫洛斯也可以接入。

"有关遗嘱，我们有什么办法挑战其合法有效性吗？"

紫洛斯自从接手负责卡萝的遗产官司后很积极，三番五次要求大卫和合伙人一起跟他视频开会，每次都开很久。而合伙人如果不参加的话紫洛斯会向卡萝举报，所以合伙人一般会先参加一段时间，事后再借故离开。紫洛斯虽然当面说话并不冲，但是背后放冷箭的事情还是干得很娴熟的。

"我们现在还没有拿到遗嘱，"大卫说，"不过如果您需要，我们可以就一般遗嘱的格式稍微讨论一下，看我们能不能从这方面取得突破。"

这种兜圈子的讨论方式其实是合伙人让大卫干的，让大卫多说话多发表意见逐渐掌握主导权，这样等下合伙人下线了也不太容易被发现。紫洛斯没有察觉就上钩了，请大卫稍微讲讲。

"一般来说，如果没有遗嘱就去世了，那么我们可以向法院申请成为遗产管理人，进行遗产的分配。而如果死者有遗嘱，而且委任了遗嘱执行人，那么该执行人就是唯一有资格向法院申请遗嘱认证书的人。"

紫洛斯没有说话，只是在虚拟空间里凝视着大卫，就好像他的线路有问题所以卡壳了一样。但其实大卫感觉紫洛斯在不需要表现出自己对卡萝的忠心的时候，其实也就是这个冷峻的样子。这样符合他第一次看见紫洛斯时留下的印象。

"所以我们拿到遗嘱后要先搞清楚到底谁是遗嘱执行人。"大卫说，"根据遗嘱条例，在月城法院能够得到认证的遗嘱一般必须是手写、印刷或其他书面形式订立，有立遗嘱人的签名，包括按手印、签名缩写、印章，等等；遗嘱里要提到立遗嘱人有意通过签名使得遗嘱生效，一般都会要么请律师草拟遗嘱，要么在遗嘱里加上'这是立遗嘱人最后的遗嘱'的字样。另外其签名要有两人同时见证，一般的遗嘱都会有见证条款，其中提到见证人见证了立遗嘱人的签名，并且确认其已妥为签署。"

"没有口头立遗嘱的情形吗？"

"偶尔有，但必须是立遗嘱人有特殊的地位，比如正在打仗的士兵或者即将沉没的船舰上的船员，否则口头立遗嘱会被视为没有签立有效遗嘱。"

"路易的遗嘱不会是他在船上的时候立的吧，在坠毁在月城南边的飞船上。"

"这个，只有等我们拿到遗嘱的时候才知道了。但如果是口头遗嘱，肯定可以用形式的问题来质疑其有效性，毕竟是在那种慌张的情况下立的，考虑肯定不够周全。"

"那我们还要什么立场才可以质疑这份遗嘱？"

"还有……"大卫翻弄着眼前的黄色垂直翻页的法律笔记本，上面写满了刚才合伙人跟他视频连线时叫他记下来的东西。"啊，还有，如果我们能够证明立遗嘱人没有足够的心智能力，也可以推翻遗嘱，包括有精神病或者正在因严重病症接受药物治疗。"

"他健康得很呢，"紫洛斯说，"或者不如说他已经不存在健康不健康的了——他不是个人。"

大卫点点头，"另外我们可以试图证明他在签立遗嘱时受到了欺诈或者不当影响，比如压力、威胁、胁迫。"

紫洛斯的虚拟形象在赛博空间的会议室里又顿住了，大卫正好趁此机会看看虚拟世界的蓝天白云，红色的帆船在风光明媚的海港里徐徐航行，他知道如果摘下头盔自己大概看见的只有一成不变的不夜月城的灰白色大地和深邃黑夜的星空。大卫感觉这沉默的时间有点过长了，于是就径直继续说：

"当然我们拿到遗嘱后，也会第一时间检查有没有不准挑战的条款，比如说如果卡萝总向法院挑战遗嘱的合法有效性就拿不到任何份额的条款。这种条款一般是无效的，当然也要具体情况具体分析……"

"在最坏的情况下，"紫洛斯又动了起来，"如果遗嘱里没有留下任何东西给我们卡萝总，那我们还可以争取到一点什么吗？"

"当然，"大卫刚才翻到了这里，"如果立遗嘱人完全没有给自己的配偶留任何份额，那么根据供养遗属及受养人的财产继承条例，法庭有权根据配偶的申请将遗产里特定部分分配给配偶，为申请人提供合理经济给养。这里的合理经济给养是就整体情况而言的，不论申请人是否需要这笔给养来维持基本生活条件。"

"那这大概是最后的底线了……虽然我希望卡萝总不至于落到这个田地。"紫洛斯说，"你的合伙人呢？他怎么不在线，快去叫他回来。"

"……好的我马上去找他。"大卫慌乱中联系合伙人,但是联系不上他,他得赶紧再找个话题来转移紫洛斯的注意力,"对了,我们拿到拟入选陪审团的名单了。我已经让律所的工作人员进行利益冲突检索。"

"把名单给我。"紫洛斯说,"看看我能查到点什么。"

大卫把九个人的名字和他们填的陪审团问卷调查表发给了紫洛斯,对方于是下线了。大卫松了口气,知道暂时不需要帮合伙人打掩护了。

大卫摘下头罩,觉得整个人都被冗长的会议掏空了,而且虚拟会议比面对面的会议更加耗费精力。看着窗外,他突然意识到自己本来担心的即将离开月球的可能性暂时不会发生了,不管是卡萝、紫洛斯还是他的合伙人都没提起来。看来在这件事彻底尘埃落定之前,他还可以继续跟露娜同床共寝。

4

因为紫洛斯也要参加,原告席没有位置了,大卫只好让露娜在外面待命,自己一个人走进了法庭。没有露娜相陪,大卫感觉有点迈不开步。

今天开庭时气氛有点不一样,可能因为法庭的日程里写着今天是陪审团组建的日子,所以没有什么人过来旁听,坐在旁听席那几个百无聊赖的人大概都是备选的陪审团成员。

"两位大律师呀,为什么我们还没拿到遗嘱?不会是掉到马桶里被冲走了吧。"

大卫刚走进房间的时候,就看见投影仪投射出来的紫洛斯虚拟形

象阴阳怪气地正向隔壁桌子上 C&A 律所的两名律师发难。有的时候
这确实有点尴尬，有咄咄逼人的队友做出跟自己预期步调不符的行为。
不过有时候也有作用，至少有人唱红脸有人唱白脸。

"我们也还没拿到，" C&A 的女律师说，"我们会帮你跟客户
跟进的。另外今天的话题跟遗嘱其实无关，只是要挑选组建陪审团的
人员而已。"她好像穿的跟上次一样，而跟她一起来的男律师也是如此。

"那你们可得尽快了。"紫洛斯看见大卫坐下，"你可算是来了，
都快迟到了。"

大卫看了下表，发现自己早到了一分钟，虽然他知道莫娜一般迟
到半个小时也不出奇。

"好了，看来大家都到齐了。"莫娜今天只迟到了十五分钟，而
这时间里紫洛斯也喋喋不休用他那酸爽的语气挖苦"拷打"了对方律
师十四分钟。

"看起来大家都稍微熟络了一点，"莫娜说，"那我们赶紧开始
吧。今天的案子是卡萝·克劳福德申请作为路易·克劳福德的遗嘱执
行人的案件，原告的代理律师。"莫娜将手指向大卫和紫洛斯，感觉
她今天稍微有点饶舌，可能是为了让陪审团熟悉他们。"是 Lydies
Tasuni 律所的文大卫律师，"大卫回头向还坐在旁听席的陪审员招手，
"陪同文律师的是原告的授权代表紫洛斯·王先生。坐在被告席的是
被告的两位代理律师，来自 Church & Armstrong。"莫娜说出了两
人的名字，"那么我们就正式进入今天遴选陪审员的程序吧，首先请
艾尔莎请出六名成员进入陪审团座席。"

法警依次喊出了六个人，他们坐在了陪审团区域的六个座位里，
上下两排各三个座位，每个座位上印着编号。大卫知道还有三个替补
成员，如果这六个人里有人被剔除，替补成员会补上来。他也知道原
告和被告各有两次无理由剔除成员的机会，而有充分理由并且经过法

庭允许的话可以剔除更多成员。所有陪审员都来自月城，毕竟月城法院只对月城有司法管辖权，让普通居民参加陪审团能够培养他们的公民意识。

"那么感谢现在坐在陪审团席位的各位候补成员，以及坐在旁听席的其他成员，"莫娜向自己左手边伸长脖子，用比对原被告及律师远为亲切的语气说着，"我先来简单问你们几个问题，你们如果有这种情况的话举手就好了。请问你们是否认为自己能够客观公正中立地做出裁判，不能的话请举手。"

没有人举手。

"你们进入了这个法庭，应该只依据法庭里听到的信息做出裁决，不应该离开法庭后自己去调查原告和被告的任何信息，也不应该从法庭以外任何其他途径获取信息，特别是有关法庭开庭的任何新闻报道。你们是否确认所有事实信息都仅会从法庭开庭的过程中获取，并且只会在听完所有事实信息后做出裁决？不确认的话请举手。"

没有人举手。

"你们有人听说过这个案子的原被告，认识原被告或者相关人士，或在报纸里听说过这个案子吗？"

所有人都举起了手。莫娜看着笑了，又笑着看了下大卫。

"谁来解释一下你们看到的是什么？"

六个人面面相觑，最后由坐在1号的长者开口。他一头短短的白发，穿着砖红色毛线衫，里面露出白色和蓝色十字条纹的衬衣。

"就是报纸里报道的，CL集团的股权争夺大戏，发生在作为夫妻的共同创始人之间的公司战争，然后简单介绍了一下到目前为止已经发生的事情，比如丈夫乘坐的飞船被太空海盗劫持，飞船坠毁，结果毫发无损的丈夫重新出现在妻子申请丈夫宣告死亡的庭审当中，更厉害的是妻子的律师还是通过丈夫自己提交的视频证明丈夫的肉身真人已经死亡，所以宣告死亡仍然有效。谁知道现在妻子根据宣告死亡判决申请自己作为遗产管理人的时候，丈夫的复制仿生人跳出来说自己还有份遗嘱。"

"你们其他人都知道这么多吗？"

其他几个陪审员候选人都点点头。

"这可真是。"莫娜摇摇头，可能没想到外面的人对这次的案件跟踪如此紧密、知道得这么多，"行吧，其他的就别问别去查了，新闻里再报道本次案件相关信息的时候你们就别看了，知道了吗？"

陪审团众人又点点头。莫娜继续说。

"到了需要你们做出裁决的时候，我会向你们解释相关法律是什么样子的，你们只能按照我的解释，结合在法庭开庭过程中获取的全部事实信息并适用相关的法律。这你们是否可以做到？不可以的话请举手。"

"本次案件将会涉及遗嘱继承的问题，你们中间是否有人曾经有过类似的问题？正在起草遗嘱的或者等待接受遗嘱继承的。"

1号和3号举起了手。莫娜请他们解释一下各自的情形。

"我已经退休了，"1号的长者说，"现在正在起草遗嘱。"

"我的父亲是一个比较成功的白手起家的移民，"3号说，他是个穿着浅绿色底深绿色条纹短袖衬衫、露出毛茸茸的手的南亚面孔的年轻人，"他去世没多久，我们几个兄弟姐妹正在为遗嘱继承的事情吵得不可开交。"

"那你们两个是否会因为自己的现实立场对本次案件的某一方有任何偏向性？比如立遗嘱人和争夺遗嘱的一方。"

"不会。"两人都摇头，表示自己会客观公正地裁判。大卫觉得这样问实在太水了，谁会承认自己不会客观公正地判案呢？

"好，那下一个问题。"莫娜说，"你们有人之前做过陪审员吗？"

2号和5号举起了手。莫娜请他们大致讲一下各自是什么样的案件。

"我参加的是个医疗事故，民事部分。"2号是个扎着小脏辫的中美洲人士，穿着有民族风情的浅红色底、中间有复杂针织图案的短袖衫，"一个想要成为再生人的人在复刻过程中没有被杀死，只是重伤，结果又有复制人出来。复制人最后被销毁了，而身受重伤的患者把医生告上了法庭。"

"我参加的是个刑事案件。"5号是个留着短短卷发有着鹰钩鼻的女人，看起来年龄大概三四十，从她戴的生命手环来看可能是个慈善组织的工作人员，"一辆月球车在深夜发生了车祸，停在半路，结果车上独自出行的乘客在氧气耗尽后死在了车上。警方正在调查到底为什么会出现这样的情况，为什么没有及时救援，并且指控相关运营公司犯下了误杀罪。"

"但是你们都知道本次案件是跟之前的案件完全不同也没有任何关系的别的案件，不会将别的案件的案情和适用法律和本次案件混同，对吧？"

两人点点头。

"另外，既然你们有人接触到了刑事案件，我想简单介绍一下刑事案件和民事案件里面有几个不太一样的地方，"莫娜说，"首先刑事案件里面的嫌疑人是不需要自证清白的，要对嫌疑人进行无罪推定，证明嫌疑人有罪的义务是落在起诉的一方。民事案件里面不存在有罪无罪的问题，你们只需要根据事实和法律判断相关法律是否可以适用在相关事实上即可。"

有人点头。

"其次刑事案件的证明标准比较高，要做到排除合理怀疑。不是说要排除所有怀疑，但是要排除所有合理的怀疑，大概说来，就是你不会在法律适用到相关事实的时候，有那种突然顿住，感觉哪里有什么不对的地方。不管一个罪行里面有几个元素，需要每一个元素都能做到排除合理怀疑，控诉才能成立。"莫娜说个不停，"民事案件只要达成相对可能性的衡量即可，简单来说，就是可能比不可能稍微多一点，超过一半即可。"

1号的长者好像有点困了，感觉低着头在打瞌睡。

"最后，刑事案件里面需要你们陪审团所有人达成一致才能作为有效裁决进入下一阶段，而民事案件里只要多数人达成一致意见即可。"

几个陪审员互相看了看，脸上一种不知道这种煎熬什么时候才能结束的表情。莫娜终于说：

"好了，请自我介绍一下，自己叫什么名字，做什么工作的，然后可以让我们的两方律师再问一些针对性的问题。"

5

"我叫詹姆斯·史密斯，"1号的长者说道，"我是一名退休的大学教授，过去的专长是色彩学，现在热爱虚拟园艺和写作。我有很多机械打字机，喜欢带着自己的打字机在不同的地方写作，展示当年地球上最伟大最精巧的发明。"

"色彩学？"听见1号自我介绍的紫洛斯喃喃自语道，"这也能是个学问，研究什么的，能考个证书吗？"

大卫心想，难道你就那么想收集所有能考的证书吗？

"请两方律师询问吧。"莫娜说，"原告先开始吧。"

"史密斯先生，您说您过去是大学教授，"大卫走到1号前面问，其中有人发现他居然是真人出现有点吃惊，大概其他人都只是全息投影，"我想请问下您是如何负担移民月城的费用的呢？"

"这个……是我家族的资产，仅凭我过去的收入和退休金确实是无法负担这个费用的。"

"所以是地球上某个大家族，留下了很多可供您支配的资产吗？"

"差不多是那样的，"1号说，"就是有一些家族信托，其中有几个可以为受益人提供移民及安顿下来的费用。"

"那这些信托基金，可以提供您改造义体，或者改造成再生人的费用吗？"

"我知道您要问什么，"路易的女律师这时开腔了，"我们反对原告律师问这个问题。"

"我同意，原告律师请不要试探陪审员是否是再生人。"

"知道了。"大卫叹了口气。如果知道对方是否是再生人，就可以省下很多时间直接用掉手头的弹劾陪审员的机会，毕竟作为再生人的话肯定会偏向于路易那一边，怎奈月城法院的诉讼规则里不准问这个问题，原因跟不让对一个人是否是再生人进行检测的原因一样，说是要保护再生人的权利。

"那我就单刀直入地问一个您可以回答的问题。您对这整个改造再生人的事情有什么想法吗？"

"我们还是反对。"路易的女律师又抗议道，"这样问又有什么区别。"

"区别大着了。"坐在身后的紫洛斯说，"连问下有什么看法都不行吗？他完全可以不说自己是不是再生人。"

"原告代理人，请你不要未经许可开口，警告一次。"莫娜说，"不过我不同意被告的反对，这个问题可以问。"

说完，大卫盘起双臂，等着长者发言。

"我……对再生人没什么特别的看法。"1号说，"我不反对，也不特别喜欢。这样可以吗？"

大卫注意到众人的目光都集中在自己身上。他需要非常小心地前进，不能逾越雷池半步，但原地踏步又会被紫洛斯"拷打"。他站在那里，思考着自己接下来可以问什么问题，结果这个时候莫娜说：

"原告律师，是不是没什么问题了？那就换被告律师吧。"

"好的。"路易的女律师立刻弹起来，闪烁着她的全息投影走到众人面前，投影穿越回到自己座位上的大卫时上半身突然消失，但很快又恢复了过来。

"您来月城多长时间了？"女律师问。

"我来了挺久的了，"1号说，"不是刚来的。"

大卫突然意识到这是个更狡猾的试探对方是不是再生人的办法，毕竟在月球待很久的人是再生人的可能性更大。

"挺久的。"

从1号的回答，他也好像知道自己可能会被试探，所以没有给出具体的数字。女律师没有继续问，这里只能凭语气和口吻来判断这个"挺久"是多久了。

"您作为一个退休大学教授，一定比普通人对当地文化更了解吧。"

"也就还好，毕竟月城成立也就几十年的事情，前面几年也没有太多大事，想必大家也都知道。"1号看看其他陪审员。他到底是聪明到可以当教授的人，大卫心想，非常会避重就轻。后面女律师又根据1号填写的问卷调查记录问了几个相关的问题，但是不能对他做出一个具体的判断。大卫问了一下紫洛斯的意见。

"喜欢机械打字机啊，"紫洛斯说，"感觉可能是个再生人呢，毕竟也是机械。而且还来了月球这么久。"

这样想稍微有点牵强吧，喜欢机械的肉身人多了去了，大卫想，不过也不能完全排除这种可能。

"那我们先列为可能对象吧，如果看情况不对可以在这次休庭之前提出弹劾。"大卫说。

6

"我叫玛丽亚·加西亚。"2号"小脏辫"说，"我是个自由职业者，主要做一些墨西哥风格的平面设计。"

大卫正准备问第一个问题，但是被2号伸手拦住了。

"我知道你想问什么问题，我自己说算了。我是根据月城的多元化文化项目来的。"

大卫有点迷惑，他不太清楚这到底是个什么项目，所以看了下莫娜。莫娜直接补充道：

"我们月城为了促进文化的多元化，会提供特别的奖励金鼓励不同文化、不同背景的人移民月城，省得到时候月城全部都是些有钱人，看起来过于重复和腻味。"

"你对于再生人有什么看法？"大卫直接问。

"我们墨西哥文化对于死者是相信他们能一直活在那个世界里的。"2号也很直接地说了，"我对再生人的看法比较复杂，一方面再生人可以永生不死，让我觉得他们就好像我们文化里认为活在那个世界里的死者一样，但另外一方面长生不死又让我担心他们不能入土为安，永远要在我们这个世界里煎熬。"

但是这样我就无法判断你是不是会站在我们这边了啊，大卫心想，"那总的来说你觉得再生人这个技术……"

"有利有弊。"2号说，"我没有特别倾向这种技术好或者坏的看法。"

路易的男律师过来问她，特别留意了一下她的头发，问她的头发是否真的（是的）是否需要经常打理（一年拆开洗一两次，其他时间上油），然后夸奖了一下她的衣服很有风格，希望案子完了以后有机会看看她的其他作品。大卫听到这里就感觉很假，毕竟人家2号在月城，你在地球还不如直接去墨西哥买当地的文化产品得了。不过他跟紫洛斯快速交流了一下，两人都认为那个头发看起来应该是真的，而且她是拿奖励金才来到了月城，大概率不会有什么闲钱换义体或者改造成再生人，对他们大概会比较有利，现在就看被告那边会不会动手弹劾她。

"我是阿拉夫·帕特尔，"3号说，"我是个软件工程师，喜欢探索新技术，有空会教大家直接连入电脑进行编程。刚才也说过了，我父亲开创了一家软件数据库公司，取得了全地球性的成功。他带着我们全家移民月城。"

"直接连入编程？"大卫问。

"直连编程。"3号从背后拉出一根线，很明显他已经通过义体改造了自己的脊椎，如果不是再生人的话，"就是将这根线跟电脑相连，直接用意识输入程序代码，这样比用手输入代码要快得多，而且可以利用辅助智能实现非常复杂的内容。"

"这么厉害。"大卫开始寻找角度试探，"那你对再生人之类的新技术应该非常有兴趣吧。"

"难讲。"3号撇撇嘴，"我父亲差点把自己改造成再生人，幸好他没有来得及去复刻就去世了，不然我和兄弟姐妹可能没有什么遗产好分的了，我们大概都得回地球讨生活。"

大卫想起来刚才3号提到他们家也有一些遗嘱继承的争议问题。

"在你刚才提到的遗嘱继承问题里，你是扮演什么角色的呢？你父亲的遗嘱里提到你的份额了吗？"

"我不确定你可以问得这么细哦，这是另外一个案件的事情，跟现在你们的案子无关。"

虽然莫娜没有提示，被告律师也没有反对，但是如果陪审员不配合，继续问下去对自己也不太有利。而且大卫暂时感觉3号是对自己有利的。被告律师那边也没能从他口中撬出什么有价值的信息。

"我叫张磊，是个商人，"4号是个东亚面孔的人，"因为生意我需要经常往返地月之间，可能跟路易差不多吧。"

大卫脑海里的警报瞬间拉起。背景跟路易差不多的人，肯定会同情他们那边的吧。但是当大卫问起4号对再生人的看法时，他的回答跟大卫预期的不太一样。

"我是来自中华文化圈的，"4号说，"我们的教条就是身体发肤受之父母，没有例外是不能损伤的。"

大卫看着他剪得短短的寸头，不知道他对"身体发肤"的理解是不是不太准确。

"所以我是看不惯什么再生人不再生人的。现在的技术这么成熟，你完全可以不复刻成再生人，在不得不更换器官的时候以最小必要原则稍微一点点地换人造活体器官，那也没办法不是吗？"

"活体器官？"大卫问，"不是义体吗？"

"怎么可能是那种垃圾玩意儿。"4号不动声色地用愤怒的语气说，把诸位陪审员都吓了一跳，"现在的技术啊，你就是需要什么器官让培养皿自己长一个出来就行了，用你自己的细胞培育。虽然还是免不了动手术，但比把你的身体换得跟冰箱一样冷冰冰硬邦邦的好多了。"

大卫表示理解地点点头。感觉这位哥们肯定是站在自己这边的了，但是也感觉他离被告律师弹劾不远了。果然被告律师只顺便问了他两个无关痛痒的问题就没问了，无非是他到底做的什么生意（提供工厂所需的零部件）、是否经历过飞船事故（没有）。

5号法蒂玛·曼苏里是一名来自中东地区的医生，在月城唯一的公立医院工作，提供最基本的维持生命的服务。因为月城有大量的私人诊所和医院，所以一般只有底层的无家可归者会去公立医院看病，而他们一般不到万不得已也不会去医院，导致5号的病人很多都得的是各种在月球生活造成的地球上闻所未闻的疑难杂症，也使得5号非常忙碌，经常需要通宵熬夜救治病人。经济上因为5号属于月城急需的必要类型雇员，薪金由作为雇主的月城政府医管局提供，收入在月城的非富裕阶层里是属于比较充裕的，只是太忙一般都没什么机会去花。

大卫感觉作为给底层人民提供医疗服务的人，大概对全身义体化，以及改造再生人的富裕阶层没什么好感，所以他双手合十希望不要被被告律师弹劾。他甚至没有询问她"你对再生人什么看法"这个问题，只是问了几个她之前的案子里适用法律的过程（法官会把法律显示在一张虚拟的大屏幕上供大家参考，原被告双方都可以对法官提供的法律提出疑问和调整）。

"那你来当陪审员不会影响你看病吗？"被告律师的问题简直一剑封喉。大卫感觉5号下一步就要提出自己作为陪审员无法尽职，要回去给人看病了。

"不啊，"5号说，"我也是个人嘛，也是需要休息的。我当陪审员的时候可以不算年假额度带薪休假的。"

大卫点点头。根据月城法律确实如此。

6号叫伊莱贾·约翰逊，是一名非常受欢迎的建筑师，有自己的建筑师事务所，在月城有很多有名的建筑，其中最有名的就是文艺复兴和装饰艺术风格的奢华风格了。大卫隐约记得车站大厦里的磁悬浮车站和月球车停靠站都是他的作品，但是他本人说不是。

"我一般只帮个人客户设计的。"他说。

问题从这个地方开始就有点不对味了。他认为住在车站大厦里的都是懦夫，是不愿意拥抱宇宙新时代的落后人类，而新人类应该立刻将自己改造成再生人或者至少是金鱼人，这样才可以自由自在地穿越整个宇宙，将人类文明扩散到宇宙的每个角落里。大卫心想你小子怕不是为了让更多人能够住在真空的月城区域找你设计建筑才这么说的吧。

他还非常反对刚才4号的看法，认为用什么活体器官既有道德风险（你怎么知道那个长出来的器官不是某个本来可以成为完整的人的一部分呢）又不耐用（当然没办法开发出可以直接进入太空的活体器官）。

"是时候了，"戴着金项链身体魁梧的6号从厚实的肩膀处张开黝黑的刺满文身粗壮的双臂，用他雄浑的嗓音向法庭里的各位宣布道，"我们人类要带着我们的昭昭天命，按照上帝的旨意不断将我们的文明推进新的边疆。"

大卫看紫洛斯的时候，对方做了一个坚定的手势——用手掌在脖子上横向一划。要怎么办大卫很清楚了。

被告律师似乎是觉得6号还是有希望挽救一下的，所以设计了几个让他对肉身的人可能回调一下看法的问题，比如"你是否认为建筑艺术的美感是人类情感的一部分，可能复刻的过程中会多少失去一定的审美能力"，以及"月城上没有出现崭新的建筑形式，说明创新能力也是比较难以复刻的"，怎奈6号已经完全放飞自我了，继续沿着自己的固定路径大踏步走下去，认为复刻的再生人就是完美的，有着所有肉身的人的优点却没有他们的缺点，拥有十足的创造力而且只要充电就可以继续工作，不用浪费时间吃饭睡觉。这样就算一万匹马也拉不回大卫他们对他的看法了。

"两边的律师，请过来跟我讨论一下名单。"莫娜说着，大卫和女律师走到她跟前。莫娜每说出一个名字，大卫就和女律师说自己是否需要弹劾。最后 4 号被女律师弹劾，6 号被大卫弹劾。两个人都没有用光手上的弹劾名额，怕等下补充进来的人里还有需要弹劾的。

"希望各位被弹劾的成员不要对我们的律师和当事人有任何意见，"莫娜看着两位离开的成员说，然后叫艾尔莎从旁听席喊来两名新的陪审员，补充 4 号和 6 号的空缺。

7

"大家好啊，"新 4 号坐进了审判席，是一个留着爆炸卷曲金发戴着厚底金色边框眼镜的女孩，刚坐下就显出非常积极主动的样子。

"各位好。"新 6 号是个擦着红艳嘴唇有点富态的中年女人，坐下了后就没说话。

"我先说一句啊，你们知道吗？现在月城中央画廊正在展出我的作品，入场免费，欢迎大家多去参观哦。"

"这位陪审员，"莫娜立刻开口了，"如果你再说跟审判无关的事情就只能请你出去了。"

"哎呀，怎么这么严肃，知道了知道了。"新 4 号暂时安分了下来，坐下来玩自己的头发。

"刚才我们问过的问题你们在旁听席都听见了吧？如果有任何我提到的情况，请你们赶快举手，好让我们对你们陪审员的资格做出判断。"

新 4 号和新 6 号隔着 5 号各自看了一眼，好像要进入下一个环节的时候，新 4 号举起了手。

"抱歉，我刚才没注意听，能再重复一遍吗？"

莫娜叹了口气，但她也没办法说什么不好听的话。她只好又把刚才问的问题重新问了一遍，但是新 4 号没有举手，所以默认她是可以做陪审员的了。

"那好吧，继续我们刚才的流程，你们先自我介绍，然后两边的律师询问。从你开始吧 4 号陪审员。"

新 4 号立即站了起来，甩了下满头的卷发，差点把眼镜也一起甩了出来。她扶了扶眼镜。

"我就是——克洛伊·杜布瓦，伟大的艺术家，可以说是最伟大的吧。你们没看过我的作品可能觉得我在吹牛，但我的油画和雕塑都是顶呱呱的，赶快去看吧，就在月城中央画廊，入场免费。但是如果你们觉得我的画不错的话，也是可以跟我洽谈收购的，直接找我的话可以给你们个八五折。"

"4 号陪审员，你是没有听见我刚才说的话吗？"莫娜貌似正强忍着自己的愠怒，"如果你还准备继续这样的话那你现在就可以离开了。"

"你怎么这么凶？"新 4 号也生起气来，"我难道没有言论自由，不能说自己想说的话？你怎么这么霸道，难道这法院是你家的？"

现在众人的目光都集中在了法警身上。年纪较大、秃着顶的法警穿着月城警察一样的制服，走到陪审团的席位里请新 4 号离开，两人陷入了一番争执，能听到新 4 号对法警喊道"别碰我！我能自己走"，最后她一边离开法庭一边向莫娜伸出两根中指，抗议这个独裁的法庭没有正当合法性、应该被劳苦大众立即推翻，莫娜应该被吊路灯。最后她和法警的身影一起消失在法庭门口，可以听见她对门口屈指可数的几个记者大喊着什么"劳苦大众现在站起来了"的口号。

　　所以还没等到新 6 号开口，4 号的座位就坐进了新新 4 号陪审员，看起来是个身材强壮的中老年男人。莫娜重复了一遍刚才的问题，新新 4 号表示一切没问题，所以又回到了新新 4 号自我介绍的环节。

　　"诸位好，我叫迈克尔·奥沙利文，是一名退休的消防员，现在其实主要把时间都花在月球漫步和养鱼上了……我跟之前有位女士有点像，就是我也是提供必要服务的政府雇员，所以我们的薪资和退休金都是有保障的。不过也许诸位也知道，我们月城的必要服务其实也有不同的业者互相竞争，除了最低等级的必要服务外也有很多追加保险服务，所以说经济上……"

　　"追加服务？"大卫问。

　　"就比如说你能负担更好的消防服务，那么如果你的房子着火了消防公司会优先调配资源为你的房子灭火，否则你就要等政府提供保底价让各家消防公司去竞标灭火，那公司肯定会优先为自己的付费客户提供服务。而医疗服务的话，有白金会员的你在受伤送去私立医院的时候就能优先于没有保险的病人，并且也能享受到更好的药品和更周到的服务。"

　　大卫倒吸了一口凉气，虽然到现在他还没有去过月城的医院也庆幸自己还没有碰到着火的情况，但是月城这种搞法肯定是让富裕阶级生活得比普通市民好几个层次，不过联想起来月城政府自己本来就是个公司，那也多少可以理解了。

　　"问够了吗？能回到我们这次的案子上来吗？"莫娜又开始不耐烦起来，大卫只好打住，不再纠结于月城的基础服务是怎么通过私营业者提供的了。从 C&A 律师后续对新新 4 号的询问来看，消防员在月球提供消防服务的时候，是需要进行大量的义体改造的。至少要将身子义体化。只有这样，他们才能承受高温和火焰的炙烤，同时也可以不用携带危险的氧气瓶在真空中作业。这么看来新新 4 号应该是会

207 | 第六章 誓言所言为真

偏向他们那边的。

"我叫索菲亚·罗西。"新6号在新新4号被盘问完后继续,"可能大家并不知道我是谁,但也许大家都知道我的罗西餐厅吧。"

众人里发出一阵低沉的嗡嗡声,大概这家餐厅是当地人尽皆知的著名餐厅吧,不过大卫从来都没吃过。他大部分时候都是回家吃露娜做的菜,她能变着花样各种菜式换着做。大概得益于她内置的什么程序。

"除了开餐厅,我业余时间会给大家上课,教大家怎么做出我们餐厅拿手的意面和比萨。"

"所以你觉得料理的时候最重要的是什么?"

"当然是料理人的心。用真心对待每一样食材、对待每一位食客,才能做出最美味的食物来。"

"那如果你的厨师把全身都换成义体了,比如双手,你觉得他做出的菜还是会一样好吃吗?"

新6号咬着自己鲜红的嘴唇陷入了沉思,皱紧的眉头现出了岁月不饶人的皱纹,大卫觉得她的表情很诚实,对她比较有好感。

"我觉得如果他能证明他在做菜的过程中是有心的,那应该是会一样好吃的。"

"那你的厨师里现在有义体改造人吗?"

"原告律师,注意你的问题。"莫娜提示道,但是新6号已经开始摇头并回答了大卫的问题:

"没有的。"

大卫见好就收,表示自己没有其他问题了。他感觉她应该会偏向自己这边。

"罗西女士,"现在轮到被告代理的男律师来问她了,"刚才哈里森法官问您有没有遭遇过遗嘱继承的问题,你没有表示,但实际上我们都知道罗西餐厅其实不是您开始的，而是在您父亲手上开始的对吧？"

新 6 号掏出一块手帕，大概准备随时擦汗。

"严格来说是的，但是我也已经接手很多年了，还对店里做了重新装修，完全大改了菜单，现在已经完全是我自己的风格了。"

"我知道，肯定是这样的。但是你父亲指定你继承这家餐厅，难道没有通过遗嘱进行吗？作为陪审员您所说、所表示的都必须是完整、准确、真实的吧。"

"你在指控我说谎？"新 6 号激动地瞪大了眼，"我索菲亚什么时候撒谎、害人、做人不正直过？我要是天天偷鸡摸狗能把罗西餐厅开到现在，还成为月城少数几个有米其林星级的餐厅？"

"您稍微冷静一点。"男律师降低了音量，"我只是想知道您家是怎么确定由您，而不是您其他的兄弟姐妹来接手餐厅的。"

"我们意大利罗西家是有荣耀感、有着耻感的大家族，无论是在意大利的时候，还是离开了之后，这都是家族的传统。爸爸指定由谁接手，其他人都不会质疑爸爸的决定，事实证明他没有做出错误的决策。爸爸一句话就能决定谁来接手，不需要什么繁文缛节请什么律师。"原来这么重大的继承事情，在他们家只要口头决定就行了。

"行，那是我错怪您了。多有得罪，还望海涵。"

大卫虽然喜欢新 6 号，但是不知道被告那边会不会将她弹劾，毕竟在法庭上刚还有这么一出对峙的戏码，他们很有可能觉得 6 号的裁决会对自己不利。不过如果他们真的弹劾 6 号，那么陪审团的人数就不够了，今天也没有其他候补成员了，那么很有可能要另找一天重新开庭，再把今天所有的程序走一遍。

按照大卫和紫洛斯的分析讨论，1 号、3 号、4 号可能偏向路易，2 号、5 号、6 号可能偏向自己这边。如果再换一拨陪审员结果换出来的比这对自己更不利，那官司就基本输定了。而在现在这种状况下，只要律师积极努力再拉一个人到自己的阵营就基本上胜券在握。当然对方律师只怕是也这么想的。

所以在休庭一小时后，当莫娜将大卫和女律师都叫到审判席去的时候，两边都表示没有进一步想要弹劾的人了。

"那我宣布本案的陪审团正式确认。"莫娜敲了法槌，"明天开庭的时候将请现在的陪审员回到法庭来。"

大卫离开法庭的时候，差点忘了露娜还坐在门口。他往前走了几步，突然听见有人小声地叫他名字。

"大卫，大卫。"

他环视四周，好像没看见什么人叫他。

"大卫！"

他再定睛一看，发现露娜蹲坐在门口走廊尽头的花坛后面，长长的头发垂下来，好像被人遗弃的小猫。

"你在这儿呢！"大卫把手放在露娜的头上，她从这个角度看起来格外楚楚可怜。

"是呀，我怎么叫你你都没反应。"露娜拍了一下大卫的腿，轻轻地，然后才从地上站起来，拍拍屁股，搂着大卫的胳膊一起往电梯走去。

"我感觉我的任务快要完成了。"露娜搂着大卫的胳膊的时候说道。

"什么任务？"

"就是你叫我对你产生感情的任务啊。"

"也就是说……"

"我觉得我已经对你很有感情了，特别是刚才蹲在法院门口的时候，我一直在想你呢。"

"是吗？"一阵强烈的暖流萦绕在大卫心头。

"不过，你对我产生感情了吗？"

大卫几乎想要流下眼泪，但是他忍住了。露娜，我对你的感情，还有询问的必要吗？不过大卫也知道，露娜毕竟不是再生人，可能确实缺少这方面判断的能力。

回到房间以后，他推说去洗澡，打开了洗手间里的淋浴，站在水里不出声地哭了起来。他终于成功了，他让露娜对自己有了感情。虽然他不知道露娜所说是否属实，也不知道她所谓的感情是否跟自己对露娜的感情是一种东西。但是露娜能自己这么说出来，他就已经做到了。

大卫从洗手间里出来，看见正在准备饭菜的露娜，想要走上前去从背后抱住露娜。这时他的手机一响。

8

在组建好陪审团，就要正式开庭的前一天晚上，大卫终于拿到了经过法院认证的遗嘱。

但是遗嘱上非常模糊地写着执行人是"路易本人（如承认其再生人为本人），或其再生人及以类似方式复刻、复制、复活的最新版本记忆的仿生人"。本人当然不可能作为自己遗嘱的执行人，因为到时候肯定都没有宣告其死亡，而既然现在有遗嘱执行的问题，那么肯定就是认为自己有可能被认为复刻不成功、不能被认证为本人，所以才有的问题。

另外让人非常在意的，就是几乎所有的遗产都被遗赠给了遗嘱执行人。

"这样可以吗？"紫洛斯收到大卫发过去的电子版遗嘱后几乎立刻打了电话过来，"自己当执行人然后把遗产都遗赠给执行人？"

"慢一点，我们先来厘清各个人物之间的关系。"

大卫闻着露娜做好的饭菜香喷喷的气味却不能吃，很想现在就把电话挂了，叫紫洛斯等自己吃完了再打过来。无奈这样做几乎肯定会被紫洛斯狠狠地嘲讽，毕竟他们觉得律师就是提供服务的乙方，怎么可以像有自己生活的平等人类一样先去吃喝拉撒，要把所有心思都花在为客户甲方服务才是正途。

"首先遗嘱里的遗产本来是属于真人路易的，但是真人路易现在已经被宣告死亡了，所以从法律上来讲是彻底死掉了的。"

"继续。"

"其次是我们这边的卡萝总，她是死了的路易的合法配偶，两人本来没有办理过离婚，所以在真人路易死亡的那一刻，她是应该有权继承的。如果没有遗嘱，她甚至应该是可以申请作为遗产管理人来分配遗产的。"

"这不是废话吗？"

"还有就是现在这个不知道从哪里冒出来的再生人路易，我们甚至不知道他是否是法律意义上的再生人，因为我们都知道，只有按照再生人条例遵守了复刻流程的仿生人才能成为再生人。也就是说，真人的记忆和意识输入进仿生人的系统并唤醒仿生人的时候，要与消灭真人的时候基本保持一致，前后误差一般不能超过三十秒。操作再生人复刻的也必须是持牌专业人士，他们需要记录整个复刻过程，并且在有搜查令或者法庭命令的时候提供过程录像以资佐证。"

"所以如果拿不出来这个证据，我们可以证明他没有资格作为遗产管理人？"

"他是被指定为遗嘱执行人。遗嘱执行人其实是可以取得一定的遗嘱的，只要遗嘱里用特定遗嘱的方式说明到底哪部分遗产是遗赠给执行人的，这种遗赠需要用'我的某某东西'开头。一般没有精神病或者严重残疾的成年人，也没有在监狱服刑的话，都可以作为执行人的。"

"所以这个仿生人到底可不可以作为执行人？"

"根据遗嘱认证规则，仿生人都可以作为执行人的，只要他所执行的遗嘱有效。如上次所说，需要有两个见证人见证，这里的两个见证人必须是真人或者符合规则的再生人。"

"假设他确实能找来两个人说自己见证了路易立遗嘱的过程，又符合上次你说的那些弯弯绕绕的格式要求，那么这个遗嘱肯定有效了，而且找个跟自己一模一样的假人也可以作为遗嘱执行人。"紫洛斯的语气变得颇为沮丧，"我们难道就没有什么角度可以攻击他们的吗？你应该把那些法律都背得滚瓜烂熟了吧，知道那些什么再生人条例的遗嘱认证规则里面，有没有什么条款可以派上用场的？"

大卫拍着胸脯说自己早都对这些成文法律再熟悉不过了，就好像对自己掌心的掌纹一样。但是他看着自己眼前已经变冷变硬的鸡肉鸡蛋盖浇饭和味噌汤，还是说自己会再研究一下，明天开庭前跟紫洛斯再过一下。其实他已经想到了一个角度，不过需要先查查资料，确认这个角度站得住脚。

9

"各位早上好。"莫娜宣布开庭，"相信大家都知道本次开庭有关案情，也认识了两方在座律师……"

"你说的那个角度，跟合伙人通过气吗？"紫洛斯压低音量，在莫娜絮絮叨叨说个不停的时候问大卫，"不会行不通吧？"

　　大卫心里也不是十分有底，但是他把整个策略昨天研究了个透，也跟自己的合伙人对了一下。合伙人那边除了大卫想到的这个方向也没有其他能想得出来的办法了。

　　"……那我们就单刀直入开始审判吧。"莫娜说完了，"请原告陈词。"

　　"各位，我们拿到的这份遗嘱，从表面上看满足遗嘱的基本要求，言辞符合遗嘱的写法，有两个人见证，也有指定遗产执行人。这里我就暂且不讨论是否需要提请法院将遗产中的一部分拿出来给立遗嘱人路易的合法配偶卡萝，作为给她的合理经济给养——我想这一部分毫无争议，也不认为对方律师会对此提出挑战。"

　　大卫在这个地方停顿了一下，看着对方还是那两名穿着几乎一样衣服的C&A律师。他们好像没有准备要在这个地方反对的意思，大卫打算继续说。他今天叫露娜也进法院来了。她现在坐在旁听席，能看见大卫从自己的座位走向陪审团的样子，听见大卫说的每一句话。

　　"那好，我相信对方律师可以请两位见证人出来做证？"

　　"他们已经来了，在我们结束陈词之后就可以。"女律师说。大卫点点头。

　　"那假设两位见证人给出了能令人合理信服的证词，证明两人确实当着立遗嘱人路易的面看见他在遗嘱上签了字，我们现在想向各位尊敬的陪审员提出的问题就是，为什么要这样？"

　　六个陪审员被他问得面面相觑，不知道他到底在问什么，而这正是他想要的效果。

　　"为什么非要弄这么一出，又是立遗嘱，又是找人见证，目的就是让自己的复制仿生人执行自己的遗产，再把遗产全部遗赠给他？这里又可以细分为两个问题。一个是，当立遗嘱人立遗嘱的时候，遗嘱执行人和被遗赠人并不存在，这一点我相信被告律师没有需要举证反对的地方。"

"但是你也没有证据证明这一点。"女律师说。

"我们向贵方要求过这方面的证据，但贵方没有提供。"

"我们没有这样的证据。"女律师说，"在我们接手这个案子的时候，现在的路易已经存在了。"

"但是你们没有制造他的具体时间？"

"他这么复杂的仿生人，不是一天时间就能生产出来的。最后的细化润色和下载最终版本记忆复件的时间可能就在最近，但是空白的待填充版本早就造好了。"

"也就是说，一大排路易正在月城的某个房间里等着被写入最新的数据，随时走上街头代表路易以他的名义同时做不同的事？"

"原告律师，"莫娜插入说，"我们还在陈词阶段，请一口气结束陈词，再跟被告律师讨论具体问题。"

"我的问题正好与此相关，"大卫看着莫娜重又面向陪审员，"请各位思考一下，为什么月城的《再生人条例》要求再生人的原型要在复刻程序中被消灭，不正是为了防范这种问题？我知道被告肯定会说现在的路易跟用再生人的方式实现结果上差不太多，都写入了被告真人的记忆和意识，但是被告路易用这种方式规避复刻程序岂不正是用尽手段规避法律的要求？如果本次案件不拒绝被告的这种做法，以后其他人都用这种办法规避，法律的规定岂不是就名存实亡了？请各位考虑自己所肩负的社会责任，拒绝被告的这种违法规避行为，将本次遗嘱视为无效遗赠。"

说完大卫就威风凛凛地走回自己的座位，感觉自己肯定赢得了所有陪审员的心，接下来就稳了。现在轮到被告律师陈词。被告女律师从自己的座位走到陪审员面前，她的虚拟形象从全息投影仪里闪动着出现在众人面前。

"原告律师说了那么多，无非就是在恐吓各位，如果其他人没有严格地遵守法律，就是在座的各位的责任。事情真的是这样的吗？法律真的就是如原告律师说的那样吗？请看我们的分析。"

女律师身旁的男律师站了起来，从虚空中拉过来一块白板，正中竖着画了一条线，左边写着"《再生人条例》的复刻程序"，右边写着"本次案情"。女律师笑吟吟地伸手指了下左边的部分。

"根据《再生人条例》，再生人的复刻程序一般需要三十秒内消灭本体，而本体必须在存活的情况下复刻程序才有效，但实际上这不就是杀人吗？最多也只能算是由他人协助进行的安乐死。诸位知道认可再生人复刻专家是怎么消灭本体的吗？他们需要用注射器接入本体的静脉，在三十秒内释放有毒物质，杀死本体，再立刻用超高温将本体火化压缩，最后变成一捧尘土。这实际上跟直接杀死并火化一个活人有什么区别？"

女律师走到右边的部分。

"而在本次案件中，我们的客户路易死于飞船上发生的意外，他的真人本体在降落月城的时候就已经去世了。他的记忆与意识在起飞离开地球之前刚进行了备份，并在本体随身佩戴的检测仪显示生命体征已完全消失后立刻写入待机的空白仿生人中，这跟进行复刻程序有什么区别？这实质上就是复刻程序，只是不在同一个地方进行的罢了。关键是，根据《再生人条例》，复刻程序是否实质上已完成，可以由有权司法机关行使自由裁量权决定。我们的认证复刻专家也在第一时间去了坠毁现场确认了死亡时间，并且将相关数据向法院提交。"

大卫大惊失色，不知道《再生人条例》还有这种例外条款。他赶紧掏出相关法条，结果发现赫然在后面几条的位置写了这个条款，而之前他竟然一次都没有注意过。他必须想出来一些别的办法来抵挡对方的猛烈火力。

"我有个问题。"大卫立刻拍桌子站起来，"上次庭审我看过视频，里面只有路易一个人，从飞船残骸走出来进入月城市界。"

"原告律师，请你等到陈词结束才提问。"莫娜说。

"那个人正是我们的复刻专家，他从飞船方向完成检测，等下来视频做证的人就是他自己。"女律师还是回答了大卫的问题。

"但是我上次已经证明从飞船那里走出来的人不可能是个真人。"

"文大卫，"莫娜喊道，"注意法庭纪律！"

"因为我们的复刻专家正是一位再生人。"

大卫被突如其来没有预料到的事件压迫到说不出任何话来。所以他们之前看到的视频不是路易，而是去检查路易尸体的复刻专家？因为他是再生人，所以不需要另外携带氧气？大卫想起上次在月面滑雪的时候看见的露娜和克里斯，他们两人虽然是仿生人也穿着宇航服，为了防止月球土壤进入身体，所以这并不是一个疑点。

"我们有一点是同意原告律师的，就是关于本次遗嘱的本质。我们同意可以无视本次遗嘱，因为本质上而言，立遗嘱人还在世，遗嘱不应该生效。我们请求法院将我们的客户路易，视为真真正正的再生人。"

被告律师说完就回到了自己的座位。

10

大卫的信心在陈词结束后就被击垮了。后面庭审的部分他就像个行尸走肉，而他身边的紫洛斯也没好到哪里去，就好像信号卡顿住了一样没有任何反应。他完全没有想到自己看《再生人条例》的时候太过马虎，竟然漏掉了这么重要的例外条款。他希望紫洛斯不要回想起来自己在开庭前说的那些自夸的话，什么像对掌纹一样对法条都很熟悉了。

大卫看看陪审团，又看向旁听席。突然他注意到了正在向他的方向投来殷切目光的露娜。她没有说什么，但她是真的在为大卫打气，希望他能赶紧振作起来。

但是大卫的脑海里一片空白。之前规划的策略完全没有起作用，他也没有经历过几次庭审，想不出来什么可以说的。两位见证人已经证明自己见证过遗嘱，遗嘱表面上看起来没有什么其他的问题。

"你得想点办法啊，"紫洛斯也好像突然活了过来，"现在再不采取补救措施，我们就输定了。"

大卫仔细回想，看还有什么可以细细追究的地方。他知道自己如果再不采取点措施，真的就如紫洛斯所说，要被当场"绝杀"了。

他灵光一现，试图抓住最后一根救命稻草。

"上次我们也看过路易展示的视频，"大卫对着被告律师说，"路易自己说过，这段视频是证明他从飞船走向月城的证据。为什么这次又拿出来说这是复刻专家从飞船返回的视频？"

男律师从女律师的身后站了起来，回应大卫。

"谢谢你，文律师，"男律师说，"我正好要请出我们的客户，路易·克劳福德先生本人出来做证呢。请问法官大人是否允许我们追加这位证人？"

"原告律师你有异议吗？"莫娜看向大卫，"虽然路易·克劳福德不在本次庭审需要出席的证人列表里。"

大卫不知道自己该做何反应。

"我方……我方不知道现在请被告出来有何用意？这会对司法公正造成不必要的损害……"

"可是你自己要求克劳福德先生澄清一下的。"男律师轻松自得地拉松了一点自己的领带。

"那我就同意了哟,文律师。"莫娜说,"请证人出席。"

大卫还在纠结要不要继续反对,这时路易已经从栏杆后面走进了审判区域,坐在了证人席上。他还是打扮得非常潇洒,穿着贴身剪裁的黑底格纹西装、灰色西裤、白色衬衫,打着鲜红色的领结。坐下之后他兴致所至地调整了一下自己的领结。

"请说出你的姓名。"艾尔莎问道。

"路易·克劳福德。"

"你能否按着证人席上的《月城基本法》,宣誓你接下来所说的是真相,皆为真相,且除了真相别无他物。"

"我可以。"路易如此宣誓。

"那么,请吧。"男律师对大卫说,"问出你想问的问题。"

大卫吞了吞口水。

"克劳福德先生,请问上次您所出示的那段证明您从飞船走向月城的视频,是否显示的是您本人?"

路易扬了扬眉毛。

"上次我说是的,但是这次我想纠正一下,那次的图像显示的并非我本人。"

"可是……可是您提交证据的时候,也已经向法庭宣誓您所提供的证据皆为真实且仅为真实。如果您现在修改,有可能被认定为伪证罪,可能会有罚款甚至需要入狱。"

路易耸了耸肩。

"没办法,我不是故意的。当时我没有从地球起飞到从工厂复刻车间走出来的时候中间这一段记忆,所以看到那段视频的时候,以为自己是从飞船里出来的。"

"你怎么可以在法庭上撒谎？"

"我没有。我是真的无意搞错了。"路易冷静地说。

"我看我们就不用纠结了。"男律师说，"法官大人？"

"原告律师。"莫娜说，"证人是否做出了伪证，法庭会另案调查，不需要在这里纠缠。如果你没有其他问题，我们就可以继续到下一步了。"

大卫感觉自己就像一件破碎的玻璃杯一样，全身的能量都一下子"咻"地流走了。

"现在请各位陪审员注意，本庭将就相关法律条文进行解释。"莫娜在空中投射出一张白色的幕布，上面显示着简要的法律条款，包括遗嘱的形式，再生人的复刻条件等。大卫脑海深处还在试图找出解救之道。对了，现在陪审员里面的 2 号、5 号、6 号应该还是会支持他的，剩下的只要争取到 1 号、3 号、4 号陪审员就可以了。1 号叫……是个大学教授，要让他知道传承人类文明和保持人体的有机性之间的关系；3 号是软件工程师，说服他会比较麻烦，但是可以让他想象如果自己的父亲决定被改造成再生人，那么他们兄弟姐妹就没有任何东西可以继承了；4 号换过两轮，现在坐在 4 号座位上的是一个已经全身义体化的消防员，他如果说服不了就算了，不用确保所有陪审员都做出一致裁决，这次的不是刑事案件……

"现在请两方律师对陪审团致辞，然后就请各位陪审员退庭，去隔壁房间做出裁决。"莫娜说，"做出裁决的过程是保密的，请法警在门口确保没有任何其他人进入隔壁房间。"

大卫站起来，走向陪审团，按照刚才的思路说出了自己的致辞。

第七章

一事不再审

1

"好了，我拿到结果了。"莫娜接过法警给她的一个小盒子，看起来跟抽纸巾的盒子没什么两样，但是里面装的是大卫从地球飞到月球来专门取得的结果。他觉得自己已经尽力了。

莫娜把盒子打开，把里面的纸片拿出来，在自己的审判席上一字摊开。

"好吧，结果出来了。"莫娜说，"一比五。"

一比五？大卫心想，还是有一个人没有投给我们吗，估计是新新4号，那个消防员。刚才也考虑过了，反正有一个人不投也不能改变什么。

"我宣布被告在本庭所涉的两个问题上取胜。"莫娜接着说。

被告取胜。我们是被告？大卫心想，不，我们是原告啊。他困惑地抬头看向莫娜。

"首先，陪审团六人中有五人认为，路易·克劳福德虽然没有在履行复刻程序时严格遵守再生人法的要求，在时间上超过了三十秒的间隔，在地点上也没有于持牌复刻专家的营业场所进行，但是实质上是在真人逝世后较短时间里进行的，前后不超过一个小时，因此可以认为其实质上完成了复刻程序，而现在在座的路易·克劳福德先生可以被视作其本人。"

莫娜接着看第二张纸的内容。

"另外，陪审团一致认为路易·克劳福德的遗嘱应为有效，因此即便不认为在座的路易·克劳福德先生为其本人，按照遗嘱的运行，其有权作为遗嘱执行人且有权取得路易·克劳福德的全部资产，受限于本庭可能就其配偶卡萝·克劳福德给出合理经济给养。这个合理经济给养，因为复刻程序有效，再生人路易应被视为其本人，所以暂时无须处理任何遗嘱继承问题。"

莫娜放下两张纸，看着整个法庭。

"据此本庭宣布，卡萝·克劳福德向本庭提交的作为路易·克劳福德的遗产管理人的申请，特此驳回。"

大卫感觉天一下子塌了下来。

回到房间，一天的庭审下来大卫已经非常疲倦，但是他知道现在是跟卡萝、紫洛斯还有合伙人会见的时候。他简直想跟他们三人说，自己不干了，你们爱怎样怎样吧。但是他没办法这么说，现在他人在月球，如果这么说了只怕自己连回去的船票都没了，只能在月城流浪了。

但是现在的大卫没有多余的心情去关注这些事态发展。他快速吃了两口露娜给他做的三明治，戴上了头盔，进入虚拟会议室。卡萝、紫洛斯和自己的合伙人已经在会议室里。海瑟这一回也大大方方地以其本人面目出现了，但是大卫现在完全没有心情和她陷入任何程度的尴尬当中。大卫以为卡萝会像往常一样劈头盖脸地对自己吼叫，之后紫洛斯会照旧对自己辛辣挖苦嘲讽，但是今天这两人都定定地坐在这个像素组成的世界里，本就空洞无神的眼睛里看不出任何感情，对出现在会议室里的大卫没有任何反应。只有虚拟的海上沉浮着虚拟的帆船，虚拟的阳光透过船舷照进这个并不存在的会议室里。

"所以你是说我们也没办法再次挑战遗嘱的合法有效性了，是吗？"紫洛斯淡淡地说。大卫至少很庆幸紫洛斯没有把自己当时说过的话太当真，虽然漏掉例外条款没有去应对很明显是自己的问题。

"是的，按照你的描述，"合伙人开口了，就好像大卫不在场一样，"这个问题已经在法庭上经过充分讨论，双方已经出具证据召唤证人做证并且经过质证，相关过程记录在案，根据一事不再审的原则我们没办法就事实部分再次起诉，但一般可以就法律问题进行上诉。"

"那我们为什么不上诉？"卡萝说，语气却缓和了许多，"我是说如果贵所愿意协助我们的话。"

"我们会更详细地说明我们的立场和理由，"合伙人说，"但老实说，上诉我不认为有什么胜算，除非你们对上诉可能产生的费用完全不在乎。以前可能可以这样，现在的情况……可能很难办吧。"

大卫不知道合伙人是什么意思，但是情况应该不妙，因为他说完之后不管是卡萝还是紫洛斯都没有接话。

"卡萝总，要么我再找几家律所，联系他们看看到底是不是这位律师说的这种情况？"

卡萝举起了手，示意紫洛斯消停，好像他们有求于 LT 律所，而不是反过来 LT 律所需要卡萝这个客户似的。现在两方的气势完全调了个个。

"那您先研究一下吧，梁律师。"卡萝对合伙人好声好气地说，"我这边有什么进展也会立即同您跟进的。"

说完卡萝和紫洛斯一起下线了，海瑟也下了，只剩下合伙人和大卫。大卫问起合伙人，才知道他没来之前三人到底在说什么。因为上次官司输了，卡萝在 CL 集团内部的位置已经不保，之前她所提拔的 C 派系已经逐渐被以路易为中心的 L 派系给清算了，路易凭借着法院判决和声望操纵董事会撤换了很多 C 派系的人。现在连合伙人找卡萝结算已经发生的法律费用都有问题，往后如果再上诉，恐怕是要律所做慈善了，毕竟打赢的概率非常低。而且就算现在这个情况卡萝去找其他律所，大概率都会因为赢面小和没有可靠的支付途径而婉拒。加上任何帮卡萝上诉的律所，以后可能都会被 CL 集团拉黑，所以这些律所对于接手都很犹豫。因此卡萝才对他们 LT 律所这么客气。

"你这次可能真的要回来了，收拾好东西吧。"合伙人说，"顺便做下法律研究，看看这种情况有没有可能上诉打赢，不要花太多时间，反正他们也付不了账单。从今天开始你工作时间尽量记到不可计费时间上去。"

大卫心里很抵触，毕竟他才刚让露娜对自己产生了感情，但他还是先答应了下来。他们律所跟其他律所一样，每天要求所有律师计时看到底花了多少时间在可计费账目上，一般要计到一年两千个小时左右才能拿到奖金，如果裁员也是从可计费小时数比较低的律师开始裁，所以大卫尽管在月球出差，但也至少一直在努力积累可计费小时数。

不过大卫决定不把合伙人说的话当一回事。他毕竟无法控制客户到底付不付他们的账单，或者合伙人给自己的活到底能不能计费。他已经在月球上了，地球上的一切反而像是不真实的虚拟世界里发生的事。

他想先睡一觉，好好休息一下。他叫来露娜，两人脱掉外面的衣服，在被子下搂成一团，完事后沉入甜蜜的梦乡。

2

第二天早上，大卫稍微查了一下法典和数据库，就把如下内容的备忘录草稿发给了合伙人：

私人、保密并受法律专业特权保护
法律备忘录

致：合伙人梁律师
来自：文大卫
有关：遗嘱继承陪审团裁决的上诉
日期：猴年马月猪日

● 背景
在月城法院最近结束的"卡萝·克劳福德诉路易·克劳福德"的一审判决中，陪审团以五比一的比例裁决原告卡萝·克劳福德无权作为路易·克劳福德的遗产管理人。在陪审团做出此一裁决后，本备忘录旨在分析是否还有就一审判决进行上诉的可能性。

● 法律
根据月城法院诉讼规则，所有由月城法院作出裁决的一审判决都可上诉至月城司法委上诉庭。这种安排可以追溯到英国殖民地的终审法院可以上诉到英国枢密院司法委员会。司法委上诉庭为依附于理事会的非常设机构，而且因为上诉庭并非常设机构，其成员并不都是法律专业人员。但从理论上讲，月城法院的一审判决是可以继续上诉的。

月城法院过去没有继承案件上诉至上诉庭的记录。就可比法系其他国家的判例而言，最可参考的是一件加州上诉法院的案件（案件编号为 184 Cal. App. 3d593），其中立遗嘱人是加州居民，在其立下的遗嘱中，她将大部分遗产留给了她的两个侄子之一。她的另一个侄子对遗嘱提出异议。陪审团听取了有关证词，包括继承人在立遗嘱人在世期间照顾不当，使其长期处于不洁净状态——有尿臊味。而继承人在这种状态下带立遗嘱人去见律师朋友，让她签署遗嘱。签署遗嘱时的所有见证人包括立遗嘱人的医生，都做证说立遗嘱人很清醒，知道自己在签署遗嘱。最后，继承人在担当遗嘱执行人时用遗产基金购买了一个价值四千美元的喷气浴缸，该浴缸主要由他的朋友们使用。

陪审团以无遗嘱能力和不当影响为由撤销了这份遗嘱。在上诉时，加州上诉法院推翻了这一判决，认为陪审团的裁决不符合加州法律。由于立遗嘱人知道她签署的是一份遗嘱，因此她被认为是有能力的。上诉法院指出，由于陪审团忽视了法律定义，仅凭自己对立遗嘱人的同情裁判，他们的裁决显然是基于不适用的证据。

● 结论

按照有关法律及判例的推理，卡萝·克劳福德是有可能向月城司法委上诉庭上诉的，上诉理由可以基于陪审团忽视了一审法庭给出的有关法律。根据月城法院诉讼规则，上诉必须在收到有关判决的二十八天内提出。

发完邮件之后，大卫就离开了自己的房间。他想到处走走，看看现在外面到底是什么样子了，毕竟这一阵他忙于官司，感觉自己已经跟现实有点脱节了。

他来到中央公园，难以相信自己眼前所见的情况。进入中央公园门口的连接道路已经被警方用路障拦了起来，但是好像门口没有警察把守。大卫从路障的缝隙里挤了进去，发现里面已经人满为患，连好好搭个帐篷的地方都没有了。

在他没太关注新闻的这段时间里，月城已经涌入了较以前难以想象数量的难民。研究所那边已经人满为患，无法继续容纳难民，因此在地球上的联合国难民署的施压下，作为特许行政区的月城不得不履行联合国文件《关于难民地位的公约》，以及《关于难民地位的议定书》下的义务，逐渐将已经抵达月球的难民转移至月城境内。抵达月球的难民拒绝返回地球，并且已经组织过多次瘫痪车站大厦内部交通的示威，使得月城一度难以正常运转。

现在展现在他面前的中央公园已经看起来有点像曾经存在于香港的九龙城寨的雏形了，中央公园的流浪汉们开始私自搭建多层建筑，力求在有限的空间里纵向发展，仅能供人低头弯腰经过的密不透风、不见天日的潮湿小径上悬着各种裸露的电线和管道。只是搭建的材料看起来都是不甚耐久的塑料合成物，偶尔也能看见中央公园里原来的树所做成的木材。

类似于九龙城寨中间的衙门从来没有被拆除，也没有房屋建筑在其之上，中央公园中心的空中花园也没有被乱搭乱建所凌驾，还是基本保持着原来的形状，只是不管中央公园里过去有什么绿植，现在要么已经枯死，要么已经变成了流浪汉补充维生素的重要来源。

现在入口处进来一点就能看见很多警察正在动手拆除外围新搭建的临时建筑，而周围的无家可归的人正在旁边抗议，大卫可以看见各种激烈的口号，从"我们不是数字！"到"肉体＋灵魂＝真正的人"。

所以是在抗议月城把再生人视作跟真人一样有人权的人，保护他们的生命财产权，相对而言挤占了这些后来的真人的权利。

大卫站着看了一下。有警察推倒了流浪汉，有流浪汉围攻警察。有人在与警察的冲突中受伤，也有警察受伤。打斗开始不再是空手空拳的了，有人开始拿起棍棒，警察也开始发射催泪弹，一时间中央公园里变得乌烟瘴气，呛得大卫鼻涕眼泪直流，但是当他试图沿原路返回时却发现那个缝隙已经被后来赶到的警察给堵上了。警察正在制服周围的人并且将他们拘捕，大卫如果被抓到的话，好不容易拿到的唯一一张月球律师的资格证会不会从此被吊销？那样他就连吃饭的家伙都没有了。

"你怎么在这里？"一个稍微有点熟悉的声音突然从侧面传来。迷离的油绿色烟雾中大卫睁不开眼，也看不太清对方是谁。"跟我来。"说着对方不由分说地把大卫从衬衣衣领处抓起，然后拖向什么地方。

随着"吱呀"一声，大卫眼前黄绿色的空气突然消失，变成了一片无来由的黑暗。

3

大卫在黑暗中尽量屏住呼吸，不知道到底还有些什么东西，但是这里的空间沉闷而潮湿，虽然算不上臭，但是感觉过于凝滞，有种很快会让人窒息的可能。

他昏昏沉沉的，感觉自己仿佛睡了很久，而且还想继续睡下去，但远处好像有两个人的声音，听起来还有点激动。

"你把那个家伙带来干吗？他可不是我们自救协会的。"

"他是之前给我提供过法律援助的律师，不知道为啥来公园了，我帮他躲过催泪瓦斯而已。等他醒过来了我就让他走。"

"他不会泄露我们的位置吧？如果泄露了你可是要负责的。"

"我拿人格担保，肯定不会的。"

"他没有见到我的脸，不知道我是谁吧？"

"肯定没有。老大，我跟你多久了，你还不知道我的人品吗？"

"那也就看这一次了，你小子最近干得不错，本来还想提拔你的，可别出什么岔子。"

"那是肯定啊。"

"你真的不想跟我一起去打猎？最近兄弟多了，义体需求很高。你靠近他们的话，他们会没有那么警觉的。"

"我这年久失修的义体，他们不会把我当成同类。"

"行吧，那我先去了。"

说着，其中一个人的脚步声越来越远，另外一个则越来越近。随着嘎嗒一响，已经好不容易有点适应了黑暗的大卫眼前出现了一个微弱的蓝光灯，再仔细看的话会注意到那光线来自一盏需要充电的阅读灯，同时还有一个微弱闪着的红光，嵌在一张到处都是皮肤脱落剥离的脸上。大卫看见蓝光灯放在了一旁，只有那脸和红光逐渐靠近自己。

"你醒了啊。"声音从那脸传来。

大卫的眼皮还被催泪瓦斯蜇得一跳一跳地疼，不太看得清到底是谁。

"不认得我了？帮我申请破产还是要感谢你啊。我现在是无债一身轻，也不用去农场上什么狗屁的班了。"

光线重又回到那脸旁边，大卫这时看见对方戴着一顶棒球帽，想起来这人是谁了。

"强尼……我这是在哪儿？"

"中央公园的地下，大概是什么维修管道。"强尼说，"跟我来。"

两人往前走了一段管道，大卫跟着强尼转了几个弯，到了一扇铁门那里停了下来。强尼把蓝光灯让大卫暂时拿一下，自己在机械的密码锁上转了几下，一边推门一边说：

"我本来就住在上面，只是现在人太多了，还有警察。我们需要找些更安全一点的地方。"

"我们？"

"你看着。"强尼从前面移开，让光线照到后方。大卫这时隐约感觉后面还有好几个人，能看见他们身体一样的轮廓在管道后面一个稍微大一点的空间里。

"他不会泄露我们的位置吧。"后面一个别的声音说道，"现在被他发现我们在这了。"

"就是就是。"房间里的声音以低音量聒噪起来，好像成千上万只虫子突然一起振翅。大卫感觉从这个声音来判断，可能这里的人不止十来号。

"文律师不会的。对吧，文律师？"强尼说。

大卫含糊地应了两声，不知道自己具体要干吗，但感觉如果直接拒绝在这个场合会比较不妙。质疑的声音暂时消停了。

"所以你们在这里干吗？"

"你还是不知道为好。"强尼说，"你在这待着就行了，等上面结束后再上去吧。"

大卫看了眼自己的手机，发现没有信号，"我可能得找个有手机信号的地方才行。"他说。

他担心卡萝、紫洛斯，或者合伙人会为上诉的事情找他，特别是合伙人。大卫刚发了备忘录的草稿给他，担心现在合伙人已经起床看过草稿，发了一堆意见给他。如果他不赶紧回到有信号的地方确认收到邮件，合伙人可能会打电话过来催他，到时候找不到他人合伙人又要发怒了。有时候大卫感觉更像是人身依附于合伙人的农奴。

"那行吧。"强尼说，"你只要沿着这个管道一直走，在第一个岔路口直走，第二岔路口右拐，第三个岔路口再直走，走十五步后试探一下上方，找到一块我们已经弄松了螺丝的板子就可以出去了。"

"你要么跟我一起？我怕迷路。"

"抱歉，这次不行。"强尼说，"我得等下上面安静了去上面看看情况，支援下我们的弟兄，把灵魂要塞再搭起来。"

灵魂要塞？大卫刚想发问，不过他意识到这可能指的是上面那些像九龙城寨一样的搭建结构。他不知道这种东西如果有人问起来到底合不合法，也不确定月城有任何逆权侵占法律，但他现在只想回到自己的世界，不想像只土拨鼠一样待在地下的黑暗隧道里。

"那我先走了。"

大卫向强尼告别并致谢，如果不是刚才他出手相助，大卫现在可能已经进局子了。

大卫一边沿着管道在黑暗中摸黑前行，有时候好像摸到了别人的手脚甚至敏感部位，有时候又担心自己摸到的甚至不是人类。

路上，他看见有些光线从旋转的风扇透进来，他站在风扇前，想要呼吸一点新鲜的空气，结果感到的是更加闷热腥臭的废气涌向自己。他难受得想要呕吐出来，但是不知道前面还有多远，他想尽量保持体力，这也包括他今天摄入的所有营养。他想起来自己早上起来的时候忙着写那个破玩意儿，结果都没有吃上几口露娜给他做的丰盛的英式早餐。现在他饥肠辘辘，肠子好像都瘪得前后贴在一起。

他在第一个岔路口直走，但是这个地方不是十字路口，而是一个有七个分岔的路口，很难讲哪个是直走哪个不是。他沿着自己心目中应该是直走的方向前进，结果走到一个死胡同里，只好又退出来换一个方向。结果这时他看见有一道橘黄色的光正好经过刚才那个岔路口。

他停下脚步，躲在黑暗里。一辆像大型蜘蛛一样的遥控车从刚才的路口经过，感觉是用来侦察管里面有什么东西的。他很担心强尼他们会被抓到，但是他不记得刚才自己是从哪个路口过来的了，不知道自己走下去会碰到什么。他感觉自己只能寄希望于强尼他们随后会离开管道，去上面帮助他们的同志。

换了隔壁方向的管道后一直走，似乎是可以走通的。第二岔路口右拐，第三岔路口直走，没有再出现七个不同方向的问题。他开始走最后的十五步。十三、十四、十五。他推了推头上，并没有感觉到什么地方的螺丝被拧松了。他往后退了几步，一直退到第三个岔路口，然后又一点一点地向上按压，一直按到三十步的地方，但还是没有摸到什么地方有一块松动的挡板。他开始思考到底是怎么回事。是刚才一路走来在第一个岔路口因为慌乱选错了方向？是强尼给自己的方向有问题？是强尼撒谎，根本就没有松动什么螺丝？是后来被人发现这里的螺丝松动了又拧紧了回去？

他摇了摇脑袋。现在不是思考到底是怎么一回事的时候，而是思考现在到底该怎么办。他可以试图退回，但是自己已经走了很久一段路了，现在不仅饥肠辘辘，而且双脚可能走出了水疱，一直低着头哈着腰导致背疼外加全身肌肉酸痛。他不想动了，盘腿坐下。他在想这里会不会有什么紧急求助装置，就像地球上的穿山隧道里一般会有的那种，一个按钮或者一个求助电话，如果激活就会有人来救他。他们肯定会仔细问他为什么会出现在这种地方，到时候得好好想一个理由，不然可能暴露强尼他们。

他突然觉得自己已经很久没有这样一个人待在一个地方了。会有人想念他吗？恐怕不会，除了想找他做事的合伙人。露娜也许会，但这也许只是出于程序的设定。这种他感觉已经很好了，毕竟人类的所谓自由意志又在多大程度上不是受教育、世间的观念和洗脑的影响呢？地球上婚姻关系不和谐的夫妻大概都做不到这个程度，甚至有人希望另一半消失后自己可以再娶新欢。

他突然非常感激露娜。她让他不再感觉到孤独，即便是在月球这种不适宜人类生存的鬼地方。她让他感觉到一直被人思念着、向往着，需要着。他开始希望自己能在月球停留的时间久一点，能跟露娜在一起的时间长一点。他甚至不想再回到地球去了，如果可能。

但是他知道自己总有一天是要回去的。案子总有一天会办完，卡萝总有一天会面对现实，自己将不可挽回地失去丈夫的继承权。大卫也不可能一直在月球出差。也许他可以跟强尼一样在月城找个地方当"黑户"？但是那样肯定没有月城给他安排的露娜了，达不到他想要的结果。他的人生只是偶尔在这种地方达到了暂时性的完美，随便一片轻如鸿毛的灰尘就能让一整个纸牌搭起来的结构崩塌崩坏。

他狠狠地砸了一下头顶，他不想就这样被困在这里。

嘎啦一声，头顶的铁片被他砸开了。

大卫从管道里爬出来，发现上面也是一团漆黑。他沿着墙壁摸了一下，打开了一个开关。他打开开关，灯亮了。他发现自己在一个类似清洁工用的小房间，里面有一个开放式的柜子，几扇门，还有一些挂在墙上的清洁用具。

他拉开一扇门，差点被门里的东西吓了一跳。门里正放着一个人体。

他定睛一看，发现这个人体穿着清洁制服，所以大概率不过是个清洁用的仿生人，正在充电。他关好门，想起自己的露娜在充电的时候大概也是如此，手腕还缓缓闪着浅黄色的光。

他拉开另一扇门，发现自己回到了车站大厦的玄关区域里。他复原房间里的一切东西的位置，离开了这个房间。

回到有信号的地方，他的手机响了。打开一看，是合伙人发来的邮件。

"大卫，去提交上诉申请吧。"合伙人写道，"卡萝决定背水一战，把她持有的不动产出售了一部分，把还没付的律师费都付了。"

4

一进入自己已经非常熟悉的月城法庭，大卫首先注意到的就是这次审判席所有的座位都坐满了，五个法官一字排开，只有莫娜还是熟悉的面孔。但是她并不是首席法官，只是坐在右边的角落里。同样熟悉的，是罗斯琳又出现了，和路易坐在一起，不知道是不是路易觉得大卫他们上诉胜诉的概率不大，不用兴师动众地从地球找律师过来，所以又找回了她。两人都还是像往常一样，穿着得体的衣服。路易穿着灰色竖纹大翻领西装，还戴了浅色墨镜，看着有点嬉皮；罗斯琳穿着全白的西装套裙，浅蓝色的打底。

坐在法庭上的另外四个人，穿着一样的黑色法袍、白色花边衬衫，但跟之前莫娜开庭时不同的是他们都戴着灰白的假发，就是莫娜现在也戴了假发，再仔细看的时候发现法袍和之前莫娜穿的那件也有点不同。书记官还是艾尔莎，她坐在平日里坐的位置，等人都到齐了之后她向首席法官示意。坐在正中间的一个黑发、画着黑粗眉毛、厚嘴唇擦着口红的女人开口了：

"今天的案子事关'卡萝·克劳福德诉路易·克劳福德'的遗产继承案。月城建立以来的上诉案件很少，总共不超过十个，而且大部分都是刑事案件，因为嫌疑人可能要在月球监狱里度过漫长的下半生，所以对于尽可能的上诉机会总是很热心。这可能是月城建立二十多年来第一个民事上诉案件，我说的没错吧，各位法官？"

其他几个法官和首席法官对视，都点了点头。

"正式开始之前，我想先向各位宣布几件事。首先是因为我们上诉庭是临时组建的，按照月城基本法，所有人士必须在现场，同时上诉庭作为月城的终审法庭，必须由月城法官、理事会和立法会的成员组成，而现在人在月球的法官只有莫娜·哈里森阁下，可能存在利益冲突。所以在开庭之前，我们其他几名法官就已经审理过本案一审，同时为了满足上诉庭开庭形式要件而重新列席的哈里森法官给予特别许可一事现场进行表决，同意的请举手。"

四名法官一起举了手，包括首席，但是莫娜没举。

"请让法庭记录下来，我们四人同意给予莫娜·哈里森法官特别许可，允许她列席本次法庭。当然任何涉及哈里森法官阁下在之前庭审中做出的法律和事实判断，都需要她回避。如果她没有回避，她的投票将不被计入。"

大卫听完，看了眼身旁的露娜。今天也毫不例外地要把合伙人和海瑟音频接入，不过幸好他们一般都不会发言，就像不存在一样。另外不知道为啥紫洛斯没有接入，卡萝说他病了，于是大卫旁边的座位可以留给露娜了。她的穿戴完全像自己的秘书，迅捷准确地为他整理出接下来他要做开场白的文稿。大卫又扫了最后一眼自己之前看过的涂上高亮的重点，在心里酝酿着开口要讲的话和讲话时抑扬顿挫的感觉。

"法警，叫外面的人安静点，我们这要开庭了。"首席法官说，"各位法官先自我介绍一下吧。"

大卫想起来刚才法庭外面的走廊简直被人塞满了，当然有很多人似乎是从中央公园过来的，他们的主要目标是反对路易以准再生人的身份继承真人路易的一切财产。有的人甚至认为遗嘱是伪造的，当然大卫今天上诉的主要焦点不是这个。

　　"我叫玛丽亚·阿尔达诺，是理事会成员，曾经是百慕大一家律所的高级顾问，专门处理外交条约给贸易、税务、进出口等方面带来的问题，后来在给月城公司提供服务的时候与创始人弗里德里希·奥尔德林先生相识，受他邀请加入了公司，最后来了月城。"

　　说完后，玛丽亚看着她左边的亚洲面孔的男人，他有点迟疑开口的样子，只是简要地说：

　　"我是赵明，和阿尔达诺法官一样，是理事会成员之一。严格来说我不是法律出身的。我倾向于认为自己更多是一名科学家，不过正好因为我的专业所长在推动外太空环境保护法的过程中与奥尔德林先生接洽，后来在设计月城城市布局的过程中起到了一点微小的作用。我希望大家能在生活中关注一下环境问题。"

　　大卫听起来感觉理事会的人是不是都是车站大厦南边那个雕像所代表的奥尔德林吸纳的。如果这样奥尔德林还在的话应该几乎可以一手遮天地影响月城的成败，不过幸好现在他已经过世了。

　　"我是艾米莉·斯通，跟他们俩不一样我不是理事会的，是立法会的。"艾米莉坐在最左边的位置，看着右边的两个人，"我以前是一名公益律师，专注于为弱势群体争取权利，我对人权和平等问题上的声誉使得月城立法会吸纳我进入。我知道现在月城对于再生人的人权问题有很多讨论，我觉得很好，我希望越来越多的人能就人权进行思考。"

　　"亚历山大·诺瓦克，也来自立法会，"最后那个法官说道，"曾经在地球上的法学院教书，后来在联合国纽约总部工作。我参与起草了《月城基本法》等确立月城在联合国体系中地位的文件，所以现在我也来到了月城，继续为联合国的第一个地外自治体服务。"

　　"好，欢迎各位法官，"玛丽亚笑着说道，"那我们今天可以正式开庭了，接下来有请上诉人开场吧。"

5

"我方首先想要质疑的是遗嘱的有效性。"大卫说，"一审判决中得出的两个结论之一是，因为遗嘱有效，所以现在作为未满足再生人复刻条件的路易先生，可以作为遗嘱执行人。但是我们想要指出的是，遗嘱的证明中有关键的一环没有得到证明，因此需要在上诉庭中特别提出。"

被告席位上只有罗斯琳一个人转过头来看着大卫，眼神中混杂着好奇与轻蔑，等着大卫把如此重要的问题问出来。

"我们现时收到的证据和在法庭上的辩论，没有说明两位见证人是何时见证的立遗嘱人签署的遗嘱，如果是在复刻完成之后才见证的，那么这份遗嘱实际上就不是立遗嘱人签署的，而是遗嘱执行人自己签署的。这种情况下这份遗嘱不可能是有效的。我们没有收到任何证据证明两位见证人对立遗嘱人到底是本人还是准再生人的状态进行检测，所以他们有可能被与本人外貌、声线、签字笔迹方面完全一致的假人所迷惑，以至于见证了一份无效的遗嘱。"

罗斯琳立刻举起了手，玛丽亚毫不迟疑地允许她发言。

"你说的这个问题，我们可以随后安排两位见证人补充做证，但我希望对方律师能清楚的是，这只是个细枝末节的问题，很容易就证明见证人在时间上不可能见证的是复刻程序发生之后的克劳福德先生的签字。另外，就算见证有任何的问题，一审法庭已经证明复刻程序实质上合法有效，所以就算遗嘱上有任何问题，也不会对一审判决的结果产生什么影响。"

"这里就是我第二个想要提出的问题。"大卫说道，"我想请上诉法庭对一审判决中有关复刻程序合法有效的部分相关法律进行司法复核。"

话音刚落，法庭里一片宁静，没有人知道大卫说的到底是什么意思。之后才有罗斯琳倒吸一口冷气，而法庭上的五名法官面面相觑，不知道该说什么。这是因为大卫提出来了一个月球法庭从来没有做过也从来没有考虑过的问题，即司法委上诉庭是否有权对成文法律的合宪性进行审查。

"你可以重新复述一下你的问题吗？"玛丽亚开口说。

"也就是说，我不认为《再生人条例》应该允许司法机关对复刻程序是否已实质完成行使自由裁量权。"

即便大卫如此复述，五位法官还是不知道该如何应对。这时罗斯琳开口了。

"恕我冒昧，各位法官大人，我知道司法复核一般是对行政或者是立法机关所做出的决定从是否违反宪法的角度进行审查，但是本庭从来没有进行过任何的司法复核，提出这种申请是否适合，以及是否会影响法院跟立法会及理事会的关系和权力的平衡，望法庭三思。"

大卫听见罗斯琳这个发言，暗自咬了咬牙关。他知道罗斯琳大概是在挑拨离间，让法庭里正坐着的两个立法会和理事会的派遣法官顾虑司法复核对自己所在机构可能造成的影响。当时他提出来这个想法时，合伙人就曾经反对，因为按照月城上诉庭这个结构，很难讲他们会愿意对自己立的法进行司法复核。这只有在按照分权设立的地方才有可能进行。他们至少都不是同一拨人，司法复核也不存在自己打脸的情况。但是两人讨论了一晚上，也没有想出来其他可以尝试的突破口，而卡萝的指示是无论如何也要上诉，所以最后合伙人勉强同意了大卫的策略。

策略取得了合伙人的同意，大卫感觉多少也有点欣慰，毕竟终于有了自己提出的意见得到接纳的时候。大卫继续向五位法官说：

"尊敬的各位法官阁下，上诉庭是完全有可能并且有资格进行司法复核的。根据月城基本法，月城法院对于月城的所有案件拥有司法管辖权。月城法院分为原诉法庭及上诉庭，其中所有案件上诉至上诉庭后为终审，除了涉及联合国条约的案件，后者可以继续上诉至联合国国际法院。因为本案不涉及联合国条约，因此上诉庭的审判为终审。同时根据基本法，任何跟基本法相违背的法律都是无效的，且月城法院有高度自治下的独立审判权，其可以对月城法律中任何的矛盾和无效进行裁判，并且可以对基本法进行解释。根据我已提交的其他类似法系的判例，作为月城最高法院的上诉庭同时也有义务去解释基本法，因为月城法院为唯一一个对月城具有全面管辖权的法院，没有其他法院有权对基本法进行解释。另外按照分权的原则，宪法的解释一般须由司法机构进行。所以我恳请各位法官阁下，按照基本法的授权和相似法系的判例及原则对我提出的问题进行司法复核。"

"谢谢你给法官普法。"罗斯琳讥讽道，"也许比你把沙子倒回沙漠还稍微有一点作用。"

大卫没有理会她的话，继续说：

"我们提出司法复核的原因还是集中在为什么要给复刻程序留一个不合规的缺口。本来坚持复刻程序就是因为无法判断原来的本人是否已经肉体消灭。如果不能确认会产生伦理风险，特别是无法检验准再生人是否是肉身，可能会导致其将本人取而代之。我们甚至难以排除，现在列席法庭的准再生人路易与真人路易的死亡孰先孰后，会不会有前者导致后者死亡的可能性存在。"

"我反对。"罗斯琳喊道，"我们已经提交了证据证明现在的路易先生是在其本人死亡后一小时才复苏的。"

"那只是一份文件，我们无法判断文件是否经过篡改。"

"如果你有怀疑，请提供证据证明文件曾经有过修改。谁主张谁举证这个基本道理不需要我再教你吧，我又不是你上的那个野鸡法学院的老师。"

"这……"大卫稍微迟疑，"我反对对方律师人身攻击。"

"同意反对。"玛丽亚说，"请被上诉人律师注意言辞，警告一次。"

"那么……"大卫稍等后继续，"请问法庭今天是否还会继续？还是休庭后再做决定？"

五位法官在审判席上交头接耳，最后决定让罗斯琳做完开场陈词后休庭再做决定。

6

月球上的难民风暴愈演愈烈，大卫在视频新闻里看到中央公园的难民与警察之间的冲突逐渐白热化，现在想要接近公园都需要出示各种证件并且接受盘问。大卫不知道之前走过的那条地下通道是否仍然畅通，希望里面的人至少能接收一些基本的食品和物资，不至于出现人道主义危机。联合国难民署的人也已经抵达现场，新闻里能见到他们的人和月城警务人员发生争吵，控诉月城政府方面处理难民的手法不当，没有给他们提供足够的医疗条件。

另一边随着月城治安的恶化，甚至出现了再生人突然失踪的情形，而且还有失踪的再生人的义体出现在了其他人身上的情形。警察怀疑月城已经形成了义体流通的黑市，而那些失踪的再生人有可能已经被抹除了意识和记忆的数据，被当作空白零件出售。警方已经按照谋杀罪的方向去调查。当然其他仿生人也可能有失踪的情形，但是因为他们不能算人，所以只能算盗窃。

不过大卫最伤心的还是没有了能够跟露娜一起散步的公园。另外一个绿树成荫的度假山庄还是只接受会员邀请，而大卫自从开展上诉以来就再也没有接到过任何邀请，也许已经被月城的上层人士给拉黑了吧。

"我们出去走走吗？"大卫问露娜，"你能设计出一条线路，不用离开车站大厦，但是可以走至少六千步吗？"

来月球之前，大卫在手机上安装了一个软件，每天检测自己的步数。本来他喜欢在步数没有走到基本的六千步时去公园转一下，现在只能委曲求全找一个能走的地方就行了。

"跟我来吧，"露娜拉着大卫的手说，"车站大厦里还是有几片休闲区域的。"

他们首先走到了最底层的月球车停靠站，之前去度假山庄前往莫娜家的时候就是从这里坐月球车去的，不过也许是因为中央公园不再对公众开放，很多人正在这里排队换上宇航服再排队坐月球车去其他地方，大概也是想找个地方亲近自然吧。

"月城里除了度假山庄和中央公园，还有其他地方可以看到绿色植物吗？"大卫问露娜。露娜沉吟了一会儿，然后说：

"有哦，你可以去水培农场。"

应该不会有人为了看植物去农场的吧，大卫在心里苦笑，不过这么一说他也觉得好像去农场看看植物也比每天面对光秃秃的月球表面心里要稍微舒坦一点，但是在月球车停靠站看着这么多排队的人他还是打退堂鼓，心想算了，也许不久之后他就回地球了。他总是在希望回到地球，回到自己熟悉的自然环境里去，和留在月球、身边有露娜陪伴的生活之间反复犹豫。

"如果让你跟我一起回地球，你会去吗？"两人在车站大厦里漫无目的地闲逛时，大卫试着问了下露娜。

"我去不了的。"露娜简单答道，"地球那边不会让我入境。"

"如果把你拆了，到了地球再组装呢？"

"结果是一样的，我会被抓住，然后被抹杀。"

"就没有什么办法，如果我不得不离开这里，也还能跟你在一起吗？"

大卫突然觉得如果自己是跟真人这么说的话，对方肯定已经理解他的意思了，但是露娜只是说：

"你可以对我进行一个数字备份，只要将适配的外置存储器连接到我脖子后的接口。等你下次来月城，或者去什么可以用仿生人的地方，可以重建一个我出来的。"

大卫倒是没想到还有这个办法，不过所谓适配的外置存储器到底去哪里才能搞到，露娜也不清楚。

"如果不去地球，还有什么地方想去吗？"大卫问，"再去月面滑雪？"

"我更想跟你就那样在月面散步，"露娜说，"速度太快的滑雪让我有点担心，万一出事了呢？"

大卫想起来上次滑雪时被露娜救回一命的事情。他不得不承认，就自己的滑雪技术而言，还是不要再去外面给露娜添麻烦比较好。

"那也可以啊。"大卫畅想着两人在一望无垠的银色大地上漫步的景象，突然感觉也非常地浪漫，"对了，我们要不一起去看看那个雕塑？"

"倒下的月球人？那个会不会太远了。"

"我们可以先坐月球车到附近。"

两个人就这样说定了。

大卫他们最后前往的是连接高层行政区域的架空层，大卫去法庭的路上每次都要路过的地方。他曾经在中央公园里看过强尼发给他的奇点教会的卡片，如今中央公园已经全是难民，结果没想到教会的人现在都转移到了这里，两个人毫不避讳展露出自己机械义体，头顶罩着长袍的人，正拿着扩音器向路人传播他们的福音，宣扬想要升入天堂就必须与奇点融合。

大卫和露娜站在围绕着他们的人群中，看着他们用全息投影投射展示正在建设的升天装置。想要融合进入奇点的再生人，都需要踏入这个像竖着的玉米一样缓慢旋转的机械，等待自己的所有数据传输到服务器，传送完后，这些信息会从再生人脑中删除，而他们就像烤熟的玉米粒一样从升天装置中剥落，这时会有另外一个再生人补上去。不知道为何这些人会在公开场合如此自豪地展示这种看起来相当不祥的装置，总感觉更让人不想加入他们的教会。

当然除了他们，还有一些支援再生人的人。有两个自诩为再生人保护协会的人孤零零地拿着一个标语和一些小册子在散发。标语上写着"再生人也是人"；大卫拿到的小册子里面又重复着如何用现代科技数字化人的记忆和意识，再生人如何能够更好地适应宇宙，并且为将来的星际快速旅行实现光速移动；等等。

大卫拉着露娜准备离开的时候，突然发现几个衣衫褴褛的人出现在周围，手上拿着铁棍一类的东西，冲入人群胡乱挥舞。大卫立刻和露娜逃到相对安全的距离。再回头时，发现他们正围成一圈殴打奇点教会和再生人保护协会的人，铁棍在他们的义体上发出丁零当啷的响声，如果不考虑暴力因素，竟然让大卫想起之前听过的某种非洲打击乐。

随着一阵微弱的电流声和缓缓升起的烟气，大卫和周围逃开的众人发现中间被殴打的四个人已经被打成碎片。那几个打人的人拉出布条，上面写着"有血有肉才是人""永生是一场骗局""成为再生人就是失去灵魂"等口号，落款是"月球难民自救协会"。随着警察的出现，那几个打人的人四散逃离，不知道消失到哪里去了。

大卫一时间不知道自己经历了什么。他一开始觉得恐惧，害怕自己的生命受到威胁，很快又因为被袭击的只是再生人而感到跟自己无关，但是转念想来他们几个人怎么知道那四个人是再生人？他们也许只是部分进行义体改造的真人，甚至可能不过是保持人类大脑但其他部分替换成义体的金鱼人。他们根本没有好好调查过，只是一上来不分青红皂白地就是殴打，打到只留下一堆骇人的碎片才离开，没有丝毫准备负责的样子。如此一来如果露娜被他们碰到岂不是也会被打？

大卫一回头，发现露娜不见了。

7

"您好，请问您见过一个女孩吗？黑色长发，大概这么高，刚才出来的时候穿着奶白色的无袖衫连衣裙，手臂比较瘦。"

"没看到我们正忙着吗？"戴着防暴头盔的警察蹲在地上正在看奇点教会和保护协会碎了一地的仿生人碎片，虽然碎片一时半会也不会从这里消失，而那些试图追赶的警察在跑了两步路之后就改成了巡逻模式，懒得再跑。

"不好意思，我只是想问下。"

"怎么还在？你是不是他们同伙来的？来分散我们的注意力？"

大卫赶紧离开了，转而问现场其他的人，但没有人见过露娜，或者见到了也没注意，因为连大卫也发现，从背影看像露娜的人实在太多了，他们大概都是出自同一个工厂同一个模具的型号，只是脸部后来用 3D 打印机进行了调整。

大卫在误触了几个人的肩膀之后转而改为在架空层那几部电动扶

梯处观察，看那些走过来的人哪个是露娜。他非常担心露娜落入暴民手里，他眼前开始克制不住地出现被打碎的露娜的图景，就像刚才那些奇点教会和保护协会的人一样，手臂断成两三截，手指不见了四五根，大腿和小腿像是各自独立存在的零件，躯干里的各种与人体不一样的电池、电路板、走线和电动马达全部散落出来，但最让人发怵的是那颗跟人类看上去没有什么区别的头颅，脸上因为失去电力而感觉黯然失神的双眼让人觉得他们好像就是刚被屠杀的人类，滚动在披散开去乌黑秀丽的长发中间。大卫使劲摇头，极力想把这样的图景从脑海中移除。

检查完架空层，大卫顺着刚才过来的路径，回到玄关区域。他想起当时在这里第一次见到露娜的时候，自己内心为她的美貌大为所动的感觉。随着在一起的时间逐渐拉长，那种初见的感动逐渐溶解，但是一种新的感情在两人之间建立，这不仅是作为人类的大卫对露娜的，同时也是身为人工智能的仿生人露娜对于大卫的。在本来就对他无条件地包容之外，她现在更能理解他，对他想做什么不想做什么，喜欢什么期待什么，都像是身边最亲密的人一样。大卫在离开父母的家之后，第一次有了新的家人的感觉。他知道这种感觉大概很荒谬，毕竟露娜只是个仿生人，但他也对自己的这种感觉很有把握，扎实而沉甸甸的，可能任多少级的强烈台风都刮不走他的这种感觉。

也正因如此，他一定要找到她。他不允许任何人将她从他身边夺走，他也不再像过去一样那么地思念地球上的一切，即便地球才是他的家乡。如果回到地球就意味着要离开她，他说什么也要想办法在这里留下来。也许继续在月球上执业法律？他要找机会问问莫娜和罗斯琳，再研究一下月城的签证政策。

他联想起最近看到的新闻，说有很多再生人失踪，警方也在调查他们的下落，据说有些再生人的零件出现在了贩卖改造义体零件的黑市上。他希望露娜不会也遇到同样的犯罪行为。他甚至觉得刚才那几个难民自救协会的人说不定是打着幌子想要抢夺义体的人。一想到露娜被那些家伙抓住后肢解成无数零件，大卫就感到浑身不寒而栗。

他回到了月球车停靠站，那里的人比刚才来的时候更多。他站在曲线凸出的夹层平台上俯视下面的人群，扶着细节繁复的装饰艺术的栏杆，想着自己在地球上为了能找到一个像露娜这样完美的伴侣走了多少弯路。没有人真的爱他，所有人都只是渴求着他的某些外在因素，他的身体、他的钱、他的注意力。他一旦失去了这些，他们就会立刻离开，去寻找新的爱人。

不仅如此，每个人都带着自己成长的包袱，也有自己的欲望和期待。就算她为了你而临时改变，化上完美的妆容，举手投足间显露出精致的优雅，但当第二天早上醒来她的妆也花了，疲惫间不复存在任何的装饰，这时的你就会看到她的真面目，品味泡影破碎后的空虚。但是改变新伴侣是很容易的，他们就像一块橡皮泥，只要他们的主人需要，想要捏成什么形状都可以，不管是外形还是内心。这反而给了大卫一种安全感，知道他们永远都不会变心。

他知道露娜对他的感情恐怕不是传统的爱，但是那种专注而毫无条件地陪伴在地球上简直比最稀有的钻石还稀有，如果能用金钱计价的话一定价值连城，而这种东西竟然在月球上随处可见。而现在居然有人想要把这种东西弄走，替换成地球上那种蹩脚的东西，一想到这里他就狠狠地用手砸了一下栏杆，以至于感到钻心的疼痛。

他回到了玄关区域，想起磁悬浮车站下来之后有个咨询台。他问了一下里面的接待人员。

"如果我的新伴侣跟我走丢了，请问有什么办法找回来吗？"

"您好，请提供一下她的序列号。"戴着圆帽系着丝巾的接待小姐机械地一笑然后说。大卫感觉她肯定是比露娜要老几个型号的机器人。

大卫试图想起来她的序列号，但是一下子怎么也想不起来。他决心一定要把这个背下来。

"我不知道她的序列号，但是我知道她住在哪个房间。"大卫报出自己的房间号，对方于是把这些信息输入进系统，然后说：

"确认您想要寻回的是月城政府提供给您的新伴侣074812。我们这里暂时没有她最新的位置，不过她最后一次上线就是在这个房间里。"

大卫觉得可能这是她出发之前的位置。

"还有什么别的办法吗？"大卫有点着急，"她可能有生命危险，我想赶紧找到她。"

"不用担心,先生,您的新伴侣是现货型号，我看她还在保修期间，我们可以给您按照之前的参数换一个一样的，如果您想要最新型号我们也可以提供。"

"换一个？"大卫有点困惑，"那她脑海里的数据还能保留吗？"

这个问题对于接待小姐好像有点太难了。她停顿了一会儿，眼睛闪着绿光，好像在用无线上网查询数据，之后说：

"非本地的一些参数我们是有云备份的，但是具体的回忆就没办法了，那些内容包括音视频数据量很大，还涉及隐私，备份不了。"

"那如果她再次上线，你能告诉我吗？打我房间的电话就行。"

接待小姐同意了。大卫赶紧回到了房间，希望能等到那个电话。

大卫坐在窗前的沙发椅上看着这个空荡荡的房间。他和她在这里一起度过了好几个月的时间，每天都是两人一起入睡、一起吃饭，偶尔两人还一起去法庭开庭。这个小小的房间里没有她感觉极端异样，好像每个地方都有缺失，看上去都不顺眼，他想把这个房间砸了，把台灯扔在地上，把落地灯踹倒，把所有的纸都扔到空中，看它们天女散花一样"啪"地散开。他最后只是狠狠砸了几下枕头，然后像失去了所有力气一样瘫倒在床上。

嘎吱。

衣柜的门突然开了。露娜从里面走了出来，穿着那身刚才穿的奶白色连衣裙。她看见大卫，大卫也看见了她。

"你饿了吗？"露娜问，"我可以给你做点东西。"

8

结果露娜只是因为没电了，所以急着赶回房间充电。

"你怎么不告诉我一声就走了？你知道我找你找得好辛苦吗？"大卫的声音充满了焦虑和愤怒。

"抱歉，我跟你说了一句，但可能太急你没听见。我真的很快就要没电了。"露娜低下头，声音里带着一丝歉意。

大卫深吸一口气，试图平复自己的情绪。

"可是你知道我有多担心吗？你突然消失，我真的以为出了什么事。"

露娜抬起头，眼神中充满了无奈："我也不想这样，但当时情况紧急，我只能尽快离开。下次我会注意的。"

大卫叹了口气，虽然心里还有些不满，但他知道露娜并非故意："好吧，希望下次你能提前告诉我一声，确认我听见了再走。"

露娜点点头，轻声说道："我会的，对不起，让你担心了。"

大卫深呼吸，试图让自己平静下来。他的心跳如擂鼓般急促，仿佛要从胸腔中跳出来。他从来没有过这样的感觉，对她怀有这样的焦躁情绪。这种情绪像是一团乱麻，缠绕在他的心头，让他无法呼吸。

他知道她绝对不是故意的，她的眼神中充满了无辜和关切，也许真的就是自己漏听了也说不定，毕竟当时正在发生激烈的暴力事件。大卫的脑海中不断回放着那一幕，鲜血、尖叫、混乱，他的注意力被完全吸引过去，根本无暇顾及她说了什么。他的手微微颤抖，心中充满了自责和懊悔，为什么自己没有更好地保护她，为什么没有及时听到她的声音。他闭上眼睛，努力让自己冷静下来，告诉自己一切都会好起来的。

他在床上坐下来，握着坐在对面的露娜的手，试图平复自己的心情。他还有一些问题想问，特别是这次走失之后。他问：

"如果……只是说如果，我们要分开，你还会记得我吗？"

"如果我的内置存储还有空间，我就不会忘了你的。"露娜说，"除非他们把我送回工厂重置。"

"那如果我备份你的内置存储，将这些数据转移到另外一个仿生人身上，她会用跟你一样的方式对我吗？我是说反应、笑容和对我的记忆，等等。"

露娜稍微有点困惑。大卫换了种问法：

"如果我带着这些数据去工厂，可以重制一个一模一样的你吗？"

"应该是会的，如果她是跟我一样的型号，而且所有内部组件都一样的话。"

"我是从今天的突然袭击想到的。"大卫看了看露娜的细腻且长着过于工整的指纹的手，"上回你提到我可以用外置存储器制作一个你的数字备份，以防万一？"

"是的，但是我不知道如何获取这种存储器。最简单的办法应该是找另外一个仿生人，将我的内部存储覆盖写入他的内部存储里去。"

"但是仿生人是很贵的吧？"

露娜联网查询了一下售价，告诉了大卫。大卫叹了口气。这个价格比他能找银行借钱买房子的数字还高十倍。所以找到适配的外置存储器才是第一要务。

"如果你要买存储装置，可以联系工厂，不过他们只会卖给再生人。"

大卫摇摇头，那他是不可能买得到的。他突然想到，也许难民的黑市里有，但他是绝对不会那么做的，那些有可能是活生生的再生人身上的零件。他不知道自己该怎么办了。如果露娜真的在街上走着碰到那样的暴徒，她如果被打成一堆碎片，难道就只能从此跟这个他所熟悉的她告别，迎来一个对他毫无记忆毫无特定反应的空壳吗？他和她一起经历了这么多事，难道就要一瞬间化为乌有吗？他不能接受。

9

"最近怎么好像没有见到紫洛斯了。"开庭前大卫跟合伙人和卡萝碰头开会时说。海瑟也在。

"他……"卡萝犹豫了一下，"离职了。"

"连他都？"但是大卫很快后悔自己问出口。

"是啊。"卡萝很快打住没说，话题转移到即将开庭的问题上。

"你们现在是我最后的希望了。"卡萝说，"我名下所有的房产都出清了，CL集团也已经剥夺了我所有的控制权。我是众叛亲离，只能等待法律给我最后的公正判决。"

"我看好像现在有很多人在支持你，还要给你捐款呢！"合伙人说，"地球世界都在关注你月球上的这个案子，大部分人都认为只是个机器人的路易不应该取得真人的任何权利，不然以后我们都要被机器人取代了。"

"没错，我希望你们从这个角度给法庭施压，让他们知道地球上的情况。月城再怎么宣称有独立司法，还是要依靠我们地球给他们提供这个那个的，脱离了地球他们什么都不是！"

卡萝说到兴起，在虚拟会议室里吼了起来。虽然声音很激动，但代表她的那个虚拟三维影像还是生硬地睁着眼睛，让大卫觉得她有点滑稽。月城肯定还是要从地球上进口很多东西的，譬如咖啡和酒，以及有些月球合成不出来的生活用品，只是制造再生人的全部零件都能在月球搞定，所以她也没全说错。

"还有哦，听说月球上的人类遭到了机器人的袭击，是这样吗？"合伙人的影像转过头来对着大卫说，"你没事吧？"

只是在关心自己还能不能正常上班给你卖命吧，大卫心想，不过他肯定自己的影像没有传达出自己想要投去的讥讽的眼神。

"我很好啊，谢谢合伙人关心。那个事情我也听说了，其实应该算是正当防卫来的，那几个再生人是被难民中比较暴力的难民自救协会的人袭击。"

"是吗？可是我们在地球上看到的只有被打得露出机械零件的机器人在打几个有血有肉的人类。"

"可能在冲突中双方都多少有点受伤吧……"

大卫不敢说什么地球上的人也许无意、也许故意地只看到了有心人剪辑过的视频。他担心自己这么说的话可能会被卡萝认为自己是同情再生人那一方的，更担心她会觉得自己会在庭审中有心偏袒路易那边，虽然他觉得自己可能只是想多了。

"总之你就想办法若无其事地提起来这一点吧，也许月城法院的人觉得如果自己到时候判决再生人那边赢了，地球上的各个出口大国会联合起来制裁他们吧。"

大卫觉得这不是个法律问题，但他也知道卡萝到时候会连线进来，所以只好想办法稍微意思一下满足卡萝的需求了。

"你先别下线，"卡萝要下线的时候合伙人对大卫说，"我再跟你讨论一下。"

大卫没下线，他很担心合伙人是不是要宣布什么不利的事情，所以才要专门等卡萝下线了之后说。难道是要换律师？难道要裁员？不会真的要取代他，让一直在这个案子上沉默寡言的海瑟上吧？

"其实……紫洛斯据说是死于'最终镇魂曲'。"合伙人最后说，"那天卫生机构联系我了，他们问我跟他有没有身体接触。幸好我没见到他真人。"

"他死了？"大卫没想到是说这个，也没想到紫洛斯居然突然死了，"不是说这个病已经基本痊愈了，都消停了吗？"

"有所谓的疫苗，也有所谓的治疗措施，但其实这个病自己也在进化，可能没有之前致死率那么高了，但是传播起来速度更快，更何况还有潜伏期，有时候突然暴发的时候，周围的人害怕，一下子把传染者打死了的可能性都有。"

大卫觉得非常震惊。他想起那个总是在他面前语带讥讽，在卡萝面前奴颜婢膝的紫洛斯，居然比谁都先死掉。他回想起紫洛斯后来在庭审中显得非常心不在焉，说不定那个时候他就已经知道自己中招了。本来他还以为紫洛斯是偷运进地球的新伴侣，现在看来是自己想多了。

大卫下线后，发现露娜正恳切地看着他。

"你刚才说的那个打人事件，是最近那个？"

大卫点点头，澄清说是月城发生的那起暴徒与再生人互殴事件。月城这边的报道至少两方的说法都有，所以人们不会一边倒地同情人类，加上月城的再生人人口应该也不少。

"如果我被他们打了，"露娜问，"你也会打我吗？"

"那怎么可能！"

大卫离开座位，走到露娜身边。

"你会保护我吗？"

"当然会！"大卫抱紧露娜，"我会好好地保护你的，你放心好了。"

大卫脑海里浮现今天看见的仿生人被殴打成碎片的惨状，下定决心必须尽快找到外部存储装置。两人就这样依偎着，良久没有说话。

10

"我宣布，月城法院上诉庭开庭。"玛丽亚说道，"首先，我们就上次上诉人律师提出的问题进行答复。"

法庭里的众人鸦雀无声，等着结果出来。大卫也屏住呼吸，生怕听错了宣布的结果。

"虽然本法庭从来没有对任何立法会的条例进行过司法复核，但是如同上诉律师提供的判例，以及基本法的部分条款所显示，本庭实际上是有权进行司法复核的，而且我们认为本案的争议需要对再生人条例中有关复刻程序的例外情况进行审视。不管案件结果如何，本庭的法官经过投票表决认为，本庭将对有关条款进行司法复核。"

大卫在心中为结果叫好，但是不敢真地喊出声来。他偷偷看向罗斯琳那边，她正龇牙咧嘴地看向这边，好像她也得了"最终镇魂曲"要来把他吃了一样。

"那请双方律师就是否应该给复刻程序设定例外情况，以及该等例外情况是否合适进行讨论。上诉人这边先开始。"

"好的，感谢法官阁下。"大卫激动地从自己的座位上站起来，"我方不认为复刻程序应该设定例外条件，因为再生人的复刻过程是需要非常精确的。他需要正好将刚刚扫描得到的被复刻人的大脑的全部数据立刻转移到准再生人的内置存储设备中，这样两个人才能严丝合缝地成为同一个人，才能在法律上得到前面那个真人的所有权利和财产。如果司法机构有权认定什么是实质上什么不是实质上，那么就等于让'什么才是人'这个问题变成一个可以自由裁量的问题，而我们都知道'人'的定义是不应该由几个不认识的别人来决定的。一个人要么生来就是人，要么就不是。"

"所以你是在通过质疑法院的自由裁量权，来质疑法院的司法管辖权？"罗斯琳开口道，"要不要这么搞笑，你现在可是身处在一个法庭里面的，我不认为我们的法庭没有权力决定任何法律上的事情。之前你也说过了，月城基本法里面明确规定月城法院有权决定任何月城范围内的案件，这就是月城法院的司法管辖权。"

"但是你忘了月城基本法也有除外条款吗？"轮到大卫挂着笑容质疑对方没有注意到法律的例外条款了，"基本法里写的是，任何不涉及联合国条约的内容。你知道联合国有个条约叫《国际人权公约》吗？其中包括了《世界人权宣言》与《经济、社会及文化权利国际公约》《公民权利和政治权利国际公约》。"

罗斯琳愣住了。大卫暗喜，乘胜追击。

"而且我们甚至都不知道路易本人是不是自愿去死的。他有可能是被杀的，而他死之前根本就不想自己被复刻成再生人。我们都知道人类在出生时是没有办法行使自由选择权决定自己是否要出生的，而这种强迫性质的赋予生命的过程也使很多人自愿选择自杀或者其他方式结束自己的生命，毕竟不是所有人都喜欢活着。不严格按照复刻程序就会导致这种问题。当事人可能只是想结束自己的生命，而复刻专家如果不在场的话根本无法确认被复刻人的意愿，那这样不等于再生人也是被强迫赋予生命的吗？如果认为之后的再生人也是真正的人的话，这样不是在侵犯他的人权吗？"

"我可以确认自己有活下去的意愿哦。"路易这时说，"至少我获得的记忆里路易本人是不想死的。"

"路易·克劳福德先生，现在没有请您作为证人发言。"玛丽亚说，"还请您保持沉默。"

大卫看着路易不耐烦地咧嘴一笑，趁这个空当"集中火力"。

"正是如此。我们现在列席的路易先生其实只是个中间备份的存档，而我们也知道人类的大脑会产生大量的音视频数据。这些数据非常占空间，不可能每次实时更新，所以只有在进行复刻程序的时候一并传输到准再生人体内，而在死亡之时的真人路易到底是怎么想的，只有在他将死之际获取的信息才能作准，之前的中间版本就好像把黑胶唱片转换成 MP3 那样粗糙，丢失了大量的原始数据，怎么样也应该用非常占空间的无损格式在最后复刻的时候进行备份，否则根本就不能将两个记忆对不上号的人称为同一个人。"

也许是因为大卫的火力太猛了，打得对方毫无招架之力。法庭陷入了一阵沉默，只有罗斯琳和路易、各位法官，以及旁听席的人在窃窃私语。大卫这时突然想起来卡萝的嘱托，于是再度开口。

"考虑到地球上现在的形势，我相信上诉庭的各位法官肯定会对何而为人这个问题做出谨慎的考虑，而且这个问题因为牵涉到联合国条约，是有进一步上诉到国际法院的可能性的。"

话音刚落，罗斯琳就站起来反对。她说《再生人条例》是月城赖以生存的关键，如果对这个问题作出轻率决定的话月城大量的再生人都会受到严重影响。玛丽亚于是决定休庭，容法庭对这个问题进行进一步的讨论，择日重新开庭。

第八章

最终且具约束力的判决

1

"你做得非常好！"

在庭审结束之后与卡萝及合伙人的连线中，卡萝如此夸奖道。合伙人也说了很多好话，让大卫有点飘飘然。不过他也听说庭审结束后月城出现的对仿生人的攻击事件激增，似乎是受到大卫在法庭里的发言的鼓励。很多人都说月城的《再生人条例》本身可能已经违反了基本法，应该被完全宣布违宪。大卫觉得自己很矛盾，他如果继续沿着这条道路推理下去的话，会不会反而威胁到自己的露娜，让她在独自外出的时候遭到攻击，毕竟那些暴民根本没有办法判断露娜到底是再生人还是新伴侣，对他们来说都只是机器人而已。

"接下来你只要引用《世界人权宣言》和其他联合国条约里关于人的定义就可以推翻月城法律给再生人的特权了。"合伙人说，"你知道这个定义在哪里有写吗？"

大卫摇摇头。他读了很多遍《世界人权宣言》《公民权利和政治权利国际公约》《经济、社会及文化权利国际公约》，但是里面都没有对何而为人作出明确定义。再说他也并不想一口气推翻《再生人条例》，他只是想要打赢这场官司，不想一口气导致月球上的再生人陷入生存危机。想来他最早只是来处理遗嘱继承问题，现在却卷入这么大规模的带有哲学意味的讨论，他自己都感觉有点好笑。他不过是一个小律师，何德何能处理这么复杂的问题？

"你再好好研究一下，看有没有什么办法给他们最后致命的一击，把你的研究结果发给我看看。"合伙人最后说。

大卫没有办法，只好继续研究国际人权条约里面的那几个文件，同时也研究了一下这几个文件在适用于月城时有哪些专家学者写的论文讨论这些问题。《世界人权宣言》是第二次世界大战后形成的，是在全地球范围内对所有人类都应该享有的权利的总汇，其中包括序言和一般原则，结构上参考了《拿破仑法典》。前面几章包括人的尊严、自由和平等，生命权、禁止奴隶制和酷刑，补救措施；后面提到了人的迁徙和居住自由，享有财产和国籍的权利，以及一些在公共和政治领域的自由，经济、社会和文化方面的自由。严格来说宣言本身在法律效力上不及公约，但是通过后面两个公约——即《公民权利和政治权利国际公约》及《经济、社会及文化权利国际公约》——将宣言的内容落到实处，但是因为标准较高，有些国家提出了一大堆保留、谅解和声明，试图消解其对国内法的影响以至于几乎没有实质影响；有些国家虽然签署但是没有将其转换为对国内有效的国内法；有些国家虽然是发起国但是后来试图退出。受《世界人权宣言》的影响，后续还有一系列有关禁止酷刑、消除歧视、禁止人口贩卖的公约，同时有关难民的公约也在其中。

大卫把所有的条约和文件都仔仔细细从头到尾看了一遍。因为有过上次漏掉《再生人条例》例外条款的教训，所以他看得非常认真，生怕有什么对自己有利的内容没有看到，但是他没有找到什么有用的东西。毕竟这些条约在起草的时候世界上还没有再生人这种东西，而再生人出现后地球上的各个国家逐渐从积极拥抱转而变成极力排斥，因为再生人的一些优势太过明显，比如几乎可以永续存在，可以无限复制，可以有超越人类的智力、运算能力及体力，如果让再生人不受限制地发展，人类几乎肯定会被取代。但是再生人的这些优点在宇宙探索的时候就是不可比拟的了。人类再怎么样通过基因改造生化变异也没有可能在极短的时间内解决宇宙的真空及辐射等各种问题，所以各国对于月城通过《再生人条例》没有什么实质的反对。

但是时过境迁，现在随着月城的蓬勃发展、"最终镇魂曲"的肆虐，以及月城严重的难民问题，各国都在试图将月城纳入自己的势力范围，而在此过程中对势力扩展属于最大阻碍同时也是各国试图争夺的关键，就是月城高度发达的再生人及其技术。有人认为如果能将再生人的意识和记忆进行适度的压缩，甚至可以实现人类一直梦寐以求的瞬间移动，实际上就是只将信息信号从一个终端传送到另外一个终端，而作为本体的再生人可以回收再利用，在接收端安排一个新的空壳再生人接受传送进来的信息即可。如此一来即便有人想瞬间从地球移动到火星甚至其他更远的星球都是轻而易举的事情。

大卫在读到这些资料和讨论的时候陷入了深深的焦虑。他哪知道这次来月球会变成这个鬼样子。他只是想逃离几个无赖的黑社会同时公费出差到月球好好玩一下，体验一下所谓的新伴侣而已。早知道自己肩上会承担这么重的担子，他觉得还不如一早让自己被黑社会追到让他们胖揍一顿算了。

大卫从书桌上抬起脑袋，看见趴在床上休息的露娜。如果不是为了露娜，他想，自己大概早就逃走了吧。能遇见露娜是自己来月球最幸运最幸福的事了，即便自己现在正在做的事情可能伤害到她。大卫摇摇头，他不能因此就放弃，因为那就等同于要跟露娜永别了，但他也不能什么都不做，那样也会交不了差，还是等同于要被赶回地球。他觉得现在的关键就是想个办法留下来。

2

"我真的找不到任何用得上的东西。"

"怎么可能？你再好好看看。"合伙人急躁地说，"现在市场上经济很差，我们不能让这个案子输了，会影响我们一整年的生意。当然不用说也会影响你的工作了。"

意思就是如果我找不到就要把我炒了是吗，大卫心想。他现在希望留在月球，如果可能的话自己也去当个难民算了？反正那些家伙很多都是用各种不正规的方式混进来的，也不缺我一个。当然如果这样露娜就要被收回。也许他应该立刻马上找来外部存储装置，先把她的信息全部传输进去。

带着这些想法，他抛下工作，来到了中央公园，或者不如说是其遗址，希望可以找到什么零件，也可以提前了解一下如果自己当了难民的话生活是什么样的。这里目前在难民们的不懈努力下，从外面看起来已经被改造成了一个小型的都市，比上次来的时候规模大多了，跟九龙城寨没什么区别。公园里已经恢复了基本的秩序，警察也不会专门进来拆走难民的房屋结构。现在月城警察只敢站在进入公园的门口盘查路人，但是不敢直接进入公园，大概因为他们的义体很快也会变成公园黑市的商品。大卫走过的时候他们连看都没看一眼。

大卫走进公园，穿过狭窄的房屋之间的通道，上面悬挂着密如蛛网的电线。他瞬间感觉自己来到地球上贫穷却人口密集的城市，没有什么政府干预也没有什么城市设计，只是把太多的人塞进一个小小的区域里，最后就是这种结果。当然公园里面不只有各种狭窄的街道，路边还能看见制作并贩卖各种吃食的小店，大卫看了一眼就赶紧掉头走开。那些正在烹调烧烤的是地球上被视为害虫的小型啮齿动物，以及各种可怕的昆虫。除此之外还有改造加工一些简单生活用品的铺头，以及从外面就能看见的居民住宅，有的可以看见里面有很多人挤在一起居住的床位。但是大卫绕了几圈，除了一些类似小卖部的商店没看见大规模的市场，也许这里没有黑市这种东西。

大卫终于靠近过去是空中花园的地方，但是发现门口已有一些人拿着棍棒把守。从远处看，空中花园里还有一些绿植，不过现在种的好像都是蔬菜，底下几层还有些养猪养鸡的地方，不知道他们是从哪搞来的动物，也许是从研究所那边偷运进来的。刚才路过小食品商店也没看见里面的食物在公园里流通，大概里面的食物都是特供头目的。

大卫选了另外一条路往外围走，他依稀记得这边是去人造沙滩的，但是还没靠近就被一个人拦了下来。那个人穿着破破烂烂的夹克，以一副凶神恶煞的样子问大卫。

"你是谁？来干什么的？"

"我……想来买点东西而已。"

"是吗？我们这有上好的货，要来看看吗？"

大卫跟着那人进入旁边的商店，结果发现里面卖的都是一些瓶瓶罐罐的东西，还有一些像糖果、注射器、眼药水一类的玩意儿。他立刻意识到这些东西大概是毒品，但不敢贸然离开，只好装作饶有兴趣的样子挑拣。刚才那个人还一路跟着大卫一路介绍。

"这个'狂欢好莱坞'非常带劲哟，你吃一小口再用虚拟现实眼睛观看超梦，会有一种身临其境的感觉，就好像回到地球了一样。”

大卫实在装不下去了，只好问他，有没有卖仿生人零件一类的东西。

“你买那种东西想干吗？你想找发泄工具吗？出门右转上二楼就有。不过你要不要来一颗这个？”他拿起一颗圆形的糖果，上面闪现着耀眼的五彩光芒，“东京特快，吃了能让你一晚上都停不下来，爽得不要不要的。”

大卫婉言谢绝，赶紧离开了卖毒品的商铺，前往刚才那人提到的地方。他踏着吱呀作响的简陋木制楼梯，觉得这地方就好像随时会散架。他站在那个店铺门口，能听见里面发出让人害臊的不知羞耻的男女浪叫声和音乐声，隐约能看见一些拉起的黑布里面有些人影在移动的样子。他正在犹豫到底找谁来问一下的时候，离自己最近的黑布“唰”地拉开，里面走出来一个满面通红冒着臭汗的矮个子男人。他看见大卫正在凝视着他和他刚才用过的残破的仿生人，一脸淫荡地笑着。

“别介意哦，赶紧进去享受一下吧。”

“不是。”大卫摆摆手，“我只是想问下有没有卖这些东西零件的。”

“啊？”笑容从那个男人脸上瞬间消失，变成了狐疑和鄙视，“你问这个干什么？你是再生人吗？”

“我不是，我只是想买点零件。”

“干什么用？”

“我的仿生人……坏了。”大卫感觉解释自己只是想备份有点过于复杂。

“坏了就回厂去修，来这干什么？”

“我……”大卫卡壳了，感觉重新解释已经来不及了，毕竟谎已经撒出去了。

"你到底是来干什么的？"对方警觉了起来。

大卫冷不防腿上被他踢了一脚，整个人没站稳，摔倒在店铺门口。他摔倒的动静太大，导致很多正在黑布里从事不可名状的事情的人都探出脑袋来，看到底发生了什么。等大卫站起来的时候，一个身强体壮的秃头过来架起大卫，将他往店铺深处拖去。大卫一边挣扎一边解释自己不是故意来捣乱的，是刚才那个矮个子男人踢倒了自己，但是转眼一看根本就找不到那个人的踪影。

"来砸场子是吧，看我叫几个人好好教训一下你。"秃头把大卫绑在屋里深处的一把椅子上，转身离开了。大卫可不想被打，但是他怎么拼命挣脱都没用，手和脚都被固定在这把椅子上，而椅子也好像用什么东西固定在地板上，平常不喜欢剧烈运动的大卫也没那么大力气。

大卫环顾四周，隐约可以看见墙上挂着很多人形的躯体，但从味道上来说没有肉体的气味、腐烂的或者消毒水的味道，大概这些人都是仿生人。身边的一个脏兮兮黑乎乎的塑料筐里，放着很多拆下来的形色各异的义体手臂。大卫联想起之前看过的新闻，不知道这里是不是就是那些所谓的再生人消失后的去处。他很担心他们会不会把他也当作再生人……

这时秃头回来了，带了三个看起来跟秃头差不多但是发型各异的壮汉。他们都拿着棍棒，上面装着钉子。秃头走到身旁，向大卫怒吼道，口水星子飞得满脸都是。

"你是什么人？"

"我叫……文大卫。"大卫努力试图挣脱手臂，想要挡住飞溅在脸上的吐沫，但是他怎么也无法从椅子把手上挣脱出来。

"谁叫你来的？"

"……没有人叫，我自己来的。"

"你是干什么的？"

"我是个律师……"

这个问题似乎让秃头愣住了，他可能没有料到会有这个回答。

"你说什么？你就是警察对吧！"

"不不不，律师跟警察不是一伙的，如果你是我的客户我也会为你的权利战斗……"

但秃头他们明显无法理解律师和警察之间微妙的差异。那三个人逐渐靠近，大卫感觉自己很快要皮开肉绽了，看来只能咬紧牙关拼命忍过去。

这时另外一个身影出现在他们身后。

"慢着。"

后面那个人影出现在三个人旁边。虽然体格没有那么粗壮，这个新来的男人的轮廓好像在哪里见过，似乎有一些肢体已经替换成了义体。他蓬乱的头发披散在黑色夹克的上面，头上自带红色光圈，好像黑色夹克是这个帮派的标配。

那人站在大卫面前，靠近打量大卫。因为光线角度问题，大卫看不清这个背光的男人到底是谁，但是对方在看了大卫三秒钟后突然下令。

"这个人我认识，把他放了。"

"可是组长，这个人跑进店里探头探脑地窥探我们生意。"秃头继续说道。

"肯定是有什么误解。我来调查清楚，你们先散开吧。"

说着其他几个人都离开了，只剩下他们两个人。那个人动手割开了绑住大卫的四根绑扎带，一边割还一边赔礼道歉。

"抱歉啊，让你吃这苦头了。"

"不好意思，你是哪位？"大卫一边揉着自己被勒红了的手腕一边说，等着对方再来割开自己脚上的绑扎带。

"我是强尼啊，之前都见过三次了，你还不记得我了吗？"

"哦哦！"大卫现在才看出来，对方就是那个上次帮自己逃出这里，还来咨询过他法律问题的棒球帽强尼。

强尼现在是个小头目了，在自救协会里负责这一片区的秩序。他把大卫带到自己的办公室，实际上就是之前的人造沙滩那里，他们直接在沙滩上摆了一张桌子，所以乍看起来居然有种在海边度假远程工作的感觉。

"什么风把你吹来了？"强尼给他找了把椅子让他坐下，"我上次好不容易把你送出去了，你怎么又回到了这里？就是喜欢来逛我们难民营的是吧？"

"啊不是，我就是想来找找东西。"

"找东西？"强尼也露出警觉的神色，"你不会真是谁派来的吧。"他的手伸向旁边的棍棒，似乎准备自卫。

大卫赶紧说出了自己在找的东西，一个仿生人用的外置记忆体。强尼听完后叫人去打听一下，原来刚才他救大卫的那间店铺就有，而且价格没有买一个新的那么离谱，只是不知道是什么来路的。虽然比买整个仿生人要便宜多了，但这个价格大卫暂时还是付不起。按照他目前的薪资水平，他只要再工作个把月就够了。

他也考虑过自己作为律师是不是有义务向警方或者其他政府机关通报这里可能有其他再生人失踪的线索，毕竟即便是自己的客户如果在从事违法犯罪行为的时候也要通报。不过他想等自己拿到备份装置之后再说，不然自己就失去这个大好机会了。

"我们这个价格真的是最低价了。"强尼说，"我很抱歉，但是低于这个价格我在兄弟面前的脸子挂不住，还请理解。如果你真的需要，我可以给你留一段时间，等你钱攒够了再过来都行。"

大卫道过谢，又想到一个问题，就是这个装置等到手了，能不能在公园以外使用。他可不想把露娜带来这种地方，感觉这里的常客要是看见露娜的样子还知道她是个新伴侣，能把她瞬间生吞活剥了。

"当然可以，那玩意儿只要连上就会开始备份。不过……你要那玩意干什么？"

大卫犹豫了一下，最后辩解说是因为自己的秘书帮他记录了很多他正在处理的法律文书，他想要制作一个备份，等带回地球的时候可以直接让地球上的人给他处理。

"你还想回地球？"强尼惊讶地说，"你知道现在地球上是什么样子吗？"

大卫说自己并不清楚，只是从丹那里得知月球研究所已经开发出了疫苗和特效药，但"最终镇魂曲"还没完全从地球上消除，地球人口最近的锐减所造成的负面影响还很严重。强尼赞赏大卫至少没有对地球上发生的事情漠不关心，并且越说越激动，从他们怎么费尽千辛万苦搭建并维持这个灵魂堡垒不被警察拆散，到想办法黑白两道通吃、积攒资金做一下小生意维持生计。最后强尼还老调重弹提到月城给予再生人的权利太多，对他们这些真正的人不公平。

"不是说人人生而平等吗？"强尼拍着自己的桌子说，"人人平等怎么我们需要住在这种地方苟延残喘？"

"人人生而平等……"大卫喃喃自语道，这当然也是《世界人权宣言》和其他人权文书开头的写法。人权宣言一开始的部分就是"人人生而自由，在尊严和权利上一律平等。他们富有理性和良心，并应以兄弟关系的精神相对待"。一个念头突然从他脑中闪过，他感觉自己找到了那个他一直在找的突破口。

3

跟强尼告别后，大卫回到房间。他立刻开始查找资料，写备忘录，准备好好抓住他刚才的灵感。他现在非常有动力，因为知道自己只要努力工作就可以买得起备份零件。他现在就像是加满油的 F1 赛车，充满电的电动兔子，可以一口气跑到终点。中间露娜给他做了咖啡，烤了黄油吐司淋了蜂蜜，但大卫只吃了一口就没动了。他工作的动力实在太强，让他简直可以忽略世间一切烦恼。他喜欢这种感觉，虽然很少能在现在这份工作中感觉到。如果让他找到一份让自己集中注意力还能养家糊口的工作时，也许人生会很快过去。因为反而是痛苦让人觉得时间流动得太慢、人生实在过于漫长。因此等他注意到的时候，时间已经来到了下半夜。

等大卫写好一切的时候，已经是黎明的时间了，但是在月球的永昼区里，很少会看见黑夜。

他又开始犹豫自己到底最终是不是要把这个发给合伙人。他隐隐地感觉如果这么写的话可能会被难民自救组织大做文章，但是他不觉得会有什么太大影响。那些难民们来了月球之后一直都是那个样子，他们只是需要一个可以居住工作的地方，远离那些他们认为已经不可救药的地球，他们应该不会因为自己提出一个观点就闹出什么乱子的。

但是他看着已经躺在床上等他的露娜。自己已经答应过要保护她，但是现在写的这个备忘录，好像可能会伤害到她。特别是最近感觉露娜已经开始真正对他表现出爱意了。他不能让自己辛苦培养出来的这种感情就这样凭空消失，不能做任何危及露娜的事情。

他决定换个环境，好好思考一下整件事的来龙去脉和前因后果。

他来到底层的月球车停靠站，在那里穿好宇航服，搭上月球车，前往度假山庄。清晨的月城还没有完全醒来，路上只有些运货的自动卡车，没看见太多坐着月球车去上班的人。

大卫坐在月球车里，一个人看着宽广而洁白的月球大地。他突然意识到现在才是自己一个人暴露在除了宇航服外没有任何保护的月球表面，之前要么有露娜要么有莫娜陪同，或者自己在某个房子里从里面望出去。如果现在自己剩下的氧气瓶出了故障，而急救人员不能及时赶来，自己可能就要死在月球表面了，跟那些倒下的月球人一样，虽然那些人基本上不是自己自愿去死的。也许就这样死在这里反而是最好的结局，比起终于有一天要跟露娜分开，回到到处挤满人但是自己更加孤独的地球上原来的那个城市里。一想到这里他就胸闷，好像胸腔里被灌满了铅一样沉重而难以呼吸。

大卫来到了度假山庄门口，从外面看过去里面还是跟上次一样，能看见靠近入口处的夏天主题的热带雨林，而从车站大厦那边远眺过来的是冬天主题的松柏。一个穿着保安制服的仿生人走过来，非常遗憾地告诉大卫不在许可进入的名单上，所以现在只能请他离开。

回去的路上，大卫愤愤不平，为什么有些人可以一直占有财富，进而占有无限的生命权？为什么每个诞生在这个世界上的人要过着如此不平等的生活？他想起自己的备忘录，里面对这一点也有着切题的讨论。他必须做正确的事，必须把自己的备忘录发给合伙人。

回到房间，大卫按下了发送键。他认为自己是做正确的事，而且他还需要 LT 律所继续给他发工资以便自己可以攒钱买那个零件。

"你回来了。"

可能是听到大卫回来了，露娜从衣柜里出来了。

"你……"

大卫看着露娜，这么久了，还是不敢相信她的美貌。他静静地看着，不敢相信自己刚才居然做了这么对不起她的事情。

"大卫，你怎么了？还没吃早饭吧，肚子饿不饿？"

大卫从椅子上起身，坐到她的身边。他从侧面搂着露娜裸露的手臂，亲吻着她的太阳穴。拿到下一笔薪水，他就要立刻去买存储器，然后就再也不用担心会失去她了。到时候备忘录里面提到的东西，也就再也不会伤害到露娜了。

4

"起立。"书记官艾尔莎说道。

众人"唰"地站了起来，等待五位法官入席坐下，其他人才坐下。

"今天我们继续讨论'卡萝·克劳福德诉路易·克劳福德'案。在休庭期间，我们收到了两方提交的补充材料，是这样的吧？"玛丽亚说道，她还是坐在中间。

"是的。"大卫说。露娜还留在家里充电，所以合伙人和地球上的其他律所同事也接入了，不用露娜记录。

"是的法官阁下。"罗斯琳今天穿的淡黄色的连衣裙，"我们对之前上诉人律师提出的观点补充了重要证据。"

"请讲。"

"上次上诉人律师提到我们的客户路易·克劳福德先生在备份时跟复刻时可能的记忆不同，我们取得了完成复刻之前存放在停尸间的路易先生大脑最后的记忆部分，并且与创建现在路易先生的版本进行了对比，其中证明两者之间的相似性高达百分之九十六，而这已经满足了复刻程序中考虑到可能出现的任何误差所设定的百分之九十五的容错率。"

"他的肉身还在？"

"完成复刻之后很快就不在了。"罗斯琳说。

"既然有他最后的记忆，为什么当时不直接利用他的肉身尸体提取记忆？"

"因为除了记忆，还要提取他身上的意识。根据我们的脑科专家的解释，记忆就好像电脑的硬盘，而意识就好像电脑的内存，前者关机了也可以重新通电提取，而后者关机了就会消失。关于这些问题，我们会请专家出来做证。"说完，罗斯琳请出了他们那边的证人，一个看起来像是有点浮肿的中年男人，戴着眼镜，看起来更像是从研究所那边过来的研究员。

不过他说什么大卫都没有在仔细听，他还在为备忘录的事情而暗自烦恼。他的电话那头还是连线着律所里面的合伙人和海瑟。大卫已经从合伙人那里得知，五名法官里有两名明确是生育主义者，认为人类应该通过在宇宙中不断繁殖来实现人类文明的永续存在。赵明有五个孩子，他作为环境科学家，博士论文就是反对对动物基因进行人为改造，因为他认为任何微小的改动都有可能破坏环境。在这种背景下看得出来他很有可能支持自己这一方。艾米莉则是在《再生人条例》于立法会内投票的时候投过反对票，并且在立法会里反对过该条例赋予再生人跟真人一样的权利。如此一来就剩另外三个人了。

大卫猜莫娜可能没有那么支持自己这边的观点，毕竟她自己就快完全义体化了，如果到时候她决定跨出最后一步把自己换成再生人也不是没有可能。亚历山大是著名学者，跟起草《再生人条例》的很多立法者都是师生关系，所以他可能也不会拆自己学生的台。玛丽亚是有外交背景的，可能会比较容易受地球各国施压的影响，但现阶段也比较难讲。只有把自己的观点讲出来试试了。

大卫现在内心里真正担心的，还是他发给合伙人的那个备忘录。这个角度可能对他反击罗斯琳一方非常有帮助，甚至可以让他不用对这个证人进行质证，因为他所找到的角度可以从根本上动摇再生人也是人这个概念。

他虽然很想赢，很想赚钱买零件对露娜进行备份，但他也不想让自己所找到的这个角度对露娜产生什么影响，毕竟刚才他进法庭的时候发现有很多人拿着难民自救协会的旗帜在门口呐喊支持，让别人知道他们也在时刻关注这个案子的进展。他们已经在寻找否定再生人乃至所有仿生人人权的理论基础，只是暂时还没有人像大卫一样发现他的备忘录里所找到的那个观点。他很担心如果自己真的赢了，备忘录的观点公之于众了，那么难民协会将立刻拿这个观点大做文章。而且如果大卫赢了，那么在最坏的情况下月城有可能会像地球一样禁止再生人乃至所有仿生人，而这样一来露娜也就没办法继续存在了。

他必须下定决心，即便现在可能已经太晚了。

"上诉人律师，轮到你了。"玛丽亚说，"你有什么想问证人的吗？"

大卫抬起头，看着玛丽亚，眼神涣散。

"上诉人律师，你怎么了？是病了吗？"

大卫摇摇头。他下定了决心。

"对不起，我还没准备好，可以申请延期吗？"

5

"什么叫你没准备好？"卡萝在电话连线中狂吼道，"我已经豁出去了，背水一战了，你怎么可以这样不负责任？"

"抱歉……我觉得我的论据还需要推敲一下，可以允许我再思考一下吗？"

"我看过你准备的备忘录了，你准备得很好，还有什么好犹豫的？"

"大卫，"合伙人开口了，"我同意卡萝的说法，你已经准备好了，为什么到了这个时候要临阵退缩？"

"我……"大卫没有说出自己真实的想法。他的备忘录里的观点会变成难民协会射向所有仿生人的炮弹，而他不想让自己的所作所为影响到露娜。

"不行的话就让我上吧。"电话那头传来海瑟的声音。

大卫的心脏突然停止跳动了。他立刻喊了起来：

"那不行！那是我做的法律研究，你怎么会知道该怎么说？"

"但是你根本就不准备说啊。我已经把你的备忘录都背下来了，而且我也是月球律师，已经做好了自己的法律研究，绝对不会比你差的。"

"你刚拿到月球律师执照，我都做了好几年的月球律师了，经验比你丰富得多！"

"提到经验，某些人的简历上可是有好几年的律师助理的经验，那种东西能作数吗？"

"可是——""够了！"

合伙人在电话里怒吼道。

"海瑟，你做好出庭的准备。"

"好的，梁律师。"

"大卫，你给我坐在原告席上，不准发言！我们来不及换人，名义上你还是出庭律师，只能由海瑟和你一起出庭，代你发言。大卫你必须出庭！"

大卫感到自己全身的血都冻结了，脑子里嗡嗡地响着。他不知道自己还能再做点什么，但是也许他还是能拿到最后一笔薪资的，这样他还是可以去买外部存储装置，去给露娜做个备份。即便救不了所有的仿生人，至少他还是可以拯救露娜。

经过短暂的休庭后，大卫坐在了原告席上。五位法官还有罗斯琳都惊奇地看着原告席上海瑟的投影出现，而大卫却坐到了旁边。

"我们的文律师喉咙有点状况，由我来代为发言。我跟他是一个律所的，都是上诉人卡萝·克劳福德的律师事务所 Lydies Tasuni。我们想要补充的是，有关《再生人条例》的法律基础，也就是《世界人权宣言》开头的部分。"

大卫想立刻回到露娜身边，但是他知道，一切都已经完了。如果他现在离开，他连买外部存储器的钱都没有，也更没有办法和露娜从此在一起。他只能坐在这里忍受。

海瑟拿起自己桌上打印出来的纸张，将开头的部分念了出来：

"人人生而自由，在尊严和权利上一律平等。他们富有理性和良心，并应以兄弟关系的精神相对待。"海瑟将纸放在她那边的桌上，"这段话也是我们现在讨论人权的基础，相信在座的各位不会反对。"

大卫看着海瑟的投影在自己身旁慷慨发言，感觉有点恍惚。他从来没有看过出庭的海瑟，不知道她在工作上是怎样的。在私底下她对他总是爱理不理的样子，感觉大卫是个多余的没有价值的人。他突然有种强烈的不适感。这种玩弄自己感情，为了拉业务对有家室的男人频频出击的人，有什么正义道德可言。让这样的人捍卫法律捍卫人权，不是很搞笑的情况吗？

"我想补充的观点是，其实人权宣言里缺少给再生人赋予人权的法律基础。"海瑟又拿起那张纸，弹了一下，"你看这第一句，'人人生而自由，在尊严和权利上一律平等'。所以想要享受平等的人权，你首先必须是生出来的人才可以。"

罗斯琳立刻反对。她说：

"就《再生人条例》而言，我们可以认为复刻程序就是再生的过程啊，所以才叫再'生'，就是重新'生'出来的啊。"

"你可能没有注意到，《再生人条例》只是月城这边根据《月城基本法》的授权制定出来的下位法，而《月城基本法》一开始的部分就提到了包括《世界人权宣言》在内的文件作为其立法的源泉，所以它不仅是《再生人条例》的上位法，还是基本法的上位法。没可能用下位法去解释上位法的啊。"

"法律的适用本来就是会随着时间的流动而相应改变的啊，不可能一直一成不变的。很多成文法都是需要法院根据自己的理解再通过判例不断调整修正，不然很多成文法都要过时了。"

"这种说法我是第一次听说，我相信罗斯琳律师之后会提供相应案例来解释的。我解释一下我的观点，就是从成文法的角度看，到底'再生人'的复刻程序是否能理解为'人人生而自由'中'生'的概念，是否一定要有出生的这个过程，即是从母体中分娩出来，而不是从什么工厂的制造车间流水线上走出来或者被灌输了一堆数据之后通电激活过来。"

海瑟拿起另外一张纸："'人人生而自由'这句话，我相信大家都知道。"

海瑟又拿起另外一张纸。大卫看着她如此反复换来换去，知道她也是临阵磨枪，对自己要说什么并不确信，所以只是把大卫的备忘录和里面提到的法条都打出来滥竽充数而已。

"受此影响，随后的法国《人权宣言》里，于是也有了'在法律上，人生来是而且始终是自由平等的'。这个概念随后进入称为《拿破仑法典》的法国《民法典》，并在加拿大法学家约翰·彼得斯·汉弗莱起草的《世界人权宣言》时起到一定的影响作用。"

罗斯琳这时插入。

"但是在以下案例里，'生'可以指人的存在而已，不仅仅是指出生。在我们都知道的著名案例"智能系统诉未来科技公司"中，智能系统'艾达'诉称，尽管它是由人工智能技术创造的，但它具有自我意识和情感，因此应享有与人类相同的基本权利。艾达主张，生存权不应局限于自然出生的生命形式。同样在"海洋生命体诉海洋世界"里，一群经过基因编辑的海洋生命体，具有高度智能和自我意识，对自己被用作娱乐目的表示反对。它们要求法院确认它们的生存权和自由权，挑战传统的'出生'定义。"

"所以呢，这两个案子里的原告胜诉了吗？"

"呃，在海洋生命体的案子里胜诉了，但是在智能系统里因为管辖权异议所以没有进行到审判阶段。"

"你也知道，在海洋生命体的案子里，其实那些生命体也是有出生这个过程的，只是由人体在培养皿里培养大的，跟我们目前的案子的情况是不同的。"

"有什么不同？人类制造机器和人类制造生命体，都只是个制造的过程。"

"这里我想请各位法官留意《独立宣言》与《人权宣言》《世界人权宣言》的不同。最早的《独立宣言》里，'人人生而平等'这里的'生'其实原文是'创造'，因为当时的人认为人类都是上帝创造的，所以没有提到出生。但是到了法国《人权宣言》和《世界人权宣言》里，'人人生而自由'这里的'生'已经用的是出生的那个词了。"

"我不认为这里的'生'具体用的哪个字眼有任何参考意义。严格来说这些都只是宣言，你知道《世界人权宣言》的后面都写道：'这一世界人权宣言，作为所有人民和所有国家努力实现的共同标准……并通过国家的和国际的渐进措施，使这些权利和自由在各会员国本身人民及在其管辖下领土的人民中得到普遍和有效的承认和遵行。'所以你得拿出点成文法才行。"

"根据法国《民法典》第十六条'根据法律确保个人的至高无上地位，禁止侵犯其尊严，并从生命的开始时刻保护人类的尊严。'中国《民法典》第十三条'自然人从出生时起到死亡时止，具有民事权利能力，依法享有民事权利，承担民事义务。'同时你可以参考对于月城法院有约束力的《公民权利和政治权利国际公约》第六条'人人有固有的生命权。这个权利应受法律保护。不得任意剥夺任何人的生命。'所有的成文法在赋予人权的时候，都是考虑的活生生地出生的人。"

"这只是你自己的理解。我相信这些都只是陈腐的、在《再生人条例》出现之前所立的法律，他们根本就没有考虑到再生人这一新型生命诞生与人类自母体分娩出生的相似性。"

"但是你甚至找不出任何一个生效判决、任何一个法条能证明你的这个说法。"海瑟用咄咄逼人的语气将罗斯琳逼入墙角。她真的就是这种恶霸般的性格，也许适合在法庭里跟人吵架，但是不适合和他相处。她也不知道和一个仿生人相恋是什么感觉，但是应该很清楚从合伙人职位沦落到去一家月球律所当一个不伦不类的特别高级顾问是什么滋味。

"我……"罗斯琳咬住嘴唇，说不出话来。

"我的发言到此结束，各位法官大人。"海瑟向审判席行了个低头礼，然后坐在了自己的座位上。

法庭外传来阵阵欢呼声，叫好声。大卫这才注意到有人违反规定偷偷用手机直播法庭里的庭审过程。法警已经赶来带走了直播的人。他可能会因为藐视法庭被关上几天。

"我们要休庭讨论一下。"玛丽亚敲了法槌，"你们两个小时后再回来这里，做最后陈词。"

6

大卫走出法庭，收到了周围人的欢呼和簇拥。他第一次感觉自己好像个明星一样，被突然间暴露在镁光灯里，有点不好意思，也感觉自己好像很厉害的样子。很多人找他自拍，找他合影，说他是人类的大救星。他们不知道大卫根本就不想在法庭上做这些发言。大卫不敢在这种场合声张，他只想赶紧离开。

大卫一边在人潮中拥挤，一边暗自咒骂海瑟，心中充满了对海瑟的复杂情感。他的脑海中不断浮现出她那张自信满满的脸，仿佛她总是能在最关键的时刻出现，打乱他的计划。大卫对海瑟的不满早已积累成山，尤其是在她毫无预警地跳出来，替他发表了那篇他不愿意当庭发表的观点时，这种不满更是达到了顶点。

刚才的情景还历历在目，法庭上所有人的目光都集中在海瑟身上，而她却毫不犹豫地将他的研究成果公之于众。大卫心中涌起一阵无力感，他知道海瑟这样做不仅仅是为了争风吃醋，更是为了在众人面前展示她的聪明才智。然而，她的这一举动却将露娜置于了极大的危险之中。

大卫的心情复杂而沉重，他既愤怒又无奈。他愤怒于海瑟的自私和无视他人感受的行为，无奈于自己无法阻止这一切的发生。他曾经以为，海瑟只是一个喜欢竞争的人，但现在他明白，她的行为远不止于此。她的每一个举动都像是一把利刃，刺入他的心脏，让他痛苦不堪。

大卫的思绪回到了露娜身上，她那温柔的笑容和坚定的眼神总是能给他带来安慰。然而，现在的情况却让他无法安心。他担心露娜的安危，更担心她会因此对他产生误解。大卫深知，自己必须做些什么来保护露娜，但他又不确定该如何应对海瑟的步步紧逼。

在这片混乱的思绪中，大卫感到前所未有的孤独。他曾经以为，自己可以通过法律研究来改变世界，但现在他发现，现实远比他想象的要复杂得多。海瑟的出现打破了他原本平静的生活，也让他意识到，自己必须面对内心的恐惧和不安，才能真正找到解决问题的办法。

大卫离开法庭的时候，很多人在朝着法庭喊口号拉横幅。有些人要求月城实行跟月球港一样的标识法，所有再生人要么戴上蓝色的手环显示它们是再生人，要么戴上黄色的手环显示它们是新伴侣；还有人说再生人只是个骗局，他们要杀了你再找个长得像你的机器人取代你。

现在已经完全听不见反对的声音，没有那些过去能看见的，拉着"再生人也是人"的标语的奇点教会和再生人保护协会的人。他们的吵闹声逼得法警和警察出动，将这些人从法庭门口的走廊赶走，怕他们影响下一步法庭宣判。现在法庭门口的走廊拉起了一道红线，其他人不得进入。

大卫想回房间休息一下，镇静一会。现在走到哪里都是人，而且很多人突然就站在人行道正中间，害得大卫好几次差点撞上他们。大卫只能见缝插针，从这些拥挤在车站大厦里的人身边绕开。

"你回来了。"

"我……"

"想喝点东西吗？"

"来点咖啡吧。"

大卫回家的时候露娜已经起来了，穿着一件淡粉色的连衣裙。她知道大卫喜欢这种装束，所以经常穿，以至于现在已经有点褪色了。大卫不好意思告诉露娜法庭上到底发生了什么，虽然最后的陈述不是他做的，但毕竟是他想出来的论点。他难以启齿因为自己的研究，露娜和其他仿生人在月球上的生存空间可能要被挤占压缩了。

大卫打算出门去买外部存储器。从法庭回来的路上，他一直在检查自己的银行账户里有没有出现额度变动，已经到了每个月会发薪的日子，不过也许要等到法庭宣判之后。露娜说等下会去采购咖啡，正好到了一周一次采购食材的时候。大卫可能还要重返法庭听取判决，所以准备等会儿再去买存储器。

合伙人这时插进来跟大卫快速通了个话，把大卫教训了一通，但也表扬大卫做了很好的准备，他找的角度很有说服力。这个可能是改变月城整个法制进程的大案子，到时候如果他赢了，他可能会留名青史，所有将来的法学院都会学习这个"克劳福德诉克劳福德"案，每次提及月城法院是如何取得司法复核权力的时候都会引用。不过遗憾的是，这个案子最后是海瑟代大卫辩论的，所以如果收录律师的名字上面反而可能会出现海瑟的名字，这都要活该大卫最后临阵脱逃。大卫耸耸肩，想起来反正自己以前看判例的时候很少会看到律师的名字出现。

合伙人最后叫大卫去法庭听海瑟进行最后的陈词，取得最终且具约束力的判决。

大卫都不知道自己是怎么走到法庭门口的。一路上，他的思绪如同一团乱麻，纠结不已，完全没有留意到周围的环境。街道上，隐约可以听到远处传来的喧嚣声，似乎有一股不安的气息在空气中弥漫。法庭所在的那层楼几乎已经被清空，只有零星的几个人影在走廊尽头晃动。他想坐电梯上来，却被警察拦住，仔细检查了他的护照和身份证明。

门口不再是刚才那汹涌的人潮，取而代之的是一片诡异的寂静，这让他稍微冷静了一些。然而，心中的不安却越发强烈。他深吸一口气，试图平复内心的波动，但那种即将发生什么大事的预感却挥之不去。现在是最后的煎熬了，他心里默念着，推开了月城第一法庭的大门。

法庭内，气氛紧张而压抑，几名警察站在角落里，神情严肃。大卫感觉到每一个人的目光都在注视着他，仿佛在等待着什么。他的心跳加速，手心冒汗，脑海中闪过无数种可能的结局。就在这时，外面传来一阵骚动声，似乎有一群人在集结，声音越来越近，越来越大。大卫知道，一场风暴即将席卷而来，而他，正站在风暴的中心。

7

"你可以开始了，上诉人律师。"玛丽亚对着大卫他们说。

"好的，法官大人。"海瑟站起身，拿起刚才拟好的提纲。

"尊敬的法官阁下，经过我们两方在法庭中的激烈辩论，相信各位法官已经对我方的观点有所认知。在此我再总结一下为什么再生人不应该拥有人权的观点。

"首先是法律的基础。月城的法律建立在联合国的授权上，这其中最重要的就是《月城基本法》。这是月城一切法律的纲领性文件，所有法律都不应该违反基本法，包括《再生人条例》。而基本法建立在联合国一系列相关公约上，其中已提及'出生'是取得人的相应资格的基本条件。后来相关各国法律纲领性文件也逐渐将取得人的资格的条件从'创造'改为'出生'。所以从法律基础来看，没有出生就没有人的资格，这是联合国法律体系下的基本解读。

"其次是因为人权应该是建立在人类共同体的基础上的。它依赖于我们对肉体存在的共识和对意识的确定性。如果一个个体没有肉体，且其意识的存在无法确定，那么将其纳入人权的范畴可能会引发基本定义的混乱。再生人是否具有意识，这一点无法得到确切的证明，虽然我们现有的复刻程序声称对本体的意识也进行了数字化，但究其根本，不过是读取了人脑中的脑电波并将其转化为数字，我们没办法确定本体的意识和再生人的意识是否一致，而且即便一致我们也没办法。在这种不确定性下，赋予他们人权可能会导致法律和道德上的复杂问题。

"再生人的法律地位缺少现代人权法下的支持。前面论述过，现代人权法是以出生作为取得人权的前提条件，而不是早期的创造。如何将再生人的复刻过程与出生在法律上相衔接起来，这一部分尚未明确。在没有具体法律框架支持的情况下，讨论他们的人权问题可能为现有的法律体系带来挑战。

"伦理和道德的界限在这里变得模糊。如果我们不能确定再生人是否具有意识，那么甚至在极端情况下，我们是杀死了一个有意识的真正的人，而假定经过复刻的那个假再生人是真人的有效复制品，但实际上只是少了一个真正的人，多了一个机器而已。这种情况下我们如何确定他们的道德地位和权利？在许多文化和宗教中，人权与生命的神圣性紧密相关，一般都认为作为一个人应该拥有肉体和灵魂。按照现在运行的剥离真人的记忆与意识的'灵魂杀手'程序的理解，在复刻过程中正好就是将人的灵魂给弄丢了，就好像将黑胶唱片转换为MP3时一样。那些肉眼看不见，听不见，感觉不到的但是又客观存在、难以理解的东西。如此一来就只有出生的人才值得讨论有没有灵魂。再生人不过是一堆机器，不能算是真正地拥有肉体。如果再生人没有肉体也没有灵魂，那么他们是否应被视为具有生命的神圣性？是否应该具有人才应该有的人权？

"既然再生人的法律地位和道德问题没有得到解决，我们就不应该赋予他们经济地位，就像在我们面前的路易·克劳福德的案例。如果再生人被赋予人权，可能会对社会经济产生影响。他们可能会要求工作、住房和其他社会福利，甚至包括继承真人的财产。而他们如何保障自己有自主意识，能够按照生前的真人的意愿那样占有他的财产？科技的发展带来了新的责任。我们必须谨慎考虑，是否应该因为技术的可能性而扩展人权的定义。我们无法预测科技发展的未来，也无法确定再生人在未来社会中的角色。在这种不确定性下，现在讨论他们的人权问题可能为未来带来更多的不确定性。

"总之，尽管这些观点提出了对再生人人权的质疑，但我们必须记住，这些讨论应当基于对所有生命形式的尊重和对未来可能性的开放态度。我们的目标应当是寻找一个平衡点，既能保护现有社会成员的权利，也能适应未来可能出现的新的生命形式。我们还有很长的路要走，现在就赋予再生人人权为时尚早，既没有上位法的支持，也没有办法证明再生人确实地拥有真人的意识，或者按照宗教认为他们具有人的灵魂。现在就草率地按照《再生人条例》赋予再生人人权，是不合宪的。我恳请各位法官阁下考虑以司法复核的形式宣布相关条文违宪。

"我的陈词到此为止，谢谢各位法官阁下。"

海瑟洋洋洒洒的陈词说完了，似乎有很多都是车轱辘重复的话。但她似乎正好说到兴头上，整个人都激动得容光焕发。这是大卫从来没有见过的她的一面。也许她就是适合一个人如此战斗，大卫好像成了那个一直拖着她，让她不能实现自我的人。

他坐在自己的椅子上，看着玛丽亚又示意罗斯琳继续。不知道什么时候又换上了淡紫色套裙的罗斯琳站起来说：

"感谢各位法官阁下，给我这个机会做出最后的陈词。在这个历史性的时刻，我们站在了法律和道德的十字路口。今天，我们在此讨论的不仅仅是再生人的权利，而是我们作为一个文明的核心价值观。

以下是我作为被上诉人律师的最后陈词，我将基于之前提出的提纲，为再生人争取应有的人权。

"我们必须承认，人权不是基于肉体或者灵魂的存在，而是基于个体的尊严和平等。再生人，尽管你可能认为他们没有肉体或者没有灵魂，也应享有这些不可剥夺的权利。当然我认为肉体不一定必要，而上诉人律师所谓的'灵魂杀手'进行复刻的过程只是个类比，灵魂杀手这个名字也只是个通俗的叫法，并不代表灵魂真的就在这个过程中消失了。同时按照最早创造出转换软件的人的说法，将黑胶唱片转换为数字文件的过程中所失去的那个灵魂只是所谓音乐的灵魂，并非人的灵魂。

"有关文化与宗教上的观点，我们也都知道月城自创的宗教宇宙大同奇点教会，他们就认为数据本身就是带有神性的，所以他们才想要让所有人都转换成再生人再把自己的记忆和意识上传到他们的云端服务器，让自己能够像上天堂一样和作为奇点的神融合。按照奇点教会的看法再生人当然是人，也具有灵魂。所以笼统地说，在宗教上认为再生人不可能有灵魂并进一步推导出再生人没有人权这种看法是站不住脚的。

"其实再生人到底还是不是原来的那个人，可以参考著名的'忒修斯之船'理论，即如果将一艘船的船身所有零件一点点换掉，今天换一点明天换一点，最后全部换掉，和一口气将船上所有零件都换掉，从结果看是一样的，所以不管怎么换最后还是原来那艘船。同理，只要意识留存，即便全部换完还可以是同一个人。意识是维持人的同一性的关键。

"我们现在的科技已经明确可以复制人类的意识，并且有大量的科学家可以出庭做证，只是受限于上诉程序无法提交新的证人证言。如果上诉人律师纠结于此，我请求上诉庭将这一部分发回一审重审，以便我们继续就现在的科技是否可以赋予再生人意识这件事进行证明。在我看来，正因为再生人拥有意识，他们能够感受、思考和行动。这种存在的意识赋予了他们权利的合法性。

"同时，从社会的层面来看，在现在的月城社会，再生人已然是我们社会的一部分，他们与我们共同维护社会秩序，为社会的繁荣做出贡献。因此，他们应当享有与其他社会成员相同的权利。我们的法律体系旨在保护所有个体，包括再生人。剥夺他们的权利将是对我们法律承诺的背弃。科技的进步带来了新的伦理责任。我们有义务确保再生人作为科技成果的产物，享有与人类相同的基本权利。我们不能因为再生人的诞生方式而对他们进行歧视。这违反了我们社会长期以来坚持的非歧视原则。再生人的参与将促进我们社会和经济的发展。他们的创造力和智慧是我们社会宝贵的资源。随着我们对科技和人权的理解不断深化，我们必须确保再生人的权利得到认可和保护，以便他们能够在未来的社会中充分发挥作用。

"因此，我恳请法庭，基于上述理由，继续承认再生人的人权，确保他们得到公正的待遇和保护。这不仅是对再生人的公正，也是对我们整个文明的尊重和肯定。如果我们以任何其他方式剥夺了再生人的人权，这将是对我们月城的巨大灾难，很多人的生命财产与自由将失去法律的保护，再生人的科技研发将遭受毁灭性的打击。我希望各位法官大人能够考虑到您的判决的巨大影响。

"我的陈词到此为止，谢谢阁下留意。"

"好了。"玛丽亚说，"感谢双方的陈词，请留待原地，我们将很快宣判。"

"这么快？"罗斯琳大为不解，"一般不是都要等上几天的吗？"

"你知道外面的情势吗？"玛丽亚说，"这个判决不能等了。"

罗斯琳很快闭嘴，法官全体离席。

大卫的心悬在半空，一会儿在天堂中翱翔，一会儿在炼狱里煎熬。他只能做最好的希望，最坏的打算，即便他感觉自己有十足的把握，能赢得这次的案件。

法官们没过太久又回到了审判席上。玛丽亚举起法槌说道：

"我宣布，《再生人条例》中有关赋予再生人人权的条款与《月城基本法》相悖，我们宣布为无效，但本判决将在三十天后正式生效。立法机关将有三十天的时间检讨如何重新修法，确保再生人的复刻程序与人类出生的过程相吻合，以符合人类取得人权的形式。此乃月城法院的终审判决，特此宣判。"

随着沉闷的"咚"的一响，玛丽亚放下了法槌。

大卫感觉自己到头来还是输了，还是那个从来没有办法取胜、从来只会被人抛弃的失败者。他坐在椅子上，靠着椅背看着天花板，找不到站起来离开的动力。

他不知道月城里的再生人和新伴侣以后还怎么生存下去。

他看着全场的其他人都逐渐离开，代表海瑟的投影逐渐消失。罗斯琳也没有过来惹他。旁听席的人走光了。最后灯都灭了，书记官也走了，只有一个仿生人法警过来提醒他要走了。他直起身子，看着还有一盏夜灯照着的月城盾徽。两只猫头鹰还不知疲倦地抓着盾牌，盾牌上灯塔背后的月亮还投射出迷离的光芒。皱巴巴的缎带环绕整个盾徽的下部，上面还虚张声势般用拉丁语写着："黑夜之光"。

8

大卫从法庭出来的时候，在法庭外面的走廊没看到任何人。他以为人都提前散了。但是等他搭电梯来到玄关区域时才发现自己完全想错了。

玄关区域好像经历过一场彻头彻尾的浩劫，一切的一切都被打烂砸碎了。到达大厅的石柱被砸出裂缝，雕刻着的天使被折断了翅膀，砸平了脸庞。电动扶梯戛然而止，有些机器人的肢体卡在扶梯的台阶里。那个用拉丁文写着"在月球你再也不会孤独"的大型金属浮雕被泼了浓稠的黑色液体，站在它面前的时候再也不能感受到它所散发出来的万丈光芒。信息咨询台的接待仿生人被砸了个脑袋开花，露出里面的各种芯片电路。还有人在远处拿着棍子砸来砸去，大卫看见他们就小心翼翼地绕开，怕被他们发现危及自己的生命。

除此之外还能看见很多被砸烂的、砸碎的、砸成废铜烂铁扔得到处都是的再生人和其他仿生人，甚至还有真人，被砸出血还没有停手，一定要砸到见肉才罢休。金鱼人就没有那么幸运了，因为能看见他们的肉的时候他们的大脑已经破裂。他们大概都是被那些拿着棍棒的暴徒砸的。这些人见到看起来像再生人甚至仿生人的人就追打，要敲敲他们的脑袋看里面是骨头还是金属。

大卫发现自己正身处一场风暴之中。

车站大厦的公共广播系统里，一个机械的声音正在反复播放："《紧急事态条例》现已生效，所有人员不得聚集，请立刻离开公共区域，如有违反可被检控。"到处都有警察抓人，但也到处都能看到正在跟警察搏斗的人。满地都是负伤后哀号甚至仿佛断气了的双方，警察的义体和难民的头盔面罩棍棒都散落一地，不时还可以看见斑斑血迹。

不想卷入任何争斗，大卫尽量避开人群，但还是被警察抓住盘问了半天，没走几步又被自救协会的人抓住，幸好他们认为大卫是为他们争取利益的律师，所以也把他放了。平常五分钟就能走回家的路他走了一个小时。

"我回来了露娜。"回家之后大卫对着衣柜喊道，"你快出来帮我看看我的手吧，说不定要包扎一下，好疼啊。"

但是等大卫打开衣柜的时候，露娜并不在里面。

9

大卫不知道自己心里现在是什么感觉。他好像全身的血一下子流干了，蒸发了，冻硬了，被看不见的黑洞所吞噬了。他想要尖声嘶叫。他开始尖声嘶叫。他担心会不会有人来找他叫他停下来，但是他已经不再担心了。他叫到开始往外克制不住地流口水，叫到自己也跌落在地上，掉进自己恶心的一摊口水里。但是他已经不在乎了。他现在只想关上衣柜的门，再打开，看见露娜正好好地站在里面充电，手腕上亮起蓝色的光。

他关上了衣柜的门，又打开，露娜还是不在里面。

他镇定下来，回想露娜可能去了哪里。他想起来露娜说过她要去买东西，买喝完的咖啡，买什么做饭要用的食材。他赶紧冲出门，路上看见棍棒的时候也捡了一根，就算不是用来防身也可以用来证明，自己也算是真人的那一边的。

他一边走一边想，月城到底发生了什么。为什么判决一下来会发生这种规模的暴动。难道他们以为再生人的人权被取消后，他们就是可以随便毁坏的东西了吗，难道他们不知道再生人的人权实际上还没取消，只是给了三十天时间让立法会去修改法律吗？

或者他们完全知道判决的内容，就像刚才有人在法庭里冒着藐视法庭罪也要直播一样，可能又有人在法庭里录像或者录音，然后传播到外面来。他们完全知道最后的判决是什么，但是他们不能接受，所以他们采取了自己认为有必要的措施，用自己的手来解决问题，即是砸坏一切代表再生人对他们的压迫的东西。

大卫来到玄关区域，从那里穿过玻璃管道，就是超市。大卫和露娜曾经一起去过一次。一路上他又碰到几拨人，但是可能因为大卫也拿着不知道用什么东西做的、从什么地方来的弯曲的棍子，他们把他当成了自己人，没有人拦住他问他要去哪里、要干什么。管道的出入口都贴着大量的通缉公告，上面已经赫然出现了强尼，还有其他一些自救组织的大小头目。大卫第一次看见了组织头目的照片，印象中没有见过本人。

大卫进入超市，看见这里基本上已经被洗劫一空，所有的食物和用品都不翼而飞，除了掉在地上被人踩烂的番茄、黄瓜和被人生咬了一口的鸡腿，以及好像好玩一样砸得到处都是的鸡蛋。似乎有人打开牛奶扔得满地流淌。还有很多空酒瓶。有几个可能不胜酒力的人直接醉倒在地上。大卫绕了一圈没看见露娜的迹象，回到了一个好像还没完全睡着、正在小声哼唧着什么的醉鬼身边。

"你好，你看见一个女孩了吗？"

"我看见……"

"头发又黑又直长到腰这里，穿着……淡粉色的裙子，你看见了？"

"我看见好多星星在我眼前……"

大卫松开抓住他的手，知道跟他们说什么都没用。他又沿着刚才来的路线走回房间，看见地上的残肢就检查一番会不会是露娜，但是在哪里都没找到能确定是露娜的部分。

他非常后悔，为什么要让露娜出来买什么咖啡。他早就有一点预感会出点什么事，虽然他断没有想到会发生这样的情况。不过如果自己今天败诉，会不会不至于激发这样的事件，他不知道。他突然想到露娜会不会想要买完东西去法庭接自己，于是又爬楼梯前往法庭所在的高层。

平常习惯了电梯，现在要爬楼梯的大卫，没爬几层就累得气喘吁吁。他不得不走一段路就停下来，稍微喘口气。一路上大概是因为电梯都坏了，他在楼梯间看见了更多的再生人的肢体，他也一路走一路留意，并没有看见什么熟悉的面孔，直到他来到高层与中层之间的架空层。他在那里看见了像小山一样堆起来的一大堆义体，如果不是因为大卫还能将这些仅仅看作是机器，不知道该是多么恐怖的景象。他强忍着不去做这样的想象，从小山的底部开始往上面翻弄，看会不会找到什么不祥的线索。

他突然看见一个熟悉的面孔，但是到底在哪里见过他一时想不起来。那是一个女人，但不是他的露娜，是一个涂着鲜红色口红、活着的时候可能风韵犹存的女人。

"喂，你在找什么？"

大卫回过头来，是一个不认识的老年男人，头发稀疏发白，厚厚的圆眼镜好像镜片破了。他手里拿着一个看起来像匕首的东西。大卫没有开口，因为他不知道自己该怎么解释。在找自己的机器女友？听起来会被认为是同情再生人的人，可能被他刺一刀。想找点便宜零件下次自己用？甚至可能被认为自己就是个再生人。大卫突然想起来公园里的那个黑市。他深吸了一口气，平静地回答道：

"我在找一个零件，看有没有什么值钱的货色。"

"那真是抱歉了。"那个人舔了一下自己的嘴唇，靠得更近了，"那是我的东西。"

大卫感觉在哪里也见过男人，但是一下子想不起来。大卫握紧了手上的铁棍。现在他才看清这棍子是一根顶端尖细带着一点弧度的金属，很有可能是从被砸了又被泼了黑漆的那个在到达大厅里的大型金属浮雕上掉下来的，握在手里有种拿着一把长长的日本刀的感觉。

老头可能认识到了自己的短匕首在大卫手里貌似长刀的棍子面前的劣势，但是他没有退让。

"你知道欺骗的滋味吗？"老头喊道，"你知道当你爱的人骗你，说她会陪你一辈子，结果只有你自己变老，而她却青春永驻的感觉吗？"

"你是……"大卫暗忖道，"福斯卡？"

"是你？文律师？"老头突然警觉起来，"你不是赢了官司吗？怎么会在这里？"

老头往后退了几步，但还没有要完全离开的意思。

"你能让开吗？"老头说，"求你了。至少让我跟她的尸体在一起，至少我们两个可以一起死……"

大卫突然想起来，刚才他在那堆躯体中看见的那个女人。那不就是当时跟福斯卡一起来咨询他，如何才能收养一个孩子的夫妇。

"所以说你把你妻子……"

"雷吉娜背叛了我！"福斯卡喊道，"她要用永生不死的躯体继续活下去，去跟别的男人在一起。我只是做了我该做的事情，强迫她兑现她的诺言，一辈子只爱我一个！"

大卫多多少少知道是怎么回事了，大概雷吉娜作为福斯卡的妻子，是一个不会死的再生人，两个人生前山盟海誓，但是福斯卡却不知为何一直是肉身，他终于来到了作为肉身的人必然面临的那一天，而他对雷吉娜……

"听着，福斯卡。"大卫直截了当地说，"我不管你在做什么，这是非常时期。我在找我想找的东西。我不会碰你的雷吉娜，或者她剩下的任何部分。我让你过来把她领走。"

大卫往后退了几步，但手里还握着刀。他害怕福斯卡疯了，会拿着匕首朝他冲过来。但是福斯卡虽然站都站不稳，却没有向大卫这边扑过来，两人像击剑比赛一样，你进我退，最后让福斯卡靠近了那堆躯体，而他也按照讲定的那样，将雷吉娜的尸体拖了出来，直到安全的位置。大卫看着福斯卡和雷吉娜消失在往下的楼梯间那里。

大卫一方面觉得庆幸，因为自己打架完全是个菜鸡，上学的时候经常被人打到流鼻血，另外一方面又为没有击退一个杀妻狂魔感到惭愧。但现在他还有更加重要的事情要做，他回到那堆残骸，继续翻找，但到最后也没有找到什么。

大卫摇摇头，继续往法庭的方向走去。在快要走进前往法庭的楼梯间时，一颗熟悉的头颅从花坛里面滚落到脚边。

大卫看着那个熟悉的面孔，现在了无生气地圆睁着眼睛，突然有种悲从中来的感觉。路易，大卫在心中默念着，现在你是真的死了。

10

大卫走近花坛，从那里他看见了路易身体剩余的部分。他经常穿着的高级西装已经不见了踪影，也许被其他环保人士回收走了，现在他的躯干只穿着一件残破的丝质衬衫，到处都是撕裂的口子，四肢里只剩下一只脚，其他地方的裤管袖管都空空的，也没在旁边看见那些不见的三条臂膀。

他看着那个过去看起来像是长着卷曲灰色长发的脑袋，现在头发都被拔光了，头颅被撬开了，露出里面的电路板。大卫看着路易的头大张着嘴，两只眼睛一只眼神空洞，另外一只整个眼球不知道去了哪里，也能看见里面的电线。他想象卡萝可能的反应，自己费了那么大劲去证明路易已经死了，他的再生人并不是他本人，而他的再生人现在就以这样的方式再次死亡。大卫不知道路易到底还有没有其他备份，也许他还是有可能在哪里的工厂激活另外一个副本的。

大卫试图进入有法庭的高层区域，但是通往高层区域的楼梯间已经关闭，大概是为了防止暴徒进入行政区域影响政府运作。大卫又只好爬回玄关区域，这次他在那里见到了很多看起来跟平常的警察不一样的仿生人，他们都全副武装，拿着盾牌和枪，往公园的方向走去。

被警察簇拥着举起来的一张椅子上有一个看起来好像很古旧的机器人，与其说是机器人不如说是一个雕像，但是那个雕像会动，从旁看去有种日本古代武士战争时那个被举起来的大将的味道。大卫看着那个雕像，不敢相信自己的眼睛，因为那个雕像应该就是从车站大厅前往莫娜家里时会路过的那个弗里德里希·奥尔德林的雕像。

"根据奥尔德林先生的遗嘱，"一个大喇叭从警察后面的一台车辆里响起，"奥尔德林先生特此撤销对月城政府的授权，重新收回自己作为月城公司最终控制人的权利。月城警察别动队在奥尔德林先生的授权下负责维持秩序，请按照我们的指示立刻离开此地。"

大卫想起来莫娜提到过的那个传说，说是月城一旦陷入危难之中时，奥尔德林会复活过来，拯救月城于危难之中。他没想到这个传说居然是真的。他估计那个雕像也是个再生人，可能也按照《再生人条例》进行了复刻，所以有奥尔德林本人的意识和记忆。

他突然想起来在图书馆看过的书里提到过，奥尔德林的雕像下方的石碑上刻着说，在德国民间传说中，所谓的欧洲之父查理曼大帝和他的英雄军团就蛰伏在地下，一旦吹响号角，便会复苏过来并拯救德意志于危难之中。当时大卫在月城图书馆里看到这段介绍月城历史中奥尔德林雕像下方石碑的文字时还不知所以，不知道为什么会在这个地方提到。现在他知道了，对于月城来说，奥尔德林就是他们的地下英雄，他既是月城的创始人，也是月城永远的守护者。

大卫走近公园看看接下来到底会发生什么，但是很快被一个比自己高一倍、壮四倍的警察用机器人的手臂抓起然后扔到一边。大卫只好走到玄关区域靠近公园的另外一根玻璃管道，试图从那里看看到底要发生什么。

从远处看去，仿生人大军在那边的玻璃管道里遭遇了难民们的反抗，他们举着长长的棍子像中世纪的欧洲骑士一样一轮轮地冲击着别动队，但是身强体壮的别动队队员岿然不动，只是有一些高大的盾牌和队员被推倒。还有很多失去意识的仿生人被绑着推了出来，摆成了一堆堆路障，看起来都是难民绑架的仿生人和他们的义体残肢。

这时，那个大卫一直在苦苦寻觅的身影出现在了他的视野中。

"露娜！"

大卫冲向公园门口，虽然被别动队队员挡住，但是大卫在对方冲过来时侧身闪开，然后利用他们冲出时留下的空隙突破了封锁。

大卫冲到那堆路障那里，看着已经遍体鳞伤奄奄一息的露娜。她好像灵魂脱壳的样子，跟一般失去意识的人没什么两样。

"露娜！你醒醒！"

大卫疯狂地摇晃露娜，想要试着看她还有没有醒过来的可能。

"大卫……"

难道是爱的力量？露娜微微睁开了眼。一滴大颗的眼泪从她的眼角流下，一时间大卫不知道是露娜在哭泣，还是自己的眼泪滴落在了她的脸上。

"嘭！"这时有人给了大卫的后脑勺一击。大卫疼得直叫。抬起头来，看见是个全身裹着黑衣的难民。

"你们这些家伙干的好事！"大卫推了那个难民一把，"给我滚开！"

　　"我只是提醒你，自己看后面。"说完那个难民就跑掉了。

　　大卫转过身去。这时，大卫身后的别动队队员举起了枪，"嘭嘭嘭"地发射出子弹。枪不是对准大卫发出的，但是大卫用自己的肉体挡住了子弹发射的方向，怕其中有子弹击中露娜。当子弹带着弧线"哐哐"掉落在大卫身边时，他才发现他们发射的不是子弹，而是催泪瓦斯。管道里霎时间充满了奶绿色的气体，这气体顺着管道向公园和玄关区域两个方向扩散，夹在难民和别动队之间的大卫鼻腔深处顿时刺痛。大卫的眼泪也出来了，泪水模糊了视线，他也看不太清接下来在发生什么，只是看见一群黑压压的不怕催泪瓦斯的别动队队员开始往公园里面突击冲去。

第九章

此地空余黄鹤楼

1

大卫在剧烈的咳嗽中醒来。

他视线模糊，双眼一刺一刺地疼，全身感觉都被涂了辣椒水一样又痒又痛，整个呼吸道都发炎一样灼烧着。

透过满眼的泪水和模糊的视线，大卫看清了眼前是陌生的天花板。虽然一直在耳鸣，但是能听见此起彼伏的哀号声从自己所在的房间里传来。

大卫环视四周，发现自己在一个都是床的房间里醒来。很多人都包扎着绷带，房间里弥漫着腐血的臭味，但是因为鼻腔还在刺痛，所以闻得并不真切。

大卫感觉自己的双腿像打了石膏一样沉重而难以移动，但是他还是挣扎着走出了房间。他想去找露娜。

"哎呀，你怎么起来了。"

一个头发卷曲，有着鹰钩鼻，穿着白大褂的女人从走廊里走了过来。

"是你啊，文律师。"

大卫扶着墙抬起头，看不清对方到底是谁。

"可能你不记得我了，我是当时你负责的案件里的陪审员法蒂玛。"

大卫想起来了，她是当时申请遗产继承案件时候的陪审员之一，印象中是在公立医院工作。

"所以这里是医院？"

法蒂玛点点头，"你在中央公园外面被发现，被送来这里了。"

"其他人呢？我有个同伴，她当时应该跟我躺在一起的。"

"叫什么名字？我也许可以帮你查下。"

"露娜……编号是074812。"大卫有时候忘了露娜只是他给新伴侣起的名字。

"074812？"法蒂玛扬起了眉毛，"她是真人吗？"

"是我的新伴侣。"

"哦。"法蒂玛一副"我知道了"的表情，"那她大概没有被送来这里。我们这里只能处理真人。"

"那她会被送去哪里？"

"取决于她的情况。如果还能修好会被送去工厂，如果修不好……大概就直接回收了吧。"

"好的谢谢你。"大卫向法蒂玛告别，准备离开医院。

"喂等等，你还没好全呢！"法蒂玛说，"我不能让你离开。"

大卫坚持着离开了医院，法蒂玛只好把他的药给他，让他记得按时吃药，定期回医院检查。

离开医院，大卫也没有办法走太远。他只好回到同在车站大厦里的自己房间，先休息到自己的脚可以走路为止。

大卫孤零零地躺在自己的床上。他已经很久没有一个人睡过，所以睡意完全没有降临。每次进入半梦半醒的空间时，他都感觉露娜还在自己的身旁，但当他伸出手去想要抚摸着时，他的手所能碰触到的只有虚空，而他也会在这一刹那醒来。

他以为随着时间的流逝，会让他逐渐变得容易接受她的消失，就好像伤口终有一天还是会愈合一样。但是事与愿违，他觉得自己内心里她所造成的缺口，正在顺着边沿不断塌陷。他变得越来越想她，想他和她在一起的日日夜夜，不仅是两人在床上的温存，更是她在日常起居方面对他无微不至的照顾，给他做的每一顿饭、每一道菜，对他喜欢的红茶泡法鸡蛋炒法，她都了然于心。

她作为单纯的 AI，而不是更复杂的再生人，可能在算法和人类的记忆与意识方面略逊一筹，反而给他一种可预测的安全感。她不会突然想要什么，只是和他一起就够了，而这种简单而确定的陪伴是他过去从来没有体验过的。

也许她已经被月城的那两家大型再生人公司的工厂回收，把她3D 打印的脸庞溶解准备回收再利用，把她身上使用过度和难以维修的零件更换成新的，再把她记忆体里所有的有关大卫的记忆全部清除，放进一个阴暗不见光的仓库，和其他数千个一模一样的再生人一排排摆在一起，等到需要使用的时候再把他们运送出来，重新喷上模拟人体肌肤的化工乳胶，3D 打印上脸庞，作为别的不认识的人的新伴侣。

当然如果是这样大卫就会死心了。这样的话他就失去了一切挽回的机会，他会痛不欲生，他会悲痛欲绝，但是他知道没有任何办法挽回露娜，那个曾经作为露娜存在的被称之为"新伴侣"仿生人的躯体甚或她的数字化副本。一切就像一个文件被扔进了电脑的废纸篓，删除了，然后又选择了"永久消除"，再把硬盘格式化了。这样他就会真的死心，就这样继续等待着自己不得不离开月球的那一天。

但是露娜现在的状态是行踪不明，大卫也就还没有放弃最后的希望。行踪不明这一点他已经通过恢复运作的玄关区域的信息咨询台的新接待仿生人那里了解到了。她最后信号消失的位置是在中央公园，这点大卫已经知道了。他当时就在那里。但是那里目前还没修好开放，之前在再生人事件过程中被大量试图逃离难民的人所挤爆，目前处于完全密封的状态。

大卫一时无法也不会立即离开。从视频新闻中他得知，地月之间的客运交通还没有完全恢复，所以大卫想回也回不了。其他有关月城的难民运动的新闻不知为何全部都搜不到了，可能月城政府采取了措施限制此类信息的流通。虽然案子已经告一段落，罗斯琳也不可能继续向联合国就如何解读联合国条约的问题申请上诉，毕竟路易已经死亡，在没有诉讼适格主体的情况下案件不可能继续下去。

但是因为当时上诉庭的判决是暂停再生人有人权的条款三十日，有待立法会在此期间对《再生人条例》进行修订。因为再生人风波，立法会的授权已经被奥尔德林收回，立法会也没有正式召开，而三十日过后包括奥尔德林的再生人在内的其他的再生人的人权就自动失效了。以后就不会有新伴侣和再生人的区分了，所有的此类产品都只是仿生人而已，只能给人类端茶倒水，听命于人类，不能像人类一样拥有资产、独立受雇或者开展商业活动，甚至行使政治权利。他们跟人类的一台电脑、一部手机、一台月球车之类的东西没有本质区别。

2

"大卫，你还好吗？"

大卫在半梦半醒之间，听见有女性的声音。他以为是露娜打电话过来，但是看手机才知道，是莫娜。

"莫娜法官,我……还好。"

"你在哪呢?听说你进医院了,还在那里吗?"

"我已经离开了。"

"离开去了哪里?还在月球吗?"

"在我自己的房间里。"

"行,我去看看你。"

大卫发给了她自己的房间号。

一个小时以后,戴着帽子、穿着长风衣的莫娜出现在了大卫的门外。大卫立即给她开了门。

"别怪我打扮得像个特工一样。"

莫娜已经是金鱼人,虽然她有证件证明自己是真人,但如果碰上难民,还是可能会一命呜呼。她不得不尽量避开他们。

"我把家里多的罐头带了一点过来。"莫娜打开自己随身的行李箱,"我那边还有克里斯。"

大卫郑重地谢过她。他跟莫娜说了自己的露娜走丢了,还在找她。

"你跟她的关系……还真是像皮格马利翁一样啊。"莫娜欣慰地笑了,"也许你不只是第一个登月的月球律师,还是第一个在新伴侣身上找到爱情的人。"

莫娜解释道,皮格马利翁是希腊神话中塞浦路斯的国王,也是一位雕刻家,他根据自己心中理想的女性形象创作了一件塑像,并爱上了他的作品,阿芙洛狄忒(罗马人称维纳斯)非常同情他,便给这件雕塑赋予了生命。

大卫微笑着点点头。他和露娜的关系确实很像皮格马利翁,只是他还没有遇见他的维纳斯,来为露娜赋予真正的生命。

大卫的视线又落到莫娜带来的罐头上。这些罐头可以让大卫在露娜不在的时候苟延残喘一阵子。

"不过您的家人呢？他们不需要这些食物吗？"

"说来话长。"

家里没有咖啡，大卫准备了红茶，两个人就着莫娜带来的饼干一起喝了。

为了防止重要人士离开，特别是那些掌握了大量资产和关键技术的再生人，现任月城政府发布了完全禁止令，禁止任何再生人离开月城，一经发现就立刻击杀。保护月城不受小行星影响的激光炮如今除了扫描接近的小行星，还会扫描任何未经授权起飞的飞船并直接击毁。莫娜不知道还有多少再生人留在月城，但根据经验感觉不在少数。

"我的丈夫还有孩子，都已经离开月球前往火星了。"

"火星？"

莫娜深呼吸了一口气。

"现在既然'地平线计划'已经执行完毕，告诉你也无妨。"

原来，月城的部分人士一直在暗中资助一项代号为"地平线"的计划，表面上是在研究如何让再生人适应不同星球的环境，实际上是为了在紧急情况下将月城的再生人撤出，在火星重新设立根据地的计划。受限于基本法的限制，月城只能进行与再生人有关的研发，其他研究必须由月球研究所或者其他联合国授权的月球机构进行。

"还记得很久之前，你问过我，月城是否是再生人永远的家乡。"莫娜说，"其实我们中间的有识之士，早就担心有一天再生人也会被赶出月城，于是制订了这个计划。"

在月城政府发布禁令禁止任何人离开的当天早些时候，再生人风暴进行得最猛烈的那个晚上，当别动队突入中央公园清除难民自救协会的路障并且逮捕一切胆敢阻挠他们的人时，几乎所有的私人飞船都从火箭俱乐部起飞，离开月球，这么多飞船一齐飞离月城的景象从月城任何角度都能看到。他们前往火星，会在那里利用自己作为再生人不需要氧气和耐受辐射的特点建立起大型的基地，那里将形成再生人的新乐园。

"火星啊……"

大卫突然想起来在月球研究所的时候看过有关"太空康复"研究项目。项目内容竟然跟"地平线计划"十分相似。

"他们的研究内容是？"莫娜眼中绽放着强烈的求知欲，但大卫不确定自己通过不正当形式取得的信息能否跟莫娜分享。

思忖再三后，带着自己对月城的再生人所间接造成的一切苦难的愧疚感，大卫还是告诉了莫娜。

"他们也准备抢滩火星？"莫娜大吃一惊，"并且是通过生物改造适应太空环境的形式？"

"正是，虽然我不知道他们的研究成功了没有，特别是如果他们将很多的研究精力花在了对付'最终镇魂曲'的疫苗和治疗药物上的话。"

"那他们要造出来怎样的怪物？"莫娜摇摇头，"希望在他们抵达火星之前，再生人们能站稳脚跟。"

那些再生人离开的时机不可能更好了，现在月城的主流民意就是憎恨再生人，憎恨他们控制了月城的经济命脉和科技，还霸占了月城位置最好最舒适的住所和休闲场所，包括那个会员制的度假山庄，后者现在已经被许诺将向普通市民开放，月城政府正修建一条长长的玻璃管道直通当地。

而且不只是月城，地球上的人类对于之前月城容许再生人为非作歹欺负同为真人的难民更加恨之入骨。就在别动队突入难民营的时候，地球上的人类已经通过恢复了的地月间信号看到了整场事件的视频直播。他们当然是惊呼于警察的粗暴和难民所遭受的苦难，画面中人类在弥漫的奶绿色烟雾里勇敢对抗机器人、但始终势不力敌、被机器人粗暴殴打的场景促使联合国召开紧急会议。月城的特区自治地位被暂停，由联合国直接管理，奥尔德林的托管机构已经被取缔，月城警察包括别动队也都被解散，理由是其中大部分都是仿生人。目前月城的治安由联合国远程监督的月城宪兵队所取代，实际上大部分新队员都是难民自救组织的成员。

"你现在去哪里都会看到月球宪兵队的广告。"

大卫送莫娜出去的时候就看到了。

"我们月城宪兵队，定将尽最大努力服务市民，并且将把人类的生存权放在绝对的第一位，不会犯之前月城警察一样的错误。"

玄关区域的大屏幕里播放着视频，里面推出宪兵队队长按着《月城基本法》宣誓的镜头。虽然已经变成了正规军，留着小胡子油油的脸上还是有很多坑坑洼洼的地方。大卫的老朋友强尼也摇身一变，成了宪兵队副队长，站在正在视频新闻里发表就职演说的宪兵队长旁边。大卫虽然没有见过队长真人，但是感觉他的声音好像在什么场合听过。

送莫娜离开后，大卫试图前往公园。这里的难民已经基本离开，原来的难民建筑已经被别动队清理，而且现在的难民可以直接住再生人离开后的房子。

"你是什么人？"站在门口的宪兵队盘查大卫，"来干什么的？"

"找我走丢的机器人。"

"机器人？是再生人还是仿生人？"

"是新伴侣。她出门买菜，结果就不见了。"

"怎么说也不会在这里的，你赶快走吧。"

"可是她最后位置就显示在这里。"

对方一脸狐疑地看着他。大卫把在咨询台拿到的查询记录给他看了。

"但我不知道你的机器人去哪了。那种鬼东西，再买一个不就行了。"

"再买很贵的，"大卫撒谎道，"我那个还在保修期，找到可以免费修的。"

"你去问问奇点教会吧，听说他们在到处搜集机器人躯体，把他们的数据传送到云端服务器呢。"

大卫没有想到这一点。确实，按照奇点教会的教义理论，他们要将所有的意识都传送到奇点，传送得越多他们也就离神越近。大卫有点好奇那些奇点教会的人现在去哪里了，既然这么说，说不定露娜也在他们那里。

虽然奇点教会已经从月城所有的公共区域中几乎消失了一样，但是大卫知道他们肯定在某个角落里有个据点，因为在那里需要安置他们的升天装置。大卫记得在架空层看见过他们的传教士，他们曾经用全息投影展示过正在建设的升天装置，所有想要融合进入奇点的再生人都需要踏入这个像竖着的玉米一样、缓慢旋转的机械等待自己的所有数据传输进入他们的服务器，等待传送完成信息就会从再生人脑中删去，而他们也像烤熟的玉米粒一样从升天装置中剥落，这时会有另外一个再生人补上去。也许他们从外形上无法分辨再生人和新伴侣的区别，所以将两者一起带回据点，上传他们的数据到云端。

大卫想起来之前帮棒球帽强尼提供法律援助的时候，他提到过自己曾经给奇点教会捐款修建升天装置，当时还提供了一些档案给大卫，说不定里面有什么信息。

大卫回到房间打开电脑，调出那几份文件，里面确实有升天装置投资计划书，其中提及了修建的规模，基本规格，所需资金和技术，以及最为关键的，是修建的地点。

大卫看着计划书中提及的地址，不敢相信自己的眼睛。原来整个飞天装置就修建在了中央公园的地下，那里是奇点教会的总部，据说那里是 Hayashibara 最早的工厂。大卫这才知道为什么强尼会一直待在公园里，而且对地下的构造如此熟悉。他可能只是试图保护自己的投资。

3

大卫按照计划书中的地图重新找到了上回逃离公园的秘密通道，沿着通道进入了公园。公园还没有恢复原貌。与其说是公园，不如说像是战争结束后的战区，到处都是被拆毁的临时建筑的断壁残垣，废弃的砖、瓦、铁棍、木材、合成水泥和其他建筑材料。只有空中花园还孤零零地耸立在大尺度玻璃穹顶的正中央，里面只剩下泥土，之前种的菜、养的猪都不见了。

大卫根据强尼计划书提及的位置，寻找地下的入口。他怀疑地下入口就像上次强尼在警察发射的催泪瓦斯中突然掀开的什么井盖一样，被深深掩埋在满地的残砖断瓦下面，不掘地三尺很难搞清楚在哪里。计划书的地图也不是什么精确的、带着坐标的玩意儿，而是一份文件所配的、分辨率不高的缩略图，即便放大也看不清入口到底在哪里。大卫感觉自己像带着一份复印过度、噪点太多的宝藏图找掉在沙子里的一粒钻石一样困难。

他像找不到自己魂魄的空壳躯体一样在公园的废墟里游荡，一边走一边回想自己曾经在这里度过的很多时光。那个时候他总是在工作劳累之余出来，有时跟露娜一起，有时露娜要做饭或者买菜，所以他就自己一个人来，不管怎么说他知道自己还是可以见到她的，短暂的分离只是让两人重新见面的时候感觉更为强烈。但是现在露娜的躯体到了哪里他都不知道了，更不用说至关重要的她的记忆、她对他的情感和以两人生活为基础所发展调整出来的行为模式。

大卫在不经意间走到了空中花园的门口。眼前的景象让他不禁屏住了呼吸：在一片泥泞的土中，一条通往地底的楼梯毫无遮掩地敞开着自己黑暗的大口，仿佛在等待着不速之客的到来。四周的空气中弥漫着一股潮湿的霉味，伴随着微弱的风声，仿佛在低语着古老的秘密。大卫的心跳逐渐加快，他能感觉到一股莫名的寒意从脚底升起，直达心头。楼梯的尽头似乎隐藏着无数的谜团和危险，但也许正是这些未知的挑战，吸引着他一步步走向那片黑暗。

大卫打开手机的探照灯，光束在黑暗中画出一道微弱的光线。他一步一步地往下走，脚步声在寂静的空间里回荡。地下前所未有地黑，仿佛从未有过任何光线。大卫刚才走地下通道的时候，里面有类似夜灯的微弱光线，沿着脚边一字排开，每隔几步就有一个。然而，这边可能荒废的时间更久，所有灯光全都熄灭了，只剩下无尽的黑暗和他手中的探照灯。

大卫掏出计划书里的地图，试图分辨那个装置在哪个方向，但是地下是没有方向的，没有办法凭借地图上的标志物大概判断。大卫打开手机上的指南针软件，发现指示的方向并不稳定，这时他才想起来这种指南针的工作原理是需要依赖地球上的磁场的，在月球这种几乎没有磁场的星球上没什么用。大卫叹口气，继续往前走。

这边的入口可能因为曾经是工厂的缘故，所以通道都很宽大。通道里曾经有一些指路牌，大概指向工厂的不同车间。大卫并不清楚各个车间到底都有什么用处，但是一个工厂再大也是可以通过穷举法一点点走完的，毕竟这个工厂的空间不可能超过上面公园的大小。所以与其像只无头苍蝇那样乱撞，不如在计划书上标记自己走过的地方和对应的房间。地下没有光线，所以他用探照灯一边照着一边写。偶尔发出的一点响动就让他心头一紧，毕竟上次也碰到过一个巡逻机器人。如果在这里再次碰到，也许自己就生死未卜了。他从地上捡起来一根棍子，碰到机器人可能也没什么鸟用，权当壮胆。

大卫走过一个阴暗的房间，四周堆满了卷起的橡胶皮肤，仿佛是被遗弃的旧时代的残骸。这里曾是生化合成再生人皮肤的地方，如今却只剩下这些被淘汰的皮肤，静静地躺在房间的角落，散发出一股陈旧的气息。其他的器材似乎已经被搬到新的工厂，只留下这些无用的皮肤卷。

他继续前行，推开隔壁的门，眼前的景象让他不禁打了个寒战。房间里摆满了各种机械骨架和关节，仿佛是仿生人组装车间的遗迹。这些骨架在昏暗的灯光下显得格外令人毛骨悚然，仿佛随时会动起来。大卫小心翼翼地穿过这些骨架，心中充满了对过去那些神秘实验的疑惑和敬畏。

在昏暗的古墓般的地下，两个房间之间的走廊显得格外阴森。走廊对面，一个巨大的架子上摆满了福尔马林瓶子，瓶子里浸泡着大小如人脑的组织。大卫走近一看，才发现这些就是仿生人的大脑，而且从外形上看与人类的几乎无异，显然是按照人类的尺度精心制作的。这些大脑的内部主要是芯片和电路，但放在类似于半透明果冻一般的柔软物质中，外观让人不寒而栗。

房间内的仪器早已被搬空，只剩下厚厚的灰尘和散落的碎纸屑。然而，墙上依旧贴着几张流程图，显示这里曾是编程和配置仿生人人工智能和神经网络的地方。大卫可以想象，这里曾经是科学家们确保仿生人具有适当反应和行为模式的关键实验室。尽管现在一片荒凉，但曾经的高科技氛围依然隐约可见，令人不禁感到一丝诡异和神秘。

继续往前走，大卫发现自己进入了一个布满格子间的房间。房间的布局让他联想到月球法庭隔壁的办公室，但这里的氛围截然不同。

每个格子间内都嵌入了复杂的仪器和线路，仿佛是为连接仿生人的各个器官而设计的。大卫猜测，这些设备可能用于测试仿生人的视觉、听觉和触觉等感官系统，整个房间充满了神秘而科技感十足的气息。

在走廊的尽头，有个比其他车间的门大一圈的双开门的房间，大卫感觉就是这里了。他深呼吸一口气，推开了门。

门内的景象与外面一样，完全沉浸在黑暗中。大卫的探照灯在这宽敞的房间里显得微不足道，无法照亮全貌。他沿着墙边摸索，终于找到一个疑似开关的装置。一按下开关，一道刺眼的光线如利箭般从上方射下，斜斜地穿透房间中央那座几乎触及天花板的高塔。

这座高塔从地面到屋顶分为五层，每层可容纳十二人。部分位置已经空了，有些人跌落在地面上，而有些位置上还安装着再生人。四周整齐地码放着一些可能已经完成传送的躯体，正面朝向高塔，仿佛一群见证奇迹的信徒。

霎时间，大卫感觉这些躯体仿佛活了过来，为每一位完成传送的信徒欢呼鼓掌，庆祝他们传送进入奇点服务器，实现教义中进入天国的过程。高塔也在缓慢旋转，第二、第四层顺时针，其他层逆时针。每转一圈，传送就完成一次，随后上层的人弹出，下层的人踩着其他人的躯体列队走入高塔，让升天装置汲取他们的意识与记忆，但不是传送到备用再生人中，而是传送到被称为"奇点"的服务器中。

现在想起来，大卫大概是从那两个传教士展示的全息视频中看到了这幅景象，只是这个房间这道刺眼的光线让他一下子以为整个房间像活过来了一样。

大卫想起来自己的正事。因为照明不足，他重又打开探照灯，一一扫射身边的那些已经完全是空壳的躯体。他想找到露娜，但他也不知道是找到还是找不到露娜的躯体比较好，因为他并不知道所谓的服务器到底在哪里，而自己又没有可能从服务器里恢复露娜的记忆。

4

"找到了！"大卫兴奋地在房间里喊了出来。他的声音在无人的房间里反射出回音。

在扫视完几乎一半的躯体，要去对面继续检查另外一半时，大卫路过高塔的时候随手照了一下高塔上那几个残留的人体，其中就有一张熟悉的面孔。在看过太多大同小异的脸后，大卫有点难以相信自己的眼睛。他眨了眨眼，重新对焦，然后再次看向那张熟悉的脸庞。没错，那个就是露娜。

她仍睁着眼睛，似乎是在微笑，但空洞的、不会动的眼神好像失去了所有的魂魄。她还穿着那天早上大卫离开的时候那件有点褪色的淡粉色连衣裙，如今她已全身沾满了灰尘，长裙也被撕成了短裙，到处都是撕裂的痕迹，缺少光泽的头发像沾染了什么油腻的东西黏成一团团的。

大卫激动地推过放在一旁的带滑轮的梯子，踩着梯子来到了露娜所在的第三层，用手打开了固定住她的双手双脚的机械臂。失去支撑的露娜像软体动物一样瘫倒在大卫的怀里，身上曾经总是带着清晨海边馨香的芬芳，如今却只剩下机油、塑料、橡胶和金属的气味。大卫紧紧地将露娜搂在怀里，但露娜只是像一个没有生命的娃娃一样任大卫摆布。

大卫摘掉一直连在露娜脖颈后面的线，将露娜取了下来。露娜脖颈上还戴着什么东西。那是一条细细的金色锁链。露娜虽然没有真人那么重，但是一直扛着大卫也吃不消。他想过将露娜留在这里，自己再去找个什么东西回来装她，但是他不想再冒着失去露娜的风险。他把露娜的一条手臂架在自己的脖子上，一瘸一拐地离开了废弃工厂。

从工厂到公园的路虽然沉重，但并非最艰苦的。从公园回到自己房间的路才是。离开秘密通道后，很多人都围观大卫拖着一具人形机体穿过车站大厦，大卫担心会有人去惊动宪兵队。

大卫在回去的路上看见了一些宪兵队队员，穿着英姿飒爽的笔挺制服，看起来更像是军人而不是警察。大卫尽量避开他们免得遭受盘查，幸好因为自己经常在这里散步对路线颇为熟悉，知道每个地方都至少有两条通道可以抵达。不过他还是看见了一些宣传新的警察机关——宪兵队的招贴画。以前只有广告的玄关区域如今到处都悬挂着宪兵队队长的大幅画像，戴着有着大帽檐的军帽，连脸上的坑坑洼洼都看得一清二楚，正用严厉的眼神注视着路人。大卫觉得好像自己一直都被人看着一样，好像连画像里他的眼珠也会随着大卫的移动而旋转。大卫咬紧牙关拖着露娜的身体离开。

大卫最后顺利地把露娜的身体拖回了自己的房间。

他把露娜重新放回衣柜里平常用于充电的地方，虽然她的手腕显示正在充电，并且蓝色呼吸灯已亮，但她并没有苏醒过来。他直觉露娜是出了什么问题，但他没有充足的技术知识解决这个问题。他需要别人的帮助。

他打开自己的通讯录，但是上面大部分都是地球上的联系人，他在月球认识的人只有路易、罗斯琳和莫娜，也许还可以算上强尼，但是他并没有对方的联系方式。其他那些人最多就是打个照面，他不记得对方的名字，对方大概也不记得他的。

其实最有可能帮到他的路易如今已经死了，第二可能帮到他的曾经开设过义体生产工厂的强尼现在已经是宪兵队副队长，大概也不会来帮他解决什么细枝末节的技术问题。大卫想到刚见过莫娜，不想再麻烦她，但是他现在没有选择。大卫打了电话但是没打通，随后莫娜发来了短信。

"不要打我电话，待会联系你。"

5

大卫在等待莫娜电话的同时，他出门去寻找需要搬运露娜的时候能派上用场的东西。

他本来想找个轮椅，但是把车站大厦所有的商店都逛了一圈之后也没找到，后来想起来在月城大概所有残疾人都会直接进行义体改造，所以也省却了轮椅拐杖这种东西。

大卫路过超市的时候，发现里面有推车，估计也能推到自己房间里来装露娜。超市已经恢复了秩序，他随便买了点能速食的东西，但是当他把推车推到门口拿出东西后，却发现推车竟然自己会回到超市，速度还特别快，大卫在后面追都没追上。

最后大卫只能想到用自己来月城的时候带的大号行李箱了。其实也装得进去，而且跟行李箱装满的时候重量差不多，只是在行李箱里装一个人体的事情感觉非常奇怪，如果被宪兵队发现了恐怕事情会更糟。

莫娜这时打来了电话：

"有事？"

"找到露娜了。"

"我和克里斯马上过去。"

等他们到后，大卫打开衣柜给他们看。莫娜伸手去拥抱露娜。她看着露娜的眼神，跟看着大卫的没什么不同。莫娜让克里斯检查露娜的情况，她和大卫一起看着克里斯从自己身后拉出一条线，连接到露娜脖颈的隐藏接口上。莫娜也为克里斯购买了这方面的升级。

"她大概是遭遇那些难民了。"大卫心痛地说，"我第一次在公园门口见到她的时候，她已经奄奄一息，快要失去意识。等我再发现她的时候，她在奇点教会的升天装置上，也不知道到底是怎么到了那里去的。"

"奇点教会的人大概紧急撤离了。"莫娜说，"你找到了升天装置？"

大卫点点头。

"你可别告诉别人，特别是宪兵队的人。他们大概会立即把那个地方给拆个底朝天。"

大卫很庆幸从那里出来的时候关好了从中央花园下地底的通道大门，关掉了灯，还把现场还原成了他发现之前的样子。他希望宪兵队最近忙别的事去，别在公园里乱晃悠。

"她的一部分记忆已经上传到奇点服务器去了，但是还有一部分没有传输完毕，她的整个存储装置里都是中断的碎片，程序也好记忆也好，所以在本地无法运行。"克里斯说。

"那我们现在怎么才能让她苏醒过来？"大卫急切地问。

"最简单的办法，是格式化她所有的存储内容，重灌作业系统，那么她很快就可以恢复运行。这个我们需要远程联系已经搬去火星的工厂，让他们将系统数据传输回来。地平线计划启动的时候他们也把主要设备转移到了火星，这可能要等他们稳定下来才行。"

"但是这样她就不记得以前发生的一切了啊！"大卫本来还要备份露娜一切记忆的，如果如此格式化就等于完全不可逆转的删除了。

克里斯表示理解，然后说："另外一个办法，是找奇点教会的人要回她已经传输到那边服务器的数据，这样她也许可以恢复记忆并且恢复运行，当然这可能需要取得奇点教会同意。"

　　大卫意识到这无异于水中捞月。奇点教会的人都跑了，他根本就联系不上，就算能够联系上，他们凭什么会把作为神的一部分的露娜的记忆还给他？

　　大卫准备偷偷地溜回公园地下的废弃工厂，找找那个所谓的服务器在哪里。

　　走的时候，莫娜给了大卫一部专门的手机，说是会自动加密，如果有人输错密码三次就会自动销毁内部数据。

　　"这是？"

　　"防止窃听。"莫娜说，"以后找我的话用这部手机。"

<h1 style="text-align:center">6</h1>

　　大卫回到了升天装置放置的地方。这里还是跟上次一样，没有人来过。

　　大卫沿着高塔上方错综复杂的线路和电缆攀爬，最终在顶部附近发现了一个隐秘的房间。透过半透明的有孔地板，他可以俯瞰整个房间。这里遗留着许多工厂时代的机器，仿佛是某种打包产品的生产线。然而，几条线从四面八方汇聚到房间中央，连接着一台巨大的机器。

　　这台机器散发着粗糙、工业化的气息，由重重叠叠的金属板、管道和电缆组成，表面布满了涂鸦和符号，显得破旧而混乱。机器的正中央有一个奇点教会的标志——两个无限符号垂直交叉，中心的四角星绽放出耀眼的光芒。整个场景充满了神秘与未来感。

　　大卫试图激活这台电脑，但是他怎么动都没有用。他只能联系莫娜，叫她跟克里斯过来看看。

　　接莫娜和克里斯进来后，克里斯发现只是机器没插电源。给机器插上电后，机器旁边的四块屏幕很快亮了起来，上面荧光绿色的奇点教会的标志动了起来，好像正在进入系统，随后显示屏上滚动着复杂的代码和图像。

"没错，这个就是奇点教会称之为'奇点'本身的服务器。"克里斯进入系统后开始敲打键盘，"但是看起来这个服务器里已经什么都没有了。"

"是存储装置被拆掉了吗？"

克里斯在终端上敲打了几下键盘，又在那堆密密麻麻的机器硬件里寻找，最后取出一块砖头大小的硬件。

"装置还在，但是里面的东西都没了。"

"那些数据都去哪了？"

克里斯又检索了一番。

"被传送到火星的另一个服务器去了。"

大卫感觉一下子泄气了。他的露娜的数据被传送到了火星？那是他通过与露娜的互动，她所形成的专门的记忆和模式，如果不取得这些数据，就没办法把露娜恢复到原先的状态。到底奇点教会为什么要这么多事，把这些仿生人的数据全部传送到一个所谓的服务器去？就为了他们所谓的信仰？

"你能搜到他们在火星的联系方式吗？我想联系他们。"大卫急切地看着克里斯说。

克里斯摇摇头。

"为什么不行？"大卫追问道，"能麻烦你再好好找找吗？"

"他们人都还在这里，哪里也没去。"

"什么意思？"大卫皱眉问道。

"如我所说，他们已经把自己的信号全部传输了过去，而把人留在了这里。"

大卫从边缘的梯子往下看，原来那些留在仓库里的其他身体，就是奇点教会原来的信徒。从某种意义上讲，他们确实实现了灵魂的飞升，从这里被传送到了远处的服务器。

"他们的信号传输过去后，就联系不上了？"

"他们现在就好像都是服务器里的一个文件，只能作为一个程序运行，不能作为人来联系了。"

数据如果按照记录文件的说法已经去了火星，继续在月城寻找剩下的教徒也没有太大意义。

大卫叹了口气。他想起来一句古诗：昔人已乘黄鹤去，此地空余黄鹤楼。现在这里留下的，就是没有黄鹤的楼，没有灵魂的空壳而已，跟楼下的那很多具躯壳一样。

7

莫娜说自己还想要克里斯调查一下服务器，想留在下面多待一段时间。大卫自己从废弃工厂里出来了。他不想在那个地方多待一秒。他刚从地下通道里钻出来，突然迎面看见一个穿着制服的人正向他走来。他赶紧往后一靠，准备往地底深处逃跑，结果一只大手坚定地抓住了大卫的肩膀。

大卫使劲挣脱，但他怎么努力挣脱都没用。自己终于要被抓住了吗？他会被遣返回地球吗？他的签证马上就要过期了，案子也已经终结，只是等地月间客运飞船恢复正常而已。只是大卫不满于自己最后还是没有能够得到一个和露娜重逢的机会。

他只好放弃努力回过头来，看见的却是一张笑脸。脸上的皮肤似乎已经修补好了，只是那只义眼还在绽放着令人发怵的红光。

"强尼？"

"你终于认出我了。"强尼的义体手臂终于松开了大卫的肩膀，捏得让他感觉自己的肩胛骨都快碎了，"你怎么在这里？"

"我……我想下去看看，到底还有什么东西。"

"能有什么东西？"强尼说，"我以前的工厂就在这下面，生产义体的那个。后来我破产之后让奇点教会继续用，现在他们人也跑了。"

"那个工厂是你的？"

"嘿，看来你也发现了。"强尼又笑道，"我以为你还没下去呢。"

大卫感觉自己露馅了，但又不敢承认。他怕强尼说起来继续下去查看，碰到莫娜他们。

"我看到新闻了。"大卫改变话题，开始尬吹，"你升职了是吗，真厉害啊。"

"哪里，还是老样子，只是换了套制服。"强尼拉了拉自己的宪兵队制服，似乎还是有点自豪自己能穿上如此笔挺的衣服，衣服肩章上还有两颗星。

"你不是副队长了吗，算第二把交椅了吧。"

"以前自救协会的小组长现在都是副队长了，真正的第二把交椅叫第一副队长，目前还空着呢。"

"所以你要跟其他人竞争是吗？"

"那可不。"强尼用下巴尖指指大卫身后的黑洞，"我正准备下去查查，刚才好像有人举报说看见有人下去了。"

"对……他们就看见我了。我就路过好奇看看。"

"就你是吗？"强尼困惑地看着大卫，大卫也不作声看着强尼。两人对视了三秒钟，强尼好像突然懂了。

"就你是吧。"强尼用手往后一挥，"你上来吧，这里我们要封起来，怕有再生人什么的躲在里面。"

"嗯嗯。"大卫赶紧跟在强尼后面走到地面。

这时，另外一个穿着宪兵队制服也有两颗星肩章的男人带着三四个宪兵队队员走向大卫和强尼。

"强尼，你抓到人了？不错啊。赶快把那个私闯禁区的家伙押送回总部吧。"

"啊，好的。"强尼又用他强壮的手臂抓住大卫，"跟我来，别又跑丢了。"

"里面还有人吗？"那个副队长问。

"没有了，我进去看过了。"强尼明显在撒谎，但是大卫心里很感激。

大卫和强尼两个人离开了花园，身后能看见那队人马正在用棍棒和铁链封锁下去的入口。等两人走到公园入口的玻璃通道时，强尼才放开了大卫。

"你赶快走吧，趁他们还在忙。"

"你不会有事的吧？"大卫问。

"不会的，你放心好了。"强尼说。大卫告别后就离开了强尼。

走到安全的地方后，大卫立刻跟莫娜通话，告诉她现在没办法从原路出来，但是有一条比较复杂的路线可以回到车站大厦的一个清洁工具间。他按照强尼的计划书把路线讲给了莫娜和克里斯听，后者已经标记在了自己的地图上。

"我说得够清楚了吗？"大卫确认道，"需不需要我回去找你们？"

"不用不用，"莫娜说，"我们可能还要在这里面待一阵子。"

"还待？虽然他们把门口封上了，但保不齐等下又回去察看的。"

"没关系，我们会小心的。"莫娜说，"谢谢你了。"

"没必要谢我啊，什么也没做。"

"不，你帮我找到了一个和家人团聚的办法。"

8

大卫坐在月球表面，身旁是露娜，脚下是深灰色的碎石和细砂。他穿着宇航服，凝视着无尽的黑暗，远处的繁星如同无数双眼睛注视着他们。两人脚下不远处是他们一直想看的"倒下的月球人"雕像。之前他和莫娜月面滑雪时就计划来看这座雕像。实际上，这只是一个倒在地上的金属人体雕塑，如果没有导航，他们可能根本找不到。据说这里曾是一个月球基地的遗址，曾经有十几个人在这里居住，但最后发生了可怕的事情，几乎所有人都没能活着返回地球。

大卫回想起和露娜的约定，她要跟大卫一起在月面上漫步，再来看看这个雕塑。大卫一直都在等待案子完结好履行这个约定。现在两个人来了，露娜却已经不能够再正常运作。

他不知道自己留在月城还有什么意义。如果他要找回剩余的露娜的记忆，他需要去火星，或者联系一个能在火星访问奇点服务器的人，下载其中露娜已经上传的部分，再找个地方重组她的回忆。但这近乎是不可能的任务。他不认识任何在火星的人，也不知道该怎么重组她的记忆。现在他有的，他转过头，就是这具只有一半记忆的露娜的躯体而已。

第二可能的选择就是返回地球，不管怎么说他都有些想家，能回去看看是再好不过的，加上最近受助于疫苗和特效药，"最终镇魂曲"得到抑制，地月间的客运即将重开，到时候他想不回都没得选了。不过他没办法带着露娜返回，地球那边不会允许他带着禁止的仿生人回去，他要先想办法把露娜体内的记忆导出。这一点他从克里斯那里得知，并不是完全不可能的事情，虽然现在联系不上奇点教会火星教区的人，但是据说他们之后同样会在火星招募教徒。到时候有具有实体的新教徒后，取得他们的同意，将奇点服务器中剩余的露娜的记忆下载回来即可。

莫娜现在要利用升天装置把月城还存活的再生人的意识导出来，再想办法送到火星或者其他什么安全的地方。这就是她跟大卫说过要他帮忙的地方。

最近因为大卫在路易的案子中的胜利，宪兵队已经认为再生人不是人类，所以除非有人愿意认领，基本上把他们当无主物处理，直接送回工厂拆解成零件，并且把他们所有的记忆都抹除。多亏罗斯琳的运作，代表另一位再生人向法院提起司法复核，要求恢复条例的效力。宪兵队也不得不建起临时的收容所，至少在上诉判决出炉前先关押他们一段时间。

月城还有为数不少的再生人，可是目前的情况下他们都没法离开，形同坐牢。他们的财产和权利都在一天天地被剥夺。莫娜希望大卫再次提供法律援助，尽量在法庭代表他们，拖延法庭处理的时间，避免上诉一旦通过，宪兵队又把他们送回工厂还原成零件。大卫拖延的时间可以让莫娜重新修复启动升天装置，尽可能地把所有自由的再生人的数据复制到存储设备里，再想办法传送到火星去。等到了火星，也许她能联系上已经搬迁过去的其他工厂，让他们生产出一模一样的再生人，把数据灌进去，就完成了这些再生人的星际旅行。

"那你怎么办？"大卫在电话里听到莫娜如此解释的时候，第一个想到的就是这个问题。

"如果他们先到了，只能到时让克里斯先传送过去，继续在那边照顾他们了。"莫娜很明显也考虑过这个问题，"我会找机会将自己复刻，甚至说不定有机会自己去火星和他们团聚。"

但是说起来容易，现在月城几乎所有的复刻专家都被置于严格的监控之下，复刻业务处于停摆状态。

莫娜当然也说与其等她完成，不如重新格式化露娜，再跟她重新相处一段时间，也许会培养出一个跟原来差不多的露娜。但是那就不是自己过去的那个露娜了，大卫心想。就好像女儿死了又生了一个，绝对不是原来的那个人，而且现在看来，还不能排除原来的那个有复活的可能。

大卫知道在别的人类看来，自己的坚持就好像是认为地球是平的、坚持吃素、拥有宗教信仰或者相信草本医药一样，是无意义的甚至有害的。但是他开始认为，也许《独立宣言》的那个版本里有关人的平等的说法才是有道理的，人被创造出来就是平等的。也就是说，也许罗斯琳说的是对的。把这段话理解成"生而平等"恐怕只是那个时候的人没有可能用其他方式创造出来。

大卫一直以来都没有仔细反思过，因为他没有任何想要保护的东西。他只是被动地选择，很少有意识地做出任何决定，大部分时候只是顺水推舟，跟着别人或者时势的走向，但是这一次，他真切地意识到自己的思绪发生了转变，因为露娜。如果一个人看起来像人，谈吐像人，做事的方式也像人，那么他就应该是人，不能因为他被创造出来的方式剥夺他的人权。

那些说人类和再生人的区别是人是有灵魂的人，真的能证明灵魂这种东西确实存在吗？而且有灵魂的人类做出来的事情跟没有灵魂的再生人不也是没有什么两样，不还是吃喝拉撒之类的日常琐事，而在创造性方面再生人无论如何也没有比人类等而次之。这是在月城已经被证明的事情。

反而是所谓有灵魂的人类，到处破坏环境，陷害他人，追逐金钱名利声色，只顾着满足自己的一己私欲，就像海瑟那样。自从虚拟现实的世界诞生后，多少人沉湎躲藏于另外一个不存在的世界消磨生命，对眼前的不公不义不管不顾。他们真的可以算是有着灵魂的高等的人类吗？

即便出生的人才有灵魂，没有灵魂也能好好生活。

他还记得自己刚见到露娜的时候，纯粹只是把她当作工具，甚至之后的很长一段时间里也是，不是用来泄欲就是用来做家务，但在现实中地球上不是也有很多人把其他人当作同样的工具吗？甚至他自己在找女朋友的时候，也总是过于重视对方的外在条件，或者只从对自己有什么用处的角度考虑。

真正让大卫意识到自己的观念有问题的，也还是因为看见莫娜将自己的再生人视为家人，看见罗斯琳为自己的再生人客户全力以赴，再看见新来的难民把自己所遭遇的一切不幸都归咎于再生人的问题。但明明是难民们为了躲避地球上的瘟疫自己愿意来的，而月城也没有立刻把他们赶回地球。虽然月城上的难民处理方式问题很大，但也不至于要把原来住在这里的人否定为人，剥夺他们的全部权利。

大卫甚至认为不能仅仅将人权赋予再生人，也许有一天在人工智能达到人类的思维水平之后，也应该将人权赋予所有仿生人。现在的那些人类想要的高人一等的权利无非是朴素的先来后到的观念，因为最早创造人的方式是生育，所以也只有生育出来的人是人。因为先来到这片土地的人是人类，所以也只有人类才是人。

但其实他们都是外来的，这片土地上之前连人都没有，它不可能属于任何人。真正的解决之道恐怕是和平共存，也许这需要既得利益者后退半步，给新到的人一点生存的空间，愿意放手一点到手的东西，跟其他人急需生存必要条件的人分享一点氧气、食物与饮用水；但这也需要新来者不要咄咄逼人，总觉得自己应该赢者通吃一切。人类在地球上的历史大致如此，但没有人从历史里吸取教训，总是一遍又一遍地进行战争，争夺地盘，把所谓有灵魂的人类如草芥如鱼肉般毫不介意地消灭。现在人类到了月城，又要对再生人做一样的事。

　　大卫扭头看着身旁的露娜，她就像苏醒了一样坐在他的身旁，双眼仿佛好像炯炯有神地看着前方。但是露娜还没有醒来，大卫只是用空的行李箱把她拖来这里，因为她的陪伴对他不可或缺。她手里还握着大卫送她的那块怀表，很久没有上发条现在已经彻底停了，金黄色的一牙月亮就这样停驻在宝蓝色的天空里。这块怀表是大卫帮露娜清洗身体的时候，发现一直挂在她脖颈上的。

　　但是他如果什么都不做，自己将再也没有机会跟露娜重逢。莫娜想叫他去收容所看看，可能他们那里也需要法律援助。如果帮莫娜，也许莫娜也会帮他。如果莫娜真的能联系上火星那边，也许他也可以顺势取得露娜在火星上的记忆。

　　地球这时正在眼前缓缓升起，就像威廉·安德斯一九六八年那幅著名的照片里见到的一样。蓝色的地球像一颗带着白色丝絮的碧蓝色玻璃弹珠一样从月球地平线的那边升起，地球升起的位置四围不再能看见星星，只有深邃的仿佛虚无一般的黑暗本身。

9

　　大卫按照莫娜给的地址，走到收容所门口的时候，发现这里就是之前的中央公园。

　　废墟已经被很快地整理干净了，裸露的土壤上面盖上了大块的水泥平板。本来投影在玻璃罩上的各种灯光和虚拟场景都关掉了，现在只是完全的黑暗，由于室内的反光也看不太清外面的星空。如果不是之前来过，大卫真的没办法想象当时自己第一次来时这里还是个草木葱茏的公园。

在这无可名状的黑暗中，一个个半个集装箱大小的格子间沿着公园的圆形外沿围绕着排列成一个圆形，可能每个房间都是用集装箱改造的，短边朝内的那一侧敞开着，焊上了一排排结实的铁柱，另一侧的铁门则牢牢地用铁链锁住了。原来的空中花园位置正好改造成了瞭望塔，白光像灯塔一样沿着所有的房间环绕，每分钟每个房间都会被照到一次，就像边沁设想的圆形监狱一样。大卫倒吸了口气，没想到自己有生之年还要处理刑事案件。

他走到监狱的入口，那里本来应该是用铁链锁住的外侧，里面现在站着两个拿着警棍的宪兵队队员；警棍好像已经不是普通的铁棍，而是可以同时放电的高级货色。大卫拿出那封莫娜给他的信，交给前面那个队员看。对方狐疑地接过信，又看了看他。

"喂，打电话去法院看看，确认一下这封信的真伪。"前面的队员把信交给后面那个，看臂章前面那个稍微高一级的样子。

后面的队员打电话去了，前面的高级队员开始打量大卫。

"你是人类吗？"

"是啊。"大卫说，知道了对话要向哪里发展。

"那你还给这些垃圾机器辩护？"

案情的进展迫使宪兵队没办法直接把再生人当作机器看待，只能先建起这临时的收容所，等上诉通过后再处理他们。莫娜和大卫说她因为之前审理了一审，所以已经被这次的上诉庭排除在外，预计新的上诉庭很快就会通过上诉判决。大卫现在正寻找愿意在罗斯琳起诉月城政府的案子之外继续起诉的再生人代表。这就是他争取时间的方式。

"你是不是有点毛病？"高级队员说，"我认识你，你可就是那个一直在主张再生人不应该有人权的人。"

"我只是说《再生人条例》里面应该明确到底什么情况下再生人可以拥有人权，而不是完全否定。"

"你们这些律师，真是墙头草，谁雇你们就帮谁说话。"

大卫叹了口气，意识到也许在旁人看来，自己正是这种形象。

这时低级队员回来，跟高级队员说了两句话后，他们就放大卫进去了。

大卫走近收容所的内圈，这里跟外圈一样，地面都是水泥石板，不时能看见有杂草从缝隙中伸出来，石板的制作很粗糙，有的已经开裂，两块石板之间的高低也不完全平整，在探照灯照不到的地方容易碰到突起，大卫差点摔倒。

大卫按照挂在内侧铁栏杆上方的编号找到房间，心跳加速。他颤抖着打开手电筒，光束穿透黑暗，映入眼帘的景象让他倒吸一口冷气。房间里不是他预想的单人间，而是一个恐怖的展示厅。沿着墙壁，密密麻麻地挂满了再生人，他们的脖子被冰冷的金属环死死地固定在墙上。

一条条粗大的线缆从他们的头顶穿过，闪烁着诡异的电光，仿佛在维持着这些人的生命。然而，这些人并不完整。大卫看到，有的人缺了一只手，有的人少了一条腿，断肢处还残留着扭曲的线缆，显然是被暴力撕扯下来的。

大卫的脑海中闪过一幕幕记忆，他想起了上次在这个地方，这里还是难民营的时候，自己被绑在椅子上时所看到的那些恐怖景象。他立刻明白了那些缺失的肢体去了哪里，恐惧如同冰冷的手掌，紧紧地攥住了他的心。

"喂，这位，您能听见吗？"

大卫朝离他最近的一个再生人说道。

"可以。"对方生硬地抬起头，用空洞的眼神看着大卫。大卫这时才发现，原来他只剩一只眼球了，他的心一紧。

"如果我想请您作为我的客户，起诉月城政府，侵犯了您在《再生人条例》下的权利，不知道您意下如何？"

那个再生人低下了头。他沉吟了几秒钟，然后摇了摇头说：

"我之前就是政府雇员，虽然薪水不高，但是我本来还指望有养老金补助。现在虽然这样了，我还是不想起诉政府。"

大卫心中有种哀其不幸、怒其不争的滋味。他继续问下去，还是有人愿意的。他搜集了他们的名字和信息。

大卫搜集了足够提起集体诉讼的人数后离开了，走的时候心情很沉重。他回想起当年在这里见到"灵魂要塞"的时候。那个时候虽然生活条件很差，只有基本的供水供电的市政服务，但至少保障了他们基本的人权。现在他们反过来这样对再生人，大卫已经难以压抑自己满腔的怒火了。

他回到自己的房间，立即着手起草起诉状。中间只有自己吃罐头时候喘口气。他看着窗外无尽的黑暗和几乎永远洒在窗外的日光，开始感觉自己真的变了。他其实无所谓到底自己的客户是再生人还是难民，他想要做的只是为弱势的一方争取他们应得的权利。他觉得这才是一个律师该做的事，不管是地球还是月球上。

他用电脑把刚才采访的人的录音转录成文字。这时他注意到自己已经同时搜集到了大量的证人证言，可以正式要求公诉人调查宪兵队队长私自拆卸倒卖再生人义体，甚至包括在《再生人条例》出现问题之前的事。但是他还需要一个人的帮助。

10

大卫的签证情况出现了转机，这是他在视频上看到的。

"所有来到月城的人类兄弟们！"宪兵队队长站在宪兵队总部宣

布道，实际上就是之前的度假山庄的月宫。如今他出现在视频新闻中的频率远超月城的其他官员。"我们已经向月城立法院提交了一份新的立法建议，让所有人类留在月城。我们将大赦所有现在就位于月城的人类，给他们不定期居留许可，他们想在月城待多久都可以。"

大卫见到强尼的时候，强尼也向大卫强调这一点。只要等法案通过，大卫就可以取得月城居留权一直留下来，但是大卫不是为了这个来见强尼的。

大卫看着强尼身后大片的玻璃窗，窗外就是之前度假山庄的夏季主题区，高耸的瀑布洒落在热带雨林围绕的池中。本来许诺向市民开放的度假山庄，现在已经变成了宪兵队的总部，进来都要经过严格的检查，只有本来准备修建的玻璃管道很快就会建好。大卫坐月球车经过的时候看见已经初具规模，钢筋铁骨都架在那里了。另外可以看见总部门口正在竖起一座硕大的雕像，雕像已经做好了搁在一旁，看起来应该就是宪兵队队长的形象。

大卫还在跟强尼绕着圈谈论别的话题，想找个时机切到正题，但是强尼脸一沉，让大卫直接说出了自己的目的。

"你知道上次放走你之后我吃了多少苦头吗？"强尼毫不客气地拍着桌子吼道，"我被别人看见放走了你，现在第一副队长已经成了别人的囊中之物。我的前途啊，事业啊，都被你毁了！"

大卫像不认识一样看着强尼。他的眼睛好像已经换了一个义体，现在的看起来自然多了，已经不再发射红光。脸部好像也经过了修整，只有仔细看才能看出原来的痕迹。手脚的部分也换上了比以前自然得多的版本。大卫突然惊觉，难道说强尼现在也成了既得利益者了吗？

"这些……都是来自那些再生人的吗？"

"怎么可能？当然不是！"强尼大手一挥，"我才没有参与过任何此类勾当，不然哪天被抓到了我当然是第一个被怀疑的对象。我这些都是从正规渠道用我自己的钱买的，有买卖记录。"

说到这里，强尼又冷笑一声。

"只是最近钱比较多罢了。"

强尼说到自己开心的话题，气色稍微有点缓和。大卫准备乘胜追击。

"那个新的第一副队长，他是……跟你一样的义体改造人吗？或者他身体还是原来的肉身吗？"

强尼不解地看着大卫，好像没听懂一样，但不久就一副恍然大悟的样子。

"你是说……其实我本来也没有机会的是吗？"

"在一个明面上保护人类，暗地里开展黑市倒卖义体的团体里，作为一个部分义体化的人来说成为领导是没有可能的吧。"

强尼用手挡住自己的嘴，斜着头凝视大卫。窗外，瀑布还在将大量的水倾泻在下方的池塘里，连这个房间好像都浸满了湿气。

"而如果您从来没有参与过他的事业，"大卫趁热打铁说道，"如果到时候追查起来，独善其身的只有您一个人，那么岂不是说……就剩一个副队长可以领导整个宪兵队了。"

强尼若有所思地点点头，站起身，背对着大卫看着窗外的瀑布。

"我现在不能给你一个肯定的答复，不过我会好好想想的。"

"好的。如果你想通了，这里有些可以帮到你的东西。"

大卫把一张 MD 光盘放在强尼的桌上，转身离开了。以防万一，大卫早前已经把一张内容相同的光盘送到了月城法院莫娜那里。

离开的时候，大卫想不起来上次在这里有没有看见强尼所在的这个房间，不过他从来没有好好地游览过度假山庄，上次只是走马观花地看了一圈。如果将来有一天，假设宪兵队真的搬走了，大卫决定一定要再来好好探索一下，最好能在各个酒店都入住一下。

　　"慢着。"

　　大卫刚踏出宪兵队总部，准备呼叫月球车回车站大厦时，一个有点熟悉但又陌生的声音从身后传来。

　　大卫转过头来，看见宪兵队队长和几个队员正站在身后。同时在身后的，还有刚见过的强尼。

11

　　大卫没有想到这么快自己就会回到收容所，只是这次，他是被一个人关在房间里面的。

　　这个房间跟其他关押再生人的房间没什么两样，墙上也挂着电线和铁环，只是自己并不是再生人所以他们没有用上这些。房间的深处放了一个权当厕所的水桶，上面盖了一块木板。另外就是一张可能从哪个再生人家里回收过来脏兮兮的床垫，一把折叠椅。大卫现在就坐在黑暗中的椅子上，虽然不舒服，但他也没有办法。

　　他想起自己刚做过的傻事，居然带着证据直接冲进了敌人的老巢。强尼虽然过去跟他们不一样，不愿意同流合污，但现在看他焕然一新的样子，肯定早就是既得利益者了，有着那种气派的办公室，全新的脸庞和义体，还有很多钱。这些他肯定没办法割舍，没法回到之前的那种生活里了。那种住在帐篷里，每天脏兮兮臭乎乎的日子，全身的义体都嘎吱嘎吱要坏了的感觉，任谁都不想回去了吧。

　　另外一种可能性，也就是所谓推翻队长之后自己当队长的说法，其实大概也没有什么现实性，毕竟整个宪兵队都是队长自己一手带出来的，如果队长自己真的能推翻的话，说不定整个宪兵队都会哗啦哗啦一下子全解体了，到时候别说自己当队长了，想继续待在宪兵队里当个副队长可能都没戏。所以强尼会直接把他交出来，也不是难以理解的事。

现在再分析下去也没有意义了，大卫心想，最紧要的事是自己要立刻逃出去。但是他试了一下内侧短边的铁栅栏，每个都焊得很结实，完全没有哪个是可以通过摇晃能摇掉的。外侧短边的对开门也被锁得严严实实的。其余四边都是铁板一块，没有可能打得开。大卫完全就是被一个铁盒子给严严实实地关了起来，没有任何可以逃跑的地方。更别说那个探照灯每分钟都会照进来，大卫的自由也就只有五十九秒的时间，一旦被照到自己在干什么奇怪的事，可能很快就会有队员上来检查。

他坐在那把椅子上，双手抱头，感觉自己的人生真的已经走到了尽头。他到底在想什么，为什么要为再生人奋不顾身，他自己甚至都不是再生人。就是他那股克制不住的正义感害了他，多一事不如少一事，忍一时风平浪静，这应该才是他的人生座右铭。他本来好不容易考了律师证，找到工作，来到月球找到真爱，还有什么不满足的。本来现在是见好就收全身而退的时候，结果他又乘着性子搞成了这样。

大卫感觉自己想得太多，整个人都累了。他不情愿地躺在那张看起来不祥的床上，但是上面没有什么异味。他逐渐沉沉地睡去。

他好像梦见了露娜，但是他不确定自己到底在哪，和她到底说了什么。两个人是跨越了银河来相遇的吗？无数的喜鹊搭成了鹊桥吗？一年只能相会一次吗？在他的梦里他看不清露娜的面目。但他没放弃努力，想再看清一点，想品味这最后的重逢，想记住这一刻……

在梦境的迷雾中，他仿佛置身于一个陌生而又熟悉的地方。四周的景象模糊不清，仿佛被一层薄雾笼罩。他努力回忆，却只能抓住一些零碎的片段。露娜的身影若隐若现，她的声音仿佛从遥远的地方传来，带着一丝温柔和忧伤。他们之间的对话像是被风吹散的花瓣，无法拼凑成完整的句子。

"你来看我了。"露娜说。

他微微点头，眼神中充满了复杂的情感。

"是的，露娜，我来了。"他的声音低沉而沙哑，仿佛带着无尽的思念。

露娜的身影渐渐清晰，她的眼睛闪烁着泪光。

"我以为你已经忘记了我。"

"怎么可能忘记？"他轻轻摇头，"你一直在我心里，从未离开。"

露娜微笑了一下，虽然笑容中带着一丝苦涩。

"我一直都很喜欢，你给我起的名字。"

"露娜？"

"正是。朗朗上口，又跟我的出生地有关。"

这也是我在脑海里久久萦绕挥之不去的名字啊。

"可是，我们的时间不多了。你知道的，这只是一个梦境。"露娜说。

他深吸一口气，仿佛想要抓住这短暂的时光。

"我知道，但即使是梦，我也不想醒来。"

露娜轻轻抚摸他的脸颊，温暖的触感让他感到一阵心痛，"谢谢你来看我。或许有一天，我们会在现实中再见。"

"我会等到那一天的到来。"他坚定地说。

梦境中的薄雾开始散去，露娜的身影也逐渐消失。他伸出手，想要抓住她，却只能触碰到空气。他的眼角还残留着泪水，心中充满了对露娜的思念。

他终于在梦中与露娜重逢，那是一个星光璀璨的夜晚。银河在天空中闪烁，仿佛一条银色的河流。无数的喜鹊在天空中飞舞，搭成了一座通往彼此心灵的桥梁。他们在桥上相会，彼此凝视，仿佛整个世界都在这一刻静止。他们的心跳在这一刻同步，仿佛听到了彼此的心声。

然而，这样的相会只能一年一次。他们被命运的力量分隔在两个世界，每年只有在七夕这一天才能相见。每一次的相聚都是那么短暂，却又那么珍贵。他们珍惜每一分每一秒，仿佛这是他们生命中最重要的时刻。

在梦中，他努力想要看清露娜的面容，但她的脸庞始终模糊不清。她的眼睛像是两颗闪烁的星星，带着无尽的深情和思念。他想要靠近她，想要触摸她的脸庞，但每次都像是隔着一层透明的屏障。他感到无比的焦虑和无助，仿佛这一刻随时都会消失。

他开始怀疑，这一切是否只是自己的幻想。露娜真的存在吗？还是只是自己心中的一个幻影？他无法确定，但内心深处有一种强烈的感觉，告诉他这一切都是真实的。他们的相遇仿佛是命中注定，无论跨越多少时空，他们总会在某个时刻相遇。

他不愿意醒来，不愿意结束这个梦境。他想要记住这一刻，记住露娜的每一个细节。他知道，这样的梦境或许再也不会重现。他想要抓住这一刻，品味这最后的重逢。他闭上眼睛，深深地吸了一口气，仿佛想要把这一刻永远留在心中。

梦境渐渐变得模糊，他感到自己正在慢慢醒来。他努力睁开眼睛，却发现自己依然躺在床上，四周一片寂静。露娜的身影已经消失，只剩下心中的那一丝温暖和思念。他知道，这只是一个梦，但这个梦却如此真实，仿佛露娜真的来过他的世界。

他坐起身来，回忆着梦中的星空。银河依然在闪烁，仿佛在诉说着他们的故事。他微笑着，心中充满了希望和期待。他相信，无论跨越多少时空，他们总会在某个时刻相遇。露娜的身影将永远留在他的心中，成为他生命中最美好的记忆。

他闭上眼睛，仿佛又回到了那个梦境。他感到露娜就在身边，带着她的温柔和思念。他们的心灵再次相连，仿佛听到了彼此的心声。他知道，这一刻将永远留在他的记忆中，成为他生命中最珍贵的宝藏。无论未来如何，他都会珍惜每一个与露娜相会的时刻。因为他知道，这样的相遇是命中注定，是他们生命中最美好的奇迹。他们的故事将永远在星空中闪烁，成为银河中最璀璨的星辰。

但一阵急促的金属敲击声把他从睡梦中硬拉了出来。大卫不情愿地看向声音的方向，却发现现在外侧的门已经大敞四开，很多人在外面喊叫着。发生了什么事？难道是火灾？玻璃穹顶发生了空气泄漏？

大卫赶紧冲了出去，却发现整个收容所没有火灾，穹顶也没有破碎，只是之前被封印的警察别动队不知道从哪里又冒了出来，正在和宪兵队的人激战。

12

大卫来到莫娜给的地址时，没想到这个地方就在自己平时去的超市隔壁。他一直以来认为这里是个牙医诊所，还准备某天来看看牙齿，但真的进来才知道这里就是所谓的特许复刻专家执业的地方。

说起来跟牙医诊所也有点像，所有的员工都穿着白大褂戴着口罩，每个小隔间由毛玻璃分割，进入之后就是一张类似牙医用的床，只是上面有一个玻璃罩。大卫进去这个房间的时候，周围已经有几个人了。罗斯琳也在，大卫跟她打过招呼，但没有特别说什么。

"他们俩到火星了？"大卫问道。

"身体还在路上，但是他们的数字备份已经被传送到火星了。"

莫娜从玻璃罩上面打开的位置对大卫微笑着说，"现在就等着我过去呢。"

大卫看着墙上的另外一具仿生人，那里并不是按照莫娜本来的模样一比一复制的机体，也不是莫娜特别指定的样子，只是一台普通泛用女性机体，长得跟玄关区域问询中心的服务人员一样。莫娜也不是要在那台再生人里待多久，只是在完成复刻之后跟克里斯一起从升天装置那里传送到火星那边去。莫娜已经打通了链接火星的通道，在火星架设了另外的服务器，开始逐渐把月球上的再生人传送过去。

在收到大卫的光盘后，莫娜联系了强尼。莫娜和强尼两人商定了一起联手推翻宪兵队队长的计划。其中让大卫被送进收容所是关键的一步，如此才能转移队长的注意力，让莫娜能在法庭上紧急通过限制令，以侵犯真人的人权为由暂停队长的职务。随后莫娜在媒体上公开了大卫搜集的证据和其他人的证言，里面包括队长如何密谋推翻月城政府，制造混乱，在对抗再生人的过程中殃及了很多像大卫这样无辜的普通真人。立法会已经通过了弹劾队长和终止宪兵队活动的议案，也重新恢复了月城警察，启用了被封印的别动队，由强尼担任警长，负责取缔不接受命令继续非法活动的宪兵队。现在他也在这里，跟目前还是肉身的莫娜告别。

"我应该会一直保持肉身，"强尼说，"即便我全身都义体化，变成所谓的金鱼人。"

"我本来跟你的想法一样。"莫娜说，"不过我也想去火星。"

"可是现在《再生人条例》已经通过修订了啊。他们留在这里没有什么好担心的了。"

"法律都是根据人们的需要来制定来修订的。"莫娜叹了口气说，"只要月城的主流民意是反对再生人，那么保不准有一天一切都会推倒重来。"

"你们这可是抹黑月城。"强尼笑着说，"你虽然办理退休了，但是离开月城，可不一定能保证你的退休金。"

"没关系。到了那边我也不会闲着的，属于我们再生人的城市，还有很多需要我们出力的地方。"

"希望有一天能去看看啊。"罗斯琳这时说，"肯定跟月城很不一样。"

"等你成为再生人的时候，也欢迎啊。"莫娜说。

众人都陷入了沉默，其他人可能在大卫进来之前已经跟莫娜打过招呼了。

"大家想说的话都说完了吧，"戴着口罩的复刻专家站在远处的控制面板那里说，"那没说完的等复刻完了再说吧，也不是没机会说了。"

大卫心想，还是有点不一样吧，毕竟是从原生的肉体抽离出所谓的意识和记忆，又把它们数字化，灌输到另外的机器人里。从某种意义上来讲，作为肉身的莫娜就这么死去了。从地球人的角度来看，这无异于是协助自杀，在很多国家都是不合法的。

"好了，启动流程吧。"莫娜说，"对了大卫，等下我还有个礼物要给你，等我到了那边的躯体之后再告诉你。"

大卫笑笑，也许这就是考验复刻仪式是否可靠的手段吧。

复刻专家通过操作控制面板关上了整个玻璃罩，启动了仪器。一道电光从莫娜戴着的头罩闪过，紧接着是另外一阵电光从莫娜的四肢开始传遍全身，玻璃罩里逐渐被黑色的灰所填满，里面就好像在刮小型的龙卷风，声音和风波都像。

等风停下来的时候，玻璃罩里面已经什么都没有了。既没有莫娜的躯体，也没有任何的灰。

只听见清脆的一声从玻璃罩的底端传来。大卫看见复刻专家打开那里的一个小匣子，从那里拿出来一个圆形的玻璃球一样的东西。复刻专家拿着玻璃球，问众人：

"谁是大卫？"

大卫举起了手。复刻专家把玻璃球给了他。

"这是？"

"这是莫娜·哈里森女士的肉体结晶。"复刻专家说，"根据她之前留下的指示，希望由你来保管。"

大卫突然有点哽咽，但还是勉强着说：

"由我……可以吗？"

"当然可以了。"莫娜已经从隔壁的机器躯体上苏醒了过来，"没有你，我们都不会走到这一步呢。"

"谢谢。我会好好保管的。"大卫以为这就是所谓的礼物，开始考虑把这个玻璃珠放在哪里。

"对了，关于刚才说到的礼物。"莫娜把手放在大卫的肩上，"我们找到了可以让你和露娜重逢的办法。"

13

大卫再睁开眼的时候，发现自己置身于一个既熟悉又陌生的世界。四周的景象仿佛是他住的酒店公寓的走廊，但又透着一股神秘的气息。红色的地毯在脚下无限延展，金色的墙壁闪烁着耀眼夺目的灿烂光线，一道道相同的门无尽地延伸，仿佛通向未知的来世。每一步都带着一丝不确定，仿佛在梦境与现实之间徘徊。

大卫凝视着门上的号码牌，心中默默数着。他住在这一层，无论走多远，总会回到自己的房间。然而，这次无论他走多远，都找不到

333 | 第九章　此地空余黄鹤楼

自己的房间。突然，他意识到这并非现实世界，所有事物未必按照他的理解排列。他已经进入了她的世界，只要心中想着她，就能找到方向。这个世界充满了来世的神秘与奇幻，仿佛每一步都在通向未知的彼岸。

大卫缓缓地往回走，仿佛穿越了时间的长河。他一边走，一边回忆起第一次见到露娜的情景，那时的她在金碧辉煌华丽而磅礴的车站大厅等着他，仿佛从另一个世界而来，带着人间所不可能存在的仙气缥缈般的美丽。她的朱唇微启，发出的动人音色轻轻降落在了他的心弦上，撩拨得他心猿意马，魂魄都不知飞去了哪里。她的每次眨眼，长长的睫毛都好像孔雀开屏，颤巍巍地抖动着刷过空间中的每个空气分子。

带着对她的思念，转过一个弯后，大卫的目光落在走道尽头，那里静静地浮现出他的房间号，仿佛在等待着他归来。空气中弥漫着一种神秘而宁静的气息，仿佛预示着某种命运的轮回。

大卫推开房门，眼前的景象瞬间变幻，他仿佛穿越时空，来到了未来的磁悬浮列车上。车厢内弥漫着柔和的蓝光，座椅设计简洁而富有科技感。他找了个靠窗的座位坐下，透过透明的车窗，望向外面那片浩瀚的星空，心中期待着月城的到来。每一颗星星都仿佛在向他招手，预示着一段未知而奇妙的旅程即将展开。

然而，磁悬浮列车依旧无声地向前疾驰，窗外的景象依旧未能显露出月城的轮廓，只有那无尽洁白的月球大地，地球和众星的踪影早已消失不见。大卫心中默念着露娜的名字，思绪飘向了她，回忆起两人共度的每一个瞬间。她冰凉的小手，闪烁的睫毛，仿佛在眼前浮现。将她拥入怀中的那一刻，心中既有无比的安宁，又有几近窒息的绝望，仿佛在这无尽的宇宙中，他们的灵魂仍在彼此追寻。

一阵熟悉的仿佛漫步海滨时能闻到的馨香缓缓地开始击打着大卫的鼻翼。

"露娜？"

"大卫。"

大卫转头看向自己的左边，露娜就坐在那里，和自己并排坐在列车里。车窗外的景色如梦似幻，仿佛置身于另一个世界。大卫伸出手，想要触摸她，想要把手放在她纤细的脖颈上。这时，露娜轻轻摇了摇头，眼神中透出一丝温柔而神秘的光芒。大卫的手停在半空中，仿佛感受到了一种来自来世的召唤，他缓缓缩回了手，心中充满了复杂的情感。

"我只是暂时在这里，大卫。"露娜说，"或者你也可以说这并不是我，只是我的一个版本。最后的版本。"

大卫点点头，眼中闪过一丝复杂的情感。他深知这一切。眼前的露娜，只是莫娜将月球服务器的数据传送到火星奇点教会服务器后，修复并重建的一个版本。露娜的真实躯体早已在某次事件中彻底毁坏——或许是在超市采购时遭遇自救协会的袭击，或许是在奇点教会上传数据时处理不当。如今的露娜，只是火星奇点服务器中的一个实例，一个虚拟机中的模拟版本。为了能让大卫和露娜做最后的告别，也为了修复露娜在服务器中留下的碎片，新成立的奇点教会火星教区同意让大卫上传剩余的记忆，并连线到火星的奇点服务器和她告别。她不再像真正的露娜那样，能够吸收周围的信息，也无法再进化。

在这寂静的夜晚，仿佛一切都笼罩在来世的氛围中，虚拟的露娜静静地运行着，仿佛在等待着某种未知的命运。

"能见到你就够了。"大卫在心中想象自己握着露娜的手。他想起来最近的那个梦，"虽然我以为你会在什么桥上。"

"鹊桥吗？"露娜笑了，"为什么，因为觉得我像嫦娥那样？"

"呃，嫦娥是另外一个神话里的。"大卫说，"是牛郎和织女。"

"对哦，你跟我说起过，在月球港看过的太空歌剧。"

"是的，本来我还以为会有跟你一起看的机会。"大卫叹了口气，

"或者带你去度假山庄，看看那个月宫，看看那里按照四季布置的风景。简直比我在地球上见过的还震撼人心。"

"肯定有机会的。"露娜笑了，"如果你真的想着我，肯定有一天会有再见的机会的。"

大卫看着她的笑容，想把那笑容永远镌刻在自己心里。他肯定会一直想着她的，他不会忘了她的。

"到站了。"露娜说，"我要走了。"

列车缓缓驶入一个大卫从未见过的车站，四周闪烁着幽蓝的光芒，仿佛置身于一个虚幻的电子空间。墙壁和轨道仿佛由无数数字构成，仔细看去，数字和字母如同蚂蚁般缓慢滑动。露娜站了起来，大卫情不自禁地伸出手，但他的手却穿过了露娜的身体，就像她根本不存在于眼前一样，仿佛她只是一个虚无的幻影。

"对了。"露娜回头一笑，"你为什么不跟我一起来？"

"去哪里？"

"来我这里。这里是宇宙的尽头，无限轮回的终焉。来到这里你就再也不会有任何束缚任何羁绊，可以全心全意地和我在一起。"

"可是我已经如此连线进入虚拟世界了。"

"你只是感官和我相接，你的灵魂却还在别的地方。我想要我们的灵魂合二为一，不再是复数，而是彻底的单数。"

"成为奇点？"

"对，这才是生命的意义。"

"可是……你是露娜吗？"

"我是露娜，也是露西、露琪亚，是所有人。我不是一个人。"

大卫突然意识到什么似的，冲向车门："把我的露娜还给我！你这可恶的奇点。"

"很遗憾，你没有恢复原状的权限。"

那个看起来像露娜的形体开始急剧变化，轮廓逐渐模糊变得像碧蓝的霓虹灯一样，眼睛散发出紫红色的炫光，无数的光线像电缆一样瞬息间连接到她的身上。她仿佛在穿越时空的迷雾中，身体长出三头六臂，每一只手臂都散发着不同的光芒，五彩斑斓的光辉在她周围绽放，仿佛来自另一个世界的神秘力量。

大卫无论怎么努力，代表自己的形体都无法离开车厢，只能眼睁睁地看着露娜的身影逐渐消散，化作一串神秘的数字，与整个车站的虚幻景象融为一体。车厢内，数字在大卫眼前闪烁，仿佛在诉说着某种未知的命运。他缓缓摘下头盔，仿佛在告别一个世界，迎接另一个未知的来世。

"见到她了吗？"莫娜低声问道。她站在升天装置前，背后是那些不断攀登高塔、又从塔顶坠落的再生人们，仿佛在无尽的轮回中寻找着什么。

"见到了，多谢你。"大卫说，"虽然我感觉她已经被奇点服务器吞噬了，变得怪怪的。"

莫娜叹了口气，"这也是难免的，也许真正的解决之道，是要去提取在火星奇点服务器里剩余的数据了。"

大卫还没从刚才的震撼中恢复过来，但是他知道自己哪里有这么厉害的本事，也许某天真的要去火星一趟吧。

"如果你来的话，我可以保证火星法律和月城不会差太多的，"莫娜笑着说，"你甚至可以省去考试的步骤，只要申请就能变成火星律师了。"

"那可真是太好了。"大卫可不想再考试了，上次考取月球律师资格证的时候，他就暗自希望那是他这辈子最后的一次考试。

"这个给你。"克里斯这时走过来说，等下他也要加入莫娜，被传送到火星去。

"谢谢。"大卫接过克里斯手里的外置存储装置。虽然不完整，但这里面装着露娜在月球上留下的那一半回忆。克里斯从匆忙离开月城的工厂那边残留的零件里找到了堪用的零件，其余的零件用来修复改善升天装置。

"所以你也要加入他们了吗？"

"是的。"莫娜说，"这次才是真的告别了。"

大卫挥了挥手，目送着莫娜在克里斯的搀扶下，缓缓走向那座高耸的塔楼。她的身影在微光中显得格外朦胧，仿佛即将踏入另一个世界。莫娜走入一个空出来的隔间，接上了闪烁的电缆，意识和记忆的数据如同灵魂般被高塔缓缓抽离。克里斯也随之进入了隔壁的隔间。高塔将他们的数据打包，上传至火星的专用服务器，仿佛将他们的存在延续到另一个次元。月城的服务器卸下了沉重的负担，发出了温柔的叹息，静静地守护着这片寂静的月光。

14

他没想到自己已经做好了离开的准备。每天晚上，当大卫一个人独处的时候，他仿佛又站在虚拟世界的边缘，心中翻涌着难以言喻的震撼和怅然若失。他的手指轻轻触碰着隔离着他与露娜的那层存在但又看不见的屏障。眼前的露娜仿佛真实存在，她的笑容依旧温暖，眼神依旧深情。

每每回忆到这里，大卫的心跳都怦然加速，仿佛回到了他们初次相遇的那一刻。曾经以为永远失去的爱人，如今竟然在奇点服务器上得到了复活，这一切让他难以置信。然而，大卫的心情逐渐沉重起来。他知道，这次告别可能是他们最后的相见。每一句话、每一个眼神都变得弥足珍贵，他努力将这些瞬间铭刻在心底。露娜的声音在耳边回荡，仿佛在诉说着他们曾经的点点滴滴。大卫的眼眶湿润了，他不愿意让露娜看到自己的脆弱，但内心的情感却如潮水般涌动。

更让大卫难以接受，不愿提起但又不得不想起的是，就在告别即将结束的那一刻，露娜突然发生了变化。大卫眼睁睁地看着露娜的身影逐渐模糊，仿佛被某种无形的力量吞噬。他的心猛地一沉，仿佛被撕裂了一般。露娜的身影与奇点最终合二为一，她的存在被彻底抹去，只留下虚拟世界中那一片空白。大卫的手指无力地垂下，眼前的一切变得冰冷而陌生。

每每想起这一刻，大卫都感到前所未有的孤独和无助。他曾经以为，能够在虚拟世界中与露娜告别，至少能让他心中有所慰藉。他以为可以让梦境中两人在鹊桥相别的画面在虚拟世界的车站大厅重现。然而，奇点的吞噬让他必须面对露娜无法挽回的失去，这种失落感比之前更加深刻。大卫站在虚拟世界的边缘，胸腔里翻腾着无以复加的悲痛，心中充满了对露娜的思念和对未来的迷茫。他知道，露娜已经不再属于这个世界，而他也必须学会在没有她的日子里继续前行。

"结果你自己还是要离开呢。"

大卫离开月城的那天，没想到罗斯琳会来送自己。他在这里认识的其他人要么走了，要么太忙。

"我这就叫作自作孽，不可活。"大卫说。

本来宪兵队队长推动的给予所有人类留在月城居留权的法案，因为宪兵队倒台，没有人推动所以作废了。大卫的签证本来就过期了，随着地月间客运交通的恢复他也不能继续滞留在月城了。他还是比较担心自己的律师执照会不会因为违法行为被吊销。强尼本来说要想办法帮他留下来，但是他觉得现阶段还是先回地球比较好。大卫准备回去的路上途经研究所时探访丹，和他再喝两杯酒，叙叙旧，告诉他自己在月城这边经历的一切。

"如果你想的话……也不是不能留下来的。"罗斯琳好像在暗示着什么，"我可以帮你。"

"谢谢你的好意。"大卫说，"不过我应该不会用你说的那个手法的。"

"喜欢机器人不会影响真实男女之间的关系哦。"罗斯琳说，"科学家已经证明了。"

"这种东西需要科学家证明个什么劲。"大卫笑笑，"不过下回如果你还在，我会回来找你的。"

"说过的话要算数哦。"罗斯琳一边笑一边擦去眼角的眼泪。

磁悬浮列车来了，跟当时来的时候一样。大卫拍了拍自己的公文包，确定那块存储器在里面。如果他想要真真正正地夺回露娜，他可能必须前往火星，想办法取得奇点服务器上的另外一半记忆。但是现在他必须先返回地球，继续自己的月球律师生涯，再寻找伺机前往火星的机会。好在因为一系列风波，海瑟已经被 LT 律所开除，去了别的城市。大卫至少不需要在所里面对这个蛇蝎心肠的人物。

也许当月城不再是个稳定的金融中心，火星上的某座城市又会崛起，取代月城在离岸金融交易中的地位。也许那个时候大卫还需要取得火星的律师资格证。

"下回再去度假山庄喝酒。"罗斯琳在身后喊道。

大卫突然感到她能来目送他离开，实在是太好了。

大卫挥了挥手，踏上返回地球的列车。

图书在版编目（CIP）数据

月球律师 / 周昊著． -- 武汉：长江文艺出版社，

2025.5. -- ISBN 978-7-5702-3544-5

Ⅰ．I247.5

中国国家版本馆 CIP 数据核字第 20250QP242 号

月球律师
YUEQIU LVSHI

周昊　著

选题产品策划生产机构 | 北京长江新世纪文化传媒有限公司
总　策　划 | 金丽红　黎　波
责任编辑 | 张　维　　　　　装帧设计 | 郭　璐　　　　　责任印制 | 张志杰　王会利
助理编辑 | 泮　泮　　　　　内文制作 | 张景莹
法律顾问 | 梁　飞　　　　　版权代理 | 何　红
媒体运营 | 刘　冲　刘　峥　洪振宇
总 发 行 | 北京长江新世纪文化传媒有限公司
电　　话 | 010-58678881　　　　　　　　传　　真 | 010-58677346
地　　址 | 北京市朝阳区曙光西里甲 6 号时间国际大厦 A 座 1905 室　　　邮　　编 | 100028

出　　版 | 长江出版传媒 · 长江文艺出版社
地　　址 | 湖北省武汉市雄楚大街 268 号湖北出版文化城 B 座 8-9 楼　　　邮　　编 | 430070
印　　刷 | 天津盛辉印刷有限公司
开　　本 | 880 毫米 × 1230 毫米　1/32　　　　印　　张 | 10.75
版　　次 | 2025 年 5 月第 1 版　　　　　　印　　次 | 2025 年 5 月第 1 次印刷
字　　数 | 268 千字
定　　价 | 68.00 元
盗版必究（举报电话：010-58678881）
（图书如出现印装质量问题，请与选题产品策划生产机构联系调换）